第六章

这日，天气晴朗。

春天的气息染满了整个宁静的小镇，娇艳的花儿争相竞放，五彩缤纷的蝴蝶被吸引，纷纷在花间飞跃起舞。

这些美景，吸引了陆爷爷的注意。

陆爷爷是小师妹家农场的种植专家，看似普普通通的农民，实际上却是个十分有名的植物学家、生物学家。法布尔是他最尊敬的科学家，家里还挂有法布尔的画像。同时，也是全镇最帅的男人，极品老酷哥，中国版乔治·克鲁尼。虽然是种田能手，但穿衣打扮却极为有品位，而且还会吹萨克斯，唱蓝调。不过他为人比较低调，极富有英伦风格的绅士品质。

个人最喜欢的东西是香水，因为能保留各种植物的芬芳。

他常来私塾给孩子们讲农业课，带着孩子们下田实习。觉得农业是个很有态度和品位的职业，所以很困惑为什么中国人认为农业很低端。

他虽来自于纽约，是个典型的时尚都市人，但却极为热爱大自然，持反城市化观点。他热爱老庄，推崇小国寡民的生活方式，常看着自然陷入沉思，若庄生梦蝶，他总是觉得人与自然万物没有什么分别。只是形态转换不同而已。

作为一个植物学家，他告别了都市，走遍原始丛林、高山洼地。即便在最艰难的环境，他都保持着自己的优雅，或许他自己就是都市与自然最美妙的结合体。

他曾跟随一只蝴蝶行走,蝴蝶所到之地,便有新的奇特物种,而这一次,蝴蝶停在了小镇,还没有离开。于是他定居在这里,寻找那些尚未被发现的东西。

今日,他一如既往地被这些美丽而神秘的蝴蝶所吸引,脚步不由自主地跟随着那些蝴蝶,蝴蝶缓慢飞舞,在阳光下,宛若俏皮的小精灵般,舒展着她们美丽的姿态,围绕着小镇飞行。

陆爷爷看得入神,只下意识地追随,不知不觉中,被蝴蝶引进了小镇的山谷中。

小镇的山谷幽静,树木林立,阳光斜照下来,透过那细细密密的枝丫和树叶缝隙,一点一点小小的光影映在地面上,显得极其优美与诗意。

这样的地方,让人的心不知不觉也随之安静了下来。

蝴蝶儿飞呀飞,慢慢地停留在一处矮花丛中,陆爷爷的脚步微停,轻而缓慢地走上前,打算细细地观察这蝴蝶儿。

那脚步轻微得仿佛像是踩在了玻璃上,生怕一个用力,那玻璃就会碎了,就会吓着那个蝴蝶。

一切都如此静谧而美好。

可万万没有想到,隐藏着的危险,也渐渐逼近。

草丛中,似有似无地发出一些嘶嘶嘶的声音,像是有什么东西,摩挲着地面,发出一些刺耳难听的声音。

透过那影影绰绰的草丛,仿佛能够看见一双褐色的阴郁的眼睛,显得极其阴冷和寒碜。

可惜,陆爷爷观察那蝴蝶,太过专注,宛若进入了一种忘我的境界,自然也就没有意识到周围的危险。

草丛里的东西慢慢靠近,可以清晰地看到那是一条蛇。它在草丛里慢慢地游动,整个身体呈 S 形,显得十分柔软,身上的鳞片在阳光下闪闪发亮,椭圆形的头上依稀可以看到鲜红的信子一伸一缩,两颗绿豆大小的眼睛仿佛也露出凶光，正紧紧地盯着自己的猎物……

陆爷爷全然不知道此刻自己的处境，所以当他发现那条蛇的时候，那条蛇已经快速窜了过来，在他的腿上咬了一口。

陆爷爷痛苦地叫了一声，但反应倒还算是快，一弯腰，快速地抓起旁边一大块石头，狠狠地朝着那蛇砸了过去。

那蛇遭到攻击，不知道是不是陆爷爷误打误撞砸到了什么要命处，它没有再过来咬陆爷爷，反而是快速地逃离，钻入草丛中，消失不见。

陆爷爷微松了口气，脚下的疼痛却席卷了上来，他一个没站稳，趔趄了一下，脚往后站了一步。

殊不知，身后是一个斜坡，他一脚踩了下去，整个人瞬间失去了平衡，直接往后倒去，身体直直地往斜坡下滚去。

陆爷爷下意识地护住了自己的头，闭上了眼睛，一路顺着往下滚。

幸亏，那个斜坡并没有那么陡，陆爷爷滚下去，也只是受了一点轻微的擦伤，而不幸中的万幸是，刚才咬陆爷爷的那条蛇，并没有毒，所以陆爷爷那被咬的腿，现在也只是红肿了一圈，微微渗血。

陆爷爷拿出随身携带的手帕，稍稍处理了一下伤口，再抹了一下额头的汗。

他撑着身体想要站起来，可腿疼得他哎哟一声，又倒了回去。

那蛇虽没有毒，但这样被咬一口，也着实不好受。陆爷爷挣扎了一番，最后还是认命地倒回地上坐着。

他左右看了看，旁边倒是有一棵矮小的树，枝叶虽不算繁茂，但至少还是能够遮一下阳光，他便小心翼翼地挪着身体，往那边靠去。

因为今日是临时起意，所以他并没有带手机，也就没法打电话喊人来求助，只能静静地等待经过的人，再来救援他。

不过陆爷爷心倒是挺宽的，这些年，他走遍原始丛林、高山洼地，再艰难的环境都遇到过，现在的处境还算不得很差。

无论何时何地，他总会保持着自己优雅姿态，所以他稍稍整理了一下头发衣服，身体靠向树木，开始闭目养神。

小镇情缘 下

最近小师妹的心情是越来越烦躁郁闷了,距离她和小志冷战,已经好一段时间了,小志却依旧没有来哄回她,找她和解。

若是以往,小志老早就来哄她了,哪里会舍得让她生气郁闷这么久。

想起上一次,她和小志吵架,是因为莎莎,她就越发地不能释怀。

她和小志青梅竹马,从小玩到大,她是什么品行,什么脾气,什么样的人,小志是最清楚不过的。

可是,因为莎莎,因为一个小小的误会,他竟能够不理会她这么久,和她冷战这么久。

到底是因为,在小志心里,她就是那样恶毒的人,还是只是因为莎莎?

一想到或许是因为后面那个原因,小师妹整颗心就像是被细细密密的针扎着一样,疼得她直打哆嗦,一颗心不上不下的,又是纠结,又是难受,恨不得立即冲到小志面前,问问他,到底他是怎么想的。

可她的骄傲,再一次涌了上来,让她那颗沸腾的心,猛地如一盆冷水直直淋下,浇了她一个透心凉。

她的骄傲怎么允许她去问这样的问题?

他的不信任对于她来说,已经是一个重大的打击。

如果她再去问,而小志的答案并非她所想的,她估计要崩溃的。

不不不,无论如何,她都要好好地控制住自己,无论如何,在小志没有来向她认错低头之前,她是绝对不可能再去找小志的。

小师妹觉得她没法再继续待在屋里了,老是这样东想西想的,自己都要把自己逼疯。

她还是出去走走吧。

小师妹心情郁闷的时候,就喜欢拿着手机,到处拍拍照片,看看美丽的风景,能够缓解一下自己的心情。

于是,她换上了舒适的衣服和鞋子,绑起马尾,戴上帽子,一身干净利索的模样。

然后，背上她的小书包，便出了门。

小镇的风景十分怡人，早上的空气清新，阳光暖洋洋的，照在身上，心也仿佛能够暖洋洋的。

小师妹拿出手机，一边走着，一边到处抓拍。

可惜，小志的影子还时不时地出现在脑海里骚扰她，虽然她很努力地想要把小志摒除出去，把注意力专注在美好的风景中，但还是没法真正地静下心来。

恍恍惚惚中，小师妹不知不觉地走入了小镇那偏僻的山谷里。

因为老是走神，所以她自己也不知道自己走到了哪儿，只无意识地走着，可忽然间，她听见了一声惨叫。

她下意识地朝着声音的发出处看去，只见前方远处，有个人影在晃动，下一秒，那人影滚落山坡，一下子就消失了。

小师妹愣愣地站在原地，眼睛眨了眨，一时间还没法对这忽然间发生的事情作出反应。

好一会儿，她才慢慢地反应了过来，眼神一下子就变了。

刚才……那是有人掉下山坡了吗？

因为她隔得有些远，树林里面的光线又略微有些暗淡，所以她并没有看清楚具体情况，但她也知道，肯定是有人出事了。

小师妹虽然性格傲娇，爱耍大小姐脾气。但她骨子里却是一个慷慨而乐于助人的人，见到这一幕，她自然不可能不管。

她攥紧了手中的手机，快速地往前跑去。

跑到那人滚落的地方，她的身体稍稍前倾，尽量地探头往下看去，试图看看那个掉下去的人。

可是，山坡下有不少矮小的树木，枝叶繁茂，遮挡住了不少视线，她什么都看不清楚，只能开了口，提高了声音，朝着下面喊道："有人吗？有人在下面吗？"

陆爷爷正靠着树木闭上眼睛，便听着头顶上方隐隐约约地传来声音，因为听得不太真切，所以他也没法确定到底是不是自己幻听。他便屏住了呼吸，竖起耳朵，再仔细地听。

"有人吗？有人在下面吗？"

清脆的声音再一次传来，清晰地传入陆爷爷的耳中，陆爷爷眉眼不禁舒展了一下，唇弯了弯。

看来，他的运气还不算太差，这么快就有人经过了。

陆爷爷抬起头，忍住那疼痛，大声地朝着上面回应道："有，有人，我不小心掉下来了，救救我！"

陆爷爷的求救，也传入了小师妹的耳中。

小师妹听着那声音，好像很熟悉，她微一蹙眉，便想到了。

是陆爷爷吗？

她不自觉地再次喊出声："是陆爷爷吗？"

陆爷爷连忙应声："是啊，是我，你是小师妹吗？"

"是啊，我是，陆爷爷你别着急，我现在就下来救你，你等着哈！"

确定是陆爷爷后，小师妹越发紧张着急，因为陆爷爷掉下来前，他发出一声惨叫，她听得清楚的。陆爷爷肯定是受伤了。

他年纪这么大了，受了伤再滚下山坡，难免会有什么事的。

所以此时此刻，小师妹脑海里，全然只有一个念头，那就是快点把陆爷爷给救出来，免得出什么意外。

于是，她也就忘记了先想想自己有没有那个能力把陆爷爷救出来，就顺着山坡的坡度，一手抓着一些垂落的蔓藤和树枝之类的东西，慢慢地顺着山坡滑了下去。

陆爷爷得知是小师妹，知道以小师妹一个弱女子的能力，是没法把他弄出去的，正想要开口喊着："小师妹，你快点叫人来帮……。"

最后一个忙字还没有说出口，只见小师妹顺着那山坡，一路滑了下来。

她逆光而下，仿佛在她的周身镶嵌了一层光圈，美得惊人。

只可惜，此时此刻的陆爷爷，哪有心情欣赏美人，他眼睁睁地看着小师妹滑下来，最后只剩下一声苦笑的叹息。

这孩子，心眼可真是直。

小师妹一路滑下山坡，只是衣服头发稍稍凌乱了些许，所以一到坡地，她只随便地拍了拍衣服，便站了起来，快步朝着陆爷爷坐着的地方走去。

她一眼便看到了陆爷爷那红肿不堪的腿,吓得声音都有点哆嗦了，她蹲在陆爷爷的身前，紧张兮兮地问着："陆爷爷，你怎么样了？这腿怎么回事？"

陆爷爷看着小师妹那清澈的大眼睛里面闪烁着的浓浓关心，不由微微一笑，哪怕在这种情况下，他看着还是极其儒雅沉静。

"我被蛇咬了一口。"

这话一出，小师妹猛地倒抽了一口气："被……被蛇咬了？"

小师妹虽然从小在小镇上长大，也喜欢猫猫狗狗的，但那些都是很温顺的动物，对于那些可怕的动物，她还是很害怕的。

"那，那怎么办啊？"

"别担心孩子，那蛇没毒，我的脚也是看着吓人而已，我还好。"陆爷爷连忙安慰道。

陆爷爷那温和的声音，与生俱来就有一种镇定人心的作用。

小师妹的紧张和害怕稍稍缓解,她抬眼观察了一下陆爷爷的脸色，并没有她想象中的那么难看，她到底还是松了口气。

她轻拍着胸口，喃喃念着："那就好，那就好。"

"那陆爷爷，我现在就救你上去吧。虽然说蛇没毒，但伤口还是必须处理的！"

一边说着，小师妹一边伸出手，试图把陆爷爷扶起来。

陆爷爷却没有动，只是笑着盯着小师妹看。

小师妹被看得有些奇怪，疑惑地皱了皱眉头："陆爷爷，怎么了吗？我脸上有东西？"

难怪是刚刚滑下来的时候，脸弄脏了？

小师妹的手不自觉地抚上自己的脸。

陆爷爷笑意更浓，慢慢地摇了摇头："没有，不是你的脸上有东西。"

"那是什么？"

陆爷爷看了看小师妹，又越过她，再看了看她身后的山坡，随后开口："小师妹，你觉得，我们要怎么上去呢？"

怎么上去？

当然是走上去啊！

小师妹顺着陆爷爷的眼神转头看向了那山坡，理所当然地要回答，可话才刚刚要说出，她猛地停顿了一下，明亮的眼睛瞪得又大又圆。

是啊……她怎么给忘记了呢？

这儿可不是平地，这儿是山坡！

下来的时候容易，上去的时候可就难了！

虽说不是很陡的坡，但毕竟还是有坡度的，她一个人往上爬都艰难，她怎么还能带着一个受了伤的陆爷爷往上爬呢？

那根本是不可能的啊！

小师妹一下子懊恼地闭上了眼。

刚才她一个紧张，什么都忘记了，只想着救人，结果什么都没有考虑到。

这下好了，不仅陆爷爷被困住，连她也被困住了。

小师妹觉得她都要没脸见陆爷爷了，大言不惭地说要救人，结果……

"陆爷爷，我……"

陆爷爷像是看穿了她的心思一样，依旧是温和地笑着："没事没事，我知道你是救人心切。"

陆爷爷的善解人意，越发让小师妹不好意思，不过这种情况下，小师妹也不能矫情那么久，她稍稍地把自己的不好意思压下，大大的眼睛骨碌碌地转了转，眼前猛地一亮："对哦，手机，还有手机呢，我现在立即打电话让人来救我们！"

"好。"

小师妹连忙放下自己的包包，拉开拉链，在里面翻找着手机，可找来找去，却怎么也找不到她的手机。

没理由的啊，她明明是带了手机出门的，怎么可能找不到呢？

小师妹秀眉紧蹙，越是找不到，就越是着急，连呼吸都重了几分。

陆爷爷看着她那着急的模样，不由开口道："小师妹，别着急，慢慢找。"

"陆爷爷，我知道我知道。"

小师妹虽嘴里回应着，可动作却丝毫不含糊，到最后，她实在是摸不到手机，干脆一把把包包倒了过来，里面的东西，稀里哗啦地全部倒了下来。

她包里的东西挺杂的，大大小小的玩意儿，却唯独没有手机。

小师妹不可置信地看了好几遍，眼睛几乎要把那包给看穿了，也没能找到手机，她不由自主地摇了摇头："不可能啊，我带了手机的，怎么没有呢？"

"小师妹别急，不在包包里，你看看在不在身上，想想你刚才放在哪儿了。"

"不会在身上的，我身上都没有口袋，所以我把所有的东西都装在包包里面了，等等……"

话语戛然而止，小师妹猛地想到，那手机，她好像是一直攥在手里的。

因为她一边走路，一边拿手机拍东西，所以是拿着手机的。

可是现在……

小师妹的眼睛一下子看向了自己的双手，她的双手，空空如也，什么都没有，哪儿有什么手机呢。

糟糕了……

肯定是刚才滑下山坡的时候,她没有拿稳,然后就……不知道掉到什么地方去了……

刚才如果说只是有一点愧疚,现在,小师妹是真的想要在地上挖个洞,把自己给埋进去了。

她怎么就这么笨呢!

一门心思地想要救人,结果人没救着,自己也困住了。

明明拿着手机,结果还弄丢了。

彻彻底底地断了自己和陆爷爷求救的路。

小师妹想着想着,眼前不自觉地升腾起一些雾气,有点不太敢抬头去看陆爷爷:"陆爷爷,对不起……我把手机给弄丢了,对不起……"

"傻孩子,你有什么好对不起的?要不是你想要救我,你也不会被困在这里。怎么你就对不起我了呢?别难过,爷爷不怪你。"

陆爷爷安慰着,轻轻地拍了拍小师妹的脑袋。

虽然陆爷爷不怪她,她却还是有点难过,声音不自觉地带出一丝哽咽:"可是,如果不是我笨,你现在应该都被救出去了。"

"小师妹怎么会笨呢,小师妹是最聪明、最可爱、最善良的孩子。"

老人的声音一如既往的温和儒雅,哪怕明知道他是故意恭维的话,都让人觉得安心和高兴。

小师妹不禁被逗得破涕而笑,娇嗔地回了句:"陆爷爷……"

"好了,快擦擦脸,不然就难看了。"

小师妹收拾了一下心情,拿出她随身携带的湿巾,撕开一片,擦抹了一下脸,稍稍整理了一下。

然后看向陆爷爷道:"陆爷爷,那我们现在怎么办呀?"

单单凭借他们两个人的力量,是没法走上这个山坡的,而手机也不知道掉到什么地方了,没法联系人。

陆爷爷沉吟了一下,回着:"小师妹,你周围走走看看,看看手机有没有掉下来,不然的话,我们就只能等待经过的人,再喊人帮忙了。"

小师妹无奈地点了点头。

也只能这样了。

她站了起来，在山坡下仔细查看，希望能够看到她的手机，但是找了一圈，还是没有发现她的手机，她不免有点泄气。

没办法，她只能回到陆爷爷身旁坐下。

阳光渐渐猛烈，还好两个人头顶那树木遮挡着，不至于让两个人曝晒在阳光下。

小师妹的包包里，带了些许水和面包，她和陆爷爷分着吃了，也没有饿着肚子。

为免小师妹焦虑，陆爷爷慢慢地给小师妹讲他曾经的各种历险故事，小师妹听得津津有味，焦急害怕的心也稍稍平息了下来。

时间滴滴答答流转而过，太阳从头顶正中央，一点一点地西斜，直至消失。

夜幕降临，天空上泛着一颗一颗闪亮的星星，极是漂亮。

然而，处于大片美丽夜空下的小师妹，却没法好好地看看这片美丽的夜空。

因为，已经一天了，却始终没有人经过这里。

不过也是，这片山谷，本来就地处偏僻，而且树林里花鸟虫鱼很多，一般情况下，小镇的人都不会往这边走，小孩子更是不能，生怕出什么意外。

今日，她要不是因为小志失神，恍恍惚惚的，也不会走到这片山谷来的。

山谷里日夜温差极大，入了夜，温度就会急速下降，因为早上的天气好，风和日丽的，她仅仅穿着薄薄的套头毛衫，一入夜，那风一吹，简直就是透心凉，哪能撑得住一个夜晚？

最重要的是，陆爷爷伤口久不经处理，现在已经有发炎的迹象，如果再在这里度过一个夜晚，那不知道会怎么样的。

中午的时候，水喝完了，面包也吃完了，两个人都是又累又饿，是不可能再在这里支撑一个晚上的。

不行,她不能坐以待毙了,她必须要叫人来救她!

小师妹猛地站了起来,惊了陆爷爷一下,他微微抬起疲倦的眼睛,沉声道:"小师妹,怎么了?"

"陆爷爷,我们不能再这样等下去了,入了夜,就更加不可能有人会来这里了,得趁着现在,大家还没有睡的时候,赶紧喊一下,希望有人能够听见。"

说罢,小师妹不由分说,上前走了几步,双手摆在嘴边,做喇叭状,大声呼喊:"救命啊!有没有人啊,救命啊!我和陆爷爷掉在山坡下了,快来人啊——"

"小师妹,别喊了,保存点体力,山谷这么远,喊了也没人能够听见的。"

陆爷爷之前之所以不让她喊,就是这个原因,还不如保存体力,等待救援呢。

"陆爷爷,我知道,我知道或许没有人能够听见,但是就这样坐着什么都不做,就更加不会有人来救我们了。我年轻身体好,熬一个晚上是可以的,但是您不行,你的腿伤必须立即处理的。"

她刚刚就是看到了陆爷爷脸色变得极差,说话都上气不接下气的,再这样下去,没准真的要出事了。

想着,她再次放声大喊:"救命啊救命啊——有没有人啊,救命啊!!——"

夜里的山谷越发地幽静,静得仿佛只能听见那风呼呼的声音,小师妹虽努力地喊了,可那声音,仿佛还没有传上山坡处,就已经消散在空气中,丝毫没有作用。

小师妹一开始还有点力气喊,可渐渐地,开始力不从心,声音越来越小,越来越哑,最后明明还想要喊,嘴巴一张一合的,却没有什么声音出来了。

她大口大口地喘着气,喉咙干哑得仿佛要烧起来一样,她无奈,只能返回陆爷爷身边，拿起她仅剩下的一点矿泉水，喝了一口。

喝着喝着，她心情低落，又不自觉地难过了起来："我真没用，真没用。"

陆爷爷虚弱地靠着树，慢慢地转动着眼珠子看向她，声音越发地低："小师妹，别自责，也别难过。一定会有人来救我们的。"

小师妹低着头，闷闷地道："还会有谁来救我们。"

陆爷爷努力地撑出一丝笑："你爷爷啊，他发现你不见了，肯定会到处找你的。估计很快就要找来了。"

"爷爷？爷爷外出旅游，顺便去探访老友了，过几天才回来呢。他不可能会发现我不见了的。"

爷爷原先想要带她一块儿去的，但是她因为和小志冷战的事情，一直郁郁寡欢，什么地方都不想去，所以最后爷爷也没有勉强她。

陆爷爷想了想，又笑道："那你也不需要担心，你爷爷不在，你还有小志呢，小志这么关心紧张你，他肯定会来救你的。"

小志？

如果是之前，或许会，但是现在，她觉得根本就不可能。

因为莎莎，他一直在和她冷战，一直都没有找过她，他怎么可能会发现她不见了呢？

而且，就算他真的发现她不见了，他也未必会来救她吧？

在他心里，她就是一个嚣张跋扈的大小姐，任性，不讲理，不可理喻。

只有他的莎莎才是温柔体贴，善解人意。

他哪会再想起她啊？

小师妹原本就有些难过，现在一想起小志，更加难过了一千倍一万倍，这些难过还夹杂着委屈不忿，齐齐地涌了上来。

这种情形下，人的身心疲惫，原本就很脆弱，而小师妹因为烦恼小志的事情，心里一直有个结，现在更是催化了那个结。

疲惫，难过，委屈，如同一道一道的催命符一样，狠狠地朝着她砸了过来，一颗一颗豆大的眼泪，就这样在眼眶中急速形成，顺着眼角滑了出来。

陆爷爷提及小志，只是想要给小师妹打气，但万万没有想到，他这一句，不但没有给小师妹安慰，反而惹出了她的眼泪。

他一下也有点惊讶，眼睛睁了睁，连脚上的疼痛，都仿佛驱散了半分。

"哎呀你这孩子，怎么哭了呢？爷爷可不是要惹你哭啊！孩子别哭别哭，是不是爷爷说错什么话了？"

人都是这样的，自己委屈伤心难过的时候，自己哭一哭，没有人附和，眼泪很快就会止住了。

但是，一旦有人在旁边安慰你，劝解你，你那眼泪，就无可抑制地掉落了。

所以，陆爷爷这么一温声安慰，小师妹根本无法压制自己的情绪，眼泪如同掉了线的珍珠一样，一颗一颗掉下来，止都止不住。

陆爷爷顿时有些哭笑不得了。

男人见到女人流泪，第一反应永远都是手足无措。

无论是老男人还是年轻小伙子。

不过陆爷爷到底是有阅历的人，一眼就能够看出这其中的情况，一个劲儿地安慰小师妹，估计止不住她哭，必须得找出哭泣的源头才行。

陆爷爷轻叹了口气，慢慢开口，"小师妹，你是不是和小志闹别扭了？"

小志和小师妹这对青梅竹马，陆爷爷也算是看着长大的。小师妹性格开朗，为人单纯，她对小志那点心思，大家多少都看得出来，唯独小志那孩子，明明那样年轻，眼睛里却仿佛老是藏着什么东西，什么心思也藏着掖着，轻易不让人看了去。

不过哪怕是这样，陆爷爷也是能够看得出来，小志对小师妹，不可能没有感情的。

所以这两个人，感情一直都挺好的，没想到现在，一提到小志，小师妹就哭。

这哭得，仿佛受了极大的委屈一样。

"我才没有和他闹呢，我都不认识他。"

小师妹对小志满腹的委屈，自然是不会承认的。而且他之前不信任她，和她冷战，她还真的宁愿不认识他呢。

这样，她就可以不必这样伤心难过了。

陆爷爷听着小师妹那违心的话，轻笑了声："看来是真的闹别扭了啊。年轻人闹闹是很正常的嘛，这有什么好生气的。"

小师妹眉头一皱，腮帮子都鼓了起来："我才没有闹，是他……"

话语猛地戛然而止，小师妹这才意识到陆爷爷是在套她的话，她瞪圆了眼睛，略微有点不满："陆爷爷你……"

"这样岂不是很好？不用哭了。"陆爷爷盯着小师妹那哭花的脸，"再哭就真的变成小花猫了。"

小师妹顿时有点不知道该气还是该笑。

难怪陆爷爷都六十岁了，依旧风流倜傥，惹得小镇里的奶奶们一个个春心荡漾的。

这样的男人，年纪也不过是沉淀的时间罢了。

看看，多会哄女孩子。

要是小志有陆爷爷的一半，那该有多好。

呸呸呸，她怎么又想起那个坏蛋小志了呢？

他都不理她了，她才不要再想起他呢！

被陆爷爷这样一打岔，小师妹也没有哭的心情了。她从包包里拿出纸巾，慢慢地擦拭着脸上的泪痕。

陆爷爷看着小师妹，慢慢地再开了口："小师妹，小志对你怎么样，我们小镇的人，可都是看在眼里的。他一向宠着你，包容你，对你很好，所以，无论你们闹了什么别扭，都要相信，他绝对不可能不管你，知道吗？"

小师妹现在依旧是满腹的郁结，哪里听得进去这些话？

在她看来，小志就是不信任她，为了莎莎一直拒绝她，对她忽冷忽热的，甚至，她连莎莎的一条狗都不如呢。

为了一条狗，他呵斥她，为了莎莎，他与她冷战。

都这么久了，他依旧不来和她和好。

要她还怎么能够说服自己，小志还关心她紧张她？

越想越是心灰意冷，小师妹垂下了眼帘，双手抱着膝盖，可怜兮兮地缩成了一团。

她这次没有哭，但声音沙哑，低沉，仿佛含着砂砾在说话，听着都让人的心不自觉地与她一同难过。

"陆爷爷，你不明白的。小志他是不会理我了，他根本就……不在意我。"

他喜欢的人……也不是我。

这句话，小师妹最后还是默默地咽了回去，没有说出来。

哪怕这是事实，她自己也没法面对这个事实。

平日的她，是骄傲的，自信的，她的心意，哪怕表现得再明显，骄傲如她，也不可能真的说出来。更别提，现在人家根本就不喜欢她。

如果不是今夜，她太过疲惫，太过伤心，太过难过，太过脆弱。

如果不是陆爷爷，那温和的声音，温和的眼神，太过让人放松，太过让人安心，或许，她根本就不可能说出这样的话，这样类似于示弱的话。

陆爷爷以为，小志和小师妹不过是普通的闹闹别扭，却没有想到，小师妹说出这样的话。

从她的语气，陆爷爷能够听出其中的失落和难过。

那是真正的发自内心的难过。

陆爷爷也微微收起了些许的随意，神情慢慢地沉寂了下来，开口的声音温柔而缓慢："不会的。"

仅仅是短短的三个字,却坚定有力。

小师妹不自觉地抬头看向陆爷爷,只见陆爷爷静静地盯着她,继续道:"小师妹,相信我,小志绝对不会不管你,他一定会来救你的。"

小师妹眉头依旧紧蹙着,她不是不愿意相信陆爷爷,而是她已经快被打击得没有信心了。

小师妹看着陆爷爷,不知道该怎么回他。

陆爷爷倒是不着急,伸出手,轻拍了拍小师妹的肩膀:"好了,别胡思乱想了,我们就等着,看看我说得对不对,看看小志会不会来救你,好不好?"

陆爷爷到底是体力不支,没一会儿,便昏睡了过去。

小师妹不敢睡,怕陆爷爷出现什么意外,努力地撑着眼睛,不让自己睡过去。

刚才和陆爷爷的那番话,哪怕她嘴里倔强,但在她的心里,她何尝不希望,小志来找她,小志来救她?

可是,可能吗?会吗?

小师妹不自觉地抬头,望向那无边无际的天空。天空上,明亮的星星闪烁着,一颗一颗,漂亮极了。

小志这个时间在干什么呢?

是已经发现了她不见了,在努力地找她,还是就呆在家里玩电脑?又或许……是和莎莎在一起?

小师妹不敢想,怕自己会崩溃,连忙晃动着脑袋,把这些想法晃出去。

夜越来越深,气温也越来越低。小师妹那薄薄的毛衫,根本抵挡不住冷风的袭击,冷得她浑身直打哆嗦,她的眼皮也慢慢地开始往下落,宛若千斤重一般。

再没有人来救她,她真的快要撑不住了……

比起身体上的疲惫,心底的疲惫,更是让她几欲崩溃。

小志……真的没有来救她。

或许，他到现在都没有发现她不见了吧？

小师妹唇角不自觉地扯出了一抹极其苦涩的笑意，眼睛慢慢地闭上。

然而，在最后一刻，头顶却猛地传来了一声声呼喊：

"小师妹……小师妹，你在不在？小师妹——"

那呼喊声，由远到近，一点一点地传入了小师妹的耳中，小师妹一时间没反应过来。

直至那声音越来越近，越来越大声，小师妹才一下子醒过神来。

是小志！

是小志找来了，他来救她了，他真的来了！

一时间，各种各样汹涌澎湃的情绪在小师妹的心底快速地翻滚着，涌动着，让她几乎都没法开口说话。

或许是因为没有回应，那声音开始渐渐远离，吓得小师妹瞬间站了起来，也不知道是哪儿来的一股力气，冲着山坡上方大声呼回应着："我在！小志，我在这里！我在这里！我在这面！"

小师妹一连喊了三声，用尽了全身的力气去喊，希望小志能够听见。

可惜，不知道是不是她回应得太迟，小志已经走远，还是她的声音太小，小志没有听见。她回应了之后，头顶却没有半点声响和动静，小师妹心里暗暗焦急，只能继续喊叫。

若是小志真的走远了，那她和陆爷爷可就真的没有办法获救了，这是唯一机会了。

"小志！我在下面，你听见了吗？小志——"

一声声的呼喊，却宛若石头投入大海中，瞬间被淹没，山坡上方始终没有动静。

小师妹喊得筋疲力尽，上气都要不接下气了。

难道老天真的注定她要死在这里吗？

小志，你为什么听不见我的呼喊呢？

小师妹快要绝望了。

千钧一发之时，头顶忽然射下来一簇光亮，照在了小师妹侧脸上。小师妹还没有来得及反应，下一秒，那熟悉的低沉的嗓音，就这样传入了她的耳中：

"小师妹，你在下面吗？"

小师妹双眸猝然瞪大，仿佛是听见了天籁之音一样。

她迫不及待地抬起头，朝着那簇光望了上去。她的眼睛受到了光的刺激，不自觉地眯了起来，但她仍旧是固执地看着。

山坡底距离坡顶还是有一定的距离的，小师妹是根本看不清楚山坡顶的任何东西，但是，这一刻，她却仿佛看到了小志。

他紧张的脸庞，焦急的嗓音，担心的眼神，一切一切，都那样的清晰，那样的清楚。

对于小师妹来说，只要有小志在，一切都不需要担心。

他就宛若神一样，永远能轻松地料理好所有的事情，只要他在，一切都会好。

所以，在看到小志的时候，小师妹整个人都猛地松懈了下来。她攥紧了拳头，大声回应着："小志，我在，我在下面，快救救我们！"

最近小师妹心情郁闷烦躁，小志的心情也没能好得到哪里去。

每一次都要故作对小师妹冷淡，故作不在意，每每看到小师妹那难过的眼神，他心里的难过，只会比小师妹多一千一万倍。

说不出口的感情，压抑的感情，几乎快要把他逼得崩溃。

可是他又能怎么样呢？

他的感情，他没有办法说出口，因为一旦说出口，他曾经想要报复的秘密，也就藏不住了。

他并不怕他的秘密会被揭穿，他怕的只是、怕伤害到小师妹。

小师妹对他全身心的依赖，全身心的爱护，全身心的信任，是从以前到现在，一点一滴，慢慢积攒下来的。

如果……如果被她知道,她那样信任、依赖的他,曾经对她,对她的爷爷,存着恶毒的报复的心,她该会有多难过?

而且,现在的他……也还没有资格,可以配得上小师妹。

小志心情阴郁,脸上却丝毫不显,所有的心思,都藏着极深,深得连自己都不愿意触碰。

冷战的这一段时间,无论小志内心如何地翻滚折腾,表面上,他一如既往,每天安静地做着自己的事情,仿佛什么也无法影响到他。

但是,他仍旧在悄悄地关注着小师妹。

无时无刻,无处不在。

他知道,她每天去了哪儿,心情怎么样,做了些什么,睡得好不好,今天的笑容有没有比昨天多一点。

一边躲避,一边思念。

所以,今天小师妹出门,他是知道的。

小师妹心情一不好,就喜欢拿着手机出去到处拍拍,他也是很清楚。

一开始,他看着她出去,也没有多想什么。

毕竟这个小镇,可是小师妹从小生活的地方,闭着眼睛都不会走丢的,所以他以为,小师妹出去走走,散散心,心情好一点了,就会回家了。

可万万没有想到,她早上出门了之后,便一直没有回家。

当然,小志也没有立即就往坏处想,他只是想,小师妹或许遇见什么事情,又或许要去做什么,会晚点再回来。

随着时间的推移,他越来越无法淡定。

直至日暮西山,他彻底地坐不住了。

就算再遇见什么事情,一整天的时间,也足够了吧?现在天都黑了,居然还不回家,他不可能不担心。

小志根本没法坐得住,抓了一件外套,便快速地出了门。

他只大约知道小师妹往哪个方向走了,但不知道她去哪儿,只能先沿着她早上离开的方向一路追寻，却没看见她的踪影，然后他又去了小师妹经常会去的地方，结果仍是扑了空。

他也联系了哈尼和阿闲，问问小师妹有没有去找他们，可得到的答案都是没有。

小志整个人不自觉地慌了神。

已经这么晚了，小师妹到底去了哪里？她没有理由这么晚还在外面逗留的。难道，她真的出了什么事情？

小志眉头紧紧地蹙了起来，隆起了一个眉峰。

不，他不应该往坏处想，他也不能往坏处想，小师妹没准就是贪玩，在哪儿躲着呢？她一定还好好的。

小志一遍一遍地在心里想着，仿佛能够梦想成真一样。他的脚步却是片刻没停，四处奔波，任何一个地方，一个角落，都不愿意放过。

还好，老天不负有心人。

有人说看到今天早上的时候，小师妹往山谷的方向走去了，不知道是不是去山谷那边。

小志眼前猛地一亮。

虽不知道小师妹是不是真的去了山谷，但有线索总好过没有，他二话不说，朝着山谷那边跑去。

听见小师妹回应的声音那一瞬，小志心底的狂喜，丝毫不比小师妹少半分。

他找了那样久，找得快要绝望了，还以为，就要找不到小师妹了。

还好，他终于找到她了！

但此时此刻，他片刻也不敢放松，他还要把小师妹给救上来。

他忙不迭地往下喊着："小师妹，不要怕，我现在就来救你！"

"嗯嗯，我不怕，小志。陆爷爷也在这下面，他伤到了腿，没有办法走路！"

陆爷爷也在？

小志拧了拧眉,可声音还是故作轻松的:"好,我知道了,你就站在原地别动,我喊人来。"

"好。"

小志拿出手机,快速地拨打了电话,通知镇上的人来帮忙,然后他左右看了看,看到散落在一旁的藤蔓,他试了试韧性,感觉应该折不断,便把一头绑在了树木上,另外一头朝着山坡下丢了下去。

继而朝着下面喊:"小师妹,你拿藤蔓绑住自己,抓紧了,我先拉你上来!"

话语一落,藤蔓也随之垂落下来,恰好垂落在小师妹的身前。

小师妹嗯了一声,拿起藤蔓,紧紧地绑在自己的腰间,然后双手抓住那藤蔓,回道:"我可以了!"

小志深吸了一口气,双手抓起那藤蔓,用力地往上拉。

虽然小师妹不算重,但这样的拉动,还是很费力气的,小志脸颊涨红,手背上的青筋暴起,可他的唇却是抿着紧紧的,眼神无比坚毅。

后背上渗透出的汗水,已全部打湿了衣服,额头上的汗珠,也沿着他那深邃的轮廓,一滴一滴下滑。他全然不顾,只有一个信念,他必须把小师妹给救上来。

小师妹身体一点一点慢慢地上升,终于到了坡地,小志用尽最后一点力气,把小师妹给抱了上来,放在地上,整个人已经累得瘫软在地。

他双手撑着身后,大口大口地喘着气,可那眼神,还是一刻都没敢放松地在小师妹的身上扫视着,生怕她哪里受伤了。

才喘了一口气,小志迫不及待地开口:"小师妹,你没事吧?有没有哪里受伤了?"

自从上一次,两个人在莎莎那里闹了不愉快之后,小志就再也没有和她说过话,更别提关心她。

现在,那久违的,熟悉的眼神,语气,瞬间就击垮了小师妹所有的委屈,不满。

她哪里还记得她和小志是在冷战?她哪里还记得小志曾经对她的

坏？

满脑子，也只剩下他的关心和紧张，他的焦虑和担忧。

情之所至，不能自已，小师妹情不自禁地扑向了小志，双手用力地抱住了他的腰，把自己的头深深地埋入他的怀里，放声哭泣了起来。

小志没有想到小师妹会突然哭了起来，还以为她是哪里受了伤疼的，吓得脸色都有点微变。

他的语气也无法淡定，紧张地发问："小师妹，怎么了？是不是哪里伤到了？我看看？"

小师妹却只顾着哭，没有丝毫回应。

小志担心不已，不由抬手搁在她的肩膀上，欲把她推开。然而小师妹却抱得更加紧，在他怀里不住地摇头，声音无比哽咽："我没事，我没事，没有受伤。"

"没有受伤？"

小志无法相信小师妹的这个说辞，没有受伤，她怎么哭得这样厉害呢？

"你起来让我看看。"

小志仍是想要推开小师妹，好好地看个仔细。

"我真的没有受伤！我没事！"

小志眉头不自觉地蹙了起来，手到底还是微微用了点力，推开了小师妹，认真地看了看，确定她周身只是狼狈了点，并没有什么淤伤，才彻底地松了口气。

与此同时，他也不禁有点失笑："你没有受伤，哭什么呢？"

小师妹哭得一时间停不下来，不住地抽噎着，声音哽咽着，显得格外的楚楚可怜。

她抬起手，一边抹泪一边回着："我，我那是高兴啊，你来救我了，我高兴。还有……你终于理我了……"

最后一句话，她说的声音极小，小得仿佛只有她自己才能够听见。

可小志还是听得一清二楚，他那紧张着急的眼神，微微一敛，不自觉地垂了垂,半晌没有说话。

刚才因为情况紧急,他忘记了她和小师妹正在冷战的情况。

现在理智一回来,他仍旧是下意识地躲避。

小师妹眼睛一直是盯着小志的,原以为他来找她了,来救她了,那就是主动想要和解,求和的意思了,可现在看来,好像并不是那么一回事。

可是,刚才他的担心着急,紧张关心,分明不是在做假。

他明明是在乎她的,为什么现在又是这副模样?

她真的,一直都没有办法看懂他到底在想什么。老是忽冷忽热,忽远忽近,明明看着近在咫尺,实际上却是远在天边。

她好像怎么伸手,都无法抓住他一样。

小师妹的心一下子又揪了起来,这个时候,她也没法再端着她的骄傲和矜持,这段时间冷战了这么久,她真的已经受够了。

小师妹猝然伸出手,攥住了小志身前的衣襟,她的脸庞也凑了上前,拉近了与小志的距离。

那双大大的眼睛,在黑暗中仿佛闪着光亮的珍珠一样,能够看穿人的心。

她就这样看着他,一字一字慢慢地开口,"小志,你怎么了?又要不理我了吗?"

低低的沙哑的声音缓慢地传入耳中,软绵绵的,带着哭泣后的尾音,让人的心头不由得一酥。

小志不自觉地抬眼看向小师妹。

小师妹现在浑身狼狈,白嫩的脸白一块黑一块的,脸上沾满了泪痕,那双大眼睛湿漉漉的,既期待又害怕地看着他,仿佛只要他说一个是,眼泪瞬间就能够掉落一样。

小师妹向来骄傲任性,怎么会这样可怜兮兮地说着哀求的话。她向来只会说,小志你不可以不理我,你一定要理我的……

现在,她却满满地哀求。

小志的话，一下子哽在了喉咙，什么都说不出来了。

这样脆弱的小师妹，他深爱的小师妹，他哪能再说出让她伤心的话？

哪怕是假话，他的心不允许。

小志的双手不由自主地攥紧，黑黑的眼睛里满是隐忍。他下意识地别过眼，不想让小师妹看到他的狼狈，想要和以往一样，再次故作冷淡地把小师妹给推开。

现在的他，真的没有资格站在小师妹的旁边，而且，还有金灿灿的威胁。

见着小志再一次别过眼，小师妹满心都是苦涩，原本缓慢止住的哭泣，再一次无法抑制，声音哽咽得几乎说不出话来："小志……"

大大的眼睛里，泪水迅速凝结，化成一滴泪珠，顺着眼角溢出，滑落，一下子砸在了小志的手背上。

那滚烫的温度，好像都要把小志的心给灼烧起来。

小志的手，不自觉地战抖着，根本不受控制。他的心，也一点一点地脱离了理智的掌控。

"怎么会呢？"四个字，就这样脱口而出，小志黑眸慢慢地看向小师妹，唇角缓缓弯曲，声音低沉悦耳，"我怎么会不理你呢，瞎想什么。"

小师妹原本心情已经降到了谷底，整颗心都已经是灰暗的了，却没有想到，小志竟说怎么会不理她。

她的双眸瞪大，惊讶得连眼泪都止住了，樱唇还微微地开启着，狠狠地震住了。

刚才，小志是在说什么？

小志说，不会不理她？

她是在做梦吗？还是她幻听了？

小师妹眼睛眨了眨，不可置信喃喃开口："小志，你刚才说什么呢？你再说一遍，我没有听清楚。"

337

小志看着小师妹，启唇，重复："小师妹，我没有要不理你。"

这话说出来，似是轻松多了。

虽然他也知道，这些话，他本不应该说的。他和小师妹，还是应该保持着距离，可是，一个人再怎么厉害，又怎么可能抵得过自己的心呢？

就让他，暂时地逃避一下现实，可以吗？

小师妹依旧是无法相信一样，双手无意识地攥紧，再一次开口："小志，你再说一遍。"

小志看着小师妹呆呆傻傻的样子，不禁失声一笑："小师妹，你到底要我说多少次呢？"

"你说嘛你说嘛！"

小师妹那撒娇的话又说出来了。

小志无奈地笑着，却还是纵容地点了点头："好，我说，我不会不理你的，小师妹。你要我说多少次，都可以。"

这一次，小师妹听得一清二楚了，每一个字，都听见了。

她那灰暗的心，就仿佛瞬间住进了一个大大的太阳，把里面全部照亮，每一个角落都有光芒，都是暖洋洋的。

她的心，好像在唱着快乐的舞曲。

小师妹唇角的弧度慢慢弯了起来，笑脸上扬，大大的眼睛里，闪烁着愉快的光芒，止都止不住。

"你说的哦，可不能忘记了。"

小师妹还是有点不放心，仍旧紧紧地盯着小志。

小志手指点了点小师妹的额头，声音温柔："是，我说的，不会忘记的。"

小师妹终于心满意足地笑出了声。

轻灵的笑声悦耳，眉眼弯弯，宛若一轮漂亮的弯月，哪怕此刻她的脸花花的，浑身狼狈着，却也丝毫无损她的漂亮。

小志轻轻揉了揉她的脑袋，抚了抚她掉落在眼前的头发，轻轻地钩到她的耳后，然后道："好了，别在地上坐着了，站起来吧。"
"嗯。"
小志率先站了起来，然后伸手握住小师妹的手腕，把她拉了起来。

小师妹顺着小志的力道，慢慢站了起来，可惜她此刻又饿又累，脚都还是软的，根本没法站直，膝盖一软，整个人又往下跌。

小志的手下意识地扣紧了小师妹的手腕，往他这边一拉，小师妹直直地跌入小志的怀里。

小师妹先是一愣，随后双眸一亮，另一手不自觉地攥住了小志的衣脚，唇角翘起，露出一抹笑。

小志原本只是想要拉住小师妹，以免她摔倒，没想到她顺势倒入他的怀里。怀里暖软软的一团猝然凑了过来，他整个人不由得呆了呆，很快，他猛地回神，伸手要把小师妹推开，可小师妹那弱弱的声音从怀里响起：

"好累好饿，我都站不稳了，小志，你就借我靠一靠吧。"

小志略微有点尴尬，小师妹就这样窝在他的胸前，额头抵在他的胸膛上，浑身热乎乎的一团，仿佛要把他整个人灼烧起来一样。他黑眸不由得沉了沉，手脚都有点不知道往哪儿放。

呼吸也不知不觉加重了半分，但他必须克制住，不能让小师妹看出他的不对劲，他还是抬起了手，稍稍地把小师妹推开，继而开口："那你靠着我的肩膀好了。"

小师妹红唇微嘟，略微有点不满，但她也没法再硬靠进去，只好就靠着小志的肩膀。

虽然不如靠在他的怀里，但至少还是挨着他的。

小师妹微微侧过脸，眼睛看着小志，视线定在他的侧脸轮廓——线条极其优美，轮廓深邃，看着就让人的心再次不受控制地怦怦乱跳起来。

小志能够感觉到小师妹那灼热的视线，不需要看，他都能够想象得到，那眼睛里面亮晶晶的光芒，还有，他眼角的余光能够扫到小师妹唇角浅浅的上扬弧度，很是漂亮。

两个人靠得这样近，这样静静地挨着，周围十分寂静，只隐隐约约听见树林里面的虫鸣声。

夜空上满天星星闪烁，月光温和，竟有一种，岁月静好的错觉。

他偷偷地侧了侧脸，视线悄悄地落到了小师妹的侧脸上，美好秀丽的侧脸，微微的银色月光斜照下来，让他的心，也不由自主地怦怦狂跳起来。

他在想，如果时间能够永远停留在这一刻多好。

那样，他和小师妹，就能够永远在一起，这样，什么都不想，什么都不考虑。

可惜，幸福总是短暂的，总归要回到现实中来。

镇子里的人陆陆续续地赶到，小志告诉他们陆爷爷掉在山坡下了，让他们赶紧营救。

小志安排妥当之后，便朝着小师妹道："这儿就交给他们了，我先带你回去吧。"

小师妹点了点头。

她又累又饿的，留在这里也没法帮忙，还不如先回去。

小志看了看她，又道："能走吗？"

小师妹休息了一会儿，感觉力气恢复了一些，应该是能走的，但就在她要说能的时候，看着小志的眼睛忽地一闪，脑袋里极快地划过一个念头，那个能字，直接被她吞回了口中，继而摇了摇头，再次弱弱地开口："我有点走不动……。"

小志先是眉头蹙了蹙，不过到底没说什么，只是背对着小师妹，蹲下了身："上来吧，我背你回去。"

小师妹唇一抿，差点没克制出要笑出来。

她的确就是打的这个主意。

她没法走，那小志就只能背着她走了。

要知道，这么久以来，小志都还没有背过她呢。上一次，她见到小志背着莎莎，虽说那是因为莎莎生病了，情有可原，可她还是妒忌得不能自已，时时刻刻想着，什么时候，也要让小志背一背她。

现在，终于有机会实现她的愿望了，哪能不高兴呢？

小师妹压抑着兴奋，慢慢地伸出双手，环住小志的脖子，继而身体靠在了他的后背上。

小志的手往后抱住她，然后慢慢地站了起来，长腿一迈，朝着树林外面走去。

小师妹紧紧地抱着小志，下巴搁在了他的肩膀处，微微侧过头，呼吸都洒在小志的脖颈处，似乎是感觉到小志微微一怔，她唇角的笑意越发地明显。

小志的背真宽厚，她躺在上面，真舒服，像是被他牢牢地保护在中间，再也不会受到任何伤害一样。

真好，小志终于也背着她了，她心里叹息着，手再搂紧了些。

小师妹的呼吸一下又一下地洒在他的侧脖颈，呼吸暖暖的，烫得他的肌肤好像要着火一样。小志深吸了口气，压下自己的异样，努力地眼观鼻，鼻观心，一步一步，走出树林。

小志的步履稳健，小师妹躺在他的背上，丝毫感觉不到一丝颠簸。月光洒下来，把他们的影子拉得斜长斜长的，两个人像是交叠在一起，你中有我，我中有你，相互交融。

小师妹静静地看着那影子，高兴地笑了。

山谷距离小师妹的家还是有那么一点距离的，小志背着小师妹回到家的时候，已是深夜时分了，周围静悄悄的，仿佛就只能听见小志略微有点沉的脚步声。

抵达小师妹家门口的时候，小志稍稍停了停，然后开口道："小师妹，到家了。"

小师妹没有回应。

小志眉头轻蹙了蹙，声音略微提高了点："小师妹？到家了！"

小师妹还是没有回应。

小志稍稍侧了侧脸,往后看去,只见小师妹的脑袋倚靠在他的肩膀上,眼睛闭着,长长的眼睫毛掩盖下来,在眼窝处形成了一个小小的阴影。

原来睡着了。

小志心里微微叹息了声,唇角却扬起一丝浅浅的弧度。

小志从小师妹的包包里拿出钥匙,开了门,然后背着小师妹进了门。

小师妹的爷爷旅行去了,家里没有人,十分安静,小志不想惊扰小师妹,也没有开灯,就这样摸黑走了进去。

幸亏小志对小师妹的家很是熟悉,所以轻车熟路地背着小师妹到了她的房间,小心翼翼地把她放到了她那柔软的大床上。

小师妹睡得很沉,没有多大的反应,只是脸颊无意识地蹭了蹭柔软的枕头,继续沉沉入睡。

小志拉过被子,细致地帮着小师妹盖上被子,掖上被角。

他看着小师妹,一脸的花猫样,不由轻笑了声,然后他转身,走入洗手间,打了一盆温水,拿了一条毛巾,走回卧室。

他把水盆放在了床头柜前,自己坐在了床边,拿毛巾投入温水中,沾湿了,拧干,然后拿着毛巾,轻柔地帮着小师妹擦拭。

一点一点地擦拭掉她脸上脏兮兮的痕迹,露出了她原本洁白无瑕的脸庞。

夜很安静,周围很黑,可小志仍旧能够清晰地辨认出小师妹的五官,那样熟悉,熟悉得早已经刻在心底。

也只有在这种时候,在这样深的夜里,他才能稍微放任一下自己的真实心情。

他对小师妹的爱恋,对她的感情,可以无所顾忌地表现出来。

这是属于他一个人的甜蜜时刻。

小志很缓慢地擦拭着小师妹脸上的任何一个地方,轻柔无比,生怕会吵醒她。擦拭完脸颊，他又轻轻地拿出小师妹的手，再一一擦拭干净，然后把她的双手放回去，盖上被子。

一切都做好之后，小志知道，他应该走了。

可是，他的脚却定在原地，怎么也无法迈动一步。

他已经多久，没有见到小师妹，没有和她说话了。

是呢，自从上一次，因为莎莎的事情吵架之后，他们就再也没有见过面了。

他多少次忍不住地想要去找她，却多少次，还是强忍了下来。

他想她，却不能见她。

所以，他只能将所有的时间，都放在研究他的游戏上，希望能够分走他的心神，让他别思忆成狂。

现在，他好不容易，能够见到她了，他又怎么愿意轻易地走开呢？

他就这样坐在床边，静静地看着沉睡的小师妹，哪怕仅仅是这样看着，他就已经心满意足了。

不知道何时，小师妹秀气的眉头紧蹙了起来，额头上也微微地渗出了些许细汗，红唇轻微蠕动，想要要说些什么，可声音太过模糊，什么都听不清楚。

她的身体也轻微地摆动了起来，脸颊左右晃动，极其不安的模样。

小志眼神一凛，小师妹似乎是做噩梦了。

是呀，今天的经历，肯定是吓着她了，现在，或许是梦见了那可怕的经历才做噩梦了吧。

小志身体微微前倾，大掌轻拍着小师妹的脸颊，声音温柔如水，极轻："小师妹？小师妹，醒醒！醒醒！"

可小师妹似只沉溺在她的梦境中，没有听见他的呼唤，眉头越蹙越紧，连声音也渐渐变大，依稀能够听见她在呼喊："小志……救我……小志，救我！"

小志的心，一下子被一只大手揪住了一样，呼吸都变得困难。

小师妹掉落山坡，在等待救援的时候，会是多么的绝望啊，否则她也不会这样的害怕了。

他怎么就没有早一点发现小师妹不见了呢？他怎么就没有早一点去救她呢？

小师妹的手无意识地在空中挥舞着，像是溺水的人，想要抓住一根救命的浮木一样。

小志的手连忙伸了出去，一把握住小师妹的手，拉住自己的心口处，牢牢地按在心脏的地方，他的声音低沉无比："小师妹，别怕，只是噩梦而已，我在这里，我在！"

"小志……小志！"小师妹仍旧是无意识地喊着。

"我在。"

"小志……"

"我在。"

小师妹每喊一声，小志都认真地回答着，语气坚定有力，没有丝毫迟疑。

渐渐地，他的声音，似乎安抚了小师妹。她的声音小了下去，身体也安静了下来，整个人回归沉睡的状态。

小志悬着的心，终于落回了原地。

他看着小师妹的眼睛，既是心疼，又是欣慰。

他缓慢地伸出手，温热的指腹轻按在小师妹的眉头上，抚平了她的眉峰，声音更加地轻："小师妹，好好睡，这一次，要做个好梦。"

小师妹不知道是不是在梦里听见他这句话了，唇角无意识地扬起一丝浅浅的弧度。

时间嘀嗒嘀嗒地过去，不知不觉，已是深夜两点多了。小志哪怕再不舍，也不好再继续待在这里，他准备放开与小师妹交握的手，然后离开。

在他想要放开小师妹的手的时候，小师妹好像有感应一样，握得紧紧的，半点都不愿意放松。

小志轻轻地抽了几下，也没能够抽出来。

小志呆愣在原地几秒，最终还是没有用力地抽回自己的手，怕吵醒小师妹，于是，他再次微微握紧小师妹的手，静静地坐在床边，看着她的睡脸，等待时间的流逝。

阳光透过纱窗，射入了卧室内，有几缕阳光，调皮地在小师妹的眼皮上跳跃，小师妹长长卷卷的眼睫毛闪动了几下，慢慢地睁开了眼睛。

首先入眼的一如既往是她那白色蕾丝，粉色细纱的蚊帐。

小师妹眨巴了几下大眼睛，脑袋还有一点点迷茫，但很快，昨晚的记忆，如同旧电影倒带一样，快速地填充入了她的大脑，几秒钟后，全部填充完毕！

对哦，她昨天，为了救陆爷爷，掉下山坡了，一直一直等到好晚好晚，都没有人来救他们。

她又饿又累，差点就要撑不住了。

还好，小志来救她了。

小志……

对了，小志呢？

一想起小志，小师妹瞬间清醒。

她最后的记忆，是小志背着她走出树林，然后……因为她实在是太累了，而小志在身边，她又什么都不需要担心，所以不知不觉地，就睡着了。

然后就什么都不知道了。

那她现在怎么躺在自己的床上，是小志送她回来的吗？

小师妹正要从床上坐起来，却赫然发现自己的手，像是被什么握住一样，她的头猛地转了过来。

她的床边，靠坐着一个人。

熟悉的脸庞，熟悉的身影，熟悉的人。

是小志。

小镇情缘 下

她的手，正和小志的手交握在一起，紧紧地握着，如两个小人亲密地依偎在一起一样。

光是看着这一些，小师妹心底就已经浮现了浓浓的喜悦之情。

看来，昨晚真的是小志把她送回家的，而且，他不仅把她送回来了，还在床边陪了她一个晚上。

这对于小师妹来说，简直是无法抑制的狂喜。

小志是担心她，所以才在这里陪了她一个晚上吧。

他果然是在意她，在乎她的。

这叫她怎么能够不高兴呢。

小师妹根本不知道怎么抒发自己的喜悦，兴奋得整个人都想要尖叫一样。

可她却生生地克制了下来，她怕吵醒了小志，小志会不会又恢复那冷淡的模样。

她小心翼翼地撑起了身体，然后一点一点慢慢地靠近小志，大大的眼睛紧紧地盯着小志的脸庞。

小志睡着的时候，褪去了他一向的疏离冷漠的脸庞，清俊秀丽，温和无害。

小师妹情不自禁地越靠越近。

小志脸上的皮肤可真好，比她一个女生都要好，没有任何瑕疵，连毛孔都细得找不到，可真是气人。

而且，他的眼睫毛也太长了点吧。一个男人长这么长的眼睫毛真的好吗？

小师妹的手也不知不觉地伸了出来，轻轻地触了触小志的眼睫毛。

小师妹唇角大大地扬起。

正在小师妹兴致勃勃地观察着小志的时候，小志不知道什么时候醒了，他的眼睛赫然睁开，黑褐色的眼珠子赫然映入小师妹的眼中，吓得小师妹整个人有一瞬间的呆滞。

小志也没有想到，小师妹不知道何时靠得他这么近，近得仿佛能够感觉到她的呼吸了,而且她的手,还轻触着他的眼睫毛。

他这样赫然睁开眼,两个人的视线不可避免地相对,仿佛中间有什么磁场一样,一下子就吸住了彼此,再也无法挪开。

小师妹呆住了,是因为她偷窥小志,居然被当场逮住,不知道怎么反应才好。

小志呆住,则是因为猝不及防地这样看着小师妹,这么近的距离,他也不知道怎么反应才好。

两个人就这样静静地对视着,气氛都渐渐地变了,变得柔软,变得暧昧。

连小师妹,一开始的尴尬褪去,羞涩的感觉都止不住地涌了上来。这么近的距离与小志对视,她的心不可能不浮想联翩。

小志会不会和电视剧里面的男主角一样,凑上来亲吻她,光是想想就好羞涩。

可是,如果小志真的吻她,她要怎么办?

她是欲拒还迎呢,还是直接躲开?又或者是,回应他?

天啊天啊,羞死人了,她自己在胡思乱想什么呢?

可是,如果小志真的吻她的话,她想……她是不会拒绝的吧?

就在小师妹胡思乱想的时候,小志终于找回了理智,猛地站了起来,退后了两步,直接拉开了与小师妹的距离。

他的动作十分迅猛,像是沾到了什么脏东西迅速逃离一样。小师妹眨了眨眼睛,心底的喜悦羞涩,顿时变成了尴尬委屈。

小志他至于这样吗?

她是细菌吗?每次他都逃得这么快,这么明显。

小师妹心底所有的粉红泡泡,顿时消失得无影无踪,眼底不禁带上了一丝委屈。

小志这才发现,他的反应是有点过激了。

但此刻,他也不知道应该说些什么好,毕竟,现在已经不是深夜,小师妹也不是熟睡着,他昨夜那些肆无忌惮的情感,要全部收敛回来,丝毫不露。

小志迅速地调整了一下表情，黑眸垂下，掩去他的情感，沉声开了口："小师妹，你好些了吗？"

小师妹虽然有点委屈，但想着昨晚到底是小志救了她，把她背回家，还守了她一个晚上，顿时，这气也没法发出来了。

她唇角弯了弯，扬起一个笑脸："嗯，好很多了，小志，谢谢你。"

"不用谢，你没事就好，那我就先……"小志正想着告辞。

小师妹像是看出了他的意图，当然不想让他就这样走了，他们好不容易和好了呢，当然是要多多地培养培养感情。

在小志说出告辞的话之前，小师妹抢先一步道："小志，我好饿，你能不能给我弄点吃的，我都没有力气自己弄了。"

她昨晚累得睡着了，自然感觉不到饿，现在一醒来，肚子就迫不及待地抗议了。

这不，她话语刚落，肚子就相当应景地发出了咕咕咕的声。

小志看了看小师妹，小师妹皱着一张可怜兮兮的脸，双手合着摆在身前，朝着小志眨巴着大眼睛，撒娇般的口吻："小志，拜托拜托咯。"

这样可爱的小师妹，小志怎么拒绝得了？更何况，因为小师妹的爷爷不在家，家里就小师妹一个人，所以小志更没法拒绝。

他不帮小师妹弄东西吃，就没有人帮她弄了。

小志习惯性地伸手扶了扶黑色眼镜，宠溺地道："好，我去给你弄吃的，你洗漱完出来吧。"

"好！"

小师妹脆声地回道，手暗暗地比了一个快乐的手势！

小志出去后，小师妹掀被下床，走入浴室，好好地洗漱了一番，然后出来，坐在粉红色的梳妆台前，想了想，拨弄着瓶瓶罐罐给自己护肤，然后上妆。

所谓女为悦己者容。

和小志冷战的那些天,她连打理自己的心情都没有,皮肤都变差了一点点,现在,她恨不得一瞬间都补回来,然后美美地出现在小志的面前。

当然了,一瞬间补回来,那是不可能的,幸亏,还有万能的化妆。

所谓,没有丑女人,只有懒女人,这句话是绝对没有错的。

任何丑女人,在万能的化妆面前,都可以变一个人一样。

小师妹对着镜子,仔仔细细认认真真地给自己化了一个漂亮的淡妆,皮肤显得晶莹剔透,眼睛大而有神,红唇粉嫩粉嫩,与昨晚那个小花猫一样的自己,天差地别。

化完了妆,小师妹走到衣柜前面,打开衣柜,挑选了一条粉红色的公主连衣裙,换上之后,站在全身镜前,那粉色的裙子衬得她越发肤白如雪,宛若公主一般。

小师妹满意地在镜子面前旋转了一圈,唇角上扬。

她一定要让小志惊艳才行!

小师妹暗暗握了握拳头,然后转身,出了卧室。

小志正在厨房弄着早餐,小师妹走到餐厅,看着小志在厨房里面忙碌的身影,心底暖暖的甜。

他们现在,就好似回到了从前一样。

小志还是那个宠溺她、疼爱她的小志,他们之间,没有什么莎莎,也没有争吵,没有冷战,一切都很美好。

不由得,小师妹看着小志的背影,站在原地傻傻地笑着。

小志转回身的时候,恰好看到这一幕。

小师妹一身粉红色的公主裙,清晨的阳光斜斜地照射进来,打在她的身上,仿佛在她的周身镶嵌了一层暖色的光芒,在其中的小师妹,宛若美丽的天使般,让人有种目眩神晕的感觉。

小师妹真的好美,好漂亮。

他几乎都要挪不开眼睛了。

她的笑容，那样的暖，暖得直直透入他的心。

他在想，小师妹永远都这样笑着，那该多好。

小志注视着小师妹，小师妹感觉到他的视线，下意识地屏住了呼吸，小志看到她，会怎么想呢。

会不会觉得她漂亮呢？会不会惊艳呢？

她既是紧张，又是期待，眼睛都有点不敢看小志了，她垂了垂眼帘，牙齿轻轻地咬住了下唇。

就在她期待小志会说些什么的时候，小志却只淡定地转开视线，声音十分沉着地说了句："先坐吧，早餐很快就做好了。"

这神态，这语气，就仿佛他没有看见她的精心装扮一样，又或者，在他的眼里，她再精心装扮也入不了他的眼？

她忽然间想起，莎莎是那种身材极好的女人，有着傲人的胸部，平常只穿深V的衣服和紧身能显翘臀的裤子，显得身材越发地凹凸有致，格外地吸引男人的目光。

那么，小志会不会也是喜欢莎莎姐那样成熟的女人？

所以她这样的，可爱型的，他看不上眼？

她默默地挺了挺胸膛，她觉得她也不差啊！

好吧，比起莎莎姐那样的，她的确就是一小豆芽。

小师妹那满满的信心再次被打击，脸一下子垮了下来，连笑都挤不出来了。

小志能够感觉到小师妹情绪的低落，但他却没法说些什么，刚才，他若不是努力地克制住自己，恐怕他的目光都要挪不开了。

他很清楚，现在的他和小师妹的关系，他没有办法靠近一步，只能小心翼翼地保持着距离。

小志转身继续做早餐，小师妹闷闷地坐到了椅子上，精心的打扮得不到喜欢人的赞赏，一切都变得多余。

很快，小志做好了早餐，端着出来了。

小师妹抬眼看了一下，双眸微微有点瞪大，随即，眼眸闪烁着光芒，唇角再次扬起笑容。

因为，小志做的早餐，就是她最喜欢吃的。

看来，小志还是把她放在心上的嘛。

好吧，虽然小志有时候真的挺不解风情的，但是，他对她的细心和宠溺，她也是能够看得见的。

单单就昨晚，他守着她一夜，现在眼窝底下都还是黑黑的一圈，她就掩不住地心疼和愉悦。

算了，小志性子本来就是沉闷沉闷的，她也不指望他能够说出什么好听的话。

只要他把她放在心上就够了。

小师妹开开心心地拿起筷子吃早餐了。

小志坐在旁边，看着小师妹脸上又阴转晴，几不可见地笑了笑。

小师妹的心情，向来就如同那六月的天气，上一秒阴，下一秒就可能是阳光灿烂。

她的心情，向来都是因为他而转变的。

只要他对她一点点的温柔，一点点的体贴，她都能够高兴很久。

他一点点的凶，一点点的不好，她都会伤心难过。

他什么都知道，可现在的他，却无能为力。

想着想着，小志那一点笑容，不知不觉地收敛了回去。他看着小师妹，黑眸深沉，继而开口道："小师妹，那你就慢慢吃，我先回去了。"

小师妹原本正在开开心心地吃着小志给她做的早餐，没想到小志忽然又说要回去了，她皱了皱眉头，连忙说着："小志，你不饿吗？你也吃一点吧。"

小志摇了摇头："不了，我不饿，你吃吧。"

小师妹眉头皱得越紧，她可不想让他就这样回去，黑黑的眼珠子滴溜溜地转了一圈，她想起什么，又道："对了，陆爷爷现在不知道怎么样了。吃完早餐，我们一起去看看他好不好？"

小师妹生怕小志拒绝，大大的眼睛就这样直直地盯着他，眼睛里带着一丝恳求，让人不忍拒绝。

小志别过眼，不去看小师妹。

越和小师妹相处，他越是怕自己会控制不住自己的感情。

"小志，好不好嘛！"

小师妹一边说着，一边伸出手，揪了揪小志的袖口："我们一起去看看陆爷爷嘛！"

那浓浓的带着撒娇的声音，一点一点地传入小志的耳中，小志眼底的神情略微挣扎，最终却还是迁就她。

他轻叹了口气，揉了揉眉心，点了点头："好，我们一起去。"

小师妹忍不住笑了，声音清脆无比。

陆爷爷昨晚被救上来之后，连夜送到了小镇的医院里，虽然那蛇没有毒，但是脚受伤没有第一时间处理伤口，等了那么长时间，到底还是红肿发炎了，陆爷爷只能住院了。

因为陆爷爷平日人缘颇好，小志和小师妹抵达病房的时候，陆爷爷病房里已经充斥着鲜花和水果，有不少人都来探望过陆爷爷了。

小师妹抱着美丽的花儿，走入病房，声音清脆，笑容甜美："陆爷爷，我和小志来看你了。"

陆爷爷一见小师妹和小志，英俊的脸庞都笑满了皱纹："我的两位救命恩人来了啊。"

小师妹抱着鲜花走近，小志则提着水果跟在身后。

小师妹脸颊微微泛红，似有点不好意思救命恩人这个称呼："陆爷爷，小志是我们两个人的救命恩人才对。"

她这个救命恩人……只会帮倒忙。

陆爷爷呵呵地笑着："你们都是，你们都是。"

小师妹把鲜花放下，坐到了病房旁边的椅子上，看了看陆爷爷的脸色，道："陆爷爷，你怎么样了？好些了吗？"

"没事没事，我挺好的，休息几天就可以出院了。"

陆爷爷精神饱满，容光焕发，时时刻刻保持着优雅的姿态，哪怕是穿着病号服，依旧不减半分魅力，哪有半点受伤的模样。

小师妹的心也就放了下来。

"我多担心你因为我，脚伤严重了呢。"

"傻丫头，你怎么不说，因为你，我才得救了呢。"

"啊？为什么呀？"

明明就是她没有考虑周全，结果救人不成，反而导致两个人都被困住了啊。

陆爷爷看着小师妹呆呆的模样，眼睛望向了她身后的小志，笑得意味深长："当然是因为你了，如果不是你，小志又怎么能救到我呢？"

小师妹瞬间就明白过来了。

小志是来找她的，所以才一并救了他们。

陆爷爷的口吻听着有一点点的暧昧，小师妹的双颊越发地红，粉嫩粉嫩的，十分诱人。

陆爷爷继续笑着道："昨天我就跟你说了，小志那么在乎你，肯定会来救你的，怎么样，陆爷爷说得对吧？你还不信爷爷呢？爷爷看人，可是很准的。"

陆爷爷的调侃让小师妹越发地害羞，她垂了垂脑袋，娇嗔地道："陆爷爷，你说什么呢。"

"哈，这丫头还害羞呢。"陆爷爷朝着小志道。

小志轻咳了一下，温和地笑了笑，并没有否认陆爷爷的话，小师妹的心，满满的都是甜蜜。

两个人在陆爷爷这儿坐了一会儿，陆爷爷要休息了，他们便起身告辞。

两个人肩并肩地走在医院的走廊里，阳光正好，斜斜地照射下来，身上都有着暖洋洋的感觉。

两个人仿佛好久都没有能够这样安安静静地在一起走着了呢。

小师妹真的是无比怀念这样的时光。

他们之间的冷战,就这样过去了吧。

她再也不想要和小志冷战了。

小志同样很享受这样的时光,就他们两个人,这样慢慢地走着。他们仿佛与其他人隔成了两个空间,这个空间里,就只有他们两个人。

可惜,幸福的时间总是短暂的。很快,他们便走到了医院门口。

小志微停下了脚步,对着小师妹道:"我送你回家吧。"

小师妹现在是恨不得时时刻刻和小志待在一起,一点都不想和他分开,她自然也不愿意就这样轻易回家了。

可是现在,她还有什么借口和小志继续待下去呢?

小师妹脑袋瓜子迅速地转动起来,想了又想,猛地脑海里闪过一个念头。

她双眸一亮,唇角一弯,冲着小志道:"小志,我忽然间想起,昨天我的手机丢了,不知道放在哪里了。现在我没有手机用了,我得赶紧去买一个手机,不然我怕爷爷给我打电话,找不到我,你能不能陪我去买手机啊。"

小师妹的手机丢了?

难怪昨天打她的电话一直打不通呢。

小志一看小师妹的神情,就知道她是故意地在拖延时间,不想和他分开。

他都不想拆穿她。

因为,即使他的理智不断地告诉他,现在必须得保持距离,可是他的情感,却还是占据了上风,呈现压倒性的胜利。

在他的理智反应过来之前,他的情感已经驱使他点头,说:"好。"

小师妹再次展露笑颜。

她忽然间觉得,昨天掉落山坡,一点都不是坏事,反而因祸得福,那个温柔的、宠溺的、守护着她的小志又回来了。

如果早知道这样有效,她就早一点掉山坡算了。

小师妹高兴地拉着小志去挑手机。

两个人一同来到了小镇上的商场,商场里各式各样的手机,摆满了整个橱柜。

两个人一走进来,销售员便笑容满面地迎了上来。

"你好,小姐、先生,请问你们有什么需要?"

小师妹心情好,自然笑容也灿烂,她冲着销售员笑道:"我想买手机。"

客人笑容这么甜美,销售员的笑容自然也就更加真诚了,声音都温柔了不少:"那您想要买什么类型的手机呢。"

什么类型啊?

说实话,小师妹对手机这些性能功能的,都不太懂。她买手机,一贯都是挑外表漂亮的,然后照相像素好的就可以了。

小师妹说了这两样,销售员便给她介绍了一些款式的手机。

小志一看那些款式,都是华而不实的手机,就是图个外表漂亮罢了。

当然,对于小师妹这种科技白痴来说,这些手机足够用了,但是现在,他觉得还是需要多添加一个功能。

小师妹正认真地挑选着,好几款手机都很漂亮,机型轻薄,颜色粉嫩,很是适合女孩子携带。她颇有点选择困难症,看了又看,还是不知道挑哪一款好,便伸手扯了扯小志的袖子:"小志,你来帮我看看,你看哪一款比较好?好像都很漂亮啊。"

然而小志却没有回应,她愣了愣,随后抬头,只见小志站在橱柜前,眼睛正盯着另外一些款式的手机。

小师妹眨了眨眼睛,好奇道:"小志,你也想要买手机?"

"不,帮你挑。"

帮她挑?

帮她挑的话,那就看她选的那几款啊,怎么看别的去了。

小师妹连忙道:"那你看我这边啊,你看看我要挑哪一个好。"

小志仍旧是没有看过去，反而指着橱柜里的一款白色的手机，对销售员道："拿这一款我看看。"

销售员道："好的，请稍等。"

小师妹秀眉微蹙，很是不解："小志，你这是？"

小志还是没有回答小师妹的问题，而是接过销售员递过来的手机，装入电池，看了一下里面的功能，然后质询了销售员一些问题之后，才转过脸，看向小师妹，开口道："小师妹，你要这一款吧。"

小师妹微微有点傻眼，她喜欢的是另外几款啊。

"为什么？"

"这一款有GPS定位系统，能够准确定位你的位置，以后你要是不慎迷路了，或者出了什么事情，直接打开GPS定位系统，那我就能够去找你了。"

小师妹一开始还有点不太高兴的，可听到了小志这些话，所有的不高兴，顿时消失得一干二净，只感觉整颗心都要冒着红心泡泡了。

原来，小志是担心她再走丢了，再出什么意外，怕找不到她。

小师妹轻咬下唇，心都要膨胀起来了一样。

小志见小师妹不说话，以为她是不喜欢这个手机的外表。毕竟，小师妹一向都是喜欢粉嫩粉嫩的手机，但那些手机，没有什么强大的功能。

他只好压低了声音，继续柔声劝着，"小师妹，白色其实也很适合女孩子，女孩子带着很大气，而且这一款手机也很轻薄，携带不会觉得笨重，前后像素也有五百万和八百万，足够你拍照用了。就要这个好吗？"

就算没有这些理由，只单凭小志担心她的理由，小师妹就觉得足够了。

小师妹哪能说不啊？

她忍不住地笑出声，然后用力地点头："好，就要这个，就买这个。小志你说好，那就好。"

小志还以为她是不喜欢的，没想到，她答应得这么爽快，他愣了愣，随即也笑了。

"那好，我们就要这个了。"小志朝着销售员道。

销售员笑得越发灿烂："好的，我给你们包起来，请往这边结账。"

结账的时候，小师妹拿出钱包就要抽出信用卡，可小志却是先一步地拿出卡递给了结账员。

小师妹呆了一下，这小志怎么拿出卡了？

她连忙道："小志，你……"

小志似是知道她要说什么，头也没回一下，径直道："手机是我帮你挑的，自然是我给钱。"

"可是……"

她怎么能要他的钱呢？他赚钱多不容易啊。

"以后好好用，别又弄丢了，嗯？"

说话的时候，结账员已经结好账，小志提着手机，递给了小师妹。

小师妹已经不知道该说什么了，看着小志那黑色的眼睛，整颗心都仿佛要被他的眼睛吸了进去，沉醉不已。

小志偶尔的霸气，真的好迷人啊。

完完全全就是偶像剧霸道总裁的范儿啊。

小师妹根本没法拒绝，最后只红着脸，低低地嗯了声，然后信誓旦旦地道："我一定不会弄丢的。"

小志送给她的手机啊，她就是把自己给弄丢了，都不会把小志送给她的手机给弄丢了。

日子仿佛回到了从前，小师妹和小志的感情渐渐趋于缓和，之前冷战的事情，谁也没有再提过，仿佛不曾发生过那样的事情一样。

小师妹最近的日子过得那叫一个滋润，双颊一直都是粉红的。

新手机那也是用得相当顺手，每一晚，她都捧着手机，和小志在微信上聊天，每次见到他发来的信息，哪怕只有一个简单的嗯字，她都要好好地回味再回味。

不过，虽然她和小志的关系缓和回来了，可是小师妹依旧觉得他们之间，好像还有一点点问题。

具体要说什么问题，一时间，小师妹又想不通。

今夜，小师妹一如既往地给小志发微信，可小志却没有如往常一样，很快就回复，而是很久都没有回复。

小师妹一开始还不在意，但一个小时后，她渐渐地有点焦急，每隔几分钟就要看一次手机，看看手机是不是坏了或者没电了，怎么收不到回复呢。

难道小志在忙，还是他没有看见？

没有道理啊，这个时候，小志应该空闲了啊。

该不会又是和什么人在一起，所以没有看到手机？比如莎莎之类的……

她忍不住想要拿起手机给小志打一个电话问问，于是，她抓起手机，十分着急地拨打了小志的手机号码，然后轻咬着手指头，等待着小志接电话。

那头电话响了几声，小志便接听了起来，一如既往是那低沉的悦耳的嗓音："喂——小师妹？"

"嗯，是我。"

"这么晚了，有事吗？"

小师妹自己当然是没有什么事的，她不过是担心小志和莎莎在一起，打个电话查查勤罢了。

当然，这她不可能让小志知道，她轻咳了一声："没，我只是想看看你睡了没，我看你没回我微信。"

"哦，是吗？我刚才有事，没看到手机。"

"哦，有什么事啊？"小师妹状似不经意地发问。

该不会是真的和莎莎在一起吧，她咬着手指头的力道都微微加重了。

小志今晚一直在写游戏的程序，修改各种可能出现的小问题，尽量地让这个游戏程序更加地完美。这个游戏，小师妹是还不知道的，所以他不能说他在写程序，便只含糊地道："就有点事，小师妹，要没有什么事的话，快点睡觉吧，很晚了。"

小志的含糊，让小师妹原本就猜忌的心，越发地烦躁起来。

小志不愿意告诉她是什么事情，难道她真的猜中了？小志和莎莎在一起吗？

小师妹的心猝然一紧，很想要继续问是什么事情，可是她又怕，一旦追问了，她和小志会不会又因为莎莎闹出什么不愉快，让好不容易缓和下来的关系再次陷入冰封状态。

她可一点都不想要这样，上一次的冷战已经让她足够难受了。

所以，小师妹只能努力地把要出口的话生生地吞了回去，艰难地道："好，小志，晚安。"

"晚安。"

小志挂断了电话，小师妹耳边只能听见那一声声冰冷的嘟嘟声。

小师妹气闷地把手机丢到了床上，不禁握紧拳头捶了捶床。

天知道，她差一点就要忍不住了，忍不住脱口而出了。

明明她以前在小志面前，一直都有什么说什么的。她不喜欢莎莎靠小志太近，她也向来是直说。

可是现在，她却连提及莎莎的勇气都没有，她什么时候变成这样了啊。

她明明就不是一个畏首畏尾的人啊。

她仿佛明白了，她和小志的那一点不对劲出现在了什么地方。

那就是，她和小志表面上关系缓和了，两个人也和好了，但实际上，他们之间那似有似无的隔阂还一直都在。

那个说不清道不明的东西，她也不知道怎么形容，但是她知道，她和小志，还是没有恢复到以前的那样。

至少，她现在没有办法直接让他不要接近莎莎，不对，应该是其他任何女人。

她不能理直气壮地叫他不要接近其他任何女人。

可是，她真的很想让小志不要靠近任何女人，就只靠近她就好了。他身边就只有她一个女人就好了，他眼里只有她一个女人就好，他只在乎她一个人就好了。

她要怎么做，才能让他这个样子呢？

她要怎么做，才能理直气壮呢？

小师妹把自己摔入了柔软的大床上，抓着头发左思右想，最后，她猛地从床上坐了起来。

她想要理直气壮地赶走小志身边所有的女人，只要、只要她是小志的女朋友，那不就够了吗？

现在，她不就是缺少一个光明正大的身份吗？

只要她成为了小志的女朋友，那么，一切不都迎刃而解了吗？

是啊，她怎么就忘记了这个呢。

小志的女朋友，小志的女朋友，这几个字，满满地塞住了小师妹的脑袋，小师妹忍不住拉过被子，盖住了自己的脑袋，羞涩地笑了起来。

她红唇轻启，喃喃地念着这几个字，口中都是甜味。

如果她成了小志的女朋友，那该有多好啊，即使只是念着这几个字，她都感觉到那样的满足和幸福。

她不想要继续这样患得患失，畏畏缩缩下去了，她要向小志表白她的心意，她要成为小志的女朋友，然后正大光明地站在他的身边，赶跑所有接近小志的女人。

表白这种事情，看似简单，实际上难上加难。

小师妹性子向来高傲，自尊心强，主动告白这种事情，对于她来说，更是一件比登天还要难的事情。

所以小师妹虽有打算，却也一直没敢去做。

小师妹却也是下定了决心，就会勇往直前的人，虽然内心胆怯，可还是努力地为自己加油打气。

为了能够有一个完美的表白,小师妹也查询了好多关于表白的资料,比如什么,怎么表白成功率高,表白一百种办法之类的百科。

然后,她在家里,一直对着镜子做各种练习,免得到时候自己怯场,脸红,说不出话来。

她要做足准备,然后一击即中。

小师妹足足准备了一个多星期,各种各样的场景模拟训练之后,她终于找到了一个表白的机会。

今晚,小志一如既往地送小师妹回家。

今晚的夜空也格外的美丽,月明星稀,远远看着,就如同一幅巨大的画,神秘而耀眼。

小志和小师妹沿着小镇的小道,悠闲地走着,他们的影子在小道的尽头仿佛交叠在一起。

这一幕,让小师妹不由自主地想到了那一晚,小志背着她的情景。

她真想,以后小志能够背她一辈子。

这样想着,自己都忍不住地暗暗窃喜了起来。

小师妹忽然笑出了声,小志不由得看了过去,只见着她唇角浅浅的弧度,笑盈盈的,很是漂亮。

"笑什么?"他询问道。

小师妹侧目看了看他,像是想起了什么,双颊缓慢飘红,可她还是勇敢地看向了他,与他对视。

小志眉心微蹙:"嗯?"

小师妹停下脚步,闭上了眼,深深地吸了口气,再吸了口气,舒缓了一下紧张之后,才睁开眼睛,然后身体转向小志,抬眼,对上他的眼睛。

小志被小师妹突如其来的动作震了震,眼底闪过一丝奇怪,不过他也随着她停下了脚步,看向她:"怎么了?"

小师妹的双手都不由得攥紧了自己的裙角,一颗心已经止不住地怦怦地跳跃起来,撞击着胸腔。

小志的眼睛看着她，让她开始口干舌燥，准备好的话，怎么也没法说出口。

小志是真的觉得小师妹有点奇怪，看着她的脸倏地泛红，眼神闪烁，以为她是不舒服，大掌已抚上小师妹的额头，"小师妹，你脸怎么这么红？不舒服吗？是不是发烧了？"

小师妹没想到小志会以为她不舒服，她微微有点恼怒。小志也太煞风景了吧，但是，小志的手掌贴着她的额头，那温柔的举动，又让她觉得特别地贴心。

让她怎么不爱这样的小志呢？

她不能退缩，一定要好好地和小志表白，她要当小志的女朋友！

小师妹再次深深吸了一口气，伸手抓住小志的手，轻轻地拉了下来。她没有放开他的手，反而是紧紧地握住，然后她抬头，红唇轻启，一字一顿，认认真真地冲着小志道："小志，我喜欢你。"

这句话，早已经反反复复地在小师妹的嘴里练习了一遍又一遍，倒背如流了。

可是，真正当着小志说出口的时候，小师妹还是差一点，无法顺利地说出来，差点卡了。

她还是认真地，一字一字地，说了出来。

是的，她喜欢小志，她很早以前就喜欢小志了，只是因为她的骄傲，她的自尊，她从来不敢说出口。

她希望，小志也喜欢她，先跟她告白，然后她再接受。

可是现在，她已经等不及了。小志没有告白，那她来告白，其实也没什么。

她知道，小志是在乎她的，关心她的，那么，小志应该也是喜欢她的，对吗？

她的告白，小志会接受的吧，会吧？

小志，我喜欢你。

简简单单的几个字，却仿佛一个定身符，直接贴在了小志的身上，让他整个人都狠狠地震住了。

他万万没有想到,小师妹竟会对他说这几个字。

小师妹说,她喜欢他?

小师妹对他的心意,他不是不知道,他也看得明白,但是一直以来,小师妹因为自身的骄傲,并没有跟他表白过,所以他根本没有想到,小师妹会对他表白,以至于现在,他整个人就像僵住了一样,根本没有办法反应过来。

小师妹一直屏住呼吸等待着小志的反应,可小志就呆呆地站在那里,黑眸沉沉地盯着她,没有说话,没有反应,让小师妹的心一下子就揪紧了。

小志这是什么意思?

难道没有听清楚?

还是吓到了?

又或者不想回应她?

不不不,小师妹绝对不承认小志是不想回应她的,那么,他肯定只是没有听清楚而已,那她再说一次,再说大声点。

小师妹连忙再次开口,开口的声音掩不住地带着急促:"小志,我喜欢你,我喜欢你,我想做你的女朋友,好不好?"

哪怕一直都明白小师妹的心意,但她面对面向他告白的时候,当她的红唇一张一合地说着"我喜欢你"那四个字的时候,小志的心,还是止不住地沸腾了起来。

"我喜欢你",这或许是世界上,最美好的字眼了。

由着自己喜欢的人说出来,一字一字地传入自己的耳中,多么美好的一件事情啊。

小志眼底极快地迸射出一丝光亮,但很快,脑海里却被另外的话语充斥了。

公主是要配王子的,小师妹是公主,他却不是王子。

那一晚,小师妹的母亲对他说的话,一字一字地浮现在了他的脑海里。每一个字，都清晰无比，一下子压过了小师妹的那四个字，重重地回旋在小志的脑海里。

他是配不上小师妹这位公主的。

即使小师妹喜欢她，他也喜欢她，他也没有办法回应她的感情。

这段时间，他小心翼翼地保持着和小师妹的距离，不就是因为这个原因吗？

他努力地想要变得强大，变成能够配得起小师妹的人，不也是因为这个原因吗？

现在的他，还配不上小师妹，他怎么能够对小师妹的告白有任何心动和回应呢？

小志垂在身体两侧的手用力地攥紧，他深深呼吸，吞了一口唾液，把心底所有的情绪全部压下。

他看着小师妹，黑眸一如既往的深沉，仿佛没有因为小师妹的表白有任何的异动，神情也一如既往的温和儒雅。

看着这样的小志，小师妹的心不由得更加地慌乱了。

小志慢慢地开了口："小师妹，别开玩笑了。很晚了，快回去吧，我也该走了。"

不是拒绝，却胜于拒绝。

小师妹的心瞬间跌入了谷底，整个人呆愣在原地，不可置信。

她想过小志可能有的各种各样的反应，但怎么也没有想到，小志竟会是这样的反应。

她明明都已经把自己的心意摆了出来，赤裸裸地捧到了他的面前，他却……听不见，看不见。

"开玩笑？"

这几个字尤其伤人。

她这样认真的告白，在小志的眼里，只是开玩笑吗？

小师妹不由猛咬下唇，瞪大双眸，大声反驳："小志，我没有在开玩笑，我……。"

"小师妹,我忽然间想起我有点急事,我必须得走了。今天就送你到这里了,再见。"

前方只差几步路就到小师妹的家了,小志倒也不担心她回去有什么危险了。

所以他话一落,不由分说地转身离去,动作十分的干脆利索,都不给小师妹一个挽留的机会。

小师妹回过神的时候,小志已经走远了。她呆呆地看着他离去的背影,路边的路灯同样把他的影子拉得斜长斜长,显得肃穆而寂寥。

小师妹呆呆地立在原地好久好久,一颗心就像是被震碎了一样。

生平第一次鼓起勇气告白,竟是被简简单单的一句"别开玩笑了"给拒绝了,小师妹的自尊心和骄傲,全部受到了严重的挫折。

她从来没有这样认真过,小志竟这样对待她。

身体的力气像是被抽空了一样,小师妹没法站得稳,整个人不自觉地蹲了下来,眼眸垂下,眼泪在眼眶中聚集,最后顺着眼角滑落,砸在了地上,一颗一颗,晕成了泪花。

前方拐角处,一个高大的身影一直站着,眼睛盯着那在地上缩成一团的人儿。

小师妹哭得很压抑,浑身都在用力战抖着,仿佛下一秒就要倒下了一样,让人的心狠狠地揪痛着。

小志站在那儿,目不转睛看着,心却已经碎成了一片一片。

小师妹痛,他会比小师妹痛上一百倍一千倍。

可他能怎么办呢?

他不能给小师妹没有意义的幻想,不能回应小师妹的任何感情,否则,以后的痛,会比现在更加难以承受。

他不能让小师妹面临爱情或者亲情的艰难选择。

他的小师妹,应该一直开开心心,快快乐乐的,不是吗?

可是为什么,他越是想要让小师妹开心快乐,最后,他却总是让小师妹伤心难过呢?

小志的手越攥越紧，焦躁与难过，在内心齐齐涌动，他额角青筋微凸，一拳重重地捶在了墙壁上，发出低沉的闷哼。

小师妹几乎是哭了一个晚上，第二天醒来的时候，整个眼睛都是又红又肿，看上去极其吓人。

小师妹去照镜子的时候，差点没把自己吓死。

天啊，镜子里的这个脸色苍白，面容憔悴，双眼浮动的女鬼到底是谁啊！

她怎么可能是镜子里的这个人！

不可能！

小师妹尖叫一声，连忙扭开水龙头，认认真真地把脸洗了一遍又一遍，把脸上所有的脏东西洗掉，然后再拿来冰块，敷在了眼睛上，好一顿折腾后，她的脸终于稍稍恢复如常了。

小师妹这才大大地松了口气。

她躺回床上，脑袋里不可抑制地又浮现了昨晚的回忆，整颗心那酸酸涨涨的泡泡又冒了起来，眼泪又止不住地在眼眶里打着转。

该死的小志，居然这样对她。

她准备了这么久的告白，这么期待的告白，被他轻飘飘的一句话给打发掉了，他怎么能够这样对她！

开玩笑？

谁和他开玩笑了！

他才开玩笑，他全家都开玩笑！

小师妹伤心难过之后，便是无穷无尽的愤怒。小志的话语，无疑就是在她的心口上挥刀，把她的自信心和自尊全部击打得粉碎。她根本就不愿意面对这样的事实。

这完全不应该是这样的啊。

在她的想法中，她都主动告白了，小志应该是受宠若惊，然后愉快地答应才对啊。

小志明明很在乎她，在意她的，不是吗？

这些在乎和在意，难道不就是喜欢吗？

小志应该喜欢她的啊。

越想越生气，小师妹抓狂地捶了一把枕头，然后又拎着枕头丢到了床下，仿佛那枕头是小志一样，狠狠地出气。

昨天自己傻乎乎地告白，小志一定是在看她的笑话吧，他会不会笑话她自作多情？

小师妹真恨不得把昨天给抹掉算了。

如果早知道是这样的结果，她是打死也不会告白的。

小师妹抓狂了一个上午，肚子饿得咕咕叫，爷爷旅行还没有回来，家里依旧只有她一个人。

平常这个时候，小志都会提醒她要吃午餐的，然而今天，手机没有任何声响，没有电话，没有微信。

小师妹想着想着，眼泪又要掉下来了，可她仰起头，硬生生地把眼泪逼了回去。

她不难过，她才不要难过呢，她一点都不难过！

没有小志，她一样能够好好照顾自己的。

小师妹从床上起了身，走入厨房，打算随便做点什么应付自己的肚子。她一拉开冰箱，冰箱里塞得满满的食物，全部都是小志给她买来的。

现在小师妹一见到和小志有关的东西，她既是伤心又是愤怒，半点都不想要见。

她恼怒地重重地关了冰箱。

她才不要吃他买来的东西呢。

大不了她就出去吃，难道还会饿死吗？

小师妹换了休闲服，梳起了丸子头，抓起钱包，便出了门。

她家附近有不少餐馆，饭菜都做得不错，平时她偶尔会出来吃东西，然而今日，她走了一大圈，都没有走进去吃东西。

这些餐馆，平日都是她和小志一块儿来吃东西的，每一个餐馆，都有他们的影子。

小师妹愤怒地咬了咬牙，转身离去。

哼，不去餐馆吃也没有关系，大不了她自己去超市买食材，回去自己做自己吃！

小师妹冲入了超市，扫荡了大把的食材，零食，快食面，然后提着满满的一大袋回家。她打开冰箱，把小志买来的食物，全部拿了出来，丢进垃圾桶，然后把自己买回来的食物，一一地装了进去。

这下子，总不会再与小志有关了吧？

小师妹轻拍了拍手，戴上围裙，开始煮东西吃。

小师妹是从来没有自己下过厨的，娇生惯养的大小姐，平日连厨房都很少进的。今日要自己挑战下厨，自然是没有想象中的那样顺利。

小师妹把下载好的食谱贴在冰箱门上，然后对着食谱一个步骤一个步骤地做。

她认为这挺简单的吧。

之前她看小志也是这样对着食谱做菜，那叫一个轻松，一个得心应手。

她就不信她会比小志差！

明明她都很严谨地按照食谱的步骤来做了，可计划赶不上变化，她在厨房里忙了好一会儿，最后出来的成果，食物要么是炒焦了，要么就是弄稀了，要么就是没味道，要么就是太咸了……

小师妹看着自己做了一桌黑乎乎的菜，自己都没有勇气往自己的嘴里放。

小师妹又看看被自己弄得乱七八糟的厨房，一颗心真难受得要命。

没有小志，她自己也可以的才对。

可现在，没有小志，她根本什么都做不了。

就算她再想要否认这个事实，也没有办法做到。

她还是很喜欢小志，还是很想小志，还是想要现在就去找他，还是想要和他告白，还是想要当他的女朋友。

她还是有好多好多的想要，怎么办！

小师妹双手捂住脸，无声地哭泣起来。

小志同样的一晚上没有睡，第二天上班的时候频频走神，走神了一个上午。

中午时分，他习惯性地拿起手机，想要提醒小师妹准时吃饭，可拿起手机之后，打开微信，编辑完信息，准备发送的时候，他才猛地醒过神来。

昨晚，他避开了小师妹的告白，几乎落荒而逃的姿态，现在又怎么能再去关心小师妹？

昨晚看着小师妹那样的难过，她是不是哭了一晚上，现在是不是饿着肚子在哭？这些念头，一个接着一个在他的脑海里浮现，他根本就没法安静下来。

整个人也显得越发地烦躁。

想了又想，最后，他还是忍不住，把那条编辑好的短信，发送了过去。

以小师妹的性格，昨晚她的告白让他一句话给打发了，她肯定会很伤心，又愤怒，觉得很丢脸。

他怎么着，也得给她一个台阶下。

最好的台阶，就是当昨晚的一切都没有发生过。什么都一如平常，什么都没有改变。

小师妹哭得声堵气咽的时候，手机响了一声。她眼角的余光瞄了一眼，似看到小志的名字出现在信息栏上。

因为是隔着泪光，看得有点模糊，小师妹还以为是幻觉。

毕竟，小志昨天晚上那样离开，摆明了就是不接受她的态度，现在的他，又怎么可能主动给她发信息呢！

可待她看得仔细后，才发觉，她没有看错，没有眼花，也没有幻觉，确确实实是小志发来的微信。

小师妹先是一愣，随后猛地瞪大双眸，双手快速地抓起自己的手机，查看那条微信。

微信的内容很简单，就是一句，四个字：记得吃饭。

这句话，小师妹是极其熟悉的，因为，每天中午，小志都会准时给她发这样的微信，提醒她吃饭的。

原以为他今天不会发了，可是他却发了……

他这样是什么意思？明明昨晚都那样的态度，今天为什么又若无其事地关心她？

难道，他真的认为她昨晚说的话都是开玩笑，所以他半点都没有放在心上吗？

所以，认真的，只有她自己一个人吗？

小师妹气得想要砸掉手机，伤心都逐渐被愤怒所取代了，感觉自尊心再一次严重受挫了一样。

可要摔下手机的时候，她的手怎么也松不开。

这手机小志送给她的，平日都珍惜无比，如果摔坏了，可没有第二个了，她哪里真的舍得摔？

最后，她还是紧紧地揣在了手中，仿佛宝贝一样。

小师妹渐渐冷静下来之后，眼睛死死盯着微信里面的四个字，忽然间，她灵光一闪。

换个思路的话，昨天那样的情况后，小志还是一如既往地发微信来关心她，那是不是说明，小志还是在乎她的？

是啊，小志如果不在乎她，又何必发这样的微信过来呢？

昨晚，她向小志告白之后，小志并没有明确地拒绝她啊，不是吗？

在他没有明确地说出不喜欢她之前，她是不是不应该这样颓废，就这样认命地放弃呢？

是啊，她怎么就这样傻。

就算小志不愿意接受她，不喜欢她，她也要问清楚理由，这样她才能死心，不是吗？

否则，连争取都没有争取过，就这样放弃了，她肯定不会甘心的。

人一旦陷入爱情，总会给自己和对方找出各种各样的理由，然后以这些为动力，支撑着自己走下去。

小师妹在经历了难过、愤怒之后，选择了面对现实，再接再厉。

她始终相信，小志对她是有感情的，她绝不能轻言放弃。

小师妹向来是众星拱月的对象，自然没有主动地去做过什么追求别人，讨好别人的事情，可对于小志，她愿意去做。

问题是，她也没有追求过别人，现在是一筹莫展，不知道该怎么下手才好。

想来想去，小师妹想到了她的好朋友哈尼。

哈尼可是小说作家，喜欢读各种各样的言情小说，脑中充满彩虹般绚丽的奇妙幻想，对于男女感情，她一定是颇有研究的。她不懂得怎么追求男人，哈尼总有办法吧？

小师妹想好之后，便决定去找哈尼，好好地聊一番。

小师妹去找哈尼的时候，哈尼正在电脑前，手指飞快地在键盘上跳跃着，打着她脑海里一个又一个美好的情节。

小师妹来了，她也没有空招呼，只偏了一下脸，言简意赅地道："小师妹，你来啦，你先坐会，等我一下就好。"

说罢，她又把脸转回电脑屏幕上，继续认真地码字。

小师妹也不好打扰哈尼，便坐到了一旁的藤椅上，静静等着哈尼。

哈尼房间的风格和小师妹那充斥着粉红色公主风的风格不一样，她是比较偏向于文艺女青年的范儿的。

房间里有一个大大的书柜，书柜里摆满了各种类型的言情小说，这些可都是哈尼平时的精神养料。

小师妹自己坐得无聊，便站了起来，走向哈尼的书柜，轻声询问道："哈尼，我能看看这些书吗？"

哈尼头也不回地道:"当然了,随便看。"

小师妹打开书柜,看着上面密密麻麻的书籍,上面的名字也是各种酸掉牙的琼瑶范。

什么《独占娇娃》《黏皮糖小情人》《惹火青梅》之类的书名,一看鸡皮疙瘩都要掉一地。

小师妹摸了摸一手的鸡皮疙瘩,原本想要关掉书柜的门,但她的手却是忽地一顿。

她今日来,就是为了请教哈尼关于男女感情的事情,那么,她同样可以在这些言情书里面,找寻一些办法,不是吗?

这些言情书,不也同样是写关于男女感情的事情吗?

小师妹抬眼看了看哈尼,哈尼正认真地码字,手指打在键盘上,发出噼里啪啦的声响。小师妹估计哈尼一时半会儿都停不下来的了,反正她也无聊,不如就先看看这些书好了。

于是,小师妹在书架上挑了好几本书,然后坐回了藤椅上,一本一本地翻开来看。

不愧是言情书,重点就是描绘男女主角之间的各种感情,纠结的缠绵的,各式的男追女,女追男。

一下子就把小师妹吸引住,越看越是欲罢不能。

从小到大,她身边也就小志一个男人,她虽喜欢小志,但因为自尊和骄傲,她也从来没有主动地去做过什么事情,而小志,向来沉稳内敛,让人看不穿看不透,他也从来没有对她做过任何追求的事情,她对于感情,自然也就蒙蒙懂懂的,只知道,她是喜欢小志的。

她万万没有想到,男女之间的感情,原来可以这样多样化,原来还可以有很多种方式的。

她要好好学学,怎么追求男人。

小师妹正看得津津有味,殊不知哈尼已经码完字,正朝着她走过来。

哈尼走到小师妹身前,小师妹都不知晓,仍旧是沉溺在她自己的世界里。

哈尼难得看见小师妹这样认真的模样，不由挑了挑眉，稍稍地弯下身，凑到了小师妹的面前，试图看看她在看什么，是什么内容这样吸引她的注意力。

要知道，小师妹向来对这些言情小说是不感兴趣的啊。以前她让小师妹去看她在网上连载的书，她都没有兴趣看呢。

哈尼的脑袋猝然插了进来，小师妹正在看男女主角暧昧的剧情，吓得小师妹脸颊猛地一个通红，迅速把书阖上。

这种感觉，就像是自己在做什么偷偷摸摸的事情，一下子暴露在人前一样。

"哈、哈尼，你不是在码字吗？"

"哈，被我逮个正着了吧，啧啧啧，小师妹，没想到你也对这些书感兴趣啊？"

哈尼托着下巴，暧昧地朝着小师妹眨眼。

小师妹的脸颊红彤彤的，大大的眼睛，有点不敢与哈尼对视，可想想，她就是来寻求哈尼帮助的，她也迟早会知道的嘛。

小师妹深吸了口气，抬眼看向哈尼，干脆大方承认了："有啊，我有兴趣啊。其实还蛮好看的。"

"那是，我之前就一直让你看，你还不相信我呢。这些呀，可都是我的珍藏，你要是喜欢，可以借给你看。"

难得小师妹也会对这些言情小说感兴趣，哈尼像是找到了知音一样，迫不及待地想要和小师妹分享。

"好啊。"小师妹点头称是。

哈尼愉快地笑了笑，而后才道："对了，你来找我什么事呢？"

提及这个，小师妹的脸一下子就垮了下来。

这实在不是一件光彩的事情，以小师妹的骄傲来说，她是打死都不会把这样的事情说出去的，毕竟告白被拒，是一件很丢脸的事情啊。

她这次也是没有办法，幸亏，哈尼是她的好姐妹，跟她说，她也

373

不会觉得很丢脸。

小师妹拉着哈尼坐了下来,黑黑的眼珠子骨碌碌地转了转,斟酌着要怎么开口。

哈尼瞅着小师妹的样子,眼底闪过一丝好奇,还真的蛮少见到小师妹这样欲言又止的模样呢,小师妹向来是心直口快的人。

"到底什么事呢?"哈尼忍不住地又催促了一声,她还是蛮好奇的。

小师妹做足了心理准备,清了清嗓子,然后开了口:"哈尼,我和小志告白,然后小志他……好像拒绝我了。"

哈尼正端起桌上的果汁在喝,忽然听见小师妹这一句,因为太过吃惊,她喝下的那一口果汁,瞬间从口中喷了出来,呛得她连连咳嗽。

小师妹吓了一跳,随后连忙抽了一张纸巾,递给了哈尼,另一手轻拍着哈尼的背:"哈尼,你没事吧?小心点啊。"

有必要这么吃惊吗?

哈尼接过小师妹的纸巾,随意地擦了一下自己,连喘气都顾不得,睁着大大的眼睛看着小师妹,眼底是满满的震惊:"小师妹……你刚才说什么,你再说一遍?"

她没有听错吧?小师妹居然会向小志告白?

这个消息还真的不亚于太阳从西边升起。

毕竟谁都知道,小师妹有多骄傲,俨然就是小公主一样,从来都只有别人围着她转,哪有她主动的份?

这样的小公主,居然会主动地去向男人告白!

哈尼根本无法想象那个场景。

小师妹是既害羞也郁闷,她轻咬了咬下唇,还是重复了句:"我说,我和小志告白了,但是他拒绝我了。"

哈尼双眼已经瞪得宛若金鱼眼那样了。

小师妹向小志告白已经是一个轰炸性的新闻,没想到又炸出一个地雷!

小志居然还拒绝了。

哈尼的嘴张得大大的，半晌反应不过来。

好一会儿，她才结结巴巴地说了一句："你、你说的是真的啊？"

小师妹都要郁闷死了，这么丢脸的事情，她都重复两遍了，哈尼居然还不信。

她红唇嘟起，闷闷地看了哈尼一眼，继而垂下眼眸："难不成还有假？这么丢脸的事情，我编不出来。"

也是，小师妹可是最爱面子的人呢。

哈尼看着小师妹颓靡不振的，可想而知这次的事情对她的打击有多大了。

哈尼的声音压低了下来，眼神柔和，轻声安慰着："小师妹，你别难过。"

小师妹对小志的感情，她也是知道的。这次告白，应该是鼓足了勇气的，没想到被拒绝了，肯定是很难过的。

听着哈尼的安慰，小师妹眼底逐渐浮现一抹雾气，但下一秒，她吸了一口气，把那抹雾气驱散，她抬眼，目光坚定："哈尼你放心，我不难过。其实小志并没有明确地拒绝我，我觉得我不能就这样放弃，我还是有机会的。"

见着小师妹自己如此振作，哈尼也感觉到欣慰，点了点头，附和道："对，不到最后关头，咱们永不言弃。而且，我觉得小志对你也是有感情的，虽然他不说，但是以我言情小天后的观察，绝对是没有错的！"

小师妹被哈尼这一句逗笑："所以，我今天来找你，就是希望你能帮帮我。"

哈尼秀眉微蹙，有些不解："我？我能怎么帮你？"

"哈尼，你不是自称言情小天后吗？当然是请教你，我接下去应该怎么做咯。"

"啊？"

哈尼发出一声惊讶的音节，不可置信地看着小师妹："你的意思是……你要倒追小志啊？"

哈尼原以为，告白都已经是小师妹的底线了呢。

小师妹也不顾什么害羞面子了，重重地点了点头："是啊，反正我都已经告白了，也不差倒追了。我既然走出第一步，就一定要走到底，我一定要当上小志的女朋友！"

哈尼愣了好几秒，随后猛地笑出了声，大大的眼睛瞬间绽放光彩，一掌轻拍在小师妹的肩膀上，气势磅礴地道："说得好！小师妹，咱们女人就是要有这样的毅力！爱情本来就是要努力去争取的。"

两个人对视一眼，相视一笑。

可笑了过后，小师妹又发愁了，她的双手托着脸颊，轻叹了一声："可是我不知道应该怎么做啊。"

光是喊口号，没有实际行动，那也是没有用的啊。

"哎，不是有我呢！有我这个言情小天后在，你还怕没有招？我保证让小志乖乖地拜倒在你的石榴裙子下！"

哈尼拍着胸脯，大言不惭。

小师妹双眸猛地发亮："真的吗？"

"当然了，所谓男追女，隔座山，女追男，隔层纱。女追男的，本来胜算就高啊，更别提小志本身对你就有感情，我就不信你攻不破他这座冰山。"

哈尼这么有信心，小师妹自然也恢复了一些信心："那你告诉我，接下来我要做些什么？"

"别着急，你首先得把昨天的事情一字不漏地告诉我，我才好分析！"

"好！"

小师妹拉着哈尼，认认真真地把昨天晚上发生的事情，全部说了出来，哈尼一边听着，一边点头："你是说，小志只说了一句，别开玩笑了，就走了？"

一想起昨晚的事情，小师妹还是备受打击。

她闷闷地点了点头："对啊，我想过他可能有的所有反应，可是怎么也没有想到，会是这样的反应啊。我那么认真地告白，他当我是开玩笑！昨天又不是愚人节，真是气死我了！哈尼你说，他到底是个什么意思啊？小志他到底是怎么想的？他不会是真的不相信我吧？"

小师妹是真的想不明白，也想了一个晚上，越想越伤心，越想越难过。

哈尼拧了拧眉，眼底划过一抹深思，沉吟了一下，随后道："我觉得，只有两种可能！"

小师妹急忙道："哪两种？"

哈尼朝着小师妹伸出一个手指，慢悠悠开口："第一种，小志对你没有感情，但是他又不想伤害你，也不想你尴尬，所以这句话，等于给你一个台阶下，让你没有这么难堪！"

这个答案，简直是让小师妹伤上加伤，她哀叫了一声："我已经很难堪了！"

"咳咳，小师妹，你别激动嘛，还有第二种可能呢！"

"快说快说！"

哈尼再竖起了一根手指，继续道："第二种，小志也是喜欢你的，但是因为某些原因，他没有办法接受你，所以只能逃避你的告白。"

顿了顿，哈尼抹了抹下巴，如同福尔摩斯般："不过你说，今天中午的时候，小志还若无其事地给你发微信关心你，那就证明，他肯定是在乎你的，怕你难过不吃饭饿肚子。综上所述，我觉得，第二种可能性是很大的！小志肯定也是喜欢你的！"

"真的吗？"小师妹很是迟疑。

毕竟，她想不出有任何原因，是能够让小志喜欢她，却不得不拒绝她的。

如果他们彼此喜欢的话，她都告白了，不是理所当然地在一起吗？

"当然了，你要相信我，按照我多年沉浮情海的经验，绝对是没有错的！"哈尼高高地昂起脸蛋，一脸的自信。

小师妹不由瞥了一眼，吐槽道："哈尼，如果我没有记错的话，你还没有恋爱过吧？哪来的多年沉浮情海？"

哈尼差点被小师妹一句话给呛到了，她嗔怪地瞪了她一眼："哎呀，我的意思是，按照我多年研究言情小说的经验，不会错的。小志就是典型的闷骚男主角类型啊！攻破这样的男人，女生一定要主动再主动，死缠烂打，绝对行的。现实也是有案例的啊！"

"现实案例？谁？"

"袁湘琴和江直树啊，袁湘琴不也是死缠烂打才追上江直树的！"

如果有臭鸡蛋，小师妹真想丢哈尼几个："袁湘琴和江直树，是现实案例吗？那是偶像剧啊！"

"咳咳咳，反正也差不多了，偶像剧就是告诉我们，没有追不上的男神，只有不努力的女人！当然，你是公主，所以你的胜算会很大！"

为什么小师妹感觉，听了哈尼的话，男神距离她越来越远了呢……

不过她自己也没有办法，只能是听哈尼的，希望哈尼的招数有效吧。

"所以你的招数就是要我死缠烂打？"

"当然了，虽说烈女怕缠郎，但实际上，倒过来也是一样的。"

"那我要怎么死缠烂打呢？就是天天去纠缠小志吗？"小师妹倒是问得很认真。

"是要去纠缠，可是也得是有技巧的纠缠，不能纠缠得太明显了，否则会让男人生厌的！"

"那怎么才是有技巧的纠缠？"

"嗯……我觉得吧，首先第一步，你得让小志明白，你对他的感情绝对不是开玩笑的，你是认真的，不是他想要否认就否认得了的。到时候，你就只能直视你的感情了。"

这一点，小师妹倒觉得哈尼说得有道理，小师妹重重地点头："我明白了，然后呢？"

"然后当然是投其所好，攻心为上啊。"

"投其所好？"

"就是说，小志喜欢什么，你也要喜欢什么；他喜欢做什么，你陪着做；他喜欢吃什么，你做给他吃；他喜欢玩什么，你陪着一起玩。这样就能够讨他欢心，没准一个心软就接受你了。"

小师妹这听着听着，怎么感觉就是要把曾经她和小志的角色给对调的意思啊。

曾经，都是小志陪着她做喜欢做的事情，吃喜欢吃的，玩喜欢玩的。不过，为了争取到小志的心，她也愿意去做。

小师妹再次点头："我明白了。"

"好，小师妹，加油吧，祝你早日搞定小志！"哈尼做了一个加油的姿势，"我等你好消息啊！"

"嗯！"

小师妹好好地消化完了哈尼的招数，决定要主动出击了。

首先第一步，就是要让小志知道，她的告白是认真的，她的喜欢也是认真的。

她决定，要约小志出来，好好地谈一谈。

或许是那天晚上，她表白得太过忽然，吓着小志，以至于他不敢置信呢？

对，这次她要很认真地说！

小师妹想了想，决定约在她家庄园后面。那后面有大一片湖，风景很怡人，小时候她和小志经常在那儿玩的，而且那儿也很安静，平时没有多少人会经过那里，也是适合谈话的好地方。

小师妹原本想要直接打电话的，但又怕小志会拒接，所以她干脆直接发微信了。

她编辑了一个微信，然后按下发送。

约小志今晚八点，在湖边见面，她有话要和小志说。不见不散。

发了微信之后，小师妹便迅速地关闭微信，甚至连手机都关闭了。

她怕小志会打电话，或者发短信来说他不来等直接拒绝的话。

她才不要给小志这个机会呢。

放下手机，她开始打扮自己。

上一次，她那样认认真真地打扮，结果小志的反应平淡到了极点，惹得她难过了好一会儿。

这一次，她决定变换一下风格。

小志估计是喜欢莎莎那样的风格，她决定要学莎莎的风格穿衣打扮。

因为小师妹的衣服基本都是很梦幻的公主风，所以在这之前，她和哈尼一起去逛商场，买了一件深V的蕾丝上衣和紧身的黑色裤子。

小师妹一换上那衣服，顿时感觉与自己的体质不搭，胸前太露，衣服又太过于紧身，极显身材，让她颇为不自在。

不过，为了小志，她忍了！

小师妹深吸了口气，认真地挤了挤胸，还在胸罩里垫了几块海绵，让自己撑得起那深V的蕾丝上衣，穿好之后，她对着全身镜子里的自己，上下审视着。

俏丽的微卷中长发，蜷缩在脖子处，她身着深V的蕾丝上衣，微露出洁白傲人的半边胸脯，下身是干净利索的黑色紧身裤，显得她的腰细腿长，可爱中透着性感，让小师妹很是满意地点了点头。

特别是她胸这一块。

果然女人的胸，就如同海绵一样，挤一挤还是有的！

小志应该会喜欢的吧！

小师妹想着想着，脸颊微微泛红，既害羞，又期待。整颗心都止不住地沸腾起来，期待着今晚的来临。

小志看到微信的时候，恰好回到家。

这几天，他虽每天还是一如既往地在微信里关心小师妹，但他却避免和她见面了。

他们之间，还是保持着距离比较好。

这几天，小师妹估计是生气了，他的微信她一直都没有回，他虽失落，却也算是松了口气。

起码小师妹没有跑来见他，或者追问他那天晚上的事情，否则，他还真的不知道怎么做才好。

然而今天，小师妹却发微信约他见面。

小志盯着那微信的页面看了好一会儿，眉头渐渐紧蹙。

小师妹想要和他说什么，他大致已经猜到了，看来小师妹这一次，是没有因为他的拒绝而退缩的打算，反而还想要跟他说清楚。

这也是他最不想要见到的情况。

因为他不想要和小师妹捅破那一层纸，怕会让小师妹伤心难过。

小志直接回了微信，说他晚上有事，没有空去，让小师妹别等了。回完之后，他收起了手机，开门入屋。

微信那边，久久没有回应，小师妹也不知道有没有看到那条微信。小志不自觉地内心有些焦虑，颇有些坐立不安的样子。

小志尽量地克制住自己的情绪，一如平常般地吃饭，饭后看看新闻，新闻结束的时候，已经是七点半。

小志走到窗前，眼睛不由得看向了小师妹家的方向，小师妹不知道有没有看到那条微信。

想了又想，小志还是决定打个电话问问清楚。

他不想让小师妹空抱着希望在等。

小志从口袋里摸出手机，熟练地拨打了小师妹的手机。手机那边却传来了冰冷的语音提示：您好，您所拨打的电话已关机，请稍后再拨。

这个结果，似在小志的意料之中，他也仅仅是挑了挑眉，随后叹息了一声。

果不其然，小师妹并没有看到他的微信，为了不给他拒绝的机会，甚至连手机都关机了。

这算是她一贯的风格了吧。

她是非逼得他出现不可了。

可他怎么能去呢？

去了之后，他又如何面对她的再一次表白？

小志握紧了手中的手机，手背上的青筋一一浮现。

七点四十五分，小师妹走到了湖边。夏季的湖面很是安静，平静得仿佛一面镜子般，湖两排的柳条飘动，微微的清风拂动，掀起她的一缕发，仿佛温柔的手抚摸着她的脸庞。她微微地闭了闭眼，深吸了口气。

天已经暗沉下来，月亮高高悬挂空中，夜空被星辰点缀着，宁静而美丽。

小师妹抬了抬头，望着那月亮，不禁在心里低声祈祷，希望她这一次的表白顺利，不要再像那天晚上那样的悲剧了。

小师妹看了看时间，还有十五分钟，她便在湖边漫步，想着小志来的时候，她要怎么好好地表达她的心意。

时间一点一点地过，很快，已经八点钟了。

小师妹止不住地抬眼眺望，试图看看小志到了没有。可怎么望，也没有望到她所期盼的那个身影到来。

小师妹秀眉紧蹙，该不会小志还没有看到她发过去的微信吧？

不可能啊，小志这个时候，肯定已经下班回家了，他一定会看手机的，没有理由看不到她发的微信。

难道，他看到了，可他却不想来？

想到这个，小师妹的心止不住地有些揪紧。

她不由安慰自己，不不不，或许小志只是有什么事情耽搁了，没准他迟点就会出现了呢。

虽然小志一向是个准时的人。

小师妹不住地安慰着自己，然后继续等待着。

时间还是不留情地走动着，没一会儿，就已经是八点半了，小志仍旧是没有出现。

时间继续往前走，很快，九点，九点半，快接近十点了。

小师妹差不多足足等待了两个小时。她也基本知道，小志不来，不可能是因为什么事情耽搁了，他只是不想来罢了。

小师妹的情绪一下子变得极其失落，鼻子酸酸的，眼底似有雾气浮现了。

她还是高高地昂起头，努力地想要把眼泪逼回去。

既然决定了坚持不放弃，那什么困难，她都应该勇敢面对，反正今晚，她不见到小志是不会走的，她就要在这里等，等到小志来为止！

小师妹深吸了一口气，咬了咬牙，站直了身体，就那样倔强地等着。

每天晚上，小志吃过饭，看完新闻，便会坐到电脑前，研究他的那个游戏，今日，他像往常一样，坐在电脑前写他的游戏程序。

他努力地想要自己投入进去，可却频频出错，根本无法集中注意力。

坐在电脑前半个小时，什么程序都写不出来，甚至还把之前写好的程序弄得乱七八糟。

小志看着电脑屏幕里那些乱七八糟的代码，就如同自己此刻的心情，乱七八糟的。

小志渐渐地烦躁起来，他知道自己现在不适合写程序，再坐在电脑前也没有用，他还是关了电脑，站了起来。

他下意识地还是走到了窗前，望向了小师妹庄园的那个方向。

小师妹现在是在湖边吗？她还在等吗？他若是不去，她会不会傻到一直在等呢？

越想他越是心烦意乱，隐隐地都有点克制不住自己的脚。

不行，他必须得找事情做。

小志左右看了看屋子,便走到走廊处,拿了扫把拖把,准备大扫除一番。

实际上,他的房子昨天才大扫除了,现在还是很干净的,但他这样做是为了让自己有事情做,别老惦记着那个事情。

大扫除了一番,可小志的房子也没有多大,哪怕他的动作再慢,一个小时也是绰绰有余了。

等他大扫除完毕,也才九点半。

小志第一次觉得时间怎么就这么难熬。

难熬到,他坐也坐不安,站也站不安,如果不是有着强大的克制力,估计他早已经忍不住跑去见小师妹了。

现在时间已经过去了一个半小时,小师妹这样没有耐性的人,应该不会在湖边等了吧。

小师妹却也是个固执的人,她说过了不见不散,那她肯定也会一直坚持下去。

如果他不去,她一个晚上都在那儿等着呢?

小志猛地用力摇晃了一下脑袋。他在想什么呢,哪怕小师妹一个晚上都在等,他也不能去啊,去了只会给她希望,而现在,他什么都给不了她。

小志眼神沉了下来,双手握得更紧。

哪怕是夏季,入了夜,小镇上的温度也会急速下降,特别是在这湖边,温度更加低。

小师妹还是穿着深V的衣服,那蕾丝上衣又薄,顿时冷得她直打战,双手拥住自己,站在原地跳着,试图让自己的身体热起来。

小师妹一边跳着,一边渐渐地又觉得委屈难过。

她真的不明白了,为什么她明明感觉到小志对她的感情,可她告白了,他却避她如蛇蝎呢?

难道,真的只是她自己会错意吗?真的只是她自己的自作多情吗？

他对她，就真的没有一点点的喜欢吗？

不不不，不可能的，小志一定是喜欢她的，他若是不喜欢她，怎么会在乎她在意她呢？

所以，他一定会来的。

小师妹努力地为自己加油打气，努力地安慰着自己支撑下去。

时针转到十一点的时候，小志还是坐不住了，他站了起来，径直朝着门外走去。

为了确定小师妹到底还有没有在等，他一直在拨打小师妹的手机，可小师妹的手机仍旧是关机的。

他拨打小师妹家里的电话，家里的电话也一直没有人接。

也就是说，小师妹还在湖边等着，没有回来。

虽然说小镇一向平和安全，但这么晚了，小师妹一个人在湖边，也还是可能有什么危险的。他不可能真的完全不管不顾。

小志几乎是一路跑着过来。

等他跑到湖边的时候，一眼就能够看见那站在湖边的俏丽身影。

她背对着他站着，或许是因为冷，所以一直在原地跳着，双手还不由得搓着手臂。小志从后面看着她身上的衣服，皆是薄薄的，只看一眼，他就心疼不已。

这小师妹，怎么总是不懂得照顾自己，冷了就不会回去吗？非要在这里挨着。

小志不知道是气愤还是担心，他大步走上了前。

小师妹冷得有些哆嗦，吹了几个小时的湖风，冷得脑袋都有点不清醒了，当小志走到她面前的时候，她甚至都有点没反应过来。

小志看小师妹后面还好，一绕到她的前面，看到她的那一身装扮，整个人止不住倒抽了一口气。

小师妹向来只穿公主风格的衣裙，她现在这一身性感的衣服是怎么回事？

小师妹第一次做这样的打扮，却并无格格不入的感觉，反而是一种可爱的性感，介于女人和女孩之间，越发带着一种无意识的诱惑。

特别是她那深V，若隐若现地露出了她胸前那性感的弧度，几乎要让人看直了眼。

小志是完全没有想到小师妹会做这样的打扮，一下子愣在了原地。而后，他的眼神猛沉，声音都不自觉地带了些戾气："小师妹，你这穿的是什么啊？谁让你这样穿的？"

这衣服穿得，完完全全地把她的身材和优点展露出来，透着清纯的性感，极其诱人，哪一个男人看了，都会不自觉地浮想联翩的。

她这个样子，怎么能让别的男人看了？

小志猝然出现，小师妹片刻的呆愣之后，是极致的狂喜。在此之前，她真的差点以为他不会来了。

没想到他来了，他真的来了。

小师妹心情渐渐激动，一颗心如同被煮沸了的水一样，急速地翻滚起来。

无论之前多少的委屈和难过，在这一刻都已经烟消云散了，只要他来了就好。

他来了，那就证明他是在乎她的，她还是有希望的。

可是她还没有来得及展露笑颜，就看到小志那阴沉的目光还有低沉的嗓音，仿佛带着呵斥般的语气，问着她："你这穿的是什么啊？谁让你这样穿的？"

这口吻，不是小志一贯的温和口吻，而是带着压迫感的，让小师妹一下子有点哑口无言。

她是特意穿成这样讨好他的呀，怎么他好像不是很高兴的样子？

小师妹压下委屈，尽量地让自己露出笑脸，然后用着轻松的口吻道："怎么样？好看吗？我第一次尝试这种风格的衣服，还不错吧？"

小师妹说着，还特意地在小志的面前转了一个圈。

小师妹是想要小志开心，然而小志见到她这个样子，却半点都开心不起来。

她穿着这样的衣服，一路走过来，都不知道被多少人看了去了……想到这个，小志就烦躁不已。

他的脸彻底地沉了下来，但到底语气还是稍微地克制了点，可咬字还是很重："小师妹，你不适合这样的衣服，以后别穿了。"

小师妹的笑脸，一下子僵住了。

他喜欢这样的打扮，她才穿的这样的衣服，虽然的确没有莎莎穿得合适，但是也没有很差吧？

她自己对着镜子的时候，觉得还是可以的呀。

她这样精心的打扮，就被他这么一句话给否认了，怎么可能不难过？

小师妹强撑着笑脸，还是挤出了一句："也没有那么差吧？其实还是可以的吧？"

小志生怕小师妹以后还做这样的打扮，他不得不把话说得重一点，他摇了摇头，语气十分肯定，不留一丝余地："一点都不好看。"

小师妹感觉到她的眼泪，猛地就要夺眶而出了。

小志从来不会这样不留情面地说她的。

他从来都是温柔的，宠溺的。

或许，是因为她模仿了莎莎，所以他才不喜欢的？他喜欢莎莎这样穿是不是？

小师妹真的很想大声地质询他，但话语像是堵在了喉咙里一样，怎么也说不出来。

她的双手垂落在身旁，用力地攥紧，她死死地咬着下唇，生怕自己喉咙里的哽咽会让小志听见。

她不能生气，也不能哭，否则今晚她就没有办法好好地向小志表达心意了。

其他的一切，她都不要计较，重要的是要表达心意。

小师妹一点点地在心里说服着自己，一点点地深呼吸，把难过压了回去，好半响，她才硬生生地挤出了一个笑脸，抬头看向小志，声音多少还是有点沙哑："好，我以后不会这样穿了。"

小志不是没有看到她泛着红丝的眼眶，不是没有看到她轻微抖动的身体，但他却只能视之不见。

他的手也不自觉地攥紧，克制着声音："好了，很晚了，回去吧。"

小志说罢，转身就要走。

回去？

她好不容易等来了他，她怎么可能现在回去呢？

小师妹这一次，说什么也不能轻易地让小志走了，她也顾不得那么多，直接伸手，一把就拽住了小志的胳膊。

小志原本想如那晚一样，快速离开，不给小师妹任何说话的机会，但小师妹却忽然拽住了他。

她的小手，牢牢地抓在他的手臂上，攥得紧紧的，仿佛一松手，他就会消失不见一样。他微微垂眸，能够看到那白嫩的小手，此刻紧张得，手背上的青筋都已经一一浮出来，而她的手，也是轻轻战抖着，他想要拨开她的手，都丧失了力气。

他垂着眼，掩去了眼底的一切情绪，吞了一口唾液，沉声开口："怎么？"

小师妹其实也很紧张，告白这种事情，并非什么熟能生巧的事情，因为第一次被拒绝了，所以第二次，就越发难说出口了，生怕被拒绝第二次。

所以，明明已经准备得好好的话，现在却很难说出口，她的红唇张张合合了好一会儿，也没法吐出一个字。

小志眉头紧蹙，似已经不耐烦了，看得小师妹越发地紧张，越紧张就越说不出来，仿佛进入了一个死循环一样。

小志也没有打算给小师妹说出口的机会，他的手，最终还是覆在了小师妹的手上，然后一点一点地掰开她的手。

小师妹根本无力抗拒他的力道，只能眼睁睁地看着自己的手一点一点地被掰开，一点一点地被推离。

她知道，再不说，她就没有机会说了。

小师妹闭了闭眼，用尽力气，猛地脱口而出："小志，我想要跟你说，我那天晚上说喜欢你，是真的，不是开玩笑的，我是认真的！"

时间，仿佛停顿在了这一秒。

小师妹一口气把那句话说出口，小志的手停顿了一下，但最后，还是若无其事地把小师妹的手掰开，把她推离。

小师妹看着自己被掰开的手，一时间有点不知所措。

这一次，她话说得这么大声，这么清楚，小志不可能没听见，不可能不明白。

可他这样，是什么意思呢？

还是要拒绝她吗？

小师妹的心紧张地揪住，看向小志。

小志垂着眼，高大的身躯默不作声地站着，她看不懂他在想什么，也看不透他在想什么。

气氛仿佛变得很是奇怪。

她轻咬了咬下唇，弱弱出声："小志……我……"

在小师妹喊出那句话的时候，两个人之间的那层纸，就已经戳破了。

哪怕这也是小志来之前意料到的结果，但小志之前，还是存在那么一丝丝侥幸的。

可现在，事实已经摆在眼前，他不得不面对了。

他看着眼前娇俏的女子，低垂着头，微红着脸颊，朝着他小声地说着话："小志，我真的很喜欢你，你，你觉得我，我……怎么样啊？"

小师妹终究是不敢问得太过直接，还是委婉地说了出来。

他这样的角度，可以看见她洁白的后颈，优美的线条。

眼前的女孩，是他藏在心底，最深爱的女孩呀。

如果可以，他多么想要直接拥她入怀，大声地告诉她，他也喜欢她，不，应该是，他爱她。

可，他却没有资格说爱她，起码现在的他，没有资格。

所以，他能做的，只能是再一次地推开她。

小志深吸了口气，声音压低，尽量冷淡地开口："小师妹，对不起。"

简简单单的三个字，小师妹就知道小志接下来要说的话，绝对不会是她想要听的，她几乎是第一时间便打断了小志。

"不要说！"

她猛地低喝出声，然后用力摇头："不要说，算了，我不想听了。"

即使这个结果是她知道可能发生的，可真正听到的时候，她还是觉得心里很难过，超级难过。

她不想要听。

小志眉心紧蹙，他心里也万分难过，可那层纸既然戳破，他就要把话说清楚，否则，让小师妹抱有希望，只会让她受到更多的伤害。

"小师妹……"

小师妹一下子抬头，大大的眼睛直视着小志，眼睛里充斥着难过和受伤："如果你是想要说拒绝的话，那你可以不必说了，我不想听！如果你非要说，那我也不听！"

"小师妹！"

小志的声音带着一丝无奈，却还是很坚决，"你别这样。"

小师妹知道，自己这样的无赖，只会让自己更加难堪。

可是，让她亲耳听见小志说不喜欢她，她觉得她接受不了。

她不想要哭的，可眼泪根本不受她的控制，瞬间就浸湿了眼眶，她泪眼蒙眬地看着小志，声音哽咽无比："小志，你真的不喜欢我吗？"

小志感觉，自己的心仿佛被细细密密的针直直地戳了过来，扎在肉上，不见血，却疼痛难忍。

看着小师妹的眼泪，听着她的哭腔，他比谁都痛。

可小师妹难过，她还能哭，他呢？他却什么都做不到，他还要摆出那张冷酷的脸，强忍着，逼迫自己说出伤人的话。

伤敌八百，自损一千，大抵说的就是这样吧。

他第一次感觉，自己是那么没用。

他想要保护小师妹，想要让她开心，他却无能为力。

他的声音也哑了，哑得无法说出半句话。他别开眼，不去看小师妹，因为他害怕，只要再看小师妹一眼，他就控制不住自己。

小师妹在等待小志的回答，哪怕一句类似安慰的话，都能够稍稍地抚平她的伤口，可她看到的，只是小志的沉默，小志的别开眼。

他现在，甚至连一眼都不愿意看她吗？

原来……他真的是不喜欢她吗？

小师妹的眼泪，顿时如断了线的珍珠，一滴一滴地往下掉，止都止不住。

她再也忍不住，捂着脸转身就跑。

小志的手越握越紧，脸上的神情紧绷着，整个身体都战抖着。

小师妹的哭泣，仿佛一下一下在他的心口划刀，每一刀，都带着血淋淋的痕迹，痛得他脸色都白了。

可他只定定地站在原地，看着小师妹越跑越远，直至消失，都没法动弹一下。

小师妹一边哭泣，一边快速地跑回自己的家。

幸亏湖边距离她家不远，一路哭着跑回来，也没有谁看见。

小师妹冲回了自己的房间，用被子紧紧裹住了自己，仿佛那样，可以保护好自己一样，她蜷缩在被子里，再也没有顾忌地，放声大哭出来。

原来，无论做足了怎么样的心理准备，无论做了多少的心理安慰，都抵不过被拒绝的伤害。

她向小志表白两次，得到的答案，要么就是让她"别开玩笑"，要么就是"对不起"。

可真是够讽刺的。

她一直以为，小志对她是有感情的，他至少是有一点点喜欢她的，却没有想到，她还是一次又一次地被拒绝。

如果小志今晚没有来，那她也就认了。

可小志明明来了，他明明就是担心她会一直在那儿等，所以才来的，可来了之后，为什么又那样冷酷。

哭着哭着，小师妹发现，她今晚，似乎也还是没有听见小志的答案。

小志只说了一句"对不起"，她就难受得不想要听任何话。

最后，她鼓起勇气问的那一句，是不是真的不喜欢她，小志也还没有回答。

但是，想着他刚才的反应，那别开眼的动作，小师妹是真的有点无法承受接下来他的回答。

算了算了，小志是怎么样的回答，那都不重要。

就算他现在真的不喜欢她，那也无所谓。现在他不喜欢，以后他总会喜欢的，她就是要缠着他，缠到他喜欢她为止。

哈尼不是说了吗？面对小志这样闷骚的男人，就是要死缠烂打，主动主动再主动啊。

别以为她会这样就放弃！

小师妹渐渐地止住了哭声，她伸手用力地抹干了眼泪，深吸一口气，然后双手握拳，为自己加油。

小志失魂落魄地走回家，宛若他才是那个求爱被拒绝的人。

回到家，他瘫坐在沙发上，无力地闭上了眼。

小师妹这一次，会讨厌死他了吧，或许，她以后都不会理他了。

这样也好，她靠近他，他也只是会让她伤心难过而已。

在他没有资格配得上她的时候，她还是离得他远远的就好。

小志原本以为,小师妹会和之前那样,与他冷战,不会再搭理他,但万万没有想到……

他向来有晨练的习惯,每天早上都会早早起来,然后换上运动服饰,绕着小镇跑一圈,再神清气爽地去上班。

今日,一打开门,却看到了那熟悉的身影。

小师妹一身粉红色的运动套装,梳着可爱的双丸子头。

看到小师妹的那个瞬间,小志整个人不由得呆愣住了。

小师妹向来喜欢睡懒觉,从来没有在这个时辰起来过,而且她也不爱运动,所以她此刻穿着运动服装出现在这里,简直就是个奇迹。

小志还在想,是不是他太过想念小师妹,导致出现的幻觉。

他闭了闭眼,再次睁开,小师妹还是在眼前,没有消失。

还是小师妹率先打招呼,她扬起笑脸,冲着小志灿烂一笑:"小志,早上好啊!"

小志这才猛地回神,他的神情迅速变得淡漠,语气也很冷淡:"小师妹,你怎么在这里?"

小师妹被小志那冷淡的声音刺得心口一痛,她微垂了垂眼帘,掩去自己受伤的神情,尽量露出轻松的口吻:"我知道你每天都会晨跑,我最近也想要运动运动,所以我来找你一块儿跑步啊。"

哈尼说了,要投其所好。要陪着小志做小志喜欢做的事情。

小师妹便打算,从陪着小志跑步开始,一点一点地增进感情。

小师妹居然破天荒地想要运动?这简直就是个不可能事件,可偏偏小师妹就是出现在了他的面前。

可这也就算了。

最让小志吃惊的是,昨晚他让小师妹那样的伤心难过,以她那样骄傲的脾气,她是绝不可能再理他的,更别提会主动来找他。

然而现在,小师妹就仿佛昨晚什么事情都没有发生一样,对着他依旧露出那样灿烂的笑容。

若不是眼前的女人确确实实是小师妹,小志都要怀疑,是不是谁伪装的了。

不管小志内心怎么样的震惊,他的脸上都没有表露半分,他眸光深沉,窥不见一丝一毫其余的情绪,他淡淡扫了小师妹一眼,语气仍是冷淡:"不了,我习惯一个人独自晨跑。"

这已经是明确的拒绝了。

小师妹的小拳头攥了攥,还是保持着笑脸,再接再厉:"那没关系啊,你跑你的,我在后面跟着你。你放心,我是不会打扰到你的。"

"我说了,我只习惯一个人。"小志再次强调。

这话言下之意便是:哪怕小师妹跟在他的后面,都会打扰到他。

小师妹的心再次被狠狠地戳了一下。

曾几何时,她这样卑微过?

她本身,就不是卑微的人啊!

她真的很想要甩手就走,说一句,谁稀罕啊!

可是,她的脚步还是死死地钉在原地,眼泪止不住地在眼眶里打着转。她倔强地抿着唇,不说话。

小师妹的眼泪,一直都是小志的软肋。

此时此刻,他哪儿还能说出任何冰冷的话语?

他用力地攥了攥手,最后还是生硬地吐出了一句:"随便你,爱跟就跟着吧。"

说罢,他抬脚,径直朝前跑去。

"爱跟就跟着吧"。这几个字传入小师妹的耳中,小师妹先是怔了一下,随后,猛地破泣而笑。

他明明坚决地说自己习惯一个人独自晨跑,可现在又说,爱跟就跟着。

虽然小志看似是在很无奈之下妥协,可他终究是妥协了,不是吗?

他们是青梅竹马一块儿长大的,小志看似生硬的话语下,她还是能够看出一些关心的。

他终究还是舍不得让她难过。

小师妹的心情，瞬间灿烂一片。

她扬起笑脸，看着小志已经跑得有点远的背影，连忙也跑了起来，冲着他的背影道："小志，等等我……"

小师妹不是什么有毅力的人，就像她之前，想要学习弹琴、唱歌、画画之类的才艺，她都嫌弃太累，然后半途而废了。

所以小志虽让小师妹跟着他跑步，但他断定，小师妹是坚持不了多久的。

她就是一个三分钟热度的人。

但这一次，小师妹却是真的让小志刮目相看。

小师妹第一天跑步的时候，的确坚持不了多久，跑了一会儿，就累得直喘气，走都走不动了。

他以为她第二天不会来，但第二天，她还是准时地出现在了他家门口，准时地跟在他身后跑步，当然，她还是没能跑多久。

可无论她跑得有多累，她都没有放弃，一天又一天地坚持了下来。从一开始只能跑十分钟，然后是二十分钟，三十分钟，到最后，她勉强地，都能跟着他，绕着小镇跑一圈。

小志不得不第一次佩服小师妹的毅力。

原本，她也有这样的一面，这样坚持不言弃的一面。

每天小师妹跟在他的身后跑步，听着她轻微的脚步声，他的心一半是甜蜜，一半是煎熬。

小师妹的坚持是为了什么，他怎么会不懂。

向来没有什么毅力的小师妹，能够为他坚持到这种地步，他怎么可能不甜蜜？

可另一方面，小师妹天天跟着他。他强撑着冷漠的心，一点一点地在融化，每次只能不断地克制克制再克制，极其煎熬。

面对着这样的小师妹，他都不知道，他还能不能撑下去？

每天他都想着，今天一定要想个理由把小师妹赶走，可每天一见到小师妹，脑袋就一片空白，只想看着她的笑脸，只要她开心地笑着，那就足够了。

哈尼每天都会在微信上关心一下好友的感情进度，今天也一如既往的，发微信询问小师妹和小志的发展进度。

小师妹看着哈尼发过来的微信，皱着眉头想了想，然后动了动手指，回复了一条微信。

进度不良。然后，还附上了一个哭泣的表情。

哈尼看着挑了挑眉，迅速回复：不会吧？你不是说，你现在天天陪着小志跑步吗？那就是天天都有见面的机会，怎么进度不良呢？

小师妹：那也只是跑步啊，就算天天见面，可是小志不怎么理我，也不怎么和我说话。附加一连串苦恼的表情。

哈尼：这样啊，那还是挺麻烦。

小师妹：哈尼，我现在应该怎么做啊？只一直跑步，也不是办法吧，这样，就是再跑个十年八年，也跑不出什么结果来啊！

哈尼一下子也苦恼了起来，她之前以为小志对小师妹是有感情的，佳人天天锲而不舍的陪伴，再冷再硬的心，都要被融化了吧。连她都要被小师妹那毅力给感动了呢。

偏偏小志这颗闷骚的心，一点春心荡漾的迹象都没有。

这样下去的确不行。

哈尼：小师妹，你别着急，等我好好想想。

哈尼想了又想，忽地脑光一闪，她猛地拍了一下脑袋，然后快速地编辑微信。

哈尼：小师妹，我想到办法了！

小师妹：什么办法？

哈尼：这个办法超级有效，一试就能够试出小志对你到底有没有感情。

看着哈尼发过来的微信，小师妹一下激动地从椅子上站了起来，握住手机的手都微微地有点战抖。

小师妹：什么办法？

哈尼：嘿嘿。

小师妹：别卖关子了，快说！

哈尼：那好，你听好了……

小师妹坐在窗边，看着美丽的夜空，整个人呆呆的有点出神。

哈尼的话，一遍一遍地在她的脑海里浮现，又一遍一遍地被她压制了下去。

哈尼所谓的办法，居然是，让她主动地去吻小志！

想要试试看一个男人对一个女人有没有感情，这个办法简单粗暴，却也是最有效的。

如果男人对你有感情，面对这样的诱惑，他就会情不自禁，回吻你，和你接吻。

可是，她从来没有吻过任何人，要她，第一次，就直接去吻小志，她真的有点……

小师妹光是想象一下那个画面，就已经羞得不能自已。白皙的脸颊也掩不住地浮现红晕，一路蔓延到了耳朵。

哈尼千叮嘱万叮嘱，就以她和小志现在的状况来说，这是仅剩下的唯一办法了。

不成功，便成仁。

否则，一直拖拖拉拉下去，是得不到任何结果的。

小师妹当然明白哈尼的意思。

她喜欢小志，已经表现得这么明显了，但小志的态度却是冷处理，不过，他也从来没有说过不喜欢她的话。她还是无法确定，到底他心里有没有她。

倒不如，直接豁出去了。

成不成功，她至少也都努力过，争取过了，不是吗？

小师妹深深吸了口气，下定了决心。

她看了看时间，现在是晚上九点多，她忍不住地，还是换了一件衣服，然后朝着小志的家跑去。

这种事情，到底她还是害羞的。

所以一下定决心，她便要赶快去做，免得下一秒她又踌躇了，不敢去做了。

她鼓足了一口气，径直跑了过来，打算一鼓作气，直截了当。

小师妹一路飞奔，跑到小志的家门口，托了这段时间天天晨跑的福，现在她是脸不红气不喘的。

站在门口，小师妹稍定了定神，再次深深吸气呼气，整理了一下自己的头发衣服，确定无恙之后，上前一步，伸手去敲小志的家门。

小志正洗完澡出来，头发还是湿的，他正拿着毛巾在擦拭着头发，忽地听见有人在敲门，他微微疑惑。

这个时间，谁会来找他呢？

小志放下毛巾，套上休闲上衣，便走到了玄关处，伸手拉开了门。

小师妹正不断地做着各种思想准备。她在想，等见到小志，她应该要说什么？或者什么都不说，直接扑上去？

直接扑的话，会不会有点太、生猛了？

可是，如果先说什么的话，她能说什么？难道告诉小志，我想吻你吗？这种话，打死她她都说不出来。还不如什么都不说就……

正在胡思乱想之际，门倏地被拉开，小志那高大的身躯出现在门后面。

小师妹赫然抬眼，一下子对上了小志那双黑沉深邃的眼眸，在那一瞬间，她只感觉到自己的心都要停止了。

小师妹看到小志头发还滴着水珠。水珠一滴一滴地掉落，顺着他那脖颈线条，然后渗入他的衣衫中，显得性感而神秘。

可能是因为洗澡的关系，他并没有戴着眼镜，摘下眼镜的他，少了一份严肃,多了一份潇洒,额头有几缕湿润的发丝垂落,稍稍遮掩住了他的眼睫毛,有一种颓然的美艳。

小师妹看着,都忍不住地吞了一口口水。

不知道是不是她自己现在的思想不纯洁,小志看着,好可口的感觉。

小师妹似乎都能够听见自己的心跳声,怦怦怦的,一声大过一声,好像要撞破心墙跳出来一样。

小志倒是没有想过是小师妹。

毕竟这段时间,小师妹也仅仅是每天早上到他家门口报到,陪着他跑步,其余时间,她虽然也有来找他,但一般晚上她是不会出现的。

这个时候她过来,有什么事吗?

小志担心她有什么事,眼神下意识地扫视了她一圈,看她神情正常,只除了脸色微微有点奇异的潮红之外,没有其他不妥。

可她的脸怎么这么红?该不会是发烧了?

小志定定地看着小师妹,语气却依旧显得淡漠:"小师妹,有事吗?"

小师妹正呆呆地盯着小志瞧,整个人陷入自己的思绪中。小志这句话,一下子就把小师妹的意识给拉了回来。

她不自觉地挺直了腰板,下意识地回道:"有,有事。"

小志微眯了眯眼,难道真的是病了?怎么看着呆呆的。

他的语气不受控制地柔软了些许:"怎么了?"

这个怎么了,小师妹还真的不知道怎么回答小志。

小师妹没有说话,只视线慢慢地从小志的眼睛处下滑,经过他那高挺的鼻梁,最后落到了他那红润的双唇上。

小志的唇形很漂亮,是很特别的性感美丽的仰月唇,即使是不微笑的时候,都能够微微上扬,色泽红润透亮,极其诱人。

小师妹仿佛感觉周围的一切都变得遥远。她的视线,她的注意力,只停留在他那性感迷人的双唇上。

她不自觉地吞了吞口水，像是被蛊惑般的，不管不顾地，忽然扑了上去。

小志见小师妹久久没有说话，神情呆滞，不知道在想着什么，只是那双颊越来越红，他内心隐隐担忧，看来小师妹是真的病了吧。

他正要上前一步，打算伸手探一探小师妹的额头，看看是不是发烧了，可他才刚迈前一步，小师妹那娇小的身躯猛地朝着他扑了过来。

小志只下意识地伸手搂住了她，以免她摔倒，而小师妹恰好顺势地投入他的怀里，然后双手环绕住他的脖颈，踮起脚尖，昂起头，红唇吻住了小志的唇。

两唇相触，一切都仿佛暂停了。

小师妹吻上小志的那一刻，心脏第一次感觉到这样强烈的刺激，体内的血液热气沸腾，直直地涌上大脑，瞬间整个脑袋都是晕乎乎的。

她唯一的感觉就是，小志的唇好柔软！

小志，当真是一瞬间怔忪住了。

他怎么也没有想到，小师妹会忽然扑上来吻他。

那柔软的唇瓣，猝不及防地触了上来，他的双眸瞪得老大，可以看见小师妹近在咫尺的脸庞，白皙细腻到没有一丝一毫的毛孔，长长卷卷的眼睫毛微翘，近到可以看到她每一根细细的眼睫毛。

她的唇，触碰着他的心，那样柔软的触感，就好像在他的心里，塞入了一团一团的棉花，软得一塌糊涂。

年轻的小伙子，谁没有血气方刚的时候？更何况，他天天陪伴在他喜欢的小师妹身边，偶尔看着小师妹，他心里也会充满各种各样的遐思。

青春期的时间里，小师妹经常在他美好的梦境里面出现。

他何曾没有想过这一幕？

只是没有想到，这一幕，竟会是在这样意想不到的时候发生了，饶是他平日是再冷静，再克制，此时此刻，也慌了神，失了心智。

小师妹并没有任何接吻的经验，所有的经验也仅仅是从电视剧里面看到的而已，所以，她也就只懂唇贴上去，其他的什么都不会了。

她以为，这样就算是接吻了。

那，按照哈尼的说法，如果小志是喜欢她的，那么小志此时就会回吻她。

然而，她贴了好几秒，紧张兮兮地等待着，连眼睛都不敢睁开看小志一眼，却始终没有感觉到小志有任何的反应。

小师妹的心，骤然缩紧了。

她都已经主动献吻了，小志仍旧是没有任何反应的话，那是不是代表，小志真的不喜欢她？那她还有什么能够坚持下去的理由呢？

原来激烈悸动的心，一下子被打击得颓靡不振。小师妹的眼睫毛战抖得厉害，始终不敢睁开眼睛，生怕看到小志那生冷的疏离的，抑或嘲讽的眼神。

她环住小志脖颈的手，战抖着，一点一点地松开，身体也一点一点地往后退。

够了，已经足够了。

女孩子不顾脸面豁出去走到这一步，真的已经足够了。

如果这样，还是无法得到任何回应，难道还不能说明一切吗？

她还有何脸面留下来，继续丢人现眼？

小师妹正要退离小志的怀抱，可她的后腰，倏地贴上来一个温热的手掌，下一秒，她只感觉腰间一紧，整个人再次被拥入小志的怀里，然后，那温热的唇覆盖了上来。

小师妹不可置信地瞪大了双眸，整个人呆了一样，直至那温柔的吻一点一点地吻住她，小师妹才情不自禁地，闭上了眼睛。

小志的吻，可不比小师妹的那样蜻蜓点水，而是循序渐进的，渐渐激烈的。

他的双唇含着她的唇，细细地描绘着她的唇形，一点一点地舔舐着她的唇瓣，宛若最珍惜的宝贝，轻柔生怕一用力就破碎。

然后渐渐地，他的气息开始沉重，他的吻微微用力，舌尖强有力地撬开她的牙关，侵入她的口中，态度强势却又柔和。

他带着她，领略了唇齿相依的美妙，领略了相濡以沫的深情。

两个人相拥在一起，深深亲吻着，那一刻，整个人世界仿佛都在旋转，而他们，便是那旋转的中心。

小师妹什么都不懂，她只知道跟着小志，感受他亲吻的力道，感受他身上沐浴露的香气，甚至，他那湿发上的水珠，都有几滴洒到她的脸颊上，微凉微凉的。

她的手不由自主地攥紧了他的衣领，依偎在他的怀里，心沉醉不已，真恨不得，时间就这样停止吧。

不知道过了多久，仿佛只是一会儿，又仿佛过了几个世纪，两个人气喘吁吁地停下，黑眸相视，眼底尽是迷离。

小师妹大口大口地喘着气，刚才接吻的时候，仿佛所有的氧气都要被抽走了，整个人头晕目眩的。

可她的心还是幸福得冒泡，整个身体里都充斥着粉红色的泡泡。

她还以为接吻就是唇贴唇，原来并不是这么简单，接吻原来是那样美好的事情，美好得，世界上所有的语言，都无法描述和形容。

小志……那样地深情吻住了她。

小师妹快要被那股幸福感给冲击得找不到北了。

她只下意识地张开双臂，用力地抱住小志，乐呵呵地欢呼道："小志，我就知道你是喜欢我的，我就知道！"

小志此刻同样沉溺在那美好的吻中，久久回味。

刚才，小师妹忽然吻上来的时候，他是惊讶不已。然而，惊讶过后，他也没有办法忽视自己内心的喜悦和激动。

这是他心爱的女孩儿，她主动地来吻他，他怎么可能无动于衷？

她的唇和他想象中的一样，柔软，温暖，不，比他想象中的更加柔软，更加温暖，让人只想沉溺，再也不要醒来。

可小师妹仅仅是贴着他，并没有再进行其他任何动作，贴了几秒，不知道怎么的，她的情绪急速下降，似很是失望一般，就要离开。

小志说不清楚那个时候的自己，是什么样子的心情。

是不希望她失望，还是舍不得她柔软的唇，许久以来的压抑，齐齐地涌了上来，他自己无法控制住。

总之，那一刻，他失控了。

小志向来是个自控能力极强的人，他也很骄傲于自己的自控力，可面对小师妹，这一切都是浮云。

他拥住了小师妹，吻住了她。

美好得就像是梦境。

吻上小师妹的一刹那，他忽然间有点分不清到底是现实还是梦境。他只知道，他想要顺从自己的心意，好好地吻住心爱的女孩。

气喘吁吁分开的时候，小志那空洞的心，第一次被填得满满的，满满的幸福，满满的喜悦，之前所有的压抑，好像都能够释放了出来一样。

他还在回味着，小师妹已经伸手拥住了他。她的声音中夹带着浓浓的喜悦，话一一地传入了他的耳中：

"小志，我就知道你是喜欢我的，我就知道。"

小志微微垂了垂眸，看着身前的小师妹，此刻的她，神采飞扬，大大的眼睛里闪烁着水盈盈的光芒，那红唇微微红肿，带着亲吻后的痕迹，显得越发地艳丽动人。

他轻轻地推开她，注视着她。

月光下的小师妹，极其的美丽动人，他望着望着，就这样望出了神，仿佛她整个人，都入了他的心，刻在了最深处。

小师妹定定地看着小志，与他视线交缠在一起，她再次深情地开口表白："小志，我是真的很喜欢你。我知道，你也是喜欢我的，我们在一起好不好？让我当你的女朋友好不好？"

小志望着小师妹那红唇，一张一合地，缓慢地吐出柔软的话语，她那大大的眼睛里流露着恳切，每一字每一句，都拥有让人无法拒绝的魔力。

在那一瞬，小志真的就要开口答应她了。

告诉她，他是喜欢她，他是想要和她在一起。

然而，就在小志要开口的时候，手机铃声忽然响了起来。

悦耳的铃声突兀地响起，两个人之间的气氛稍稍地遭受到了破坏，小师妹听见自己的手机铃声，更是懊恼不已。

该死的，谁这么不识趣啊！

早不打来，晚不打来，偏偏这个时间打来。

明明再坚持多一秒，她就能够听见小志的答案了。

早知道，她就不要带手机出门了。

可再埋怨也没有用，小师妹只能从口袋里摸出手机，一看到那手机屏幕上闪动着的名字，小师妹简直想要杀人了。

果然是个很不识趣的家伙！

这个阿闲这种时候打电话给她干什么啊！

小师妹一点都不想接他的电话，她毫不客气地按下了拒听键，然后再直接按了关机。

这样，谁都别想要来打扰她了。

小师妹关了机，然后把手机收回口袋里，再抬眼，看向小志。

今晚，她一定要表白成功。

她冲着小志微微一笑，眼神里仍旧含着羞涩，声音低低地："小志，你还没有回答我呢。"

小师妹拿出手机的时候，小志无意识地扫了一眼手机屏幕，同样看到了阿闲的名字。

阿闲是金灿灿的儿子，看到阿闲，小志自然而然地便想起了金灿灿。

金灿灿曾经对小志的威胁，此时此刻，也全部回归了小志的大脑。

金灿灿还掌握着他的日记，即使现在，他能够不顾小师妹母亲的话语，坚持和小师妹在一起，可一旦他和小师妹在一起，金灿灿给小师妹看了他的日记,那么小师妹会受到严重的打击。

她会以为,他是为了复仇,才和她在一起的。

到时候,小师妹受到的伤害有多大,他无法想象。

他所做的一切,都是为了守护小师妹,不让她受到一点点的伤害,现在,怎么能够为了一己私欲,给她埋下伤害的种子呢?

美好的梦境再美好,那也不过是一个梦境。

刚才,他也不过是经历了一个梦境罢了,现在这个美梦,应该醒了。

小志垂落在身旁的手,缓慢地攥紧,他用力地抿着唇,唇色都微微地有点发白。

他强迫自己收起所有旖旎的遐想,回到现实。

他看着小师妹,微微地垂了垂眼帘,掩去自己真实的情感,声音冷了下来,恢复之前的冷漠:"你要我回答你什么?"

小志的声音一响起,小师妹便有一点怔住。

刚刚小志的目光,明明是那样的温柔柔和,而他刚才,也那样深情地吻了她,怎么现在一瞬间……他又恢复了那冷漠的嗓音。

难道是哪里出了问题吗?

小师妹的心一下子变得有点惴惴不安起来,可她还是屏着呼吸,撑着笑容道:"就是刚才啊,我们都、接、接吻了。"

小师妹到底是有些害羞,说得结结巴巴的,她瞄了小志一眼,又垂下了眼睛,说:"你是喜欢我的对不对。"

小师妹虽然是疑问句,但语气中的肯定,却也已经有了八分。

虽然她是感情白痴,但她也知道,一个男人会这样深情地吻住一个女人,肯定是喜欢她的。

所以她笃定,小志是喜欢她的。

开口说出这句话的时候,她也没掩饰自己心底的喜悦,唇角都是微微地上扬着。

小志看着小师妹甜蜜的微笑,羞涩的脸庞,心里一下一下钝痛着,感觉呼吸都困难了。

因为他知道，此时此刻，如果他不用冷漠的话来回绝小师妹，她是绝对不会死心的。

那样的话，也会伤小师妹极深。可他却没有选择，他只能这样做。

这是保护她最好的办法。

小志的手握得更加的紧，他脸紧绷着，眼睛深深地眯起，他强迫自己看着小师妹，唇角倏地翘起，发出一声轻笑。

那笑声，却不是温和的笑，而是带着一丝嘲讽，一丝轻蔑。

让人听了，不由自主地背脊生寒的笑。

小师妹赫然抬头，对上了小志那阴沉的眼。她的身体，下意识地有点僵，内心升腾起一股浓浓的不祥感。

果不其然，小志懒懒地看着她，眼神甚至流露出一点暧昧，可那话语，却是无比的冷酷。

他一字一字地缓慢地开了口："小师妹，你觉得我吻了你，就是喜欢你吗？"

小师妹整个人都呆住了，傻傻地回着："难道不是吗？"

小志又是笑了一声，这一声，嘲讽的意味更加的浓郁，简直有点肆无忌惮的。

他退后一步，双手环胸，居高临下地望着小师妹，宛若那些放荡不羁的公子哥儿般，口吻略微带着一丝挑逗："小师妹，你没有了解过男人吧？任何一个男人，都不会拒绝主动投怀送抱的女人，你懂吗？"

这样的话，从小志的嘴里说出，小师妹根本没法相信。

她看着小志，震惊地摇着头，根本都没法想，只喃喃地否认着："不可能的，不是这样的，你不是这样的人。"

"我不是这样的人，那我又是什么样的人？"

小志眉头轻挑，俊美的脸庞上勾勒着似有似无的讥笑："小师妹，别太天真了，所有的男人，都一样的。"

小师妹哑口无言，好像有什么东西堵在喉咙里面一样，没有办法说一句话，她眼底渐渐地浮现一层雾气，遮掩住了她的视线。

第一次，她觉得这样的小志，好陌生。

陌生到好像根本就不是她认识的那一个小志。她认识的小志，不应该是这个样子的。

她不敢相信，依旧是不断地摇着头，否认着，她不相信小志和其他男人一样。

"还不信？"小志笑着，脚步倏地上前一步，上身微倾，俊秀的脸庞凑近小师妹，笑意邪气，"不如，我们再来一次？"

小师妹慌乱地退后了几步，眼眶里的眼泪已经止不住地要掉落出来。

小志那种无所谓的态度，彻彻底底地刺伤了她。

对于他来说，吻根本就不是代表着喜欢，而不过是因为她主动地献吻，所以他没有拒绝罢了。

她一味地认为他喜欢她，依旧还是她的一厢情愿。

甚至还成为了他嘲笑的话柄。

小师妹哪里还有脸，继续待在这里？她的手捂住唇，猛地转身跑开。

月光下，只遗留了小志一个独孤的身影。

小师妹已经跑远了，而他却一直站在原地，甚至还保持着微微弯腰的姿态，一动不动。

好半晌，他才僵硬地直起了身体，唇角勾了勾，扯出一抹凄楚的笑意。

小师妹，对不起，我又伤了你。

可是你知道吗？

你痛，我比你更痛。

小志的手，缓慢地抚上了自己的心口，只感觉心口那一块地方，已碎成了一片，再也无法拼凑完全。

小师妹慌不择路地跑了。伤心与绝望，充斥着整个身体，她一边痛哭，一边奔跑，只想要尽快地跑到没有人的地方，痛痛快快地大哭一场。

之前表白被拒，她都没有感觉到绝望过，因为她总还是怀揣着一些希望。

可现在，小志的一句话，就彻底地把她打入了地狱。

等于当头一棒，让她看清了现实。

小志是真的不喜欢她，一点都不喜欢她，对她没有半分的感情，所以他才能对着她说出这样伤人刻薄的话。

她曾以为，至少，至少小志还是有一点点喜欢她的。

可现在，这些甜蜜的以为，全部变成了笑话。

小师妹从小到大，都没有经受过这样大的打击，她感觉到她的心好痛，真的好痛，痛得她快没有办法呼吸了。

她一路飞奔，脚下倏地一个趔趄，整个人直直地往前面跌去。

她重重地摔倒在地上，手掌和膝盖都渗出了血，疼痛感袭来，却不及她心口痛的万分之一。

小师妹无力爬起来，就这样坐在地上，仿佛找到了一个可以发泄的理由，无可抑制地放声大哭起来。

夜已经深了，小镇的夜晚向来很安宁，没有多少人在外面溜达，小师妹放声大哭，也并没有人注意到。

小师妹的伤心难过，好像也感染了上天，没一会儿，一滴一滴的雨水开始砸向地面，在地面上晕开了花儿。

渐渐地，雨势开始变大，大颗大颗的雨滴砸了下来，又快又急，夜空中乌云在翻滚着，风也开始呼呼地吹着，路边的树枝叶子摇曳着，极其吓人。

大雨来袭，小师妹却没有任何反应，仍是坐在那路边，放肆地哭泣，任由那大雨，浸湿了她的全身。

那晚过后，小师妹和小志，再一次陷入了冷战。

这一次冷战，并非和上一次那样单纯的冷战，而是彻彻底底的冷战。

小师妹不仅再也没有去找小志，甚至于，她连提都不愿意提一下小志，也不愿意旁边的好友提。

哈尼一直都很关心小师妹和小志的进度，几乎天天询问。

自从那一晚之后，小师妹便再也不让哈尼提及小志，更别说询问小志和她的事情。

哈尼直觉小师妹和小志之间肯定发生了什么事情，她也曾旁敲侧击地询问过，但小师妹不说就是不说，一提到小志就冷下脸。

为免和小师妹绝交，哈尼也只好闭口不提。

只是，小师妹虽什么也没有说，但那脸色，一天比一天差，心情也一天比一天差，之前小师妹整个人都是开朗活泼的，也总是喜欢出去玩，现在整天却安静无比，老是呆在家里不出门，让哈尼看了好生担心。

她劝小师妹别老一个人待在家里，太闷了，省得闷出病来，她却只是左耳进右耳出。

哈尼一筹莫展。

果不其然，不知道是不是伤心压抑在心底没有办法疏解，还是因为那一天淋了雨的后遗症，小师妹夜里忽然发起了高烧。

她一整天都晕晕沉沉的，有头重脚轻的感觉，因为不舒服，所以她早早地就上床睡觉了，没想到，她渐渐地感觉到身体越来越热，越来越热，仿佛躺在火上被烤着，一下子就把她热醒了。

小师妹睁开眼睛，眼前黑蒙蒙的一片，好一会儿，眼睛适应了之后，发现自己还是躺在自己的房间里。

只是，她口干舌燥，浑身热乎乎的，难受得要命。

她艰难地伸出手，摸了摸自己的额头，手心一片滚烫，她知道，自己肯定是发烧了。

她想要起身，去医院，可是全身酸软无力。她根本就没有办法起身，挣扎了好一会儿，最终她只能无力地放弃了。

她不知道她高烧多少度，但她知道，必须让人送她去医院，否则她可能会有危险。

现在爷爷不在家，家里空无一人，她能找谁？

小师妹的手机向来是放在床头柜上，她艰难地朝着床头柜的方向伸出了手，摸到了自己的手机，然后拿了过来。

人在生病的时候，就会变得极其脆弱，潜意识中，也只会麻烦自己最亲近最亲密的人。

小师妹按开手机的时候，还是下意识地拨打了小志的电话。

在那一刻，她忘记掉了小志带给她的所有伤痛和羞辱，她只希望，小志能够来救她。

之前，每一次她遇到危险的时候，都是小志出现，帮她解决掉所有的问题。

她拨打了电话，然后搁在耳边，听着手机那头嘟嘟嘟的声响，期待着下一秒小志就能够接起，听到他熟悉的嗓音。

可是，手机另一头却一直没有人接，嘟了一会儿，那头自动挂断。

小师妹固执地拨打着，但打了好几个电话，还是一直没有人接听。

眼泪不自觉地浸湿眼眶。

小志现在连她的电话都不愿意接了吗？

有时候，生着病的人，不仅脆弱，而且还固执。

小师妹说不清楚自己现在是个什么心理，明明知道小志或许不会再理她了，但她还是希望他知道她生病了，会来带她去医院，会来救她。

小师妹没有再打电话，而是哆嗦着手指，慢慢地编辑了短信。

小志，我发烧了，好难受，你能不能来送我去医院？

编辑完后，她点下了发送。

如果小志看到，会来的吧，会的吧？

可惜，小师妹等不到小志来，便陷入了昏迷中。

小师妹的电话，小志是知道的，他就坐在沙发里，呆呆地看着桌子上的手机出神。

他看着它屏幕亮起，振动，小师妹的名字在屏幕上跳跃着，然后再看着它自动挂断，屏幕黑下去，没一会儿，再次亮起，振动，一直重复。

那一晚小师妹崩溃离去后，他们就再也没有见过面了。

小师妹早晨没有再来找他跑步，其余时间，也从不出现在小志的面前，小志都有好些天没有见到她了。

他很担心她，却再也没有资格关心她了。

忽然见到小师妹打电话给他，他的心里不是不震惊的，几乎是下意识地，就要拿起手机接听。

当他的手要触碰到手机的时候，他整个人狠狠地一震。

他不能接小师妹的电话。

话已经说得那样绝情，不能就这样半途而废了。然而，他也舍不得挂断小师妹的电话，就这样看着那手机响起，自动挂断……近似自虐般。

手机响了好一会儿，终于彻底地平息。

小志的心也随之变得空落落的，好像心口被挖走了一大块一样。

倏地，手机响了一声，小志无意识地扫了一眼，是小师妹发来的短信。

小志很想要忽略掉这一条短信，无论小师妹说什么，都不要去理会。

他的手，还是不由自主地，去拿起了手机，点开了短信……

小志，我发烧了，好难受，你能不能来送我去医院？

一行字就这样呈现在眼前，小志黑眸骤然紧缩，猛地站了起来。

小师妹生病了？

一瞬间，仿佛所有的纠结和压抑，全部烟消云散，满脑子只剩下小师妹发来的那几个字。

刚才,小师妹打电话给他,是想要他送她去医院,而不是为了要纠缠他?

他竟然没有听电话!

小志真恨不得狠狠地捶自己两拳。

现在也不是追究的时候,小师妹才是最重要的!

小志什么也顾不得想,披上外套,快速地出了门,朝着小师妹的家跑去。

来到小师妹家门口,往窗户一望,里面黑乎乎的一片,小志按下了门铃,却一直没有人出来开门。

小志眉心紧蹙,小师妹该不会是已经晕倒在里面了吧?

他满心焦虑,真想要直接撞进门去,可他知道他现在绝对不能着急。

小志深深吸了口气,想了想,小师妹好像在家门口藏了备用钥匙。她自己就是个容易掉东西的人,她会在门口藏一个备用钥匙,以免哪一天自己出门忘记带钥匙而进不了家门。

小志站在门口仔细地思索了一番,准确无误地找到了藏备用钥匙的地点,把钥匙拿了出来,然后打开了门。

他轻车熟路地朝着小师妹的房间走去。

推开了房间的门,他按了一下墙壁的开关,房间内的灯亮起。

小师妹躺在床上一动不动,厚厚的被子裹着她,把她整个人包得如同蚕茧一样。

小志眼底浮现一抹惊慌,他三两步上前,蹲到了小师妹的床边,那声音中,竟不自觉地带着战抖:"小师妹?"

小师妹没有丝毫反应,唇色苍白,双颊却是烧得红彤彤的,在白炽灯的照射下,越发显得骇人。

小志的手微微地抖了起来,缓慢地伸出,大掌抚在了小师妹的额头上,那滚烫的温度,烫得他的心都要跳起来。

他必须马上送小师妹去医院。

他深深吸了口气,压下自己的惊慌担忧,起身,弯腰,小心翼翼地把小师妹抱了起来,扯过一旁的外套盖在了她的身上,然后迅速地往外冲去。

小师妹睡得昏昏沉沉的,感觉整个人像被塞入了火炉里面,翻来覆去地烤着一样。

她的喉咙火烧般的难受,呼出来的气息也全部都是热的,难受得她直想要尖叫。

可她还是什么声音都发不出来。

她这是要死了吗?

忽地,她的额头处感觉到一抹凉意,在一片火热中,给了她一点舒缓,她不自觉地舒展了一下眉眼。

下一秒,她又感觉到她的手被拉起,然后似乎有人拿着毛巾,在帮着她擦拭着。

有人在照顾她吗?

谁、谁在照顾她?

是、是小志吗?

小师妹努力地想要睁开眼睛,想要看看眼前的人到底是不是小志,可她的眼皮上像是压着千斤重的石头,压得她怎么也睁不开眼。

最后,她迷迷糊糊的,又睡了过去。

翌日,清晨的阳光斜斜地射了进来,照亮了整个房间,小师妹慢慢地清醒了过来,睁开了眼睛。

入眼的是一大片白色的天花板,与她家那纯粉色系的房间不一样,让小师妹愣了好几秒。

直至鼻子嗅到了消毒水和药水的味道,小师妹才醒过来。

这儿是医院。

她在医院了。

那,是小志把她送来医院的吗?

小师妹的手微动了动,便感觉到有人在握着她的手。

小师妹的心猛地一个战抖。

这个感觉,并不陌生。

之前,小志也曾在她的房间里,守了她一晚上。那个时候,他也是握住她的手,握了一个晚上的。

是小志!小志真的来了!他又守了她一个晚上!

小师妹心底浮现了满满的激动,脸上已经迫不及待地绽放出一个大大的笑容。她一下子转过头,看向了守在床边的人。

她没有看到她想要见到的人,反而,守在她床边,握住她手的人,是阿闲。

他正趴在床边睡着,依旧是他那标志性的打扮,棒球帽外面罩着连帽衫,让人一看就知道是阿闲。

小师妹呆呆地看着阿闲,整个人都傻了。

怎么会是阿闲呢?

难道说,送她来医院,照顾了她一晚上的人,全部都是阿闲?而不是小志?

不、她不信。

她不相信小志看到她生病的短信都不理她。

她不相信!

她要问个清楚明白!

她也不管阿闲是不是还在熟睡中,伸手直接去摇晃阿闲:"你醒醒,你快点醒醒!"

阿闲正呼呼睡得香,梦见了很好玩的事情,没想到忽然地震了,一下子就把他给震醒了。

他模模糊糊地还在念叨:"怎么了怎么了?地震了吗?快点跑啊快点跑!"

一边说着，他一边站起来，就真的准备要往外跑。

小师妹看着他那迷糊的样子，一时间都被他逗笑了。可现在她没有笑的心情，她着急地要知道，到底是谁送她来医院，还照顾了她的。

"跑什么呀，没有地震！"

小师妹一把拽住他，没好气地回着。

"没地震？"

阿闲愣愣地回着，随后他的视线转向小师妹，见小师妹已经清醒了，脸色虽然还是有点苍白，但气色恢复了不少，高兴得扬起笑脸："小师妹，你醒了啊？你没事了吧？还有哪里不舒服吗？"

他一边说着，一边直接伸出手，手心贴在了小师妹的额头上，感觉到她的体温已恢复如常，大大地松了口气。

小师妹拍掉他的手，摇了摇头："我没事了，不过我有事要问你！"

"有事要问我？好啊，我一定知无不言，言无不尽！"

阿闲不知道从哪里抽出一块棒棒糖，剥开了糖纸，然后叼在了嘴里。

小师妹踌躇了一会儿，还是决定早死早超生，与其这样惴惴不安地猜测，还不如直接问个清楚明白呢。

她深深吸了一口气，大大的眼睛看向阿闲，红唇轻启，一字一字慢慢地道："阿闲，你老实告诉我，昨天晚上，是谁送我来医院，是谁陪着我的？"

小师妹这话一出，阿闲那俊秀的脸庞上立即呈现出一副受伤的表情，他不满地嘟囔着："小师妹，你怎么说这话呢？你没看到我在这儿吗？"

这言下之意便是，守了她一晚上的就是阿闲？

小师妹还是不愿意相信，昨天晚上，虽说她晕过去了，可她还是有那么一点点的知觉的。她明明感觉到，照顾她的人，是小志啊！

小师妹眼底充斥着满满的不信任："真的是你在照顾我？"

阿闲做出一副心碎的模样："我这么大个人站在你面前了，你居然还怀疑我，我真的是、心好累……"

看着阿闲那模样，似乎并不像是在说笑，那么，守了她一晚上的人，真的是阿闲，而不是小志吗？

小师妹的眼神，迅速地暗淡了下去，她低声喃喃地念了句："原来，真的不是他！"

那声音，低低的，充斥着绝望和失落。

连她发高烧，小志都不愿意送她去医院，不愿意来找她。

可见小志有多么的、讨厌她了！

他真的、很讨厌她，对吧？

小师妹弯了弯唇，明明想笑，可眼泪，却先一步地掉了下来。

阿闲看着小师妹那失魂落魄的样子，脸上那吊儿郎当的笑容，也一点一点地收了起来。

小师妹嘴里的他是谁，他怎么可能不知道呢？

她希望陪着她，照顾她，守在她身边的人，是小志，而非他阿闲。

他知道，什么都知道，知道得清清楚楚。

只是有一点，他无法理解，也完全想不通。

那就是小志。

在他看来，小志和小师妹，明明是两情相悦的，却偏偏走不到一块儿。

昨天晚上，守在小师妹身边的人，的确不是他，而是小志。

只不过，临近天亮的时候，他给他打了一个电话，告诉他，小师妹生病了，需要人照顾，希望他能够来一趟。

等他来了，小志便要离开，离开之前，还拜托他，千万不要告诉小师妹，是他守了她一晚上。小师妹若是问起，便说，是他自己守了小师妹一晚上，不要提及任何有关于他的事情。

因为，他害怕小师妹醒来，对他重新燃烧起了希望。他好不容易才推开了小师妹，他不能就这样前功尽弃。

只是，这些理由，他没有说出口，也不会说出口。

阿闲不明白小志为什么要这样，为什么不告诉小师妹，是他守了她一晚上，小师妹若是知道，肯定会很开心的。

　　可小志却只是沉默，他站在床边，静静地看了小师妹好一会儿，再次和他说了声拜托，然后，转身离去。

　　他离去的背影透着浓浓的孤寂。

第七章

  天际微微发白,小师妹被那抹朝阳吸引,整个人从床上爬了起来,朝阳太美,她甚至忘记了穿上鞋,便缓缓地走下了楼梯。
  门外,风凌乱地吹起小师妹的头发,微风卷起她的发梢,绝美恬静。
  她闭上眼睛,迎面朝着天空,感受着清晨的美好,她甚至可以闻到泥土的清新,花朵的幽香,她满足地叹息着。
  直到阿闲责备的语气传来:"你怎么出来了?你的病还没有好完呢。"
  阿闲的眼睛里有着一丝愠怒,他只是走开了一会儿,她便自己走了出来,还这般光着脚,病才刚刚好,也不知道爱惜自己。
  阿闲手里拿着外套和鞋子,他略带责备地看了一眼小师妹,然后便温柔地为她披上外套,随后再屈膝,单腿跪地,小心翼翼地抬起小师妹的一只脚,给她穿起鞋来。
  他本就是富家子弟,自然不懂得如何照顾人,可他为小师妹穿鞋的动作却看不出一丝的差错,反而娴熟得要命,让人挑不出一点毛病来。
  小师妹感激地看着如此温柔的阿闲,唇角微微弯起,她轻声地道:"我的病已经好得差不多了,你不要这么大惊小怪的,搞得我跟个小孩似的。"
  要是小志,也能像阿闲这样关心自己,该多好啊!小师妹心里仿佛有密密麻麻的针刺过,那种痛又从身体的各个部位传来,她有点站

418

立不稳，脚步虚浮。

阿闲见小师妹摇摇晃晃的身子，眼明手快地扶住她的手臂，眼睛里是满满的担心与心疼。

他对小师妹说道："就是因为好得差不多了，所以才更加要注意，这个时候，病情最容易反复。它要是卷土重来，有你受的了。"

想到上次小师妹病倒的事情，他就心有余悸。那一刻，他只感觉到自己哪里都不对劲，仿佛生病的人是他，看着她皱眉，他也忍不住皱眉；看着她喊痛，他也好痛；看着她难受得掉眼泪，他也忍不住地红了眼眶。

也是从那一刻开始，他才深刻地体会到，原来自己对小师妹早已情根深种。这个女孩，已经不知不觉地占据了他的整颗心。

"呵呵。"一阵清脆的笑声，打断了阿闲的思绪，他低头看去，发觉小师妹正对他笑逐颜开。

阿闲忍不住地有些好奇，他疑惑地问着小师妹："你笑什么？"

小师妹笑了笑，然后便忽然停住了，她很认真地看着阿闲道："阿闲，你真的变了好多啊，我都感觉不像你了。"

以前的阿闲只知道游手好闲，不会从实际行动上去轻易地关心一个人，典型的一个富二代。

现在的阿闲，懂得照顾人，晓得理解人，能够帮助人，是个很让人温暖的男人了呢。

"是吗？难道是我最近变得太帅了？你有点欲罢不能啊？哈哈哈……"阿闲并不知道小师妹心里的想法，只夸张地捏了捏自己的脸，然后有些得意地笑了起来。

其实他的心里比谁都紧张，他不知道，他在小师妹的心里是怎样的一种存在。没来由地，他突然害怕自己在小师妹心里的形象变得不好了起来，他夸张地笑着，只是想以此来掩饰自己现在的紧张心理。

小师妹看见这样的阿闲，忍不住又笑了笑，但心里恶作剧的念头又冒了出来。

她正了正色，看着阿闲说道："以前的你啊，只会跟在别人后面絮絮叨叨，整天叽叽喳喳个没完，跟只麻雀似的，烦都被你烦死了。"

"我以前有那么讨人厌吗？"阿闲一听小师妹的评价，立马跟泄了气的皮球一样，刚才的掩饰，一下子便垮了下来。

小师妹，你还可以说得再直接一点吗？原来以前，他在她的心目中是这样的一副形象啊，怪不得以前小师妹一看见他就躲，嫌他烦呢。

"也不是讨人厌啦，怎么说呢？就是让人太烦了，哈哈。"小师妹看见阿闲泄气的样子，继续火上加油地捉弄着他。

阿闲没好气地白了小师妹一眼，忿忿不平地说："所以你就躲着我，对吧？"

"是啊，哈哈哈，因为我怕我的耳朵会坏掉。"小师妹一边笑着一边夸张地摸了摸自己的耳朵，一副"耳朵你好可怜"的模样，让站在一旁的阿闲备受打击。

也就只是一会儿，阿闲便恢复了，昂起脖子，一副鼻孔朝天的得意模样："过去的我多可爱啊，有你说的那么差劲吗？哼，你一定是嫉妒我的美貌，所以才来诋毁我的。"

看着这样的阿闲，小师妹一瞬间有些无语，这脑子还真不是一般人所能比拟的，自我修复功能太过强大了吧，这都能被他说圆了。

小师妹转身，打算不理阿闲，她还想着恶作剧呢，他这么搞，她连接话的茬儿都没有了，还怎么能够继续愉快地玩下去？

阿闲见小师妹转身不理会他，心里有点着急，因为小师妹还没有说，他现在在她的心里是怎样的一种形象。

过去都不重要，他要的是现在，如果现在的小师妹，心里对他有那么一点好感，那么他也感觉到自己是有希望的。有希望就有未来啊，总比没有希望，黑漆漆地探路强。

想到这里，阿闲追上小师妹，急匆匆地道："好吧，好吧，看在你比我美那么一丁点的分上，我就再给你一次机会，说说看，我现在在你心目中是什么样子的？"

小师妹心里好笑，却没有表现在脸上。她就知道，阿闲这个好奇宝宝，一定会追上来的。

她转了转眼睛，故意恶作剧地道："现在，你就像个老头子，整天叮嘱我这个，叮嘱我那个，也好烦的。"

其实小师妹心里对于阿闲是感激的，没有阿闲这么多天来的照顾，她不可能好得那么快。

有阿闲在，多多少少减轻了她这么些天来抑郁的心情。只是，阿闲终究是阿闲，替代不了他。如果他能够有阿闲对她的一半好，那么她也不至于伤成这样。

小师妹想到小志，心里又痛了起来，眉头纠结在了一起。阿闲看着这样的小师妹，自然知道她肯定又是想起小志了。

这些天来的相处，他不是不知道小师妹已经心有所属。小师妹昏睡的时候，嘴里喊的都是小志的名字，他既心痛又不舍。

他还知道，小志心里也是喜欢小师妹的，要不然，他不会不眠不休地照顾小师妹那么久，最后在小师妹快醒来的时候，才告诉他，让他来照顾小师妹，并且叮嘱他，不要把这一切告诉小师妹。

他看到小师妹醒来后，发现照顾她的人不是小志时，多么的失望，而那种失望的眼神，让他的心里也嫉妒得要命。

他不明白，两个彼此都相爱的人，为什么要如此地互相折磨，连带着他的心也跟着受折磨？

此刻，看见小师妹眉头深锁的样子，阿闲的心里痛极了，却强装镇定，努力地跟小师妹调笑起来。

"好啊，你是故意耍我呢。这么说来，我左右都是烦了，你居然还敢说我是个老头子。你见过这么帅，这么年轻的老头子吗？"阿闲说完，夸张地在自己的身上比画着自己的身材和脸，动作滑稽搞笑。

小师妹被阿闲的样子逗得笑了起来，将烦恼抛向一边，她打趣道："有啊，不就是你咯。"说完，便跑开了。

"好啊，小师妹，你给我站住，看我逮住你不打死你。"阿闲挽了挽自己的袖子,作势就要追上前面奔跑的小师妹,小师妹尖叫着跑开了。

"救命啊,哈哈哈……"两个人在农庄院子里,一个在前面跑,一个在后面追,青草花香蝴蝶,凑成了一幅和谐的画面。

打闹了一会儿后,阿闲似乎想起来小师妹的病还没有痊愈,连忙停下追赶的脚步,严肃地对着小师妹道:"好了好了,不闹了,你的病还没有好呢,快回去休息吧。"

"我不要,我才不要呢,我还想在外面玩一会儿。"小师妹摇晃着阿闲的手臂撒娇道。

她此时正玩得起劲呢,好多天都没有出来过了,天天躺在床上,她都快发霉了,她本来就是个好动的人,此刻让她再回去躺着,她肯定不干。

阿闲无奈地叹了口气,他发现,他对于小师妹的撒娇完全没有办法拒绝。好在,他一早就想到小师妹没那么好对付,还预备了另外一招,既然硬的不行,那就只好来软的了。

想到这里,他从衣兜里拿出一个粉红色的信封,故作神秘地在小师妹面前晃了晃,小师妹的好奇心顿时被他给吸引了。

小师妹好奇地问道:"这是什么?你别晃了,给我看看。"

阿闲见吊胃口吊得差不多了,便开口道:"这是哈尼家送来的请帖,再过几天就是哈尼的生日哦,你还想不想去参加她的生日宴会了?听说,镇上的很多人都会去的哦。"

"当然想了,好久没出去了,我当然想出去溜达溜达啦。"小师妹的眼睛里闪着无数的小星星,她好想去参加哈尼的生日宴啊。哈尼是她最要好的朋友了,她怎么能错过她的生日宴?

生日宴会,镇上很多人都会去吗?那他呢,他也会去吗?

小师妹,他都对你这么不闻不问了,你还这么惦念着他,你疯了吗?快点忘记他,忘记,忘记!

小师妹用力地摇了摇头,在心里给自己催眠。

阿闲并不知道小师妹心里的想法，他见鱼儿已经上钩，便开始逐渐地收线，他顺着小师妹的话一步步诱哄道："既然这样，我们是不是得先把身体养好了再去？否则，你拖着个病恹恹的身体去参加别人的生日宴，不太好吧？"

小师妹听了阿闲的话，煞有介事地歪着脑袋想了想，片刻后，终于认真地点了点头，对阿闲说道："好像说得也有那么点道理哈，好吧，我回去乖乖躺着，但是，哈尼生日那天，我可是一定要去的，你可别拦着我。"

要是哈尼生日那天，阿闲再拦着她，不让她出去，她一定会疯了的。

"只要你的病好了，我便什么都不管了，随便你。"阿闲大度地对着小师妹摊开手，表示自己的立场。

"好的，一言为定。"小师妹高兴地和阿闲击掌，随后便乖乖地转身往屋里走，走一步还朝着后面看一眼，明显地对外面的一切恋恋不舍。

阿闲连忙上前扶着不舍的小师妹回屋里去了。小志站在农庄不远的角落里看着阿闲和小师妹，眼睛里都是酸楚和醋意。

小师妹，我多么想，那个陪在你身边的人是我啊。

小师妹，我多么想，牵着你的手的人是我啊。

小师妹，我多么想……

小志竟然发现自己已经泣不成声，心里充满了伤感。

直到小师妹的身影彻底消失不见，小志才伤心地转身，离去。

几天的时间过得很快，小师妹在阿闲的悉心照顾下，身体恢复得很快，到了哈尼生日这天，小师妹完完全全地好了，活蹦乱跳的样子，让阿闲心里既是开心又是不舍。

小师妹的病痊愈了，他以后再也不能找理由，时时刻刻陪在她的身边了。

小师妹不知道阿闲的想法，只想着今天晚上去哈尼家参加生日宴的事情，心里别提多高兴了。

她蹦蹦跳跳地跑到自己的大衣橱里，拿了好多衣服出来，然后急匆匆地跑到阿闲跟前比画着。

"阿闲，这件好看吗？这件怎么样？还有这件，这件……"

"小师妹，这些衣服都很好看，只是，我觉得有更加适合你的，跟我走。"阿闲本来是倚靠在门框上，看着拿着各种衣服在自己身上不停比画的小师妹的。

但是他随即像是想起了什么般，冲到小师妹面前，拉起她的手就往外跑。小师妹一时没反应过来，等她反应过来的时候，自己已经被阿闲拉着手跑了好远了。

她有点生气地甩开阿闲的手质问道："喂，你干吗……"

她的那些衣服，她都还没有试。她是想让自己完美地出现在哈尼的生日宴会上的，至于为什么，天知道，也许是因为哈尼是她最好的朋友吧，对，一定是这样的。小师妹在心里宽慰着自己。

"马上你就知道了。"阿闲看着小师妹心情大好。

对，就是今晚，他要向别人宣告他对小师妹的独占权。

阿闲拉着小师妹一路在小镇的街上飞奔，最后停在了一家高档礼服专卖店门口。

"到了。"阿闲猛地刹住飞奔的脚步，小师妹一个措手不及，直接撞进了他的怀里。

小师妹累得都快直不起身子来了，她不动声色地从阿闲的怀里退了出来，气喘吁吁地抬头看了一眼路。

她有点明了地转头对着一旁的阿闲道："好累啊，你一路带我跑过来，就是为了买衣服吗？"

阿闲还沉浸在刚才温软在怀的感觉，这会儿听见小师妹的问话，顿时挺直了腰身，一脸严肃地道："当然了，这里所有的衣服，随便挑，我买单。"

"财大气粗，我不需要。"小师妹鄙视地看了一眼阿闲，心里默默地骂着阿闲暴发户，转身就要离开。

阿闲见小师妹要离开，连忙一把将她拦住，匆忙地道："哎，你别走啊，好歹也是我的一片心意。你放心，这些衣服值不了几个钱的。"

小师妹听见阿闲的话，转过头，像看怪物一样地看着阿闲，这家伙脑子没进水吧，他知道这里是哪里吗？居然敢说这些衣服不值几个钱，待会儿被人家当成故意捣乱给抓起来就完了。

她看着阿闲，一脸恨铁不成钢的表情。看来，还是需要她来给这个家伙普及一下。她拉着阿闲往门旁边让了让，小声地道："值不了几个钱？你知道不知道，这里是我们小镇的奢侈品晚礼服专卖店，一件衣服的价格，都够普通人家吃一年了。"

小师妹本来以为阿闲听了她的话会大吃一惊的，却没想到，阿闲听了小师妹的话后，还是一副蒙蒙懂懂的样子，爽快地朝着自己的胸口一拍，得意道："没事，哥是富二代，哥有的是钱。"

"……"小师妹已经不晓得用什么来形容自己此刻的心情了，心里默默地骂着阿闲。

她刚想转身走人，却被阿闲直接带到了店内。

再想走人的时候，却发现自己的手里不知道什么时候多了好多件衣服。

阿闲还在她面前疯狂地扔着衣服："这件，这件，还有这件，都拿去试！"

小师妹不可思议地看着阿闲的举动，心里有种僵硬石化的感觉，这个臭小子，他以为这里是菜市场吗？

居然把人家的衣服就这么乱扔一通，回头再不买人家的，该多不好意思啊。

营业员小姐客气地对着小师妹做了个请的动作，然后便领着小师妹往试衣间走去："小姐，请跟我来，换衣间在这边。"

"……好的，谢谢。"小师妹有一种骑虎难下的感觉，最后没办法，只能硬着头皮跟营业员往试衣间去了。

小师妹在试衣间里呆坐着，想着待会儿怎么脱身，却听见了阿闲在外面的催促声。

小师妹无法,在心里暗暗地骂了阿闲一句"神经病"后,便无奈地穿起他挑的衣服来。

穿完衣服后,小师妹在阿闲的催促声中走了出来,阿闲上下打量了一眼,摇头。

小师妹转身重新又换一身,阿闲再打量,如此反复,到最后,小师妹都快没有力气了。

终于,当小师妹最后一次出来的时候,阿闲的眼神一亮,打了个响指。

他一把拿出含在嘴里的棒棒糖,大声道:"就是它了。"

小师妹翻了翻白眼,这家伙,还真能够大言不惭的。都这个时候了,他居然还敢说这样的话,待会儿没钱付账,他就等着死吧。

"先生,就是这件对吗?需要给您包起来吗?"营业员殷勤地对阿闲笑着。

这也难怪,多少天也遇不到这样的大客户,这个小镇本来人就少,生活水平也相对的不是很高,营业额自然就上不去。真不知道,他们老板非要把一个奢侈品店开在镇上,是怎样的一种心态。

小师妹摇摇头,硬着头皮想上前对着营业员解释一下,却惊悚地听见阿闲说了声:"包起来吧。"

她不可思议地转头看着阿闲,却又跟见鬼了似的,看着阿闲拿出了一张银行卡。

不会是空卡吧,小师妹心里如此想着。

她盯着营业员刷卡的手,心提到了嗓子眼,而一旁的阿闲倒是显得气定神闲,一点也看不出紧张的样子。

"等一下!"就在营业员要刷卡的时候,阿闲突然叫停了。

小师妹紧张地看着阿闲,这小子,这个时候才发现自己做了一件愚蠢的事情吗?

她本来以为阿闲会跟营业员解释他们的所作所为,然后跟营业员忏悔自己的错误呢,却发现阿闲什么也没做,只是对着营业员的耳朵说了些什么,然后便看到营业员微笑着走到一边,拿了一件什么衣服又包了起来。

随即转身递到了阿闲的手里,提卡结账。

阿闲手里提着衣服,心情格外的好,他拉着小师妹的手往外走。直到走到店外,小师妹才反应过来,然后怔怔地看着阿闲,一时说不出话来。

小师妹跟在阿闲后面走了好久才渐渐地召回自己的魂,反应过来后的第一句话便是对着阿闲问的。她看着阿闲,一脸疑惑:"你是谁?怎么会有这么多的钱?"

阿闲笑了笑,也不隐瞒,半真半假地道:"早就告诉过你,我是富二代,这下信了吧。"

"我是说……"小师妹还想追问下去,却被阿闲故意打断了。

阿闲故意伸了个懒腰,岔开话题道:"哎呀,今天天气真不错啊,生日宴会快开始了,你快回去化妆吧,否则浪费我的好衣服了。我也要回去打扮一下了,我的美貌,可不能被你埋没啊。"

小师妹一下子便被阿闲的话拉回了思绪,她低头看了一眼手表,顿时花容失色,她焦急地道:"哎呀,来不及了,我先走了。"说完,便急忙转身,急匆匆地往家里赶去。

"衣服!"阿闲将衣服塞到小师妹的手里,微笑着看着小师妹道,"晚上,我到你家接你,我们一起去。"

"好的。"小师妹拿了衣服,什么都来不及问,便急匆匆地跑走了。

站在身后的阿闲,看着小师妹的背影,眼神里尽是温柔。他抬起自己的手深情地望了望,那里还有刚才牵过她手留下的味道。

他嘴里喃喃地道,小师妹,今晚,我们注定是一对!

小师妹收拾好一切出门的时候,看见自己家的门口停着一辆兰博基尼,心里有点纳闷,是谁将车停在了她家门口,她好奇地凑上前去。却发现阿闲放大的脸。

她吓得倒退一步,嘴里骂着阿闲:"死阿闲,你想吓死我啊,干吗脸贴在玻璃上。"

"这也不能怪我吧,是你自己凑过来看的。"阿闲一脸欠揍的模样。

其实,刚才小师妹刚出门,他便看见她了。今晚的她实在是让人眼前一亮的,一身白色连衣裙,显得干净清纯,再加上她微微卷起的长发,更是将她衬托得像个天使般,只叫人看一眼,便沉溺其中,不能自拔。阿闲恨不得将小师妹的美好都关起来,不让别人窥探。

"这是你的车?"小师妹疑惑地看着阿闲问道。

"对啊,还满意吧,用这车去生日宴会,绝对不给你丢人。"阿闲一拍胸脯,对着小师妹说道。

"你到底还有多少秘密啊,每天都爆几个,很伤人的好吗?"小师妹有点无奈。她发现,阿闲身上似乎有很多事情她都不知道。

除了知道他叫阿闲外,她唯一知道的就是,阿闲是夏奶奶的外孙,别的便一无所知了。

只是,夏奶奶看上去也不像是有钱人啊,怎么会有个这么有钱的外孙呢?

阿闲神秘地笑了笑,对着小师妹做了个请的姿势,绅士风度十足:"以后慢慢都告诉你,现在,我尊敬的公主,请坐上我的南瓜马车,和我一起去参加舞会吧。"

小师妹见阿闲这副样子,知道他并不想告诉她太多自己的事情,也不勉强,毕竟,每个人都是有自己的秘密和隐私的,她没有挖掘别人隐私的爱好。

想到这里,她对着阿闲笑了笑,转身上了车。

刚上车,小师妹便发现阿闲的衣服有些不对劲,忍不住对着阿闲问出声:"阿闲,你的衣服……"

"我的衣服怎么了?"阿闲追问道。

小师妹挠了挠头,压下心中的好奇:"没什么,我就是觉得很眼熟,好像在哪里见过般。"

"有吗？衣服差不多的多了去了，可能你在别的商场看见过吧。"阿闲一本正经地跟小师妹解释着，眼睛里却有浓浓的笑意。

傻丫头，这本来就是针对今晚的生日宴会而刻意准备的情侣宴会服，和你自己的衣服是同色系同类型的，你当然看着眼熟。

车子在小镇马路上疾驰而过，小师妹一直都没有发现，阿闲那件衣服不对劲在哪儿。

车子很快在哈尼家的果园外停稳，宴会时间还没到，果园内就已经停放了好多车。

哈尼家今年的果园得到了大丰收，哈尼奶奶为了答谢众人，借着哈尼生日这天，大宴宾客，以此来感谢那些帮助过哈尼家果园的人，所以今天的宾客特别多，都快赶上一个小型的舞会了。

哈尼站在众人中间，穿着粉红色的公主裙，微笑着和众人打着招呼，眼睛不时地瞟向门口，直到小师妹出现，哈尼立马喜笑颜开地迎了上去。

她兴奋地拉着小师妹的手说："小师妹，你可来了，你不知道，我一个人都快无聊死了。"

"就这，你还无聊？你看看，今天这些人，可都是为了你才来的。"小师妹看着哈尼的委屈样儿，指了指众人。

这小妮子，生日宴会搞得这么大，居然还在这里叫屈，真是没有天理了。

"这些人和我有什么关系？我只要有你和陈杰瑞就行了。奶奶说，今天她还邀请了陈杰瑞，也不知道他什么时候能来。"哈尼拉着小师妹的手一脸花痴的表情。

小师妹看着哈尼一脸花痴样，有点受不了地抚了抚额，她用手在哈尼面前用力摇了摇，逼迫哈尼回到现实："喂，哈尼，哈尼……"

"呵呵，我好像又走神了，对不起。"哈尼不好意思地挠了挠头，她好像又开始花痴了。

"没关系，只是，你要是待会儿在陈杰瑞面前这个样子，恐怕，你的男神就要被你的样子给吓跑了。"小师妹无所谓地摆摆手，好心地提醒着哈尼。

"啊，真的吗？我今天晚上有那么丑吗？我今天还特意打扮过的呀。"哈尼紧张地摸了摸自己的脸，难道是自己的妆容和衣服没有搭配好？

小师妹看哈尼这副样子，对天翻了个白眼，耐着性子对着哈尼比画了一下道："我不是说你的外表，我的意思是，你少犯花痴，少陷入自己的幻想里。那样，陈杰瑞才能看到一个真实的你，而不是陷入自己的幻想中的你。"

小师妹自认为自己说得很清楚，却没想到哈尼听了她的话，一脸蒙然的表情，她歪着头想了想，问道："那是什么意思？"

小师妹绕来绕去到底在说些什么，好像很厉害的样子。

"算了，当我没说。"小师妹无奈地摆了摆手，决定放弃和哈尼的纠缠，有一种心好累的感觉。

是自己的表达能力有问题吗？

她真的不明白，哈尼到底是怎么写出了那么多的小说来的。

那些看她小说的读者，又是抱着一种什么样的心情看的？

哈尼上下打量了小师妹一眼，然后像是发现了什么，她若有所思地问着小师妹："小师妹，今晚，你怎么没有和小志一起来？而是和阿闲一起来的啊？"

"我为什么要跟小志一起来？"小师妹反问。

小志现在是她的逆鳞，谁都不能问，只要谁问起小志，小师妹立马就能想到那个卑微的自己。

生病奢求小志照顾的自己，深夜思念小志抱头痛哭的自己，一次又一次示好被小志拒绝的自己。

每一种这样的自己，她都好讨厌，所以，她不许别人跟自己提起小志。

一提到小志，她就恼火。

"你不是喜欢他吗？"哈尼继续追问道。

"谁说我喜欢他？"小师妹的声音都有点急了。

哈尼鄙视地看了一眼小师妹，一天到晚将"我家小志"挂在嘴边的人，好像是她吧？

小师妹今天居然是跟着阿闲来参加宴会的，难道说……

"难道你移情别恋了？"哈尼将自己心中想的脱口而出。

"什么移情别恋啊，这都哪儿跟哪儿啊！哎，不和你说了，我去吃点东西，今天忙了一天，什么都没吃，好饿。"

小师妹脑子中的那根弦终于断了。为了防止自己暴走，小师妹决定跑到一边去，不理会哈尼。

她快速地跑到了一边，以至于，没有听到哈尼最后的那句话。

"没有移情别恋，你为什么和阿闲穿着情侣装啊？"哈尼看着匆忙闪开的小师妹，心里很是不解，但是很快地，她便被门口的陈杰瑞吸引了注意力，将小师妹的事情丢到一边去了。

角落里的小志从阿闲和小师妹进场的那一刻，就注意到了，他知道自己现在不可以对小师妹有回应，但是他的眼睛，还是会不自觉地跟着小师妹，一刻也不想离开。

他看到小师妹是坐着阿闲的车子过来的，还看见阿闲是那样小心翼翼地对待小师妹，他应该感到高兴欣慰才对。

可是，当他看着他们穿着情侣晚礼服的时候，心里就像打翻了五味瓶般，说不出个滋味来。这种滋味慢慢地变成了苦，在他身体里面扩散，全身都变得苦涩了起来。

宴会开始，哈尼奶奶在台上致辞，随即，哈尼如愿以偿地让陈杰瑞陪着跳了一支舞，哈尼整个人都乐开花了。

等到哈尼的开场舞跳完，众人都纷纷滑入了舞池，小师妹百无聊赖地站在旁边喝着酒。

从入场开始，她的视线便一直有意无意地在搜寻着一个人，可是，她搜寻了很久，却总是一无所获。她心里有些许失望，也觉得自己的举动有点可笑,不许哈尼提他,自己怎么反倒寻起了他来?

小师妹低头喝了口鸡尾酒,随即想找个安静的地方休息一下,却看见阿闲一脸期待地站在了她的面前,做了个邀请的动作。

这是要请她跳舞吗?万一被他看见了,他会不会误会?

也许是有心灵感应,小师妹这样想的同时,便感觉到了一道强烈的视线朝着她看了过来,她本能地看过去,发现是小志。

多日不见小志,他似乎清瘦了许多,他最近过得不好吗?

"我的公主,请问你能和我跳一支舞吗?"阿闲看见小师妹迟疑的表情,优雅地出声提醒着。

小师妹咬了咬下唇,眼神看向小志的方向。她想从小志的眼中找到一丝愠怒来,却发现小志的眼神中一片清明,什么情绪都没有。

小师妹顿时觉得自己的举动有多可笑,小师妹,你生那么严重的病,照顾你的人不是小志,是阿闲,你还看不出来吗?小志心里根本没有你,他根本对你的死活漠不关心,你到底还在期待些什么?你醒醒吧。

小师妹收回目光,不再犹豫地将手放进阿闲的手里,滑入了舞池中央。她没有发现,阿闲牵起她手的那一刻,站在不远处的小志眼里,全是忧伤。

小师妹和阿闲在舞池中央翩翩起舞,同色系的衣服,在灯光的照耀下相得益彰,白色衣领上的钻石更是晃得人眼睛都睁不开。小师妹本就舞蹈功底很好,阿闲却也不逊色,他自小接受教养,舞蹈更是自小的必修课。两个人出色的舞技很快就吸引了众人的目光,大家都情不自禁地停了下来,看着小师妹和阿闲。

就在众人看的时候,舞池中间突然出现了一个戴着面具的男子,小师妹一个转圈还没站定,便被面具男拥入了怀里,伴随着音乐的节奏翩翩起舞。

小师妹和阿闲的舞蹈舞技过人,却无法触动人心。

这一切终被戴着面具的男人打破,当他滑入舞池的时候,是带着一股热情的，甚至那股热情中，还带着一丝愤怒，只是，他掩饰得极好，让人不经意间就忽略了过去。

小师妹只是和阿闲分开转了个圈而已，当她被一股力拉回的时候，却发现自己落入了另外一个陌生男人的怀抱。她想着挣脱，却发现男人的力道太大，她根本无力动弹，而站在舞池另一边的阿闲整个人的脸色都不好了起来，他想过去阻止这一切，却被寿星哈尼给拉住了脚步。

"阿闲，你看人家跳得多好啊，你就大方一点，让人家借用一下小师妹啦。"

"可是……"

"没有什么可是啦，我是寿星，今天你必须听我的，来喝酒。"哈尼摆了摆手，拉过还想着脱身去找小师妹的阿闲，到一旁喝酒去了。

阿闲一边走一边回头看舞池中的小师妹，眼里满是焦急。

此时的小师妹透过面具看向面具男人的眼睛，却莫名地发现一股熟悉的感觉扑面迎来。这种熟悉让她无法拒绝，甚至，这种感觉让她暂时忘记了抵抗，只任凭这个男人带着，在舞池中央起舞。

众人看着舞池中新组成的舞伴，一点都没有觉得突兀。相反，一身黑色西装的面具男拥着一身白色长裙的小师妹，更加抓紧了他们的视线，一黑一白的搭配，给人一种很强的视觉冲击感。

再加上面具男身上透露出来的那种感情，让在场的所有人都看得着了迷，舞蹈似乎演绎了热情、深情和愤怒三个阶段，而每一个阶段，都被面具男人演绎得恰到好处。音乐到了高潮，舞蹈也到了高潮，所有人的心都跟着揪了起来，那种想爱却不能爱的感觉，让在场的所有人都为之动容。

随着最后一个音符停止，小师妹和面具男稳稳地停在了舞池中央，小师妹有点错觉，她感觉拥着她跳舞的人就是小志。她鬼使神差地伸出手想去摘掉面具男人的面具，手快到他耳边的时候，却被面具男一把扯下，打横抱起，大步地走了出去。

众人都沉浸在刚才的舞蹈中不能自拔,没有人发现他们的举动,而一边的阿闲正被哈尼缠着,等他再转过身来看向舞池的时候,却发现小师妹和面具男已经消失不见了。

小师妹有点恍惚的错觉,她觉得此刻抱着她的人是小志,那股熟悉的感觉太浓烈。

到底面具后的人,是不是小志,她要不要摘下他的面具?

如果摘下面具后,不是小志怎么办?是小志的话又该怎么办?小师妹心里剧烈地挣扎着。

一路到了会场外面,一阵凉风吹来,小师妹打了一个哆嗦,这才发现自己在思考的时候,这个面具男已经将她抱到了外面。

她瞬间感觉到危险,挣扎着想要下来,但面具男异常的冷硬,浑身都散发出一股浓烈的愤怒来。

小师妹有点害怕,但还是对面具后的那张脸感到好奇,手朝着面具男的面具抓去。

面具男早一步地发现了小师妹的异动,一个松手,将小师妹放开了。小师妹的手随着这一动作落了个空,她有点不甘心地咬住自己的下唇,随即再一次固执地伸手,想揭开面具男的面具,却被面具男一个反手,狠狠地抓住了手腕,小师妹还没反应过来,便被面具男压在了墙上。

小师妹有些害怕,她抬起头看向面具男,却发现面具男的眼神里翻滚着浓烈的怒意。

小师妹有些茫然,她哪里惹他生气了吗?可是他们明明都不认识啊。

她下意识地想大声尖叫,面具男却不给她任何机会,低下头,狠狠地对着她的嘴唇吻了下去。

面具男紧紧地贴着小师妹的身体,亲吻的力度很大,像是带了某种惩罚般,他狠狠地撬开小师妹的贝齿。小师妹本能地想要拒绝,却发现对方力气太大,她根本徒劳无功,用尽了所有的力气后,才绝望地放弃了抵抗，任由面具男亲吻着。

面具男似乎发现了小师妹的绝望，他放弃亲吻的动作，抬起头，看着眼前的小师妹，眼神复杂。

良久，两个人都没有说话，只是这么看着。小师妹皱眉，那种熟悉的感觉又来了，他到底是谁？

面具男看着小师妹，眼中的愤怒渐渐转化成了温柔，看着小师妹因为他的吻而绝望的眼神，心里有一丝愧疚闪过。

也只是一会儿，当他的眼神扫到小师妹的衣服时，眼中的怒火再次被点燃。小师妹看着面具男眼里的变化，心里有些害怕，不知道自己又做错了什么。

面具男一拳打在了小师妹身后的墙上，随即低头看着小师妹，伸手狠狠地扯掉了小师妹衣领上的钻石。

这件衣服，他看了就碍眼。

"你要干什么？"小师妹吓得连忙捂住自己的胸口，显然没想到对方会突然扯她的衣服。

面具男看着小师妹没有说话，只是眼神复杂地看了她一眼后，便转身离去，离去前还脱下了自己的外套，披在小师妹的肩膀上……

小师妹不敢叫住他，只能默默地看着他离去。她最终还是没能看到那个面具后的男人，究竟是谁，究竟是不是她心里想的那个人。

小师妹有点蒙，用力地甩了甩头，今天这都是什么事情啊，她居然被一个连面都没有见到过的陌生人给强吻了。

小师妹在原地站了很久，脸上挂满了泪水，她低头看着自己坏掉的衣领，摇了摇头。看来，她这个样子，是不能再去参加哈尼的生日宴会了，还是先回去吧。

直到小师妹转身离开，角落里的小志才站了出来，愣愣地看着她的背影出神，他慢慢地将脸上的面具拿开，心里是钝钝的痛。

他以为自己一向都伪装得很好，可是为什么在看到小师妹和阿闲穿着同色系的情侣装翩翩起舞的时候，他就失去了理智呢？

435

他竟然不顾这些天来的隐忍，只拿了一张面具，便冲到舞池中拉开了他们，更甚至，在他看见小师妹的衣服时，居然控制不住心中的怒气，强吻了她，最后更撕烂了她的衣领。他都做了些什么，居然那样伤害了自己心心念念的小师妹。

小志，你到底是怎么了？

难道这么多天来发生的事情，还没有让你清醒过来吗？

小志狠狠地责备着自己，心中充满了愧疚。

金灿灿的助理夹着公文包，从外面急匆匆地赶了回来，头发因为走路太急而有些凌乱。

他看着一旁忙碌的特助开口问道："金总呢？"

"在里面呢。"特助伸出手指朝着金灿灿的办公室指了指，声音很小。

"知道了。"助理点头，刚夹着公文包准备进去，便被特助拽住了。

特助小心翼翼地揪着助理的衣服，轻声道："你小心，金总最近脾气有点不好，你别撞枪口上了。"

"知道了。谢谢。"助理有些感激地点了点头，亏得平时没亏待过她们，这种关键时刻，还能提醒他，好让他做好准备。

助理站在金灿灿门口，深呼吸了一口气，然后轻轻地敲了三下金灿灿办公室的门，在听见金灿灿一声"请进"后，推门进入。

"金总。"助理看着正在涂指甲油的金灿灿，从她的面部表情，看不出有什么情绪。

金灿灿就是这一点最让人害怕，就像一个人，他明明知道自己要死，却不知道什么时候会死，每天都在忐忑地等待死亡般。

助理也不知道金灿灿现在是什么心情，这一刻风平浪静，说不定下一刻就风雨交加了起来。

他轻轻地唤了一声金总后，便再也不敢言语，小心翼翼地站在对面，等待着金灿灿开口说话。

金灿灿认真地给自己涂着指甲油，每涂一个手指甲就放到自己的嘴边吹一吹，晾干，等到将十个手指头都涂完晾干，这才抬起自己的眼睛看向前面的助理，冷冷地开口问道："什么事情？"

助理看着金灿灿这副样子，心里有点发颤，但是，事情非常紧急，他又不能不说。

想到这里，他稳了稳自己的心神，咽了咽口水，小心翼翼地开口说道："刚才董事会发来邮件，说让我们暂停收购小镇的计划。"

"什么？没有我的吩咐，谁敢这么下命令？"金灿灿皱眉，那帮老东西，趁着她不在，又开始兴风作浪了。

一个个都是老油条，迟早有一天，她要让这些老东西，一个个都滚出董事会去。

见金灿灿有点动怒的迹象，助理更加害怕了，他唯唯诺诺地说："是董事会一致投票决定的，他们觉得，小镇收购计划困难重重，而且，预算资金也超支了。"

"哼，这么点小困难，就吓退了董事会那帮老顽固？真是可笑。"金灿灿冷笑一声。

那帮老不死的，看她金灿灿回去怎么收拾他们。

金灿灿想了想，并没有发火，而是无所谓地对着助理摆摆手道："不用管董事会的邮件，我们该怎么做还是怎么做。我倒不信了，他们还能把我怎么样。"

反正每次她做什么，他们都是要反对的，可是到最后又怎么样了？还不是她要做的事情都做了，他们反对也是没用的。好在，每次，她都让他们赚得瓢满钵满的，他们也就不再说什么了。

这一次，自然也不例外。她金灿灿有信心，这小镇，她一定能够拿下，再为公司增加盈利。

"好的，金总，那接下来，我们该怎么办？"助理殷勤地点头，他就是佩服金总的这种自信，这种唯我独尊的气势，恐怕是他这辈子都学不来的。

金灿灿转过椅子看着窗外,手指在桌子上轻轻地敲着,助理不敢打扰,静静地站在一旁,不再言语。

良久,金灿灿转过椅子看着助理,眼神里满是自信,她胸有成竹地道:"既然,那几个小地皮商不同意卖地皮,那我们就从地皮最大的卖家开始。只要地皮最大的卖家同意出售地皮,那么那些零散户,自然也就坐不住了。就算他们能沉住气,不卖地皮,那我也能利用核心商业位置抵制他们,让他们断了财路。我就不信,他们能坚持下去。"

等到那个时候,那些零散户还不是她手中的蚂蚱,她想怎么捏就怎么捏?

"是的,金总。"助理听了金灿灿的话,顿时有一种眼前一亮的感觉。金总果然是金总,想法果然和别人不一样啊。

金灿灿摊开小镇地图,细细地查看起来,片刻后,她的目光锁定在小镇的私塾上,脸上露出了冷冷的笑意,就从这里开始吧。

金灿灿抬头招呼助理过来看地图,确定道:"看小镇地图上显示,现在小镇拥有最大地皮的人,是镇长?"

"是的,金总。"助理点头。

金灿灿一脸笃定的表情:"好,很好,那我们就从这里入手。只要把这一块难啃的骨头啃下去,那些小骨头,还有什么可怕的呢?"

"是的,那我们接下来要怎么做?"对于金灿灿的话,助理很是认同。他已经摩拳擦掌,迫不及待地想要去完成这件事情了。

金灿灿看着面前的地图,想到前几次收购失败的事情,顿时谨慎起来。

她用手示意助理靠近一点,随即缓缓说:"吃一堑长一智,经过上一次的事情,我们得改变策略,不能犯和之前一样的错误了,我们这样……"

助理认真地听着金灿灿的计划,一个天大的阴谋将要展开序幕……

镇长在小镇私塾里认真地锄草,为了节省私塾开支,私塾里的好多活儿，他都没有找工人，而是自己干。

小师妹怕他辛苦，为了这个事情跟他发过几次脾气，他知道小师妹是心疼他，每一次，他都将她劝住了，还告诉她，自己这是为了锻炼身体。小师妹每次听他这么说，也就只能破涕为笑了。

其实，再苦再累，他都能承受，只要私塾里上学的孩子，每一个都能开开心心地长大，以后成为一个对社会有贡献的人，他便心满意足了。

只是，最近私塾里的设备问题，让他很是闹心。这私塾建成时间已久，很多房屋都有严重的漏雨现象，很多先进的学习设备，他都因为价格昂贵而买不起。

他不是没有试过，想说服那些设备商打折卖给他，可是那些设备商眼睛里都只有钱，根本不肯便宜一点卖给他，而设备的事情，也就一直耽搁着了。

他心里非常担心，私塾里的孩子，会因为学习设备的问题，学习跟不上，可自己钱不够，也只能干着急。

正在镇长一筹莫展的时候，一个陌生人，出现在了镇长的面前。

"你好，请问你是私塾的负责人吗？"

镇长从自己的思绪中回神，看向来人，这人一身笔直的黑色西装，看上去非常的有钱。

此刻，此人正一脸微笑地看着镇长。

镇长快速地在自己的脑海中搜索了一下，发现自己根本不认识这个人。他有点疑惑地开口问道："是的，请问你是？"

"你好，我是远洋外贸的职员，我们总经理来让我和你协商私塾的设备问题。"来人很客气地和镇长作了番介绍，并且表明了自己的来意。

也许是太突兀了，镇长的心里有点防备，他反问着对方："你们怎么知道，我们私塾缺少设备？"

对方似乎看出镇长的顾虑，连忙向着镇长解释，并说出了早就准备好的那套说辞。

"哦,你别误会,是这样的,我们老总从小贫穷,自小是有了好心人的赞助才完成了学业。如今,我们老总要感恩社会大众,所以决定,帮助一切有困难的学校和私塾。"

"哦!"镇长点点头,这位老总,倒是个知恩图报的好孩子。镇长在心里给这位老总下着结论。

对方见镇长有些动容,接着说:"那天我们老总经过小镇私塾的时候,看见私塾的简陋学习设备,心里很难过。正好,他手上也有一些设备,所以他马上决定,将设备以成本价卖给你,运费我们来出。"

"这样啊!"镇长恍然大悟地点点头,但是对于这个突然冒出来的人,还是有着很多的质疑。

毕竟这个私塾对于小镇的孩子们来说,是很重要的存在,他可不能草率地做了决定。

"是的,这是我们老总的名片,你可以打这个电话和他联系,如果,你还有什么疑问的话,也可以到我们公司去看看。"对方点头,并且向镇长递上名片。

还好上头给他想好了一切事情发展的后果,上头也早就知道,这老头子不会轻易地就相信他,所以,都帮他把后招想好了。

天知道,他只是个正经的职员,坑蒙拐骗这样的事情,他还是第一次做,难免会紧张。

"不是不是,你们老板能这么想,我真的很开心,谢谢你们。"镇长看了看手中的名片,心情变得出奇的好,如果今天这个人是真的,那么他一直以来所担心的问题就都迎刃而解了。

小镇私塾的孩子们不用再在漏雨的房子里读书,学习设备也会跟着有了,真是太好了。

"没事,应该的。"对方见镇长已经相信了他的话,也见好就收,不再纠缠,客套了一句话后,便离开了。他要赶快回去向上头复命。

小镇农庄内,小师妹正在自家厨房里做着棒棒糖,上次阿闲照顾生病的她，她还没有好好感谢阿闲。

她记得，阿闲好像喜欢吃棒棒糖，每次看见他，他嘴里都含着棒棒糖，所以她决定做点棒棒糖给他。虽然礼物不值钱，但好歹是她的一份心意啊。

一个棒棒糖成型后，小师妹看着自己的失败作品，有点无奈地摇摇头，她就不是贤妻良母。

正在她无奈地摇头时，门外传来爷爷的声音。爷爷的声音听起来很轻快，和前几天的沉闷不太一样。

"小师妹，看看爷爷给你带了什么回来。"镇长开心地踏入大门，手里还拎着一个袋子。

小师妹开心地伸出头，看到爷爷手里的袋子顿时眼前一亮，她欢快地朝着爷爷跑了过去，嘴里喊着："老婆饼！爷爷，你真好。"

镇长看着小师妹的样子，宠溺地摸了摸她的头，柔声道："小馋猫，拿去吃。不过别吃太多，小心胀肚子。"

"嗯嗯。"小师妹忙不迭地答应着，手早已伸进了袋子里。

她从袋子中拿出一个老婆饼放到嘴里咬了一口，甜甜酥酥的感觉，瞬间从舌尖传了过来。

好好吃啊，小师妹心里满足地叹息着，她已经好多天都没有吃过老婆饼了。

她心情愉快地对着爷爷问道："爷爷，这个老婆饼这么好吃，是陈杰瑞家做的吧？"

爷爷宠溺地点了一下小师妹的额头，笑着说："小馋猫，什么都瞒不过你这张嘴。"

"嘻嘻，什么嘛，爷爷，你今天怎么这么开心？私塾的事情解决了吗？"小师妹不好意思地摸了摸头，又咬了一大口老婆饼，嘴里含糊不清地问着镇长。

"还没有，不过，已经有公司在找爷爷谈私塾的设备问题了。"镇长边摇头边递过一杯水给小师妹，怕她噎到。

小师妹感激地看了一眼镇长,随即举起水杯,将水杯里的水喝了一大半,满足地长舒一口气,然后才抬起头问道:"真的吗?"

"是的,那边说,他们老板一直都喜欢帮助有困难的学校。看见我们的私塾缺少设备,而他们老板手上又正好有货,他们老板当下就决定,以成本价给我们那批设备,至于运费什么的,他们老板给我们出。"

镇长提起今天的事情,就非常的开心,他心里觉得,这个世界上还是好人比较多一点的。

"真的啊,爷爷,太好了,你再也不用为私塾的事情那么担心了。"小师妹听见镇长的话,高兴得从椅子上蹦了起来。

小师妹知道,私塾设备的事情,一直是爷爷的心病。她是亲眼看见爷爷为私塾的事情有多操心的,经常半夜愁得睡不着觉,日以继夜地熬夜想办法。她看在眼里,疼在心里,每次夜晚听见从爷爷房间传来的咳嗽声,她心里都难过极了。

她不是没有劝过爷爷,可是爷爷每次嘴上答应她不愁了,不想了,转身又开始皱着眉头。她也很想帮爷爷想出个解决的办法,可是她始终人小力量薄,没能帮上什么忙。爷爷好不容易将她抚养到这么大,她却一点忙都帮不上,她的心里对爷爷充满了内疚。

不过这下好了,私塾设备的事情解决了,爷爷和她都松了一口气,私塾终于好了。想到这里,小师妹的脸上露出了开心的笑容。

"是的,爷爷也很高兴啊。"镇长也很高兴,脸上红润润的,看上去精神焕发。

小师妹高兴了一会儿后又垮下了双肩,她想到了个严重的问题,有点担心地问着:"爷爷,虽然对方将这批设备是以成本价卖给我们的,但是学校需要那么多设备,我们手上有那么多钱吗?"

小师妹心里再清楚不过,虽然爷爷是这个小镇的镇长,拥有小镇最大的地皮,可是实际上,是没有什么资金的。每年爷爷的收入都拿来用在了私塾上,手上就算有资金,也是有限的吧。

看到小师妹担心的样子，镇长欣慰地笑了笑。这孩子，真是越长大越懂事，现在还知道操心起私塾的事情来了。

不过，资金的事情，他一早就想好了对策，想到这里，他拍了拍小师妹的肩膀，示意她别急，"小师妹，你放心，咱们不是还有私塾吗？我们拿私塾做贷款，不就好了吗？"

"可是爷爷……"一听拿私塾做抵押，小师妹顿时就变得有点谨慎，心里有点不安。

"没关系的，小师妹，爷爷心里自有分寸，我已经去他们公司看过了。也到工商局查过，他们确实是正规注册过的公司，不是骗子。这个世界上，还是好人比较多的。等我们拿到设备了，那几个答应投资我们私塾的商人，就会再注入资金进来，爷爷已经和他们说好了，设备一到位，他们就投资。等投资资金到位，爷爷就可以拿钱将银行的钱给还了，就是因为这个，爷爷才放心地用私塾做抵押的啊。"

拿私塾做抵押来贷款，这件事情，他也是经过了慎重的考虑的。毕竟私塾对于小镇的孩子们来说，是唯一获得知识源泉的地方，也是放飞梦想的地方。只有在私塾里学到了有用的知识，才能拥有辉煌的未来。

出于这种慎重，他一早就按照名片上的地址，亲自去查看了一番。这个远洋外贸确实是一家正规的公司，公司环境相当的好，而且，里面的工作人员也非常的专业。他不放心，还去了工商局调取了注册资料，发现，确实是个正规的注册过的公司。

另外一边的赞助商也同样，只要学校设备跟上，他们就会注入资金进来。这对小镇私塾未来的发展，是有很大好处的。

他心里当下决定，和这家公司合作，买下那些学习设备。

"好吧，既然爷爷都安排妥当了，那我就放心了。"小师妹听了爷爷的话，心里略微放下心来。

爷爷既然都已经调查过那家公司了，那应该是没问题吧，小师妹心里想着。

"乖孩子。"镇长欣慰地拍了拍小师妹的头。

午后的阳光异常强烈,将金灿灿的办公室照得透亮,金灿灿埋头在一堆文件中忙碌着,丝毫没有注意到墙上的时钟,早已过了饭点。

办公室的门响起,金灿灿埋在文件中的头抬都没有抬一下,说了声:"请进。"

助理夹着公文包脚步轻快地走了进来,脸上的气色看上去分外的红润,似乎有什么好事般。

他神神秘秘地凑到金灿灿跟前道:"金总,鱼儿已上钩。"

"哦?这么快?"埋在公文中的金灿灿听见这句话,终于从文件中抬起头,她扶了扶鼻梁上的金框眼镜,眼神里透露出一丝喜悦来。

助理见金灿灿注意力集中到了他的身上,更加殷勤地对着金灿灿道:"是的,他着急私塾孩子的设备问题,没有发现我们的异常。我们现在什么都不用做,就坐等他给我们汇款。"

"干得不错,我马上跟人事部说一下,下个月给你涨薪水。"金灿灿满意地点了点头,赞许地看着助理说道。

"谢谢,谢谢金总。"助理殷勤地冲着金灿灿点头哈腰,然后看着金灿灿道,"金总,如果没什么事情的话,我就先出去了。"

"嗯。"金灿灿摆了摆手,助理步履轻快地走了出去。

金灿灿站起身,看着窗外,脸上是藏不住的喜悦。

终于有一件值得高兴的事情了,自从收购小镇以来,她金灿灿失败了好多次,事事不顺心。不过没关系,她金灿灿想得到的东西,还从来没有失败过,她有的是金钱和毅力,就看那帮人耗不耗得起了。

最重要的是,她要让那个人看看,她的能力有多强,她做的事情有多正确。

小镇银行外。

镇长刚到银行门口就遇到了从银行内出来的小志。他显得分外开心,已经好久没有见到这个孩子了,也不知道他在忙些什么。

"小志，你怎么在这里？"镇长一脸慈祥地看着面前的小志问道。

小志自小被他收养，也是念的私塾，是从私塾里走出来的孩子。小志学习用功，能力强，是他最得意的门生，以小志的资历，本来可以在外面找到一份很不错的工作，可是令他没有想到的是，小志居然回来了。

他居然回到小镇，当起了一名普通的书记官。这个举动让他跌破眼镜，却也让他感动不已。心里认为，小志是个懂得知恩图报的孩子，知道用自己的能力，回馈给养他的小镇。

"镇长？"小志似乎也有一些惊讶，他今天是来看看游戏公司有没有将首款打过来的，他没想到，居然会在银行外碰见镇长。

他也只是错愕了一会儿后，便回答镇长说："我在这里办点事情，您呢？"

"私塾的设备问题解决了，我来银行抵押私塾筹备资金。"镇长边说边开心地捋了捋自己的胡须，心情看上去非常的不错。

小志却在听见镇长说抵押私塾时，眉头皱了起来。私塾对于镇长和小镇的孩子们来说有多重要他不是不知道，镇长怎么会轻易地就将这么重要的私塾抵押给了银行呢？

他的心里有些担心："抵押私塾？可是镇长，私塾对您来说，不是很重要吗？"

"是很重要，但是私塾设备的更新也同样重要啊。如果一个私塾没有像样的学习设备，那就只能算是一个空架子，孩子们在这样的私塾里学习，肯定是会有很大的影响的。"

镇长点头，他不是不赞同小志的看法，要是放在以前，他是打死也不会拿私塾到银行来做抵押的，可是今时不同往日，为了私塾的将来，他肯定要拿私塾去冒一下险了。再说了，他把一切都调查清楚了，应该不会出什么事情的，不是吗？

镇长在心里安慰着自己。

"嗯，镇长，你说得有道理，需要我帮忙吗？"小志见镇长很是坚持，心想镇长也是长辈了，做事不至于那么没有分寸。既然镇长已经做了决定，想必也是做了充分的准备的，那他还阻拦干吗？

再说了，私塾毕竟是镇长的。他一个外人，也只能适当地提醒他，却不能过分地干预。镇长做出这个决定，也是为了小镇私塾的未来嘛。

他能做的，就是尽自己的全力去帮助镇长，帮助小镇的居民。

镇长颇为欣慰地拍了拍小志的肩膀，对于小志这个孩子的心意，他还是很感动的，慈祥地看着小志说道："不用了，孩子，有事情我肯定会找你的，现在我已经都解决了呢。"

"那好，有事情，你要记得找我。"小志放心地点了点头。

"好的。"镇长笑了笑转身准备走，却被小志犹犹豫豫地叫住了：

"镇长。"

"怎么了，还有什么事情吗？"镇长转过身，看到小志有点踌躇，这可不像小志平时的作风，这孩子是怎么了？

小志犹豫了一会儿，随后像是下定了决心般，他抬头询问着："小师妹她，最近好吗？"

小志说完，脸上有些红晕。他是下了很大的勇气，才问出了这样的话。

自从上次在哈尼的生日宴会不欢而散后，他就再也没有见过她。他试着不去管她，不去过问关于她的一切，只是，越是压抑，思念和爱就越是无可抑制地扩散了开来。

他还没有来得及防守，那些思念便如洪水猛兽般，瞬间占据了他的整个思想。

他每天睁开眼睛，满脑子都是小师妹的影子，那种感觉，害得他一刻也不得安宁。他只能不分昼夜地工作着，让自己充分地忙碌，以此来麻痹自己的神经，让自己暂时性地忘记。

忘记她的笑，忘记她的好，忘记她的一切……

他以为他抑制得很好，可是，却在遇见镇长的那一刻，防线突破了。

这个时候他才知道，原来想念一个人的时候，即使遇到的不是她，而是她身边的任何一个人，思想都会崩溃，无法控制。

一切的抑制和防守，都成了一句可笑的谎言。在她的世界里，他无路可逃。

小志苦笑。

"你这么关心她，为什么自己不去看看呢？"镇长听了小志问出的问题后，顿时明了，原来这孩子，是想问问小师妹的情况。

他年纪大了，对于这种男女间的事情最是了解不过。他不知道小志和小师妹之间到底发生了什么，明明两个人彼此相爱，却非要弄成现在这样的情况。

这两个孩子，都是他一直看着长大的，品性都不错，他都很看好，他是很希望这两个人能走到一起的。如果他们两个人真的能够走到一起，他是非常高兴的。

所以，他何不帮他们一把呢？

小志眼里充满了期待，想从镇长的嘴里再听到一些关于小师妹的事情，见镇长这样说，他的眼神有些复杂，良久后，他垮下双肩，轻声道："没有，我就是随便问问，你不说，那我走了。"

"小师妹最近心情一直不太好，幸好有阿闲经常陪在身边，才能快乐一点。"镇长也不知道是有意无意地提到了阿闲。

他也年轻过，如果两个人相爱，最有能力刺激到对方的就是第三者。他故意提出阿闲的名字，就是要刺激小志，让他这块木头也开开窍。他啊，都快被这两个孩子给急死了。

"这样啊。"小志的心一下子揪了起来，一丝紧张从眼神中飘过。

原来那个阿闲，一直陪伴在小师妹身边，那小师妹的心情有没有好点呢？

阿闲能说会道，一定是有办法哄小师妹开心的吧，小师妹开心，他就放心了，可是为什么，他的心这么痛呢？

小志下意识地捂住了自己的胸口，那里有丝丝疼痛扩散开来。

镇长将小志的神情和动作看在眼里，他无奈地皱了皱眉头，这俩孩子,太让人闹心了!不行,他不能放任他们继续这样互相折磨下去。

想到这里,镇长忍不住开口询问着小志:"你们到底怎么了?之前不是还好好的吗?怎么突然就不联系了呢?"

镇长的话,让小志想起了小师妹妈妈的话来,如果他不管小师妹妈妈的话,就那样随着自己的心走,和小师妹在一起的话,是不是结局又是另外一番景象?

"离开小师妹,否则,这本日记本里的内容马上就会公诸于众。"金灿灿的话,闪过小志的脑海。

小志苦笑,原来就算没有小师妹妈妈的阻拦,他也是不能和小师妹在一起的啊。

他们注定了是两个世界的人,他已经没有选择。

小志的心口泛酸,他尽力让自己的语气平稳,然后缓缓开口:"没什么,镇长,我还有事,我先走了。"

说完,便狼狈地逃走了,头都没敢回一下。

"哎!这孩子。"镇长看着小志狼狈逃走的背影,无奈地摇了摇头,随后转身往银行里走去。

镇长在银行里首先抵押了私塾拿到了贷款,随后便将贷款转给了之前远洋外贸公司提供的账户上。

然后打了个电话给远洋外贸公司的负责人,那边同意,三天内发货。

一切似乎都解决了,镇长的心里感到万分的轻松。

他心情极好地往农庄走去,一路上看见人便说设备的事情解决了,马上小镇的孩子们就能有新的学习设备用了。

大家听了镇长的话,都很开心,都期待着新的学习设备的到来。

镇长不知道,一场巨大的阴谋已经撒开了网,而他已经身陷其中,在劫难逃。

镇长回到家的时候,天已经黑了,他在屋外就闻到了浓浓的饭菜味。他刚想开口喊小师妹,却看见小师妹从屋子里面迎了上来。

甜甜地对着他喊了一声:"爷爷!"

"嗯,乖孙女。"镇长慈祥地摸了摸自己孙女的头发,想到设备的事情解决了,他的心情就格外的好。

"爷爷,你回来啦,事情办完了吗?"小师妹闪着一双大眼睛,灵动地看着镇长,关心地问道。

"嗯,对方承诺三天内发货,放心吧。"镇长点头,如果一切顺利,一周之后,他们学校就会有新的学习设备了。

想到学校的孩子们都能用上新的学习设备,他的心里就一阵兴奋,脸上红润润的,跟个孩子似的。

"嗯,太好了,爷爷,今晚我烧了你最爱吃的狮子头,庆祝我们顺利渡过这次的难关,待会儿你可一定要多吃点。"小师妹原地蹦了两下,然后一把抓住镇长的手,开心地道。

"你做菜了?"镇长一听到小师妹烧了菜,一脸不可思议的表情,他可是记得,他们家这个千金,可是从来都不会烧饭的。

还记得前年,有一次她要做饭,差点把厨房都烧了,所以以后家里再也没人让她进厨房了。

她现在居然说,她烧了狮子头,这可是难度比较大,工序比较复杂的一道菜,她居然能成功?

他表示深深的怀疑。

"嗯。"小师妹见镇长的脸上有怀疑的神色,立马一本正经地点了点头,表示自己真的做了,而且,味道不错。

"哦……我的乖孙女居然学会了做菜?而且,还做了狮子头?"镇长还是不敢相信,他再次向小师妹确定。

"那当然。"小师妹得意地昂起了下巴,心里默默地为自己骄傲。

小师妹抬头,看见镇长还是一脸不相信的表情,终于破功,强装出来的自信气势立马缩减了一半,她伸手挠挠自己的头,心虚道:"呵呵,其实我是照着网上的食谱一步一步学的。"

"那能吃吗?"镇长给小师妹泼着冷水。

其实，他心里是相信自己的孙女的，他故意这么说，只是为了逗逗小师妹，这孩子最近活得太抑郁了，他想让她也乐一乐。

"爷爷，当然能吃了，特别香哦。"小师妹不满地嘟起嘴，抓起镇长的衣袖左右摇了摇，撒娇意味明显。

"哎，还是我的乖孙女好，知道心疼爷爷啊。"镇长忍不住笑了出来，宠溺地刮了刮小师妹的鼻子。

"嘻嘻……"小师妹可爱地缩了缩自己的脖子。

镇长慈祥地看着小师妹，心里想，看到她笑，他就放心了。这些天，都没怎么看见她笑过。

他突然想到今天中午在银行碰见小志的事情，忍不住地说道："只是小师妹，爷爷今天在银行看见小志了。"

说完后，偷偷打量小师妹的神情，果然，在他提到小志的时候，小师妹的眼神明显地一暗。

她过了半晌才开口问道："小志？他在那边干什么？"

"有事的吧，他还向爷爷打听了你的情况。"镇长努力地让自己的话听起正常，一边说，一边默默地注视着小师妹的表情。

小师妹脸色一变，口气有点生硬："他打听我做什么？我和他有什么关系吗？"

嘴上虽然这么说，心里那种疼痛却像是条件反射一般扩散开来。她不明白小志到底要干什么，她明明已经做好准备要放弃他了，他为什么又要闯入她的生活里来骚扰她，真当她是那么好欺负的吗？

看见小师妹难过的表情，镇长心里有点舍不得，他无奈地叹了口气，摇摇头道："你们两个啊，哎，真是让人操心。"

"好了爷爷，快进屋吃饭吧，饭菜都快凉了。"小师妹努力地压下心中的异样，用力地扯出一个笑容，拉着镇长往屋子里走。

她不知道，自己的那个笑容，比哭还难看。

三天后农庄内，小师妹拿着水壶给农庄内的花儿浇着水，心里想着爷爷之前对她说的话。

她不明白，小志心里到底是怎么想的，每次，她追着他的时候，他就冷冰冰的像一块木头，她生病了，他甚至对她不闻不问，就这样对她毫不在乎的人，却又在她快要死心放弃的时候，跑来问她最近的情况。

他到底想怎么样？他的心里到底在想些什么？她根本猜不透，这种想爱不能爱，想放弃又不能放弃的感情，让她烦躁透了。

最后，她干脆就放弃了思考，将水壶放到一边，整个人坐在秋千上，眼睛闭了起来，她好累，她只想放空自己，什么都不要去想。

也许，等她睁开眼睛的时候，一切就都好了。

闭上眼睛的那一刻，她似乎感觉到小志就在她的身旁。整个人放松后，小师妹很快地便在秋千上睡着了。

直到一声急促的声音传来。

迷迷糊糊中，她感觉到有人在摇晃着自己，小师妹朦朦胧胧地睁开眼睛，阿闲就跳进了她的视线中。

眼前的阿闲一脸焦急，他见小师妹睁开了眼睛，连忙道："小师妹，你快去医院看看，镇长气得病倒了。"

小师妹眨巴眨巴眼睛，有点没有反应过来，等她反应过来阿闲说的是什么后，整个人都从秋千上蹦了起来。她紧张地抓着阿闲的衣袖问道："什么？怎么回事？我爷爷他怎么了？"

"我也不知道，好像是私塾的那批设备出了问题。镇长就被气晕倒了，大家伙儿手忙脚乱地将他送去了医院。"

阿闲急匆匆地说，他也是今天经过私塾门口时，看见很多人围在私塾门口，上去问了几句，才知道，原来是小师妹的爷爷出了事情，他知道后，便急急忙忙地跑来告诉小师妹。

"爷爷……"小师妹听完阿闲的话后，整个人都慌了，她鞋子都忘了穿，便起身急匆匆地往小镇医院跑去。

"小师妹，你的鞋，等等我。"阿闲见小师妹转身跑远了，心里着急又担心，他急忙从地上捡起小师妹的鞋，急匆匆地追上前面的小师妹。

小师妹跑得很急，途中摔了好几个跟头，膝盖都摔破了，脚上也被石子磨出了血泡，但她丝毫没有感觉到疼痛，她现在只想看看爷爷怎么样了，别的什么都顾不上。

小师妹像疯了一样地跑进医院的走廊内，和对面的护士撞了个满怀。她紧张地抓住护士的手问道："我爷爷住在哪个病房？"

"小师妹，你别着急。"小镇的护士都认识小师妹，小师妹平时乐于助人，又有个镇长爷爷，自然是小镇的名人。镇长被送到医院来了，她们肯定也是知晓的，所以她连忙安慰小师妹，让她冷静下来。

"小师妹，你爷爷在那个病房，我带你去。"一旁的夏奶奶有点疲惫的样子，拉着小师妹的手，朝着镇长病房的方向指了指，转身就要带小师妹去。

"夏医生。"护士看见夏奶奶来了，毕恭毕敬地向着她打了一个招呼。

虽然夏医生年纪大了，早已经退休，不在他们医院任职，但是小镇上，谁都知道夏医生的医术和医德都是举世无双的。她的医术更是妙手回春，什么疑难杂症，到了她的手里，都能被治好，大家都亲切地尊称她为"神奇奶奶"。

小师妹看见夏奶奶，犹如看见了救星，激动地握着夏奶奶的手，哆嗦着问道："夏奶奶，我爷爷怎么样了，我好担心啊，他有没有危险？"

夏奶奶温柔地拍了拍小师妹的手，安慰她道："小师妹，别担心，你爷爷只是急火攻心，一时血脉不通导致的休克。休息一会儿，心情平复下来就没事了。"

镇长前脚一送进医院，她后脚就来了，给镇长做了个详细的检查，发现并没有什么大碍后，才松了一口气。

这么无私奉献的镇长，谁都不希望他有事。

"夏奶奶，你一定要帮我治好爷爷，我不能没有爷爷。"小师妹握着夏奶奶的手有些战抖。她自小和爷爷最亲,她不敢想象,如果爷爷出了什么事情,她该怎么办。

"嗯,放心吧,走,我带你去看你爷爷。"夏奶奶安慰性地拍了拍小师妹的手,示意她放心。

小师妹擦干眼泪,跟着夏奶奶来到了爷爷的病房内,看着爷爷憔悴的面容,眼泪又不受控制地掉了下来。

镇长看见小师妹来了,虚弱地喊了一声:"小师妹。"

小师妹一听爷爷的声音,心里更加地疼了起来,看到爷爷这个样子,她心里分外地难受。她怎么觉得爷爷一下子就苍老了许多呢?两鬓的白发居然都这么多了,原来爷爷已经不再像她记忆中的那么硬朗了。

作为爷爷的孙女,她竟然都没有发现,小师妹心里越发地愧疚了起来,战抖着声音问道:"爷爷,你怎么样,有没有感觉到哪里不舒服?"

"小师妹,爷爷没事,只是私塾……哎,都怪我,我不该轻易地就相信那样的陌生公司啊,我对不起小镇的孩子们啊。"

镇长不希望小师妹为他这么难过,他想在小师妹面前努力地表现出自己坚强的样子,可是一想到因为自己的疏忽,给小镇的孩子们造成了这样大的困扰,心里就难过得不行。

"爷爷,您别说了。你快躺下,没有人会怪你的,你别责怪自己,把身体养好了再说。"

小师妹看见爷爷这个样子,心里的难受越发地涌了上来,心口生疼。

她连忙安抚地拍着爷爷的背给他顺气。爷爷,已经不能再受刺激了,万一爷爷有个什么事情,她自己都不会原谅自己。

镇长转过身,只留给众人一个脆弱的背影。背影在医院白色的墙壁上,显得苍白,落寞。

他的双肩有些许的战抖,众人担心地想上前,却被他断断续续的声音打断:"哎,你们都先出去吧,我想一个人静静。"

"爷爷！"小师妹眼睛里的泪水立刻像断了线的珠子似的掉了下来，她的爷爷，是多么坚强的一个人啊，可是现在，他是在背对着他们哭吗？

　　一旁的人都没有说话，镇长的低落，传染了在场的每一个人。大家都知道，私塾对于镇长，对于这个小镇的孩子们，是有多么的重要，现在，发生了这样的事情，大家心里都不好受。

　　小志看了看镇长倔强的背影，还有众人低落的情绪，垂下眼睑沉声道："出去吧。"

　　"小志！"小师妹抬头看着小志，红了眼睛，她不放心爷爷，爷爷现在的情绪很不好，她想留下来陪着他。

　　"小师妹，听小志的吧，爷爷现在需要静养，你放心，夏奶奶一定治好你爷爷，保证让他健健康康地出院。"夏奶奶安慰地拍了拍小师妹的肩膀，然后拉着小师妹往外走。

　　小师妹被夏奶奶拉出去后，众人都陆陆续续地出了病房，来到了医院的走廊里。

　　夏奶奶被护士拉去了别的病房，小师妹的身边只剩下阿闲和小志。

　　小师妹一直在哭，急得一旁的阿闲不知道该怎么办，只能默默地陪在她的身边，一声不吭。

　　小师妹的眼泪却没有因为阿闲的默默陪伴而有所减少，反而越来越多，看得一旁的小志，眉头都皱了起来。

　　小志不知道，原来小师妹这么能哭，再这样哭下去，眼睛会哭坏的。

　　他心情复杂地走到小师妹跟前，对着小师妹安慰道："小师妹，镇长没事的，你别担心……"

　　他的话还没有说完，小师妹一下子站了起来，愤怒地看着小志，对着小志毫不留情吼了过去："不担心，怎么能不担心？难道你以为我会和你一样冷漠无情，看着爷爷生病了，无动于衷吗？我告诉你，我办不到。"

　　小师妹现在心里难受极了，想到这段日子以来，小志对自己的冷漠，心里的所有情绪再也忍受不住都爆发了出来。

爷爷为私塾愁得日夜睡不着觉的时候，他在哪里？

她生病没人照顾的时候，他又在哪里？

是啊，她生病他都可以这么的无动于衷，何况是爷爷？

既然在那样艰难的情况下，他都没有出现，现在又有什么资格跑到她跟前来说风凉话？

"小师妹……"对于小师妹没来由的脾气，小志哑口无言。他只是想安慰小师妹而已，她怎么就这么的激动？

一旁的阿闲见气氛不对，连忙上前拉开两个人，现在这个时候，小师妹不能再受刺激倒下了，可是小志，也是很无辜的。阿闲看着小志，眼神有点复杂，他想了片刻道："小志，小师妹刚才的话，你别往心里去，也别跟她置气。小师妹可能是伤心过度，才会这么激动的。我听小师妹说过，从小，镇长便是她最亲的人，所以小师妹看着镇长那样子躺在医院里，心里肯定很难过，一时控制不住情绪，就……"

小志眼神锐利地扫过说话的阿闲，这个阿闲，凭什么在他的跟前，帮着小师妹说话？

这明显就是将小师妹归到他那边了，也就是说，他阿闲和小师妹是自己人，而他小志，却成了一个外人？

想到这里，小志的心里有一股恼火，对面前的阿闲，有一千个一万个的不满意。

可是，气归气，他也不能在小师妹的面前表现出来，也只能默默地将怒火往下压。

待心中的怒火平息得差不多了，小志才抬起头看着面前的阿闲咬牙切齿道："没关系，我不怪她。"

小师妹并没有再理会小志，而是又在原来的地方背靠着医院墙壁，抱着双臂蹲了下来，眼泪，也一直没有断过。

小志看着这样的小师妹，心里复杂极了。他的安慰，已经对她一点作用都没有了吗？

或者，小师妹，已经不再需要他了。

"小师妹，别伤心，你这么伤心地掉眼泪，我都好难过的。"阿闲看着小师妹的样子，心里也难过起来。他歪着脑袋，嘴里叼着棒棒糖，看着小师妹眼睛有点湿润。

小师妹看着阿闲的样子，吸了吸鼻子，带着哭腔道："阿闲，谢谢你陪我，上次我生病难过，都是你陪在我的身边。"

听了小师妹的话，阿闲用食指刮了一下她的鼻子，话里都是宠溺："傻瓜，这是应该的，我还要做你的护花使者呢，乖，别哭了。"阿闲说完，便拿手去给小师妹擦眼泪。

这温情的一幕，看在一旁的小志眼里，分外扎眼。他眼神复杂地看着眼前的小师妹和阿闲，双手早已因为克制，而紧握成了拳。他的心里揪痛着，这两个人是在他的面前秀恩爱吗？

小师妹并不知道小志心里的想法，她心里只想着，替爷爷分担，既然爷爷已经倒下了，那么，作为爷爷唯一的孙女，一定要肩负起这个责任。

私塾，她不会轻易地就让它倒下的，那里是爷爷一辈子的心血，也是她和小志成长的地方。那里充满了太多美好回忆，她一定要保住私塾，让小镇的孩子们，能有一个美好的学习环境。

听别人说，今天是小志送爷爷来医院的，那么他一定知道很多她不知道的事情，她一定要搞清楚事情的来龙去脉，好好地替爷爷守住私塾。

想到这里，小师妹狠狠地擦了一把脸上的泪水，随即站起身，抬头问一边的小志："小志，到底怎么回事？爷爷怎么会忽然晕倒在私塾了呢？"

小志皱了皱眉，将心中翻滚的酸意给压了下去，他努力地回想今天在私塾门口发生的事情，对小师妹道："我今天本来是想去找镇长谈小镇的建设问题，可是，我在私塾外喊了半天，也没见镇长开门，我看门是虚掩着的，就自己推门进去了，结果我进去后才发现，镇长早已晕倒在私塾的花坛旁。我看镇长情况危急,就连忙喊人将他送来医院了。"

小志想到下午看见镇长晕倒在花坛旁的那一幕,到现在都心有余悸,如果镇长真的有什么事情,小师妹真的会伤心死的。

"还好有你及时送爷爷来医院,否则,我真的不敢想象……"小师妹听见小志的描述,心里突突地跳着,要不是小志恰好去找爷爷,可能爷爷就……

小师妹不敢往下想。

小志拍了拍小师妹的肩膀安慰着,继续说:"至于镇长为什么会突然晕倒,这个问题,我在镇长治疗的时候,让人去调查过,好像是那批设备出了问题。"

小志还记得,将镇长送来医院途中,镇长一直在说胡话,说什么设备没按时交,钱打水漂之类的话。

于是,他让秘书去查查看,镇长最近有没有做什么大的投资之类的,秘书通过银行记录,查出了镇长和远洋外贸公司合作的汇款单据。

汇款单上的金额数字不小,小镇的人都知道,镇长廉洁奉公,自然不会有那么多钱。那么这些钱,究竟是从哪里来的呢?

秘书顺着线索最后查到,原来,是镇长抵押了私塾的地皮。如果,这批钱真的被人骗了,那么,私塾的地皮就要被没收充公,小镇的孩子们,就失去了受教育的机会。

谁都不想发生那样的事情,可是,现在事情似乎正在往那一边发展,所有人都无能为力。

"设备,你是说,那个给爷爷提供学习设备的公司出了问题吗?"小师妹一听见设备两个字,立马就条件反射般地抬起头,询问着小志。

这批设备,她也是知道的,可是爷爷明明说,那个公司他调查过,是没有问题的啊。

似乎看出了小师妹眼中的疑问太浓,小志将自己调查到的,索性一下子都说了出来:"是的,我送镇长来医院的路上就打电话让秘书查了一下那个公司的资料,发现那个公司是个新注册的皮包公司,内部根本什么都不生产,只是挂着一个牌子,他们根本不可能有镇长所需要的那批学习设备。"

一个连经营都写不清楚的公司,连自己的工厂都没有,还妄谈什么手上有货?

"什么?我们遇到骗子了?"小师妹声音有点战抖,如果真的遇到骗子,骗走了爷爷的那笔款子,那接下来,她要怎么办?

小志摇了摇头,对着小师妹道:"不是,注册资料都是真的,否则,以镇长这么多年的资历,也不会上当了。坏就坏在,我们找不到他们的负责人,也不能去告他们诈骗,因为他们公司是确确实实存在的,具体的,我们还要等看了镇长和他们签的合同,才能下定论。"

如果那个公司真的是个骗子公司,那么很好解决,他只要报案,让警察来处理这件事情就好了。

可是,那家公司的注册资料都是真的,就算远洋外贸延期发货,他们也只能起诉他,让远洋外贸承受违约金,并不能拿远洋外贸怎么样。

可是镇长这边不一样,银行的贷款已经刻不容缓,耽误一天就是一天的巨额利息,而他们现在连还清贷款的资本都没有,更别说是利息了。

"我知道合同在哪里,我带你去看。"小师妹听了小志的话心里着急,猛地转身要往外走,却一阵眩晕。小志眼明手快,一把拽住了她,小师妹被小志一个用力,直接往小志的怀里倒去。

事情发生得太突然,两个人都没有太多的心理准备,当他们反应过来的时候,他们两个人的身体已经都彼此贴着对方了。

小师妹一阵脸红,不敢看小志的反应。小志的怀抱好温暖,她真的好想永远都不再出来。

小志见小师妹这个样子,心里也有着深深的爱恋,只是,脸上并没有显露出来。

"好。"他淡淡对着小师妹说着,脸上看不出一丝的情绪。

小志面无表情地推开怀里的小师妹,小师妹有些许失落,但也只是一会儿,便恢复正常,爷爷的事情还没有解决,现在不是她儿女情长的时候。

想到这里,小师妹转身,带头领着阿闲和小志往农庄走去。一路上,三人都没有说话,气氛有些尴尬。

小师妹一路低着头往前走,想起刚才和小志的那个拥抱,心里就悸动不已。她不知道,原来自己竟然是那样的渴望着小志的拥抱,而小志的一个拥抱,居然能么神奇地抚平她心里的忧伤和难过,让她所有的担心,所有的不安,都化为了宁静和安详。

她知道,自己这辈子可能都逃不出小志的牢笼了。可是小志心里到底是怎么想的呢?

刚才那个拥抱,她明显在他的怀里,听到了他心跳的变化,可是他,为什么就是不承认呢?

一旁的小志,也在一直努力地压抑着心里的冲动,刚才的那个拥抱,给他的震撼也不小。那个拥抱,就像给这些天来的不见面打开了一个思念的缺口,这些天来所有的思念,全都从这个缺口中崩溃而出,一发不可收拾。虽然他极力地掩饰着,埋藏着情绪,可是,心口那边却像破了个大洞般,痛得他无法呼吸。

那种想爱不能爱的感觉,再一次霸占了他的整个心,让他痛不欲生。

阿闲的眼神来回在小师妹和小志的身上看着。小志和小师妹的情,他老早就看出来了,只是,他并没有打算放弃,他做事从来都是尽自己最大的能力,成与不成在于人。他就不信,他付出百分百的真心,小师妹还不会回心转意,接受他?

话又说回来,如果到时候小师妹还是不接受他,那他也尽力过,他无怨无悔。

三个人很快来到了农庄,小师妹快速地跑上楼,到爷爷的书桌里,翻出了那份合同。

她连抽屉都没来得及关,便又拿着合同噔噔噔地跑下了楼。小师妹拿着合同跑到小志面前,将合同交给了小志,眼神里充满了期待。

小志看着小师妹如此信任的眼神,心里有种舒畅感。他看了一眼小师妹后,便低头看起了合同。

小师妹紧张地在一旁看着小志,发现小志的表情越来越严肃,到了最后,甚至连眉头都皱了起来。

她不由担心地问道:"小志,这合同到底怎么了?我们能靠这份合同维权吗?"

小志无奈地放下合同,说话的语气有些许无力:"镇长可能因为私塾的事情太大意了。上面的设备时间提供年限是一年,也就是说,这一年内,只要他们将学习设备提供给私塾,那他们就不算违反合约。"

对方合同滴水不漏,既让镇长将钱汇了过去,又让自己脱离了法律的责任。

小志心想,看来这不是一个人在背后操纵的。从操纵这件事情的专业度来看,这是一个团队,而且人人都是精英。

这是明显在给镇长设陷阱。而且,目标应该不是只为了那些钱吧。小志心里隐隐觉得,事情没有他们想象的那么简单。

这次的事件,和哈尼奶奶果园那次的事件有点像,但是,没有证据之前,一切都不好妄下定论。

"什么?爷爷明明说,对方答应三天发货的,一年只是合同流程而已。就是因为这个,爷爷才和他们签约,还在银行抵押了私塾。"小师妹不可置信地抬起头,她明明之前听爷爷说,那帮人答应他三天发货的,为什么要不讲信用?

"他们太坏了,居然这样欺负老人家。"一旁的阿闲早已按捺不住,跳了起来。他真没有见过这么坏的人,尤其那帮坏人,欺负的还是他心心念念的小师妹,实在是可恶。

"怎么办?如果设备不到位,答应投资私塾的投资商就会持观望态度。他们是不会把钱投入到私塾中来的,如果没有这笔资金,银行的贷款就还不上了,到时候,私塾的地就……"

小师妹有点慌乱,她不知道自己该怎么办了,她本来以为,只要自己坚强,就能帮爷爷解决这次的事情,可是她发现她错了,有些事情,并不是她坚强了就能够解决的。

她从来没有接触过商场,不了解商场的尔虞我诈,甚至不了解世间的人情冷暖,到现在才知道,自己是多么的没用。她从小在爷爷的羽翼下长大,根本不明白这个世界上太多肮脏的事情。她也终于明白,母亲对她说的人心险恶,是什么样的意思。

小师妹双眼无神,眼泪又不受控制地掉了下来。

"可恶。"阿闲看见小师妹的眼泪,心里一阵气愤。

"怎么办,怎么办啊……"小师妹嘴里喃喃,显然已经慌了手脚。

爷爷还在医院躺着,她到底要怎么办,才能度过这次的危机。

"小师妹,你别着急,我们一起来想办法。"小志看见小师妹这个样子,终于控制不住自己。他伸出手臂,将小师妹揽进自己的怀里,出声安慰,小师妹将头埋在小志的怀里,哽咽着。

一旁的阿闲,看着小师妹这个样子,心里像是下了某种决心似的,他宣誓般地对小师妹道:"小师妹,我也和你一起。你别担心,我们不会放任不管的。"

金灿灿坐在别墅的客厅里,将手中的红酒杯轻轻地摇晃了两下,然后抬起头,慢条斯理地对着自己的助理问道:"小镇那边,私塾的事情进展得怎么样了?"

"私塾的事情进展十分的顺利,所有的投资商看见私塾没有更新设备,都持着观望的态度,谁都不肯往私塾投资钱,而银行那边,利息也已经很多了,我想他们坚持不了几天了。"助理如实地向金灿灿汇报着计划的进展情况。

"哦?干得漂亮。"金灿灿心情愉快地将杯中的红酒摇了摇,然后送到嘴边，喝了一口。

嗯，八二年的拉菲，味道还不错，金灿灿的嘴角勾起一抹好看的弧度。

"只是……"助理皱着眉头，微微顿了一下，不知道接下来的话该怎么向金灿灿汇报。

"只是什么？"金灿灿放下杯子，抬头看向助理，等待着他接下来的话。

助理想了想，说道："刚才，我听到消息，说私塾的负责人镇长，因为受不了刺激，昏倒了，现在正在小镇医院接受治疗。"

"哦？"金灿灿低下头，助理看不到她眼神里的波动。

"金总，我怕，我们……"他们毕竟是求财，并不想闹出人命，助理心里有点胆怯。

金灿灿本来听到有人住院的消息时，心里其实是担忧的，但是随即她又想到，小镇还有个夏女士呢，不管怎么样，她都是会把他医治好的，她担心什么？

想到这里，她抬头看着自己的助理，冷笑一声，语气深沉："怕什么？上次哈尼奶奶不也住院了？最后还不是好好地出院了？你放心，有那位夏医生在，不会闹出人命的。你就放心按照计划，一步一步地去完成吧。"

"是的，金总。"助理点头。

"如果没什么事情，就早点回去休息吧，接下来，好戏可就要开场了，不要因为太疲惫而错过了开场。"金灿灿端起桌子上的红酒杯一饮而尽，然后对助理说道。

"好的，金总。"助理说完，小心翼翼地退了下去。

他不想自己留在金灿灿的身边再说错了什么，惹金灿灿不高兴。

如果他的理解没有问题的话，刚才，他从金灿灿的话里，听出了嘲讽。他不知道金总和那个夏女士究竟是什么关系，但是，他却明白一个道理，只有不在乎，才会上不上心。金总现在这个样子，明明是在乎得要命,可是为什么每次一提起这个夏女士,她就语气嘲讽呢?

助理百思不得其解,最后索性不再想,小镇的收购接近尾声,他可不能再出什么差错了。

等到助理离去,金灿灿站起身,看了一眼墙上的时钟,从桌上拿起自己的手机,拨打了出去。

电话很快便被接通,金灿灿脸上浮现出难得的温柔,她对着电话那头的人轻声道:"儿子,你在哪儿啊?就不知道想想妈妈?"

阿闲本来是在为小师妹的事情发着愁的,看见金灿灿打来的电话,心里顿时有个念头冒了出来。

他接通金灿灿的电话,开口便说道:"妈,我没钱用了,你能不能给我点钱用用?"

金灿灿听见儿子这样说话,脸上露出了慈祥的笑容,她笑呵呵地对着电话那头说:"瞧我儿子说的这话,从小到大,你吃的穿的用的,哪样不是妈给你的,现在知道跟妈客气了?早干吗去了?"

"妈,这次和以往不同,这次,我要的钱比较多。"这次,他不是为了自己,而是为了小师妹。

小师妹家的贷款,不是一笔小数目,他从来没有对自己的妈妈要过这么多的钱,他怕自己开口,会把妈妈吓到。

"哦?比较多?比较多是多少?"金灿灿比较疑惑,自己儿子的零花钱,难道又要再一次刷新纪录了?她很好奇,儿子到底需要多少钱。

阿闲有点犹豫,随后只含糊地对着金灿灿道:"你能给多少就给多少,反正,尽可能地给我多一点。"

阿闲心里已经做好了打算,等妈妈给他一笔钱,如果够还私塾的贷款的话,那就再好不过了,如果不能还清,他就将自己的几辆跑车卖掉,再凑凑,争取将银行的贷款一次性还清。

"儿子,你要这么多钱,干什么?"金灿灿这次有些担心。

阿闲莫非在外面闯了什么祸吗?怎么会这么缺钱?阿闲还小,会不会在外面被什么人骗了?

作为阿闲的妈妈,她心里很担心。

"也没什么啦,反正妈,你给我就是了。你放心,我绝对将这笔钱用在正途上,不乱来。"阿闲听出金灿灿的担心,连忙安慰她,生怕金灿灿因为担心不给他这笔钱。

"不行,你不告诉我用在哪里,我是不会给你的。"金灿灿比较固执,在儿子阿闲的问题上,她一向都是谨慎的。她只有这么一个儿子,决不能让他出了什么意外。

"哎呀,好啦好啦,告诉你也行,我用这笔钱,是去帮助一个好朋友的。她叫小师妹,她们家里出了一点事情,需要钱,我得帮她。"

阿闲最受不了金灿灿这副母鸡护小鸡的样子了。他已经长大了,不再是小时候,处处都需要妈妈来保护的小孩子了。妈妈到底什么时候才能明白,放心地放开手脚,让他自己去做一番事情啊?

阿闲知道,现在还不是他任性的时候,小师妹家的私塾危在旦夕,他得尽全力帮助他。

"哦,这样啊。"金灿灿明了。

原来是小师妹搬救兵来了,不过,你们再努力也是枉费心机。这钱她肯定是不会借出去的,如果这钱借出去了,她之前做的一切就都白费了。

只是,不借的话,阿闲又会怪她,她该怎么做呢?

金灿灿心里盘算着,该怎么回答阿闲。阿闲在电话那头等了半天,也不见金灿灿的回复,心里有点着急。他对着电话那头的金灿灿催促道:"妈,你借不借啊?喂,妈……"

金灿灿歪着头想了想,眼中划过一丝精明,她柔声地对着电话那头的阿闲说:"儿子,这样吧,你明天到公司来一下,妈领你去财务看一下,看看有没有闲钱。有的话,妈就拿给你,怎么样?"

"妈妈,我就知道你最好了,我爱你。"阿闲没有想到金灿灿会答应得那么爽快,心里开心极了。明天,他就可以帮小师妹解决一切难题了。

"我也爱你，乖儿子。"金灿灿听见阿闲的话，开心地笑了起来。

"我明天一早就去你公司，你可一定要在公司等我啊。"阿闲不放心地又叮嘱金灿灿一句。

"知道了。"金灿灿点了点头，然后挂断了电话。

阿闲，妈妈明天会在公司等你，也会给财务提借款的事情，只是，财务有没有钱，就不是妈妈能控制的了。

金灿灿想了想，给助理拨了个电话过去，电话那头传来助理的声音："金总，有什么吩咐。"

金灿灿沉声道："明天阿闲要到公司来借钱帮助小师妹还清银行的抵押贷款。你给我安排一下，我要让财务明确表示，账户上没有一分多余的钱。"

"知道了，金总。"

金灿灿满意地挂断电话，这次，谁都阻挡不了她的计划。一切，都在她的掌握之中。

第二天，金灿灿特意起了个大早，坐在梳妆台前，仔细地给自己化了个精致的职业妆，又挑了件漂亮的衣服穿在了身上，便下了楼。

管家看见金灿灿下了楼，连忙殷勤地上去，询问金灿灿需要吃什么早餐："金总，您早餐要吃些什么？"

"不用了，今天早上，阿闲在公司等着我。我要早点去，不能让他等太久了。"金灿灿的心情不错，她已经好多天都没有见到自己的儿子了，不知道他瘦了没有。

管家连忙打电话让司机将车开到门口，金灿灿拎着小包，便坐上了车，车子一路往公司驶去。

金灿灿从下车开始，脸上就带着一抹淡淡的笑。所有的保安和前台看见这样的金灿灿都有点蒙，他们还是第一次看见金总露出这么温柔的笑容呢，更惊悚的是，当前台小姐跟金灿灿打招呼的时候，金灿灿竟然应了她一声。

前台小姐差点没吓晕过去，这也太可怕了。她在晟世房地产公司工作了三四年了,这还是第一次看见金总的笑容。她还以为自己是不是又哪里不对劲,被金总盯上了呢。

金灿灿不理会众人的错愕,径直乘上了总裁专梯,阿闲还在办公室等着她呢。

金灿灿推开自己办公室的门,就看见阿闲躺在她的沙发上,两腿自在地晃荡着。

她开心地对着阿闲道:"儿子,你怎么这么早就来了?"

阿闲一见金灿灿来了,连忙收起自己晃荡的腿,快速地从沙发上蹦了起来,跑到金灿灿跟前,抓住她的胳膊问道:"哎呀妈,你怎么到现在才来啊,我都等了你半天了。我昨天跟你说的借钱的事情,你问过了吗?"

金灿灿听了阿闲的话,佯装生气地点了点阿闲的头,语气里尽是责备:"臭小子,是不是没有这件事情,你还不回来看妈妈啊?"

"不是啦,妈,你说到哪儿去了。"阿闲不好意思地挠挠头,心里对金灿灿有些歉疚。

最近自己确实在小镇天天围着小师妹,都忘记回来看妈妈了,自己这次回来,还是为了小师妹的事情,不是单纯地来看妈妈,妈妈从小都很疼他,此时此刻,他心里确实有些过意不去,脸涨得通红。

金灿灿看阿闲窘迫的样子,不忍心再为难他:"好啦好啦,妈不逗你了。妈知道,我的阿闲是个善良的好孩子,怎么会不管妈妈呢,对吧?"

"嗯。"阿闲见金灿灿给他台阶下,立马乖乖地顺着她的话说道。

金灿灿笑着指了指旁边的真皮沙发,对阿闲道:"你坐着,我给财务打个电话。"

阿闲依着金灿灿的话,坐在了一旁的真皮沙发上,然后眼巴巴地看着金灿灿,期待着她赶快拨电话。

金灿灿看见阿闲这个样子,又好气又好笑,最后直接干脆瞪了他一眼,她抬手按下了电话上的免提。

电话很快被接通，金灿灿对着电话询问："喂，小李，最近账户上有多余的闲钱吗，我这边有急用。"

"金总，实在对不起，公司最近投资了好几个大型项目，账户上一分闲钱都没有啊。我们还在四处找钱，好让资金周转起来呢。"

小李空口说着白话。昨天晚上半夜三更的，她接到特助的电话，说是金总吩咐的，明天只要她打来电话问钱的事情，她一律都要回答没有钱。

她也没有问为什么，毕竟，有的时候，公司为了应付某些客户，确实是需要这种特殊手段的，她已经习惯了。

她只要照着老总的意思去办就行，没有必要什么事情都要知道，况且知道太多，也不是件好事。

这都是她多年以来在大公司工作的经验，之前的财务总监，不就是因为知道得太多被开除的吗？

"这样啊，不能帮我再想想办法吗？"金灿灿边说话，边偷偷地看了一眼阿闲，发现阿闲也在看着她，便笑了笑，示意他不要着急。

"对不起金总，我实在没有办法。"电话那头，依然是小李冷冰冰的话。

"没关系，你忙吧。"金灿灿摇头，挂断了电话。

金灿灿挂断电话后，无奈地搓了搓手，然后起身，来到沙发旁，对着阿闲说："儿子，不是妈不帮你，公司实在调遣不到资金。妈的私人资金，也早已扔在了股市里，一时之间也拿不出来啊。"

金灿灿一句话，便轻飘飘地将事情推得一干二净，别说公司资金，就是她个人的资产，都已经投放在了股市里套牢了，一时半会儿根本拿不出来。

阿闲丝毫没有怀疑金灿灿的话，他有点无奈地耸耸肩，对金灿灿说道："那算了吧，我再想想别的办法。"

"嗯。"金灿灿点头。

"我走了，妈。"阿闲站起身，转身就要往门口走，却被身后的

467

金灿灿叫住。

"儿子,你什么时候回家陪陪妈啊?"金灿灿的话里有一丝孤独,但是很快便被她掩盖。

儿子从小和她相依为命,她就是儿子的顶梁柱。她在儿子面前,从来都是坚强的,从来都没有软弱过。

阿闲的脚步一顿,心里有一丝的愧疚,但是,小师妹的事情还没有解决,他现在不能离开她。想到这里,他压下心里的那丝愧疚,转身对金灿灿说:"妈,等我解决完小师妹的事情就回来陪你。"

他说完,转身离开。

"好。"金灿灿将儿子抚养这么大,要的回报不多,顶多就是生活中简单的一声问候,孤独时的一声慰藉而已。

阿闲在金灿灿公司没有借到钱后,就连忙回到自己家,想从车库里开几辆跑车出去卖了,却发现车库里的跑车都不见了。他找了半天都没找到,最后他找来管家才知道,原来跑车早被妈妈卖掉了。

理由就是,跑车闲置太久,索性卖掉,将钱投入到股市,也就是说,他的跑车,也因为妈妈的股市,给套牢了,一时半会儿,拿不出来。

阿闲心里有些憋闷,总觉得事情不顺利极了,走到哪儿都是坎儿,他漫无目地在小镇的路上走着,不知不觉地竟然来到了小师妹家的农庄门口。

他也不进去,只站在门口,眼神直直地望着小师妹窗口的方向。这时候的天色已经晚了,窗子里透出柔和的灯光来。

他知道,这时候小师妹一定还因为镇长的事情,在床上辗转反侧,没有睡着。

看到小师妹难受,他也觉得好难受啊,他感觉自己使不上一点力气。从小到大,只要他想做的事情,妈妈都会满足他,并且帮他做到,可是这次,妈妈却没有帮到他。

他也已经长大了,不能事事都靠着妈妈来完成,可是,没有妈妈的帮助,他却什么也办不成。他越是这样想着,就越是觉得自己没用了起来。

与此同时，小志在QQ上和游戏公司紧张地商谈着。

小志想了想，随即皱起眉头，在键盘上打入了一长串的字，发送了过去："徐总，我觉得，我这个游戏的价格不止于此，我希望你那边能再考虑考虑，如果还是这个价格的话，我并不打算卖给您。"

小志的消息发送过去后，对方很快便回了话："年轻人，你这款游戏我们很看好，不过，你的要价也太高了，我们真的预算没有这么多，你就不能再稍微给我们便宜一点？"

"徐总，我想我们没有什么可以再谈的了，我的游戏，我知道它的价值。"小志脸上毫无表情，他其实心里也在打鼓，他怕对方不答应自己的要求，而这笔钱，他有很重要的用途。

对方的QQ半天都没有回话，小志的心里有点没底，但是他忍住去找对方的冲动，毕竟，有的时候，谁先说话挽留，谁便是输了。

果然，约莫过了五分钟，对方终于回了话："哎，好吧，你赢了，我就喜欢你们年轻人的这种魄力和自信，就按照你说的那个价格成交。"

"好。"小志快速地回复了一个字后，便对着电脑，长长地舒了一口气。

对方的QQ持续地跳动着："这样，我明天就让公司拟合同，一周之内争取把合同搞定，你看怎么样？"

"好的，徐总，一切听你的安排。"小志回复完一系列的话后，便关闭了电脑，拿起桌子上的水杯，站到了窗前。

他的眼神很复杂，眼睛里有异样的情绪闪过，他在心里喃喃地道。

小师妹，不要担心，再等等，再等等。很快，我就能帮你度过这次危机了，小志抬起头，眼睛里充满了斗志。

医院病房内，正进行着一场争执，小师妹一早过来送汤，便看见爷爷在收拾东西，显然是要出院的样子。这可急坏了小师妹，她连忙放下手中的饭盒，跑到爷爷跟前，阻止他的动作。

可是镇长异常的固执，说什么也不听，就是要出院。

小师妹没有办法，只好哀求镇长，希望他能改变主意："爷爷，你再多住两天，你的身体还没有好，不要总是想着回家嘛。你这样，我们会担心的。"

"不住了，我都好了，我好好的，老是住在医院干什么。现在的医疗费用这么贵，私塾的款项都还没有解决，我不能再增加你们的负担了。"

镇长摆了摆手，态度异常坚决。想到现在的资金问题，他的眉头又不自觉地拧了起来，私塾里，还有一大堆事情等着他解决，他可不能再这么住下去了。

小师妹嘟着嘴，嘴上责备着镇长，话里却是满满的心疼："爷爷，你说什么呢，你的健康才是最重要的事情，没有什么比你的身体健康更重要。你就安心住在医院里，等全都好了，我们再出院，好不好？"

"你们谁拦着我都没有用，我今天一定要出院。"镇长异常固执地表明了自己的心意。

其实，他知道小师妹是为了他好，可是，现在私塾里面一团乱，他怎么能够安心地住在医院里呢？

他心里着急啊，他得赶快出院去解决问题啊！

"爷爷……"小师妹不死心，还在苦苦地哀求着。她拽着镇长的衣脚，眼睛里都是委屈的泪水。

正在这个时候，夏奶奶穿着白大褂，推着护理车来到了病房。小师妹立刻像看到了救星般，连忙跑到夏奶奶跟前，一把抓住夏奶奶的衣袖说："夏奶奶，你来了，你帮我劝劝我爷爷吧，他非要出院。我拦都拦不住，我真的快没有办法了。"

夏奶奶反握住小师妹的手，轻轻地拍了拍她的手，给了她一个让她放心的眼神，然后才转过身，对着镇长缓缓开口。

"镇长，为什么这么急着要出院呢？你就听小师妹的话，在这里多住几天吧，你看看她现在的样子，多担心你啊。"

镇长听见夏奶奶这么说，一时心软，他也想好好地休养，等养好了身体再出院啊，可是时间不等人，私塾的事情还等着他去解决，私塾的孩子们都在等着他。他如果不去解决，小镇的孩子将失去私塾，他到现在都还记得，当初建立私塾的时候，那些孩子们期待兴奋的眼神，如果，现在他们知道，他们即将要失去私塾，那他们会有多失望？他根本不敢去想象。

想到这里，镇长怎么也坐不住了。他从床上起来站到了地上，左右挥舞着胳膊，以此来证明，自己真的好了。

"我真的好了，你们怎么都不信啊？你看，你们看，我这不是好好的吗？"

夏奶奶看着镇长跟个孩子似的，无奈地摇摇头。她拿出专业口吻对镇长说道，"好不好，不是你自己说了算的，等下我给你做个全身检查，检查完之后，才能知道你能不能出院。"

她知道镇长是铁了心地要出院了，现在她唯一能做的，就是给他做个身体检查，掌握他目前的身体状况，她才能更好地治疗他。

镇长听了夏奶奶的话，也不反驳，只有点气闷地坐在床边，跟个孩子似的。现在时间对他来说，真的很重要，他真的一刻都不想等，可是看到小师妹和夏奶奶的样子，他也知道，如果自己不答应，是肯定出不了院的。无奈，他只好耐着性子，接受夏奶奶的检查。

夏奶奶拿着听诊器还有各项检查设备，在镇长身上检查了起来，小师妹在一旁紧张地陪伴着。

约莫过了半个小时后，夏奶奶终于结束了检查，她看着镇长长舒了一口气。

"夏奶奶，我爷爷的身体现在怎么样了？"小师妹紧张地问着夏奶奶。

夏奶奶看着小师妹紧张的样子，冲着她笑着点点头，对着她说："嗯，身体恢复得还行，只是还有些虚弱，不过，可以回去了。"

"我就说我的身体一点问题都没有，你们非不信，还非要给我做全身检查。"镇长听见这句话，立马高兴地站了起来，伸手拿起了床上早就收拾好的行李就往外走去。

"夏奶奶，我爷爷的身体真的没有问题了吗？"小师妹看着镇长这个样子，又不放心地跟夏奶奶确认了一下。

"嗯，没事了，有夏奶奶在，你放心，安心陪你爷爷回去吧。有什么事情，你立刻来找我。"夏奶奶点头，让小师妹放心。

"小师妹，你怎么还在这里？"匆匆拎着行李出去的镇长，回头见小师妹没有跟上来，又急匆匆地折了回来。

小师妹无奈地看了自己的爷爷一眼，转身对夏奶奶说："好的，谢谢你，夏奶奶，那我和爷爷就先回去了，回头有什么事情，我再来找你。"

"好的。"夏奶奶点头。

小师妹扶着镇长一步一步往医院门外走去，夏奶奶看着祖孙两人的背影，心里有一丝不安。

灿灿，这件事，是你一手策划的吗？如果是，妈妈该怎么面对小镇的人，如果你因此走上了歪路，妈妈又怎么跟你地下的爸爸交代啊？

小师妹扶着镇长，在路上走着，走到岔路口的时候，镇长却突然往家的相反方向走。

"爷爷，回家是这条路。"小师妹担心地扶着镇长，要往家的方向走，镇长却停住了脚步。

他的表情有些焦急："我知道，我不回家，我要去私塾看看。"

他现在最担心的事情就是私塾，他得去私塾看看，确认私塾没事了，才能安心。

一听镇长要去私塾，小师妹的脸色变了变，现在爷爷的身体状况还很差，不能再受到任何刺激了。

如果爷爷看见私塾现在的状况，肯定会受不了的。不行，她一定要尽力阻拦爷爷去私塾。

"爷爷，我们还是先回家吧。"她连忙拉着镇长往家的方向走，却让镇长更加疑心起来。

镇长看着小师妹，一脸认真："私塾是不是发生什么事情了？"

"没、没有，爷爷，私塾好好的，我们先回家吧。"小师妹的话说得有点心虚，难免就断断续续了起来。

"小师妹，你在撒谎。不行，我一定要去看看私塾到底怎么样了。"镇长看见小师妹这副吞吞吐吐的样子，顿时疑心更重了。他的小师妹从来不会无缘无故地撒谎，她这样做的目的只有一个，那就是怕他再受到什么刺激，而现在能刺激他的事情，莫过于私塾了。

肯定是私塾出了什么事情，小师妹才会那样阻止他去私塾。

心里这样想着，镇长也不管小师妹的阻挠，转身就往私塾的方向走去。

小师妹心里还在为撒谎的事情心虚着，一不留神，镇长已经从她手中挣脱，等她回过神来的时候，镇长已经走了好远了。

"爷爷……"

小师妹心里一惊，知道已经拦不住镇长了，她连忙跑步跟了上去，心里一阵忐忑。

镇长来到私塾门口，推开门，私塾里几乎所有能搬动的东西，都被贴上了白条，本来应该书声琅琅的私塾，现在却陷入在一片死气沉沉中。

镇长忍住心中的不安，指了指私塾的四周，战抖着手问一边的小师妹："怎么回事，这里怎么到处贴的都是白条子？"

"爷爷……"小师妹的脸色很是不好看，她也不知道该对爷爷怎么解释。

爷爷住院后的第二天，银行估算中心的人就来了，他们先是出示了爷爷签的贷款合同，然后便将所有私塾的物品，贴上了标签，说再过半个月，如果爷爷还还不上银行的钱，就会将私塾连带里面的所有东西，全都卖了。

私塾里的孩子们，都被强制性地退了学。大家都非常不舍，但是又无可奈何。

473

小镇情缘(下)

她永远也忘不了,那天孩子们离开私塾时绝望的眼神。她的心里也不好受,却丝毫没有办法。

镇长见小师妹站在旁边也不说话,只有一脸为难的表情,他的心里渐渐有些明了,轻声地询问小师妹:"小师妹,银行的人来过了?"

"嗯。"小师妹低头,不敢看镇长。她觉得自己特别没有用,到头来,还是什么事情都没有帮爷爷解决,心里有着深深的愧疚感。

半天,爷爷都没有说话,小师妹担忧地看向爷爷,却发现,爷爷的眼睛里早已经蓄满了泪水。他的眼神眷恋地看着这个私塾的一切,充满了不舍。

约莫过了三分钟,爷爷似乎再也控制不住自己的情绪了,他喃喃自语,语气里面充满了自责:"都是爷爷不好,都是爷爷无能,都是爷爷的错啊。"

如果不是自己轻信了那个远洋外贸公司,私塾也不会落到今天这个地步。

如果不是自己急于求成,拿抵押私塾为代价,孤注一掷,私塾的孩子们也不会被迫辍学。

为什么在做这件事情之前,他没有找别人商量一下呢?为什么自己要决定所有的事情?要是当时找别人商量一下,也许,就不会出现今天的事情了。

镇长心里很是自责,心里的那口气像是怎么也喘不过来一样,蹲在地上猛烈地咳嗽着,吓得一旁的小师妹花容失色。

"爷爷,你别激动,这怎么能怪你呢?你也是为了私塾好,为了私塾的孩子们好,你也不是有意的啊。"小师妹努力地安慰着镇长,用手给他顺着气。

"哎……"镇长蹲在花坛旁唉声叹气,整个人看上去又苍老了几分。

"爷爷,你别激动,激动对你身体不好。你还没有康复呢,我们先回家。回家后,我们再想想别的方法。"

小师妹安慰着镇长,让他尽量控制好情绪,不要一直活在自责里,

474

他现在的身体，已经受不了任何刺激了。

镇长蹲在地上，努力地调整着呼吸，待呼吸平稳后，他慢慢站了起来，抬头看着私塾，眼睛里多了一份坚定，他喃喃地对小师妹说："也只能这样了，小师妹，我一定要把这次的事情解决。"

不行，私塾的事情还没有解决，他不能倒下，他要对自己做的事情负责，不能一味地逃避，逃避不能解决一切，私塾的孩子们，还等着他回来。

"嗯，爷爷，我们回家吧。"相比较私塾来说，她更担心的，还是爷爷的身体。

小师妹小心翼翼地搀扶着镇长，两人跨过私塾的大门，镇长回头看了一眼私塾上的封条，眼神里充满了希望。

"走吧，爷爷。"小师妹催促着镇长。

夕阳下，一老一少，两个人，互相搀扶着，往农庄的方向走去。他们不知道，一场阴谋正将收网，一场收购风暴，正在等着他们。

第二天，天刚刚亮，小师妹便爬了起来，跑到厨房给爷爷做早餐。爷爷身体不好，她一定要做点有营养的早餐，给他补补。

等早餐做完，小师妹轻手轻脚地跑到爷爷的房间喊爷爷吃早饭，却发现爷爷早已不在房间里了。

看着凉透的被窝，小师妹知道，爷爷起得比她还早。只是，这一大早的，爷爷是去哪儿了呢？

小师妹一直坐在饭桌前等，一直等到晚上，爷爷都没有回来。小师妹有点担心，爷爷，不会出了什么事情吧。

她越想，心里越不安。她拉开椅子站了起来，转身就要往门口跑，她要去找小志帮忙，刚到门口，就看见爷爷拎着公文包，一副疲倦的样子。

小师妹看见爷爷，连忙迎了上去，责备地道："爷爷，你这一天都去哪里了，我好担心你啊。"

"小师妹，私塾完了，私塾真的完了。"镇长看上去有点失魂落魄,整个人看上去,多添了几分落寞的意味。

"怎么了,爷爷?"小师妹不知道爷爷这是怎么了,她担心地问道。

"那几个投资人,看我们私塾的设备没有引进成功,一个个的都不肯先投资。没有他们的投资,银行的那笔巨款,我根本无力偿还,可是银行的那笔款子如果我不按时偿还的话,他们就要收了私塾。"

爷爷心里非常难受,今天他天没亮就起床去找那几个投资人,看看他们能不能为了私塾,为了私塾的孩子们,退一步,先投资,再引进设备,可是他们都不肯,一个个都回绝了。

他好说歹说,他们就是不点头。表面上他们也是各种客气不得罪他,但是转身就将他拒之门外。

这一天下来,他都近乎绝望了。

"爷爷,你别难过,天无绝人之路,我们总会找到办法的。"小师妹安慰着爷爷,可是自己的心里也没有底。

晚上,小师妹躺在床上,听见隔壁房间传来一声又一声的咳嗽声,心里难受极了,爷爷一定是因为私塾的事情,难受得睡不着吧。

小师妹擦了擦眼角的泪水,这么多年了,这些日子,是她过得最难熬的一段时间。他们农庄,好长时间都没有过欢声笑语了。

以前只要出什么事情,小志总会第一时间站出来帮她解决,可是这一次,小志可能也没有办法帮助她了吧。

她现在好想听见小志的声音啊,好像只要听见小志的声音,她心里的伤痛就能被治愈般。

她不由自主地掏出手机,给小志拨了过去。

电话很快被接通,电话那头的小志刚说了声:"喂。"

这边的小师妹却再也控制不住情绪了。

她的眼泪从脸上流下,她胡乱地擦着,压制着自己的声音。她怕自己声音太大,让另一个房间的爷爷听到更加难过。

她带着哭腔对电话那头的小志说道:"小志,我该怎么办?我觉得好没有用啊,我什么都不会做,什么都做不了。爷爷出了这样大的事情，我却除了哭，什么都帮不上他，你知道吗，我心里真的好难受啊。"

"小师妹，你不要这样。"小志听见对话那头小师妹泣不成声，一时之间不知道怎么安慰。

小志轻飘飘的一句话，对于小师妹来说，一点作用都没有。她只感觉到自己太压抑，她想把压在心里这么多天的话都说出来。

她对着电话，继续哭着说："小志，如果你在我身边多好啊，以前只要我遇到什么困难，都是你帮助我，让我看到希望，重拾信心。可是现在你都不在我身边了，我该怎么办？"

听见小师妹这样说，小志的心里难受极了，他其实想对小师妹说，他要回来，他要回到她身边，可是，就算他回到她的身边又怎么样呢？到头来，还不是因为种种原因，最后要分开？

想想小师妹妈妈的话，再想想金灿灿手里的日记本，冲动的话到了嘴边，却硬生生被他给逼了回去。

小师妹不管小志理不理他，在不在听她说话，她现在只是觉得自己要把憋在心里的所有话都说出来。

要不然，这些话憋在心里太久，她真的担心自己会生病。她现在对小志说这些，并不是为了别的，只是想要给自己的情绪找个缺口，她要尽情地释放自己。

小师妹擦了一把眼泪，嘴嘟着特别委屈，她低声控诉着小志："小志，你为什么要对我那样，我们之前不是好好的吗？你为什么要突然对我那么冷淡？你知道吗，我生病的那次，我真的好希望陪在我身边的人是你啊！可是不是，陪在我身边的人是阿闲。为什么啊？你难道真的不管我了吗？真的要和我划清界限吗？"

"小志，我真的，真的好难受。"小师妹也不知道自己说了什么，到了最后，甚至都开始迷糊了起来，恍恍惚惚中，自己竟然就那样睡着了。

小志什么话也没有说，只是认真地拿着电话，听着小师妹在电话那头絮絮叨叨，一脸严肃，偶尔拧一下眉头，随即又放开，直到最后，小师妹没声了，电话那头传来均匀的呼吸声。

小志知道，小师妹是睡着了。他端着手机，没有挂断，只安静地听着，表情放松而满足。

过了好一会儿后，他才将手机挂断，放在电脑桌子旁。起身，倒了一杯水，站在了窗边。

游戏商今天已经打来了预付款，再过几天，尾款就会陆续到账了。希望，可以来得及。

小师妹，你说得没错，从小到大，都是我在帮你解决一切麻烦和烦恼，所以这次，我还是会帮你，我不会放开你的手。

只是，我现在需要更多的时间，但是你要相信，我所做的一切，都是为了你，为了将来生活得更加安逸的你。

清晨，第一缕阳光从窗外照了进来，照在了小师妹的身上，小师妹睁开惺忪的眼睛，看着窗外。

昨天，她到底是什么时候睡着的？

记忆瞬间回笼，她的脸色有些苍白，打开手机，查看自己的通话记录，上面显示，小志的通话时长为三个小时。

也就是说，她昨天稀里糊涂的，跟小志吐槽了三个小时，其中还有两个小时，是在控诉他。

天啊，她都做了些什么？她一定是疯了。

小师妹懊悔地捂住自己的脸，她以后还要怎么见小志啊，她真的快疯了。

小师妹在床上各种折腾，半天后才磨磨蹭蹭地从床上下来，她来到爷爷的房间，发现爷爷并不在，于是转身下楼。

却在楼梯口，听见一个陌生的声音。

"你好，我是晟世房地产公司的总裁金灿灿。"金灿灿向来办事利落，再加上，今天的事情，她胸有成竹，做好了万全的准备。她觉得，自己并不需要跟对方兜太大的圈子，速战速决比较好。

"晟世房地产公司？你找我有什么事情吗？"镇长刚准备出门，却迎面碰上了金灿灿，他觉得来者是客，又是大清早的，就将金灿灿让进了屋。

金灿灿跟着镇长走进了屋子，她上下打量了一下农庄的内部结构，然后才重新看向面前的镇长说道："是这样的，我们准备在小镇投资一个大型的生态旅游区，需要收购大量的地皮。根据我们的资料显示，镇长手中的私塾地皮，是最大的。我们想先收购私塾地皮，不知道镇长，有什么要求呢？"

"收购私塾地皮？"镇长显然对金灿灿的话有点错愕。他最近为了私塾的事情，来回在银行，投资商之间跑，根本没有想过，还有很多人，在盯着小镇私塾的这块地皮。

"是的。"金灿灿点头，这块地皮，她势在必得。

镇长看着眼前的金灿灿，心里估量着，这个金灿灿，居然在这个时候找上他来谈私塾地皮的事情，显然，是做好了万全的准备的。

这样的人，不可小视，但是，也不能得罪。

他语气迟缓，却不容拒绝："私塾我是不会卖的，你们请回吧。"

"哦？是吗？"金灿灿听见镇长这样说，也没有表现出太多的情绪，只伸手，从助理手中拿过一份资料，放在了镇长的面前。

她脸上挂着一抹自信的笑容，缓缓说道："据我所知，镇长的私塾早已经抵押给了银行。如果，你们在银行限定的期限内没有完成还款的话，私塾恐怕也要被银行没收吧？"

镇长低头，看着手中自己在银行贷款的资料，语气有点不稳，他有些战抖地问道："你怎么知道这些事情的？这些资料，又是谁给你的？"

银行什么时候公布贷款者的资料了。这都属于机密资料，为什么会出现在这个女人的手中？镇长心中有太多的疑问。

金灿灿看着镇长这个样子，表情得意地道："你别问我是怎么知道的。在商场这么多年，我自然有我的门路，你现在唯一能做的，不是把我往外推，而是心平气和地想着，要开出一个怎样的条件，能得到更大的回报。"

　　金灿灿说完,眼神锐利地看着面前的镇长,而镇长竟然一句话也说不出来。

　　这个女人太厉害了,她并不是盲目地来找他谈收购机会,而是做足了充分的准备。从她递上来的贷款资料之详细度,就能看出来,她做事情,是多么滴水不漏。只是,他总觉得,这整件事情,有哪里不对,可是他又说不上来。

　　就在金灿灿用气势压倒镇长的关键时候,一道悦耳的女声传了过来:"你们太过分了。"

　　金灿灿收回目光,朝声音的来源看去,她看到一个穿着粉红色衣裙的小女生,穿着拖鞋站在楼梯上,脸已经因为气愤,涨红了。

　　金灿灿觉得好笑,她接着女孩子的话道:"这没什么过分不过分的,商场如战场,我们谈的都只是钱而已。"

　　从进入商场的那一刻,她就不认识人,只认识钱。只有钱,才是战胜一切的法宝,没有钱,什么都白搭。

　　小师妹气愤地看着金灿灿,下了逐客令:"你们快走,我们的贷款问题不劳你费心。我们自己会解决的,你可以走了,不送。"

　　这个女人,明明就是在乘人之危,知道他们私塾面临着前所未有的困境,所以踩着点儿,来找他们的麻烦,她不会让她得逞的。

　　金灿灿看着眼前的小女生,像是想起了什么,眼睛来回地在小师妹的身上打量着。

　　过了片刻,才不确定地问:"你就是小师妹?"

　　"你……""怎么知道"后面四个字,小师妹没有喊出来。这个女人,都能将爷爷在银行的贷款记录查出来了,何况是调查出她的名字?

　　金灿灿围着小师妹打量了一周,最后像是下了定论,她摇摇头,一副不能理解的模样:"也看不出哪里有什么特别的,那臭小子怎么会喜欢上你这样的女孩子。"

　　"你说什么?"小师妹有些不明白金灿灿说这句话的意思。

金灿灿难得地笑了笑,然后对小师妹说道:"没什么,我想,你并不能代表镇长说话吧?"

说完,便转身对着一直沉默不语的镇长继续说道:"镇长,我说的话,你再好好考虑一下。这份是收购合同,里面是收购地皮的价格,除了这个金额外,我还额外赠送旅游生态区 10% 的股份给你。想必,这份收购利润,已经远远超过了这块地皮的价格吧。"

她想,她给出的价格已经超出原价格的几倍了。这样,她就将之前小师妹爷爷向银行贷款借的钱还给了他,还给足了地皮的钱。

那笔钱,她本来也不想要,现在以这样的方式还给他,也是理所当然。她是个商人,可不是个骗子,对付小师妹爷爷的这种手段,也只能算是她行商过程中的一种方式而已,反正,她只要达到自己的目的就好了,别的一切都不重要。

金灿灿心里这样安慰着自己,心里总想说服自己,把钱还回去就好,至于是用哪种方式,那都不重要。

想到这里,金灿灿对一直沉默不语的镇长继续说道,"有了这笔钱,你可以很快地还清银行的贷款,剩余的钱,还可以让你安逸地过完余生。这么好的事情,我相信,你不会不动心的。"

"你以为有钱了不起吗?我们不稀罕。"一旁的小师妹快被气死了,爷爷一直不说话,对面的女人却一直在跟爷爷提钱。

她最讨厌这种开口闭口都是钱的人了,搞得好像钱有多万能似的,钱再好,可她小师妹却一点都不稀罕。

金灿灿看着小师妹这副凶悍的样子,倒也不恼,只心平气和的,像一个长辈教育晚辈般地说:"小姑娘,有钱是没什么了不起的,可是没有钱却是万万不能的。你们现在,不也因为钱的问题而焦头烂额吗?"

"你……"小师妹被金灿灿的话噎得哑口无言。是啊,他们现在,确实很需要一笔钱,来还银行的贷款。

看到小师妹窘迫的样子,金灿灿也不再理会她,只转身对一边的镇长说道："好了，镇长，我也不逼你现在就下决定，我给你三天时间。三天后，我希望我们能够签合同，合作愉快。"

小师妹盯着金灿灿不说话，而镇长，也没有理会金灿灿伸出的手，金灿灿并不计较这些，反正，私塾地皮她势在必得，那些所谓的细节，她也不在乎了。她优雅地收回自己的手，就像什么事情都没有发生一般，淡定地从包里拿出一张名片放在了桌上，随后便头也不回地带着助理往门外走去。

小师妹看着金灿灿，一直到她的背影完全消失在她的视线中。她转头看向自己的爷爷，发现爷爷正坐在桌子前发呆。

小师妹有点担心，她怕爷爷一时意志不坚定，真的将私塾的地卖给了金灿灿。

她走到爷爷跟前，蹲下了身子，眼神里有浓浓的不舍："爷爷，我们一定可以想到办法的，你别卖私塾的地。"

爷爷从刚才开始就一直没有说话，她真的好担心爷爷的身体。

镇长没有说话，大概过了有三分钟后，才慢慢地站起身，语气里面尽是疲惫。他看着小师妹喃喃道："小师妹，我们真的能够想到办法吗？"

"爷爷……"小师妹有些语塞，她自己也不知道能不能想到办法，她的心里一点底都没有。

看着小师妹这个样子，镇长艰难地扯了扯嘴角，最后又再无力地放下。他低垂着头，转身往楼上走，边走边对小师妹说："小师妹，爷爷有些累了，先上楼休息会儿。"

"爷爷，我扶你。"小师妹连忙追了上去，伸手就扶住了爷爷的手臂。

爷爷站定，从小师妹的臂弯中抽出自己的手，安慰性地拍了拍小师妹的手，拒绝道："不用了。"

小师妹只能看着爷爷孤寂的背影，无能为力……

阿闲闭着眼睛趴在桌子上，眉毛一会儿拧成一团，一会儿又舒展开来，额头全部都是汗。

"妈妈，妈妈，妈……"阿闲从睡梦中惊醒。

他环顾四周，当看到周围熟悉的家具时，才明白，原来自己刚才只是做了个梦，梦中的自己，差点失去了自己唯一的妈妈。

他长舒了一口气，他梦到了自己小的时候，那时候，他还很小，小到无法保护自己。

自己从小就没有父亲，有什么事情，总是妈妈第一个站出来保护他，给他勇气。

阿闲的视线放空，脑海中回忆起小时候的事情来。

"呜呜呜，妈妈，妈妈，我好疼……"小阿闲的身上都是泥土，脸上有着明显的瘀伤。

"阿闲，阿闲，不要哭，告诉妈妈怎么回事，脸上怎么了？谁欺负你了？"金灿灿一脸紧张地摸着儿子的脸，语气里又是气愤又是心疼。

"妈妈，为什么他们都不跟我玩，他们还把我推到地上，说我是没有爸爸的野孩子，呜呜呜……"小阿闲特别委屈，他瘪着嘴，语气里都是对小伙伴们的控诉。

"阿闲，你别听他们胡说八道，阿闲怎么会没有爸爸呢？阿闲的爸爸只是去了一个很远很远的地方，等阿闲长大了，爸爸就会回来的哦。"

金灿灿心痛如绞，却不忍伤了儿子的心，只能给他编织了一个美丽的谎言。

"妈妈，你说的是真的吗？"小小的阿闲眼睛里面充满了期待，原来他也是有爸爸的人，下次别人再说他是没有爸爸的野孩子，他就可以反驳了。

"当然是真的。"金灿灿肯定地点了点头，随后又像是想起了什么般，她停下为阿闲处理伤口的手，看着他的眼睛，异常认真地说，"阿闲，你记住，就算爸爸不在我们身边，妈妈也一样能够保护你。以后妈妈绝对不会再让任何人来欺负你，你相信妈妈吗？"

"嗯。"小阿闲看着妈妈，眼睛里面都是信任。

从那之后，真的就再也没有人来欺负过他，后来他才知道，是妈妈花钱，让住在附近的那些有孩子的住户，都搬走了。

没有了孩子，自然就没有了打闹，虽然自己有的时候会感觉到孤独，但是妈妈总会抽出时间来陪着他，在他不开心的时候，给他一根棒棒糖，渐渐地，自己竟然也习惯了没有小伙伴的生活，就这样一直快乐地长大。

阿闲从回忆中回过神，低头笑了开来。小时候的自己是多么的傻啊，居然真的相信了妈妈的话，觉得爸爸真的是去了很遥远的地方，等自己长大了，他也一定会回来的。

直到长大后才明白，爸爸再也不会回来了，当时妈妈对着自己说爸爸还会回来的时候，心里该有多么的痛啊。

手机提示音响起，打断了阿闲的思路。他低头看向手机，日历提醒栏里赫然写着"金女士生辰"五个大字。

阿闲低头，原来今天，竟然是金女士的生日吗？这几天，自己因为小师妹的事情，忙里忙外，也没有回家，也完全没有想过金女士的感受，如果今天自己再忘记了她的生日，她肯定会伤心死的吧。

阿闲歪着头想了想，拿起沙发上的外套，往外走去，他要到小镇，给金女士买生日礼物。

阿闲从夏奶奶家出门，很快便来到了小镇。小镇集市上还是很热闹。

他要给妈妈买什么呢？

妈妈在高位多年，什么好东西没有见过呢？

金银珠宝什么的，肯定入不了她的眼，他边走边看，视线很快便被挂在那儿的一件古朴的雕塑给吸引了。

他欢喜地走上前指着雕塑询问道："老板，这个多少钱？"

"一千。"老板一看来了个小年轻，开口价格就不低。他想着，自己要价高点，如果买家还价的话，他也不至于赚不了太多钱。

可是阿闲却是连还价的意愿都没有，直接拿出皮夹掏钱。他爽快地将一叠钱塞到老板手里说道："给你。"

"好咧，您拿好。"老板没有料到会遇到这么爽快的人，顿时眉开眼笑的，殷勤地为阿闲装好雕塑，递了过去。

阿闲拿着礼品袋子，站在小镇路口，想着回去怎么给金灿灿一个惊喜，却看见金灿灿的车子，沿着道路，飞快地疾驰了过去。

"那不是妈妈吗？她来小镇干什么？"

阿闲看着车子消失的方向，若有所思，难道，妈妈在这个小镇也有生意往来吗？他怎么没有听她说过？

或者，妈妈是来看姥姥的？妈妈终于要和姥姥和好了吗？如果真的是这样，那就太好了。

只是，妈妈和姥姥很多年都没有见面了。她们在电话里，也都是吵架，如果见了面，会不会说不到三句话，就吵起来？

不行，他得赶快回姥姥家，万一她们吵起来，他还可以及时地调解。

金灿灿站在屋里，脸上尽是冷漠和疏离，她高傲地抬起下巴，看着面前的夏奶奶，趾高气扬地问道："你找我？"

她尽量让自己表现得理直气壮，甚至趾高气扬，因为只有这样，她才会觉得自己是高高在上的金灿灿，拥有晟世房地产公司的金灿灿，而不是那个被父母遗弃在角落里，孤独无助的金灿灿。

"是的。"夏奶奶看着金灿灿，一脸的担忧。

灿灿看上去并不像她想的那样富贵快乐，相反，她的脸色反而有一种病态的苍白。

难道是因为工作太忙，没有按时吃饭吗？

夏奶奶想上前询问金灿灿最近的情况，但是当她看到金灿灿脸上冷漠疏离的笑容后，关心的话到嘴边，又咽了下去。恐怕现在，她说再多关心她的话，都会觉得是虚伪做作吧。

金灿灿看出来夏奶奶眼里的一丝犹豫，嘴边扯了抹自嘲的笑，脸上的表情又冷了几分。她冷冰冰地对着夏奶奶说："有什么事情？"

"灿灿，你最近过得好吗？"夏奶奶的语气，听上去带着浓浓的慈爱，听在金灿灿的耳朵里，让她有片刻的恍惚。

这么多年来，她渴望的就是这么一句简单的关怀，可是，从小到大，她从未得到过。

现在，她发达了，不需要她的关心了，她却又对她问出了这样的话，做出了这样关心的举动。

呵，还真是好笑得很啊。

她掌握了金钱和权势后，多的是人向她献殷勤，卖好，她早已经见惯了这样的招数。

在她眼里，眼前的夏奶奶只不过和那些人一样，是臣服于她的金钱和权力之下，和亲情，一点关系都没有。

金灿灿口中的话便如刀子一般，朝着夏奶奶飞了过来："好不好，需要你管吗？你关心过我吗？好了，那些陈词滥调的，就不要再跟我说了，我不想听，也没时间听，你说重要的吧。"

夏奶奶似乎没有料到金灿灿会有这么强烈的反应，她愣了愣，压下心中的酸楚。她的女儿，似乎真的变了很多。

只是，就算她变得再多，也不能去伤害别人啊。

看着金灿灿现在这个样子，大概是不会好好听她的话的。她要怎么说，她才能接受呢？

夏奶奶心里很复杂，她站在原地看着金灿灿，大概过了一分钟，金灿灿快不耐烦地转身要走人了，夏奶奶才试探性地对着金灿灿问："灿灿，镇长的事情，是你做的吗？"

"你指什么？夏女士，我不太明白你在说什么。"原来这次主动叫她来，真的是有目的的。她还真的以为，她要开始忏悔，要对她这个女儿好了呢。

她真是太自作多情了，金灿灿如此想着，心里越发地觉得凄凉了起来，亏她刚才在来的路上，还有那么一丝丝的期待。

"灿灿，你是我的女儿，我最了解你。那件事情，和你的行事风格很像，如果是你做的，妈妈希望你能和我一起去镇长家里道歉。"

她今天去镇长家里，给镇长复查，小师妹非常气愤地将金灿灿要收购私塾土地的事情，告诉了她。

她当时心里就惊了一下，她知道，要收购小镇地皮的人，目前只有一个人，那就是她的女儿金灿灿，而这次私塾的事情，和前几次哈尼奶奶的事情，陈杰瑞餐厅的事情都很相像，她不得不怀疑，是自己的女儿做的事情。

她知道女儿恨她，可是，就算她再恨，也不能拿小镇无辜的居民们撒气啊，毕竟错的人是她，不是他们啊。

金灿灿听了夏奶奶的话，心里觉得有些好笑。她高傲地抬起自己的头，瞅着夏奶奶，眼里尽是不屑："道歉？呵呵，夏女士，你在说什么？我怎么不明白呢？"

"灿灿，妈妈不希望你越陷越深。"夏奶奶担忧地皱着眉头，她一脸期待地看着金灿灿，她希望金灿灿能够知错能改。

"够了，不要跟我说，你是我妈妈，你有资格说这两个字吗？在我心里，我的妈妈早就死了。"

金灿灿的心里烦躁得不行，她看着夏奶奶的眼神里充满了恨意。从小到大，她总是用这副语气来教育她，仿佛她就是一个垃圾，她说的每句话都是错的，做的每件事都是不对的，她从头到脚，就没有一件东西，是能让她看得顺眼的。

她金灿灿，在她夏女士的眼里，从来都是个可有可无的小透明，永远不要奢望能够得到她的重视。

看吧，连这几次主动的电话和见面，她都是为了别人，而不是为了单纯地想要见她。如果不是这些人和这些事，她怕是到死，也不会想起来，她还有她这么个女儿吧。

"灿灿。"夏奶奶战抖着声音叫了一句，她不明白，自己那个乖巧的女儿，怎么变成了如今的这副模样。

"你别叫我，从我小时候开始，我就是个孤儿，没有爸爸，没有妈妈。家长会永远没有人去，同学嘲笑我，老师让我站在讲台上，我做错什么了？他们要那样对我？做错事情的人是你们，不是我。啊，对了，还有暑假，暑假，我从来都是一个人孤零零地在宿舍度过的，那时候，所谓的爸爸妈妈在哪里？"

金灿灿赌气地开口，说出口的话却像一根根刺，插在了夏奶奶的心口，疼痛难忍。

"灿灿，我们也是逼不得已。"夏奶奶的话说得很诚恳，听在金灿灿的耳朵里，却一切都是敷衍。

她扯着嗓子大声说着："逼不得已？还是为了你们那一点虚名？啊，对了，我都忘记了，我们的夏女士，是受人敬仰的好医生，甚至小镇的人，都称呼你为'神奇奶奶'，可是，你却唯独不是个好妈妈。"

"可是灿灿，就算妈妈对不起你，你也不能把气都撒在小镇的人身上啊。"

夏奶奶想到小镇的那些人，心里就充满了愧疚，都是因为自己，才连累了他们。

金灿灿看着夏奶奶一脸紧张的样子，心里痛快极了，最起码，她能注意到她了，不是吗？

她一步一步地走近夏奶奶身边，眼睛早已湿润。她站在夏奶奶跟前站定，语气嘲讽："夏女士，你知道吗？这个世界很奇妙的，小时候，他们夺走了你对我的爱，所以现在，我回来了，我要把属于我的，一步一步地夺回去，小时候，我受的苦，我都要让他们再承受一次。"

小时候一个人过完无数个日日夜夜的日子，小时候忍受饥饿的日子，一幕一幕都在她的眼前飘过。

为什么她是有父母的孩子，却过得还不如没有父母在福利院长大的孩子们幸福。她到底做错了什么，他们要这么对待她？

金灿灿的眼睛里都是恨意，她看着夏奶奶，语气近乎疯狂，赌气地将一切事情，都毫无保留地说了出来："不错，哈尼奶奶的事情，是我做的，陈氏餐饮的事情也是我吩咐人下的药，镇长的设备收购问题，也是我让人注册的假公司，可是那又能怎么样呢？他们什么都不知道，只能一步一步地走进我的陷阱里。"

夏奶奶虽然心里早有准备，可是当金灿灿将一切事情都亲口承认的时候，她的心里还是被狠狠地撞击了一下。

她的心里总感觉到，自己的孩子，不会是那种心机深沉，心肠歹毒的人，那毕竟都是人命关天的事情啊。

她看着金灿灿，语气里尽是诚恳和哀求："灿灿，你不要这样，不要一错再错了，你想想阿闲，阿闲不会希望你变成现在这个样子的。"

一听夏奶奶提到阿闲，金灿灿的心神震了震，脚步跟着有些不稳，她扶着一旁的椅子，尽力让自己的语气听上去平稳，高傲地抬起头说："阿闲？只要我不说，他永远都不会知道，他永远都生活在阳光中，我不会让他变成第二个我。"

她在阿闲出生的那天发过誓，一定要给阿闲最好的，一定要让阿闲阳光健康地长大，绝对不要像她一样。

没有任何亲情的成长，孤独而黑暗，她已经承受过一次了。她的儿子，必然不能像她般，这些苦，她受过一次就已经够了。

"灿灿，你不要再这样了，算妈妈求你了。收手吧，将钱还给镇长，让私塾的孩子们继续读书。"

夏奶奶一时情急，上去抓着金灿灿的手，用力握紧，语气近乎哀求。

夏奶奶手上面传来的温度，却温暖不了金灿灿的心，她嘲讽地看着夏奶奶问道："你求我？你是在求我吗？哈哈，夏女士，原来，你也会求人啊。"

夏奶奶并不介意金灿灿的冷嘲热讽，她只是为了小镇的人们哀求着金灿灿："灿灿，算妈求你，不要再为难小镇的人了。你有什么仇恨，就冲着妈妈来，妈妈都接受。"

金灿灿用左手擦了擦腮边的眼泪，然后抬起头冷笑了一声，随即用力地甩开夏奶奶的手，冷冰冰地说道："晚了，我变成现在这样，都是你一手造成的。现在才知道来忏悔，太晚了。"

"灿灿！"

"夏女士，我永远都不会原谅你，如果没有什么事情的话，我就先走了，公司还有很多事情等着我处理，我没有时间听你在这里废话。"金灿灿快速地说完剩下的话，转身就往门口走，这个地方，她一刻也不想多待。

"灿灿……"夏奶奶顾不得自己不稳的脚步，朝着金灿灿走的方向追了上去。

金灿灿根本不想理会后面的夏奶奶，她只想快速地离开这里，却在走到门口的时候，撞见了站在那儿的阿闲。阿闲的表情有些木讷，他的样子，让金灿灿有一种不好的预感，她试探性地对着阿闲叫了一句："阿闲……"

金灿灿心里忐忑，刚才她们的谈话，阿闲到底听到了多少？一部分或者全部？

如果他听到了全部，他会怎么想？

金灿灿看着阿闲，心里有一丝恐惧。阿闲站在原地，早已红了眼眶，他看着金灿灿，眼神里都是失望，他摇着头问金灿灿："妈妈，你刚才说的，都是真的吗？"

"阿闲……"金灿灿一时语塞，不知道怎么回答他。

"不是你对不对，只要你说你刚才说的都是气话，不是真的，我就相信你。"只要妈妈摇头说不是她做的，他就一定会努力说服自己，刚才的事情只是一场梦，什么都不是真的。

他期待地看着金灿灿，可是金灿灿只是摇摇头，眼神里尽是痛苦。她战抖着双唇，喃喃道："阿闲，对不起，妈妈……"

"不要说了，我不想听你解释。"阿闲粗暴地打断金灿灿的解释，他现在心里很乱，根本不想听金灿灿解释什么，现在任何的解释对他来说，都显得那样的没有说服力。

他狼狈地倒退了两步，像是对着金灿灿说，又像是对着自己说的："啊，我的妈妈，居然是这样的人啊。"

原来妈妈早已经变了，自己小时候记忆中那个善良坚强的妈妈，早已经不知道什么时候开始离他远去了。

"阿闲，你听我解释。"

金灿灿看见阿闲这个样子，心里一阵慌乱。她着急地想上前抓住阿闲的手，却被阿闲一把躲开了。

"我不听，我不想听你解释，你难道还想要让我活在你的谎言中吗？"

"阿闲，我这么做，都是为了你，为了你能更好地生活。"金灿灿无力地解释着。她想让儿子明白她的苦心，她之所以做这些，只是为了赚更多的钱，让他生活得更好。他怎么能够不理解她呢？

"别说为了我，我不稀罕，如果可以选择，我真不希望做你的儿子。"阿闲说完这句话，扔下手中的东西，整个人转身跑开了。

"阿闲……"金灿灿看着阿闲离开的背影，心里痛极了。

这么多年了，她和阿闲相依为命，度过了很多难忘的岁月。儿子阿闲就是她的命，她的唯一，她不敢想象，如果没有了儿子，她要怎么活下去。

这么多年，她在事业上没日没夜地打拼，一切都是为了将来，能给儿子留下一个良好的生活环境，如果，儿子离开了她，那么她现在做的这一切又有什么意义？

金灿灿无力地蹲在地上，她捡起儿子丢下的东西打开，发现里面有一张卡片，上面有儿子阿闲写的字。

"妈妈，生日快乐，我爱你！"

金灿灿的眼泪再也无法控制地落了下来，原来阿闲，今天是想要帮她过生日的啊，可是，却被她自己，亲手给搞砸了，她让阿闲失望了吧？

金灿灿抱着雕塑，泣不成声。

夏奶奶把刚才的事情都看在了眼里，她心疼地看着蹲在地上的金灿灿，想安慰，却不知怎么安慰她，只能担忧地喊了声："灿灿。"

金灿灿本来蹲在地上泣不成声，却在听见夏奶奶的声音后站了起来，心里的委屈和不甘，冲着夏奶奶就发泄了出来：

"你是故意让阿闲来的，是不是？你是不是看我现在过得很快乐很幸福，所以你很不舒服，你非要让我天天活在痛苦中，你才开心吗？"

"灿灿，你怎么能够这么想妈妈？妈妈当然希望你过得幸福，妈妈也不知道阿闲为什么会出现在这里。"夏奶奶心里的痛蔓延着。

金灿灿擦干自己的眼泪，直起身子，看着夏奶奶，一脸提防："你想怎么样？"

夏奶奶见金灿灿这个样子，心里难过地说："灿灿，你不要总是把妈妈当成你的敌人，我不会害你，我也不知道阿闲为什么会出现在这里，但是妈妈想告诉你，你不能再继续这样下去了，如果你再继续这样下去，你将会众叛亲离的。"

夏奶奶想到刚才阿闲失望的眼神，决绝的样子，心里就一阵担忧，金灿灿是她的女儿，她不希望，她走到那一步。

金灿灿高傲地抬起头，从鼻子里冷哼一声，冷漠地说："不劳你费心，那是我自己的事情。"说完，便踩着高跟鞋，走了出去。

"灿灿！"夏奶奶追着金灿灿，看见金灿灿头也不回地上了车，车子很快绝尘而去。

夏奶奶心里有些难过，她不知道今天的谈话，有没有对金灿灿起到什么作用，她真的希望，她能醒悟过来，不要再执迷不悟了。

阿闲在小镇的路上一路狂奔，没有目的地，没有方向，他的心情复杂到了极点。

他一直以为自己的母亲是个善良坚强的女人，可是现在他才发现，自己眼中的母亲，原来一直都是自己幻想出来的，而真正的母亲，并不是他想象中的那样，反而让他无法面对。

还有小师妹，他一直以为，自己是小师妹的守护星，不管小师妹遇到什么样的事情，他都能第一时间出现在她的身边，帮助她，照顾她。

可是现在，自己的母亲对小师妹的家人做了那样的事情，他还算什么守护星？是他的母亲，害得小师妹一家不得安宁，甚至还让小师妹的爷爷住进了医院，差点死掉。是他的母亲，害得小师妹每日以泪洗面。

以后，自己还有什么脸面去见小师妹，就算是无意中见到了，他又要以怎样的心情去面对呢？

一想到小师妹对他毫无防备的笑容和信任，他的心里就越发地愧疚了起来。

他感觉，自己心中最重要的东西，被人生生地剜去了，伤口血淋淋的，痛不欲生……

太阳慢慢地落了下来，小师妹在屋里一直没有看到镇长，想出去找他，这两天他的心情不怎么好，她有点担心他会出事。

小师妹急匆匆地拿了外套便准备出门，却在门口的院子里，看见了神情落寞的镇长。

镇长整个人看上去很是憔悴，脸上的皱纹也好像更加深了般，他看着满院子的花花草草，拿着手中的水壶，慢慢地给它们浇着水。

小师妹叹了口气，这几天，爷爷天天都给这些花草浇水，每天都浇好几遍，这样频繁地给花浇水，花会死的。

每次她提醒爷爷说这些已经浇过水了，爷爷总是不好意思地放下水壶，说自己忘记了。

小师妹知道，是这几天的事情，才让一向精神的爷爷变成了现在这样萎靡的样子，心里又是心疼又是着急。

她知道，爷爷的心里肯定比她还要着急，只是爷爷不说，把所有的话都憋在了心里，这样长此以往，她担心爷爷的身体，会出现问题。

前几天爷爷病倒的事情，她真的不想再经历一次了，那种差点失去至亲的痛苦，她现在想都不敢想。

小师妹看着院子里失神浇花的爷爷，眼里的心疼一闪而过，她小心翼翼地上前，生怕吓到他，轻轻地开口："爷爷，天晚了，小心着凉，我们进屋吧。"

镇长看到小师妹笑了笑,他放下手中的水壶,站在小师妹面前想了想,然后说:"小师妹,你说,有的时候放手是不是最好的选择?"

"爷爷,你在说什么啊。"小师妹心里有点害怕。她害怕爷爷因为这次的打击,一蹶不振。

爷爷现在的问话,没头没尾的,却寂寥得让人害怕,她紧张地握紧了爷爷的手。

镇长看着小师妹紧张的样子,兀自叹了口气。他从小师妹的手中抽出自己的胳膊,反手拍了拍小师妹的手说道:"小师妹啊,爷爷快坚持不下去了,如果爷爷放弃私塾,换一种方式,能不能让私塾的孩子们有书念?"

这些天,他一直在想同一个问题,就是怎样能让小镇的孩子,不因为这次私塾的事情而受到影响,还能愉快地念书呢?

他日夜想着,想了无数种办法,最后似乎只有一条路可行得通,可是那样,他就失去了自己一辈子的心血。他一直纠结,在这个决定上徘徊,拿不定主意。

小师妹看见镇长这个样子,心里很难过,她安慰地搂着镇长的胳膊说:"爷爷,你别胡思乱想,身体要紧,已经起风了,我们进屋吧。"

其实外面的风并不是很大,吹在人身上也不凉,但是爷爷穿得很单薄,又是大病初愈,肯定不能吹风。她可不能让自己的爷爷再有个什么事情,如果爷爷出了什么事情,她会内疚一辈子的。

镇长看着满院子的花花草草,心里的感伤全部都涌了出来。他叹了口气,神情落寞:"小师妹,爷爷真的老了,有些事情,真的力不从心了。"

他一直不服输,不服老,对任何人任何事,都充满了信心。他觉得自己还能动能走,可以用自己的余热,为小镇的孩子们做一些事情。

可是他发现他错了,这次的事情,完全出乎他的意料。他自信满满地和别人签了合约,付了款,可到头来,却落得这样的下场。他心里过不去那个坎儿,说到底,他不甘心啊。

"爷爷，你别胡说，你还年轻呢。你在我的心里永远都那么年轻，你永远是我的依靠。"小师妹听了镇长的话，连忙安慰，她现在就怕爷爷胡思乱想，多思会使人心情抑郁，病情得不到良好的控制。

夏奶奶还说，让爷爷不要想太多，好好休息，可是她劝了好多次了，爷爷总是不听她的话。

其实，她完全能够明白爷爷现在的反常状态，别说是爷爷这么大年纪的老人遇到这样的事情一蹶不振，就算是她，估计也比爷爷好不了多少去。

小师妹的眉头完全皱到了一起。

看到小师妹这个样子，镇长于心不忍，他不能让自己的错误，影响到小师妹。她还只是个涉世未深的孩子，他宠溺地摸了摸小师妹的头说："傻孩子，进屋吧。"

"嗯。爷爷，我扶你。"小师妹见镇长愿意进屋了，心里很高兴，连忙搀扶着镇长的胳膊往屋里走去。

一老一少的背影，看上去是那么的和谐。

餐桌上，小师妹哄着镇长，镇长才吃了那么一点点东西，然后便说胃口不好，一个人回自己的屋里去了。看着爷爷变成这样，小师妹心里很难过。

小师妹默默地收拾完了碗筷后，便乖巧地回了自己的房间，隔壁爷爷的房间内，又传来沉重的咳嗽声。

"咳、咳……"

小师妹躺在床上，贝齿咬着嘴唇。她担心爷爷，担忧得整个人的眉头都皱成了一团。

爷爷身体本来就不好，他现在肯定又是在想私塾的事情，一着急就开始猛烈地咳嗽了。

怎么办？她该怎么办？找小志帮忙吗？

不能，看小志之前对她的态度，小志肯定不会来帮助她的，可是，她现在真的好希望有一个人来安慰自己啊。

小镇情缘 下

她好担心爷爷,可是她发现自己什么都做不了,怎么办?她的心里很恐慌,双手拽紧了被子。

"咳咳……"

终于,当镇长再一次猛烈地咳嗽时,小师妹再也忍不住了。她迅速地爬起身,来到镇长的房间,敲了敲镇长的门。

镇长听见敲门声,似乎刻意压制了下咳嗽,然后才缓缓说了声:"进来。"

小师妹推门而入,看见连外套都没有脱的镇长,脸上的担忧更加明显:"爷爷,你没事吧。"

"没事,你去休息吧,时间不早了。"镇长给了小师妹一个温和的笑容,然后便低头看摊在自己腿上的一大堆文件。

小师妹知道,那些都是爷爷和远洋外贸公司签的合同和资料,爷爷这是在找合同中的漏洞。

只是,看爷爷现在的样子就知道了,爷爷肯定没有找到什么有利的东西。

小师妹叹了口气,心疼地道:"爷爷,我给你倒杯水,你润润喉咙。"

"好的。"镇长知道这是小师妹的好意,没有拒绝。

小师妹跑到楼下的厨房里为镇长倒了杯水,然后又小心翼翼地端到了镇长的面前说:"爷爷,水。"

镇长接过小师妹端过来的水杯,轻轻地喝了一口,缓了一口气后歉意地对小师妹说:"小师妹,爷爷吵醒你了吧?你快去睡觉,爷爷尽量声音轻一点。"

"爷爷,我没有怪你。"小师妹看到镇长歉意的表情,心里像被针扎了一样。

爷爷都这么难过了,还在担心有没有吵到她的睡眠,可自己却什么忙都帮不上他,小师妹心里内疚极了。

"小师妹,爷爷决定了,明天就和金灿灿签那个私塾土地转让合同。"镇长像是下了很大的决心般,才说出了这样的话。

"爷爷!你在说什么?"小师妹听见镇长的话,显得有些吃惊,她没想到,爷爷最后居然下了这样的决定。私塾可是爷爷一辈子的心血,爷爷是要多大的勇气,才能做出这样的决定啊。

"小师妹,比起我的坚守,让小镇的孩子们都读上书,才是最重要的,不是吗?"镇长像是想开了一些事情,脸上挂着淡淡的笑意,其实小师妹知道,爷爷的心里,比谁都难过。

"爷爷……"小师妹的心里像是刺在扎着,她看着镇长的脸,哽咽地说不出话,最后,终于还是走到这一步了吗?

"快去睡吧。"镇长不知道小师妹心里的想法,看着只穿着单薄外衫的小师妹,生怕她着凉。

"爷爷……"小师妹还是很担心镇长,她磨蹭着不想回房间。

镇长知道小师妹的想法,他看着小师妹慈祥地催促道:"快去,听话。"

"那我回房间了,有什么事情,你叫我。"小师妹一步三回头地回了自己的房间,关房门的时候还是忍不住对着镇长叮嘱了一句。

镇长看着这样的小师妹,点了点头,笑着应了声:"好的。"

小师妹回到房间,翻来覆去睡不着。她现在觉得自己好孤独,好无助。爷爷因为私塾的事情,变成了那样,她心里真的好担心,可是,她却找不到一个人来帮助她。

现在这种孤独的时刻,她真的好想小志,不知道他现在在干什么,如果这个时候,小志能够陪在她的身边,那该有多好。最起码,她能够有一个可以诉苦的对象,能够有一个可以依靠的肩膀,可是现在,她什么都没有,只能靠自己。

小志,明天爷爷就要把私塾卖掉了,你知道吗?你在哪里,在做着什么?我现在心里好难过,你知道吗?

小师妹拿着手机,看着通讯录里的小志号码,犹豫着要不要打个电话给小志,看看小志有没有什么办法,让私塾能够起死回生。

可是小师妹想到这些日子以来，小志对自己冷漠的态度，顿时无精打采了。

小志对自己那么冷淡，显然就是把她当成了外人。这次爷爷的私塾出了这么大的事情，小志也没有表现得多么热心，这是很明显地在和她划清界限啊！她还有什么理由不放手，再去纠缠他呢？

可是，可是事实是这样没错，她的心里为什么还存在着那么一丝期待呢？小师妹心里懊恼极了，她很纠结，纠结着要不要把爷爷要卖掉私塾的事情，告诉小志。

小师妹用力地挠了挠自己的头皮，心里纠结成了一团，最后干脆抓起手机，给小志发了条短信：小志，爷爷明天要卖私塾土地给金灿灿，我该怎么办？

短信点击发送后，小师妹就无助地趴在床上，眼睛盯着手机屏幕，希望它亮起来，可是半个小时过去了，手机一点动静都没有，更别说小志的短信了。

居然连她短信都不回了，小师妹彻底绝望了，对小志没有了任何的期待。小师妹无助地将头埋进自己的被子里，抽抽噎噎地哭了起来，哭到最后哭累了，竟然迷迷糊糊地趴在床上睡着了。

此时的小志，正眼神复杂地拿着手机，坐在小镇的夜班大巴上，连夜往城里赶。

前几天，他做的那款游戏终于完成了，小志连夜坐上了小镇开往县城的夜班车，他要亲自去城里和游戏公司老板谈游戏的费用支付问题。

因为是晚上，小志和游戏公司老总的约谈地点，改在了咖啡馆里，咖啡馆里的装饰很复古，一看就是约谈工作的好地方。

小志赶到的时候，游戏公司的徐总已经早就坐在里面了。

小志有点不好意思地上前和徐总握了握手，然后歉意地说："徐总，不好意思，我来晚了。"

徐总对小志的道歉不以为意，他不介意地摆摆手，对小志宽慰道：

"没事,是我来早了。"

两个人寒暄了一番后,便坐下开始谈各自的条件。

小志简单明了阐述了自己今天来的目的,他不想绕太多的圈子,他现在已经没有时间在这里磨磨蹭蹭了。私塾的事情迫在眉睫,他必须尽快地解决了,他不想再看到小师妹无助的样子,那样,他的心会很疼。

相对于小志的迫不及待,徐总倒是显得气定神闲的。他端起桌上的咖啡凑到嘴边喝了一口,然后再轻轻地放下杯子,动作优雅:"哦?那你还有什么别的条件吗?"

他是经常谈判的,自然知道,每份合同在签署之前,都有一番协商和退让。他现在问小志这个问题,就是希望,能尽快地了解小志的需求,从而找到切入口,稳当地签下这份游戏合同。

小志的那个游戏,他已经让技术部的都看过了,大家一致认为,这个游戏很有前景的,如果好好宣传推广,前途将不可限量,所以他才同意了那么高的价格。

今天晚上,不管怎么样,他一定要拿下这份游戏合同,现在可是有好几家游戏商看着呢,他可不能白白错过。

小志知道自己这样急切地想要签约的态度,肯定会让游戏价格受影响,可是现在,私塾的事情迫在眉睫,他没有任何选择的权利。

小志看了看徐总不慌不忙的态度,将自己放在心里的话,一下子都说了出来:"我没有什么别的条件,只是有一点,我必须要资金一次性到位,而且,今晚就要到位,因为我明天需要用。"

小志这句话一说,就知道自己将谈判的弱点都摊在了对方的面前,也许因为这样,他的谈判地位会很被动,但是,他别无选择,他现在只想尽快地签约拿到资金。

果然,徐总听到小志的话后,脸上露出了狐狸般的笑容,他转了转眼珠子想了一下说:"这个,小志啊,现在这么晚了,你要那么多的钱,我这边恐怕不好办啊。再说了,哪有人家付款是一次性的啊,总要分个几次的吧?"

"不行,我需要一次性付款。"小志坚定地否决了徐总的话。

"小志,你这样我很难办的。"徐总并没有一下子说出自己的意思,只是在那儿故作为难地惺惺作态。

小志哪里不知道他的意思,现在的故作为难,只是为了待会儿的拼命压价,而他,早已做好了准备。

小志对徐总这种惺惺作态的做法很不苟同,他不想和徐总在这里继续兜圈子。他果断地站起身,对着面前的徐总说:"徐总,如果不行的话,那我就不能卖给你了,其他几家游戏公司还在等着我,我先走了。"

小志并没有说谎,为了保险起见,他确实约谈了好几家游戏公司,徐总却一直跟他兜圈子,不肯说正题,他已经没有时间可以耗了。

徐总见小志起身,转身要走的样子,连忙收起了自己的惺惺作态,表情有点尴尬地拦着小志说:"小志,有话好好说嘛。你刚才提的那个条件,我们不是不能商量,只是,既然我退了一步了,你是不是也要做出点牺牲,我们大家才算公平啊?"

徐总对着小志抛了一根橄榄枝,只要小志接手,他必然不会让小志跑掉。

小志耐着性子,皱着眉头对徐总说,"我不懂徐总的意思。"

徐总见前面也铺垫得差不多了,索性也不再跟小志兜圈子,而是直截了当地对小志说:"我们之前开的那个价格,下调百分之二十,你觉得怎么样?"

"下调百分之二十?徐总,这个价格太低了!"小志皱眉,心里有点不大高兴。

他在心里将下调百分之二十的价格和第二家游戏商的出价对比,发现价格持平,心里有点犹豫。

徐总见小志有点犹豫,便趁热打铁地对小志说:"我知道,你的游戏肯定不止这个价格,但是小志,你要的是一次性资金到位啊。我这一下子，从哪里找那么多钱给你啊？还好公司现在有一笔备用资金，正好有你的那个价格下调百分之二十那么多，如果你愿意的话，晚上那笔款子，就能到账，你觉得怎么样？"

徐总说完，端起桌上的咖啡往嘴里送，眼睛余光却在偷偷打量着小志，发现小志犹豫不决的表情后，继续说："小志，你如果真的急用的话，只能这样了。我想，就算现在有几家游戏公司找你，他们今天晚上，也是凑不齐那笔资金的，所以，我觉得，你还是考虑我刚才的建议。"

他在商场混迹多年，自然知道每家同行的习惯和底细，徐总有十足的把握，这个价格不低于别的游戏公司的价格，只是，别的游戏公司，绝对不会一下子付清游戏款，而他现在和小志的谈判资本，便是如此。

小志皱着眉头，在心里默默地将徐总的价格和条件跟别家做了个对比，发现，徐总的价格确实和报价第二高的游戏公司是持平的，而且，第二家公司，他还不能确定对方能不能一次性付款。

正如徐总说的，他现在既然急着要用这笔钱，那他就要速战速决，不能再犹豫下去，如果再犹豫下去，说不定徐总这种老奸巨猾的谈判高手，又再给他把价格降低，就不好了。

如果在平时，他有的是时间跟徐总这样的人耗着，他的游戏制作精良，游戏玩家广，他不相信徐总这样的人不就范，只是现在，他没有时间再拖下去了。

想到这里，小志叹了口气，双手摊开做了个无奈的表情说："徐总，不得不说，你是个商场高手。"

"哪里哪里。"徐总高兴地摇摇头，心里知道合同谈成了，心情格外的好。

"行，就按照你刚才说的那样做，我们现在签约，回头你盖完公章，将合同邮递给我，至于资金，今晚必须到位。"小志不想再继续耽搁下去，他催促着徐总，赶快完成签约，然后快速地划款。

"行,这是合同,你看看,如果没问题,我们现在就可以签约。"徐总从沙发上的公文包里拿出早就准备好的合同递给小志。

小志接过合同,拿到面前翻阅了起来。镇长已经在这方面吃过一次亏了,他绝对不能重蹈覆辙。小志看得很认真,每个条款的详细说明都没有放过,他发现,合同上的价格正是下调百分之二十后的,心里不由得对徐总又高看了一眼。

看来,这个徐总老早就知道,他是有急事才会连夜来找他谈判,所以他一早就改好了价格,就等着他往圈里跳呢,真是老奸巨猾。

徐总被小志的目光看得有些不好意思起来,他尴尬地端起桌子上的咖啡送到嘴边喝了一口,以此来避开小志的视线。

小志看完合同觉得没有什么大的问题了,低头在乙方那里,签上了自己的大名。

徐总接过合同,仔细地确认了下小志的签名,然后乐呵呵地站起身和小志握手:"小志,合作愉快。"

"合作愉快。"小志也反握了徐总的手。

徐总将合同收到公文包里,嘴里还向小志保证着:"你放心,今晚十二点之前,资金肯定到位。"

"好的。"

小志没有多待,谈完事情后,又在城里打了个车,直接回了小镇。

小志回到家的时候已经很晚了,他脱掉自己的外套,拖着疲惫的身子走到浴室洗了个澡。

忙完一切后,便握着手机,躺在床上,等着资金到位的消息。

越是接近晚上十二点,小志的心就越是紧张,他怕万一资金到位出问题,那么私塾就真的没有办法救回来了。

小志每隔几分钟就看一下自己的手机,每隔几分钟就看一下自己的手机,终于在晚上十二点钟前的五分钟,小志的手机响了起来。

小志连忙低头查阅,当他看到手机短信里的那一长串银行入账通知时,悬着的心终于放了下来。

小志给自己的手机设置了个闹铃，他明天一早就要去银行，将私塾的事情解决了。

设置好闹铃后，小志就将手机扔到一边准备睡觉，但是忽然，他又像想到了什么。他侧过身子，拿起刚扔下的手机，眼神复杂地看了一眼小师妹的短信。

最后情不自禁地发了一条短信过去："小师妹，别担心，一切都会好的。"

等这一切都做完后，小志将手机关机放到桌上，在床上躺下，很快便进入了梦乡。

早晨温暖的阳光洒满了小镇的每个角落，小师妹迷迷糊糊地从床上醒来，第一个便想到了爷爷。

昨晚爷爷咳嗽得很厉害，不知道现在怎么样了，她轻手轻脚地走到爷爷的房间，却发现爷爷的房门开着，她推开门进去，发现爷爷根本不在床上。

这么早，爷爷去了哪里？

小师妹有点担心，找遍了整个农庄，都没有看见爷爷，心里的不安开始扩大，爷爷的身体还没有完全康复，这么一大早的，他去了哪里呢？

小师妹着急得都快哭了，心急之下，她本能地给小志打电话，却发现小志的手机关机了。

小师妹有点沮丧，难道是因为昨天晚上，自己给小志发的那个短信，所以小志干脆将手机关机了？

现在怎么办？爷爷不知道去了哪里，她一个人手足无措的，小师妹忍着泪，努力地回想着爷爷能去的地方。

小师妹冷静下来后，第一个想到的地方便是私塾，那里是爷爷一生的心血，那里有爷爷许多美好的回忆，爷爷昨晚说要将私塾卖掉，今天难道就去了私塾？

小师妹想到这里，匆忙拿了件外套，便急急忙忙地往私塾方向跑去。

小师妹一刻也不敢停歇地跑着,等她跑到私塾的时候,已经上气不接下气了。她边大口大口地喘着粗气,边动手推开了私塾的门,私塾早已经没有了往日的欢笑与热闹,到处都是一幅萧条的景象。

私塾内的各种物件上,都贴满了白条,一个个就像商品一样,待价而沽。小师妹的心里有些难过,她四处张望,果然在私塾的讲台上,发现了神情寂寥的镇长。

小师妹叹了口气,走上前去,轻轻地叫了声:"爷爷。"

"小师妹来啦,你看,爷爷在这个讲台上,讲过很多次的课,孩子们总是喜欢问我,为什么呢,为什么呢?我都笑话他们是十万个为什么,就知道整天问我为什么,呵呵呵。"

镇长的脸上在微笑,眼里却闪着泪花,那些美好的回忆占据了他的整个脑海。本来,这些美好的日子还能继续下去的,只是现在,因为他的疏忽,这一切都将不存在了。

以后这里将不再是私塾,而是大型生态游乐场,再也没有了琅琅读书声和孩子们的欢笑声,而他也失去了所有。

"爷爷,如果你不想卖私塾土地,我们可以想想别的办法的。"小师妹看着镇长这样,心里是满满的心疼。

她不希望爷爷将来都活在自己的回忆中。

"小师妹,如果可以,爷爷也不想这样,可是现在,爷爷已经走投无路了。"他比任何人都舍不得卖掉私塾的地,可是现在这样的情况,又有什么办法呢?

银行追款迫在眉睫,金灿灿的收购计划又迎面压来。这一前一后两座大山,无时无刻不在提醒着他,催促着他赶快做出一个决定,怎样才能将损失降到最低。

"爷爷,都是我没用,我什么忙都帮不到你。"小师妹的眼眶红了,低下了头。

"傻孩子,跟你没有关系,你为什么要责怪自己?要怪只能怪爷爷,是爷爷没用,才让私塾走到了今天这一步。"

镇长摇头，不让小师妹将责任往自己身上扛，明明是他的错，才让私塾走到了今天这一步，小师妹这孩子，却要来替他承受压力，他于心何忍？

虽然他老了，可只要他不倒下，他就会永远做小师妹的大树，为她遮风挡雨。

"爷爷。"小师妹头靠着镇长的胳膊，眼眶微红。

镇长拍了拍小师妹的头，慈祥地道："小师妹，我们走吧，我就是来看看，来看它最后一眼。本来，我是不想来这里徒增伤悲的，可是，想到下午我就要把它给卖了，心里就有一种说不出来的感觉，我……"

镇长低头，眼眶已经湿润，他本来是做好了准备，不让自己哭的，可是现在，他真的是忍不住了。

私塾的一切，他都舍不得，大到私塾讲台，小到私塾里的花草，他都深深地不舍。

今天下午签完协议后，这里的一切将不再是他的，也不再是小镇孩子们的。他们将永远地失去这里，他怎么能不心痛？

"爷爷，你别说了，我知道。"小师妹知道镇长心里难过，连忙阻止他再说下去。

她知道，爷爷现在心里肯定比她还要难过，她阻止爷爷说下去，就是想让他尽快地忘记私塾的一切。

既然爷爷已经做出了决定，那么她就要做到绝对的尊重。她现在要做的就是让爷爷尽快恢复，变成以前那个精神的老人。

小师妹搀扶着镇长，两人一步三回头地依依不舍地离开了私塾，路上，镇长还是不放心地问着小师妹："小师妹，你说小镇的孩子们不会怪我吧？"

"不会的爷爷，他们会理解你的。"小师妹安慰着镇长。

"哎……"

金灿灿坐在办公室里，手指有节奏地敲着桌面，心里琢磨着，自己接下来该怎么做，才能让阿闲不生她的气。

阿闲已经三天都没有回家了，她知道，阿闲肯定还在生她的气，对她做的事情，一时半会儿接受不了。

今年，她过了个冷清的生日。生日那天晚上，她孤零零的一个人，坐在客厅里，喝着红酒，心情郁闷到了极点。

她明明是有母亲和儿子的，为什么却感觉总是过得那么孤独呢？

手机铃声突然响起，打断了金灿灿的思路，金灿灿看着来电显示上的号码，嘴角扯了扯。

终于忍不住了吗？

金灿灿也不着急接电话，等电话响了三声后，她才不慌不忙地接通。

"喂，哪位？"金灿灿故意端着，想让对方说明来意。

果然，电话那头只是沉默了一会儿，便开口说道："我同意卖私塾的地，但是，你得答应我一个条件。"

"哦？什么条件？"金灿灿并没有很惊讶，只是在听到对方还有一个条件的时候，眉头稍微皱了皱。

"在小镇重新找一块地，开新的私塾，让小镇的孩子们，有书念。"

镇长叹气，这是他经过深思熟虑后考虑到的一个最折中的办法，既让金灿灿收购了私塾的地，私塾的孩子们还能有念书的地方。

对于孩子们来说，有一个念书的地方，比什么都强。

"这个好说，只要新私塾的位置，不妨碍我建立绿色生态旅游区。"金灿灿听了镇长提出的条件，一脸放松地点头，只要是金钱能够解决的事情，她从来都不怕。

他要新的私塾，她给他建就行了，只是，地方稍微偏一点，地方稍微小一点，但是那也好歹是个私塾啊。

"那什么时候签约？"镇长问道，他想尽快签约拿到钱。那样他就能尽快地将银行的贷款还掉，还能让私塾尽快开课，免得耽误了孩子们的学习。

金灿灿想了想,说道:"时间你定。"
"今天下午吧。"
"那下午三点,在你的农庄,我们签约。"金灿灿跟镇长约定了时间。
"好。"镇长说完,挂断了电话。
挂完电话后,金灿灿往椅子后背一靠,神情里满是疲惫。
按理说,收购了私塾的地,对她来说,就是一件天大的喜事啊,她应该高兴才对,可是为什么,她竟然没有一丝高兴的感觉?
反而觉得心里闷闷的呢?她到底是怎么了?
小镇银行内,小志正在柜台外紧张地忙碌着。
他跟柜台要了张还款单,然后帮镇长将贷款全部还清了。当小志拿着银行回执单站在银行门口的时候,心中的那块大石头终于放了下来。
下午三点,金灿灿带着助理准时出现在了小师妹家的农庄内。
小师妹的眼睛通红,显然是刚刚哭过,看见金灿灿等人进来的时候,小师妹拿那双哭红的眼睛使劲儿瞪着她。
金灿灿也不在意,越过小师妹,径直走到客厅里的沙发上坐了下来。
金灿灿示意助理拿出收购合同,合同一式两份,双方各执一份,镇长在仔细地阅读了收购的内容后,提笔准备签约。
却被突然冲出来的阿闲给拦了下来。
"慢着,我不同意签。"阿闲一把拍在桌面的合同上。
"阿闲?"金灿灿好几天没有看见阿闲了,这会儿看到阿闲出现在自己眼前,心情大好。
阿闲并没有理会金灿灿,只是一脸严肃地看着桌子上的文件说道:"我以晟世房地产公司未来接班人的身份,不同意签这份合同。"
"阿闲,你说什么?"旁边的小师妹有点愕然,阿闲都说了什么?什么叫"以晟世房地产公司未来接班人的身份"?阿闲和晟世房地产公司有什么关系?
"阿闲,你知道你到底在说些什么吗?"金灿灿看见阿闲是高兴的，但是看见阿闲来这里的目的后，脸色立马不好看起来，阿闲是来拆她台的。

"妈妈，我知道我自己在做什么，不管怎么样，我都不同意你们收购私塾的地，小镇的孩子们需要私塾。"阿闲转过身子，看着金灿灿，脸上的表情严肃，他一个字一个字地对金灿灿说着。

"阿闲。"金灿灿有点被阿闲严肃的样子震撼到。阿闲一直在她面前是一副小孩子的模样，有什么不顺心的，在她面前发发脾气，也就过去了。

可是这一次，他的表情看上去是那么的认真，一点也没有闹着玩的意思。

他这个样子，让她心底有些发虚，面对着这样的阿闲，她竟然一句话也说不上来。

她看向一边的助理，朝着助理使了一个眼色。助理会意，硬着头皮来到阿闲面前说："小少爷，你还没有接管公司，所以，你对公司的日常运营项目，还没有话语权，所以，这个合同，不是你说不签就不签的。"

助理觉得自己现在就是在找死，他现在阻止的这位，可是晟世房地产公司未来的接班人。他现在这样得罪他，以后他上任了，他还能有好日子过吗？

可是，金总的命令又不能违抗，他只能硬着头皮上了。

"妈……"阿闲不死心，看着金灿灿道，而金灿灿却将自己的头转向了一边。

一旁的小师妹早已经发现事情的不对劲，她有点不可思议地指着金灿灿，对阿闲询问道："阿闲，你是这个女人的儿子？"

"对不起小师妹，我骗了你。"阿闲低头，满心都是愧疚。他知道纸包不住火，不可能瞒小师妹一辈子，她知道也好，起码，下次见到小师妹的时候，他不用再刻意地隐瞒了。

秘密太多了，也是一种负担。

金灿灿的心里莫名地烦躁,想起儿子哀求的眼神,她就心神不宁,总感觉,如果自己不尽快把合约签了,会生出什么更多的事端来。

她不耐烦地用手敲了敲桌面,然后抬起头,锐利的眼神看着镇长说:"好了,我没时间在这里陪你们耗着。镇长,你看看合同条款,如果没有问题的话,我们就可以签约了。"

"好。"镇长将众人的表情都看进眼里,也看出阿闲那孩子是真心想要帮助他,可是,他做不了主。

"妈……"阿闲还想阻止,却被金灿灿不耐烦的声音给打断了。

"阿闲,我想刚才助理已经跟你说得很清楚了,公司的日常运营项目,你没有权利干涉。"

"那我呢,可不可以干涉?"小志的声音从外面传了进来,此时的小志,因为快速地奔跑,胸膛剧烈地起伏着。

"小志?"小师妹看见小志,飞快地朝着小志跑了过去,心里的不安一下子全都涌了出来。

今天早上,她给小志打电话,小志关机,她的心情就一直忐忑不安的,根本没有注意到小志的短信。

直到金灿灿来之前,她翻看手机,才发现小志的短信。她看见小志给她发的让她不要担心,心里激动极了,眼泪便那么不受控制地流了下来。

她心里总隐隐约约地觉得,小志并不是不管她,他肯定是在什么地方想着办法,来帮助她和爷爷。

这会儿,她看到小志突然出现在农庄,心里激动极了,像是看到了救星般,连忙跑到了小志跟前,抱着小志的胳膊。

她嘟着嘴,指了指金灿灿等人,然后转头对着小志说:"小志,你终于来了,你看看,他们来逼爷爷卖私塾了。"

"别担心小师妹,有我在。"小志安慰地搂了搂小师妹的肩膀,示意她不要担心。

小志是从银行跑来的,他低头看了看还没有签字的合同,心里的石头放了下来。

还好，还来得及。

金灿灿抬头，见突然出现的人是小志的时候，嘴角扯了抹嘲讽的笑意。她看着小志，警告意味浓烈："书记官，你最好不要多管闲事，否则，我可不确定，自己能不能管住自己的嘴。"

"嘴在你自己的身上，要做什么还不是你说了算。"小志知道金灿灿话中的意思，不过，他一点都不在乎，这一切对他来说，都不重要了。

就在来的路上，他已经做好了一切心理准备，不管发生什么事情，他都要帮助私塾过这个难关。

即使金灿灿将日记本的事情抖了出来，即使小师妹一辈子都不再理会他，他都不在乎。

只要小师妹平平安安，快快乐乐地过一辈子，他就心满意足了。

金灿灿以为小志忘记了日记本的事情，她一再地提醒道："你考虑清楚再说。"

小志看了眼小师妹，他温柔地笑了笑，然后转身对金灿灿说："我考虑得很清楚，我今天来，就是来明确地告诉你，我们不卖私塾的地，你请回去吧。"

"你不要意气用事。"金灿灿的话，几乎是从嘴里一个字一个字地蹦出来的。

这个小志，竟然敢跟她对着干。难道，他不怕自己将他的事情说出来吗？

"我知道我在做什么，就不劳金总费心了。"一旦想开，便所有的都想开了。小志看见金灿灿这个样子，一点惧意都没有，他无所谓地耸耸肩，对金灿灿的态度显而易见。

"镇长，你也是这么想的吗？"金灿灿见小志已经铁了心地要和她对着干了，不再理会他，转头看向一边一直沉默不语的镇长。

毕竟，镇长才是私塾的卖家，她和小志置什么气。那孩子，她以后有的是时间来治他,今天签约才是她的头等大事。

"小志……"镇长看着小志,眼神犹豫。

小志说他有办法救私塾,可是,银行那笔贷款不是笔小数目,小志怎么会有这么大的一笔钱?

小志也不是鲁莽的人,他说有办法帮他解决私塾的事情,想必,是真的有办法吧。

镇长突然想到自己几次去银行,都碰见过小志的事情,心里又有几分犹豫起来。

小志见镇长有些犹豫,怕他一个意志动摇就将合同签了,他连忙诚恳地对镇长说:"镇长,你放心,我有办法让私塾脱离险境,就算不卖私塾,我们一样可以渡过这次的险关。"

"嗯。"镇长终于在心里做了决定,他相信小志,一定有办法可以帮助私塾脱离险境。

他给了小志一个眼神,然后低头看着眼前的金灿灿道:"金总,我想,我们这次是合作不成了,谢谢你的好意。"

"你考虑清楚了?"金灿灿心里有点恼火,声音都提高了几倍。她不确定地再次询问了下镇长。她不相信,到嘴的鸭子就这么飞了。

"嗯。"镇长点头,意志坚定。

金灿灿看了看众人,沉默了一分钟后,缓缓地站起身,对着助理说:"我们走……"

助理大气都不敢出,看见金灿灿出去,手忙脚乱地将桌子上的合同整理到公文包里,跟在金灿灿的后面,小跑了出去。

他心里悻悻地想,眼看着快成功的合同却搞砸了,金总现在心里一定很恼火,再加上,连金总自己的儿子都跳出来反对她,可想而知,回去后,金总会发多大的火了,说不定自己的一个不留神,工作就丢了。

金灿灿以为自己会很生气,却发现,自己从农庄出来的时候,反而觉得松了一口气的感觉,心里没有一点不高兴。她有点不明白自己这到底是怎么了。

私塾地不是她心心念念,势在必行的项目吗?现在项目受阻,她怎么还感觉到轻松了呢?

她摇摇头,挥去自己脑海中的想法。她觉得,自己是该休息一下了,可能是太累了,所以才会这样的吧。

"对不起!"一直站在一旁的阿闲,看见金灿灿离开了,低头对着小师妹说了声对不起,便跑了出去。他觉得自己没有脸见小师妹了。

"阿闲……"小师妹看着阿闲离去的背影,不知道说些什么好,自从知道阿闲是金灿灿的儿子后,她的心里就怪怪的。

她知道这一切都不是阿闲的错,都是阿闲的妈妈一个人做的,但是,她就是过不了那个坎儿,也许,一时间有点接受不了这个现实吧,过一段时间可能就没事了。

"镇长,这是银行还款记录,私塾欠银行所有的钱,我都已经还清了,这是存单,你收好。"小志见金灿灿走了,从口袋中掏出一张单据,塞到了镇长的手里。

"孩子,你怎么会有这么多的钱?"镇长有些不敢相信地睁大了眼睛问着小志。

"镇长,你放心,这些钱,都是我赚来的,我不会给咱小镇抹黑的。"小志看出镇长的顾虑,心里为镇长对自己的担忧而感到温暖。

十几年来,镇长就是用他这种温暖的声音,治愈了他充满仇恨的心。是镇长让他放弃了仇恨,学会了爱和奉献。他的心里充满了对小镇,对镇长的感激。

"镇长,我还有点事情,我先回去了。"

"嗯!"镇长点头。

小志看事情已经解决了,和镇长简单地告辞后,就往外走去。

私塾的事情解决了,他心里的大石头也就放下来了。

"小志,你等等我……"小师妹追了上去。她有点不放心小志。

看见只穿着一件薄衣的小师妹,小志皱了皱眉,他的语气中带着点责备:"小师妹,你怎么出来了?私塾还有很多事情,你不回去帮你爷爷的忙吗?"

小师妹根本不理会小志现在对她说话的态度,只是关心小志那笔钱的来源。私塾贷款不是一笔小数目,小志的状况,她再了解不过,他从哪里找来了这么一大笔钱?

她很害怕小志为了她,做出什么出格的事情来。

她拽着小志的衣脚,眼神中充满了疑问:"小志,你那笔钱,是从哪里来的?"

"小师妹,你别管了,反正,私塾的事情已经解决了啊。你安心地帮爷爷让私塾尽快地恢复上课,别的问题,我来解决。"小志知道小师妹是在担心他,心里一阵温暖,下意识地伸出手想抚摸小师妹的头,却突然想到小师妹妈妈对他说的话,举在半空的手又无力地放下。他还是没有勇气,迈出这一步。

现在,游戏款已经都给银行还了贷款,他根本没有钱再来给予小师妹更好的生活了。

他今天得罪了金灿灿,她一定不会放过他的。她手中的那颗定时炸弹,不知道什么时候就爆炸了。

到时候,小师妹知道了一切,还会相信他,坚持和他在一起吗?他根本不敢往那儿想。

希望越大,失望就越大,如果没有开始,那就没有伤害。他怕伤害到小师妹,也怕自己会遍体鳞伤。

这是一个死胡同,他根本走不出来。

"小志。"小师妹疑惑地看着小志放下的手,心里有一丝失望。

她明明看见小志用温柔的眼神看着她,而且他刚才的动作,是想要抚摸她的头吧?

可是为什么,事情却变成了现在这个样子了?

她再次抬头的时候,小志眼里的温柔没了,剩下的温暖,也被他冷漠的表情所取代:"你回去吧,我还有事,先走了。"

说完,也没有等小师妹回话,便转身离开了,脚步匆忙。

小师妹看着小志离开的背影，心里一阵失望。她以为经过这次的事件，他们会和好如初，可是，一切与她想的，都在背道而驰。

小志对她还是那么冷淡，就连一句简单的问候，都没有。

可是，这一次，她并不打算放弃，小志为了爷爷的私塾，突然拿出了这么一大笔钱，她一定是要还给他的，而且，她要搞清楚，小志为什么会忽然有这么一大笔钱。

小师妹看着小志的背影，眼神坚定地说："你以为你不告诉我，我就不知道了吗？我是不会放弃的。"

第八章

这天,小志从单位下班回到家,刚到门口,就被一个人给拦住了。他有点不明白地抬起头,看着面前的这个陌生人,快速地在脑海中搜索此人的信息,却发现一无所获。

对方似乎看出了小志的疑惑,大方地自我介绍说:"想必,你就是'全民小镇'游戏的开发者小志吧?"

"你是?"小志有点意外,几乎没有人知道他开发"全民小镇"的游戏,对面这个陌生人是谁,他怎么会知道得那么清楚?

"你好,我是徐总的助理,我们之前在QQ上聊过的。"徐总助理大大方方地做了个自我介绍,然后向小志友好地伸出了手。

"哦。"小志听完对方的介绍后才恍然大悟,原来是收购他游戏的公司老总助理,他礼貌地伸出手和徐总助理握手,情绪并没有因为徐总助理的自我介绍而有所波动,毕竟,上次因为价格的问题,小志被徐总摆了一道,心里还是很介意。

见小志这样的反应,徐总助理有点尴尬,他咳嗽两声,继续说道:"自从你收到款后,一直都没有上线了,电话又一直关机,我这是没有办法,才通过之前我们邮寄合同的地址,找到了你的住所。"徐总助理显然有些激动,这让站在一旁的小志,看得有点莫名其妙。

"你好,请问,还有什么事情吗?"小志不明白,他们的交易已经结束了,他还来找自己,是有什么事情呢?

似乎看出了小志的疑惑,徐总助理和小志握完手后,就继续说道,

"小志,不瞒你说,上次你卖给我们的'全民小镇'游戏,我们已经投放市场了,用户反响非常好。"

"我早就知道,会是这样的反响的。"小志听到自己的游戏反响很好,脸上并没有表现出太多的情绪。

"全民小镇"这款游戏,是根据自己和小师妹相处的一点一滴来设计的,这个游戏里投入了他太多的感情和心血。

每一个场景的布置,每一个人物的衣着,他都是经过深思熟虑的,并不是单纯地为了钱,胡乱拼凑的,那里面倾注了他对小师妹所有的感情,还有,他和小师妹所有的回忆。

徐总助理见小志的态度冷淡,有点尴尬地搓了搓手,但是,他到底也是见过大场面的人,什么样的人他没见过?程序员都性格冷淡,他也不是今天第一天知道。

这些人其实大多单纯,没有商场上的人那么圆滑。这么冷淡的对话方式,他也是早有准备的。这种单纯的人,和他交谈不适宜兜圈子,有什么说什么,会比较容易得到对方的信任。

想到这里,他抬起头看着小志说明了自己的来意:"是这样的,上次你卖给我们的那款游戏,用户反响很好,但是,要想更深入地做,还必须要将游戏不断地优化更新。"

游戏客户都是很善变和多元化的,如果你的游戏千篇一律,永远都是那么几样东西,那么,用户群就会缩小,而你的游戏如果一直这么下去,没有改变的话,就连这一小部分的用户,都会受到冲击,只要一有新的游戏产品出来,这一小部分的用户就会随即流失。

他们公司要做的游戏是长久性的,要有多变的元素,让用户在游戏的过程中体会到不一样的快乐和新鲜,这是他们的宗旨。

"然后呢?"小志并没有表现出太大的兴趣,只是认真地听着徐总助理的话。

"不瞒你说,我们也找了几个游戏开发商,继续完善和更新你的游戏包,但是,我们发现,他们做出来后的效果,都不是我们想要的,我们也找不到任何原因。"想到这几天，大家不分昼夜地反复讨论，徐总助理就精疲力尽。

他继续说："然后我们开会，反复讨论，最后才明白，一个游戏软件里，设计者的感情和灵魂是别的设计者无法拷贝的。我们需要的是游戏的创始人，也就是你小志，来帮我们继续完善这个游戏软件。"

"嗯。"小志点头赞同，他对小师妹的感情，确实别人是无法复制的。

"这个游戏你肯定是最清楚的，所以，我们公司想让你做我们公司的游戏更新，不断地优化游戏。"

"可是，我跟徐总的合同上写明的是一次性买断。"小志并不想多事，当初要不是因为着急救私塾，他也不会将游戏这么草率地以一次性的价格卖掉，现在游戏既然已经卖出去了，那就和他再也没有关系了。

他现在只想尽快做一款新的游戏，然后去争取小师妹妈妈的同意。

他已经浪费了太多的时间，小师妹还在等他，他已经耗不起了。

"你放心，你既然接手后续的工作了，我们也不会亏待你，你想要提出怎样的条件呢？"徐总助理以为是薪酬方面的事情才让小志拒绝的，他立马按照之前徐总交代的给小志做出了保证。

对于徐总助理的保证，小志一点兴趣都没有，他看着徐总助理，认真地说明了自己心里的想法："不是薪酬的问题，我对这个提议，根本一点兴趣都没有。"

"哦……"徐总助理没有想到小志会拒绝得这么果断，一时间，他竟然有些词穷，不知道该怎么接小志的话。

他愣了一会儿，便试图打破这份尴尬："你要不要再考虑一下呢，我们真的很需要你的帮助。"

"我……"小志拒绝的话还没有说得出口，便被打断。

"他同意，我替他同意。"小师妹从树后面走了出来，着急地应道。

她一早便守候在树后，等着小志回来，可是却看到一个人在小志家的门口走来走去的，她以为是坏人呢，就一直盯着他，看他究竟是想要干吗。

如果他敢对小志不利，她第一个就不会放过他。

让她没有想到的是，自己的这一隐忍，竟然让自己发现了小志秘密制作游戏的事情。

看着从树后突然冲出来的小师妹，小志有些许慌张，她到底听到了什么？

他紧张地问："小师妹？你怎么会在这里？你听到什么了？"

"我早就在这里了。小志，我终于知道你的那笔钱，是从哪里来的了。"小师妹像是抓了小志的软肋般，眼神里闪着点点兴奋。

"小师妹。"小志皱眉，心里有点崩溃。

"徐总助理是吧，你好，我是小志的朋友。小志同意帮你们定期升级游戏，但是，他不要工资，你给他这款游戏百分之二十的利润分成。"小师妹不理会小志的表情，自顾自地对着一边的徐总助理说着自己开出的条件。

那款游戏，是小志的心血，要不是为了救私塾，小志肯定不会那么草率地就将它卖了。

现在，既然有这么个机会，让他能够再选择一次，那她就帮助他说出自己心里的想法好了。

没有什么，比看见自己的心血，在自己的手里不断完善和壮大要来得痛快。

"哦……这个。"徐总助理听了小师妹的话，脸上露出犹豫的神色。

他们在会议中其实也有考虑过给设计者分成的问题，只是，那是在没有办法的时候，才考虑的事情。

现在这个女孩，一上来就猜中了他们的底线，他确实心里有点犹豫和不舍。

要知道，这款游戏的前景一片光明，百分之二十的分成，那将是一笔多么可观的数字啊。

作为一个合格的商人，他的心里着实是不舍得的，而且，他还没有征求徐总的意见，不知道他心里是怎么想的，如果自己这么草率地做了决定的话，徐总会劈了他的。

小师妹看徐总助理犹豫的样子，更加坚定了自己心中的想法，她继续说："如果没有小志给你们升级软件，你们的游戏很快就会被淘汰。到时候，你们一分钱都赚不到，与其让这款游戏就此沉没，倒不如有钱大家一起赚啊。"

如果她的条件开得太过分的话，那么这个所谓的徐总助理一定会一口就回绝的。他没有回绝，只是在犹豫，说明她开的条件还不算过分，只是恰好，踩中了他的底线而已。

"小志……"小师妹对着小志挤了挤眼睛，小志立马明白过来。

见徐总助理还在犹豫，小志故意摆出一副不情愿的样子，和小师妹两个人，唱起黑白脸来。

"你看，小志都不一定答应呢，你还犹豫，再犹豫，我也帮不了你了。"从小一起长大的人，自然是默契十足的，两人一唱一和，纵使徐总助理再老练，也被他俩搞得有点头晕。

这小姑娘说的也没错，这游戏软件，如果在他们手里，说不定就此一文不值，可是在小志的手里，却是可以帮他赚到很多钱的，孰轻孰重，他经商多年，自然不会不明白。

徐总助理偷偷打量小志，发现小志一脸的不情愿，好像要反悔的样子，连忙松了口："小姑娘，你这张利嘴，真是好手啊，这样，我跟徐总打个电话，如果徐总答应的话，就没什么大的问题了。"

"好啊，请便。"小师妹高兴地对着徐总助理做了个请的姿势。

徐总助理连忙拿着手机去请示徐总了，不一会儿后，徐总助理高兴地捧着电话来到小师妹跟前说："小姑娘，我们徐总答应了，同意给你们提百分之二十的成。"

想到电话那头徐总肉疼的声音，徐总助理就觉得一阵好笑。

"一言为定。"小师妹高兴地对着徐总助理说道。

"那我现在就回去重新草拟合同,我先走了。"徐总助理没等小志开口,就匆忙地离开了。

他怕小志不同意,再次反悔,如果是那样,他回去就没法儿交代了,来的时候,他可是给徐总打了包票的。

小志看徐总助理的背影,眼神有些复杂。他转过身看着小师妹刚想说话,却被小师妹一顿抢白。

小师妹高兴地抱着小志的手臂,激动得不能自已,她就知道,她的小志是最聪明的,她怎么就没有想到,小志是个电脑高手呢?

只是,小志为什么不告诉她,游戏软件的事情呢?

心里这样想着,小师妹就将心中的疑问脱口而出:"小志,原来你一直在做游戏,可是,你为什么不告诉我?"

她记得,小时候起,小志有什么事情都会告诉她的,就算两个人闹了矛盾,也是如此。这次游戏软件的事情,应该是有什么别的事情,所以他忘记了吧?

小师妹满眼期待地看着小志,希望小志能说出一个解释,可是她期待来的却是小志冷漠的语气:"有必要吗?"

"小志,你为什么总是对我说话那么冷淡。"小师妹没有料到小志会对她这么说,目光有一丝的错愕,等反应过来的时候,心里已经密密麻麻地爬满了委屈,她瘪着嘴质问着小志。

面对小师妹的质问,小志脸上没有什么情绪,让人看不透,其实此刻他的心里,却是翻江倒海般的难受。为了掩饰自己的情绪,他快速地转过身,深吸了一口气,稳了稳自己说话的语气,开始对小师妹下着逐客令:"没有什么,你想多了,时间不早了,你回去吧,回去晚了,镇长该担心了。"

"小志,你卖掉游戏软件,是不是为了我?"小师妹不死心,她心里总感觉,小志对她是有感觉的,只是因为某些事情,让他不能够爱她,只能不断地拒绝她。

小志听了小师妹的话,背对着小师妹的背脊有点僵硬,他拼命控制住自己内心的情绪，那里似乎有只猛兽在叫嚣，让他一刻都不得安宁。

可是，现在还不是时候，他答应小师妹的妈妈，在没有足够的经济能力让小师妹过上幸福生活的条件下，他是不能让小师妹知道，他心里也是有她的。

他不愿小师妹为难，等到他有足够的能力了，不用说，他肯定会第一时间跑到小师妹的跟前，对她说出自己对她的爱，而现在，他只能在远处远远地看着她，不能靠近。

小志眼眶有些许发红，他用力地闭了闭眼睛，再睁开的时候，眼睛里面多了一份狠绝。

像是下了某种决定般，他转过身，看着小师妹的眼睛，一字一句地说："你能不能不要有那么丰富的想象力？我卖掉游戏软件挽救私塾，只是因为要报答镇长对我的养育之恩，私塾是我成长、学到知识的地方，没有私塾，就没有今天的我，更别说，做出'全民小镇'这样的软件了，所以，我拿卖掉游戏软件的钱去挽救私塾，不是天经地义的事情吗？和你有什么关系？"

小志的话似乎也合情合理，可是小师妹就是感觉到哪里不对，她喃喃着摇头："我不相信，你在骗我。"

她抬起头，努力地想在小志的眼睛里面找到一些真实的东西，到头来却发现什么都没有找到。小志的眼里，只有冷漠与疏离，而小志说出口的话，还是那样冷冰冰的没有任何的温度："事实如此，至于你相信不相信，和我无关。"

"小志。"小师妹的语气近乎哀求，她希望小志真的只是在骗她，只要他现在说一切都是假的，都是骗她的，她一定会毫无保留，全心全意地去信任他。

可惜，小志始终没有这样解释，只是冷冷地对着小师妹第二次下了逐客令："时间不早了，你可以回去了。"

小师妹不可置信地看着小志，发现小志并没有理会她，下完逐客令后,就自顾自地走回了自己的屋子,关上了门,无情地将她隔绝在外。

小师妹拖着沉重的步伐,一步一步地往农庄走,脑海中都是小志刚才对她说的话,小志的话是那么的无情,根本不给她留任何情面。

小师妹,你怎么这么傻,人家根本不喜欢你,跟你说了多少次了,你怎么一点都不长记性?非要把自己伤得遍体鳞伤,你才能满意,才能开心吗?

小师妹在心里狠狠地嘲讽着,那个为了小志,脆弱到没有原则的自己。

她本来以为自己的心早已经麻木了,却不知道,当小志说出那些伤人的话后,她还是没有办法装作若无其事,密密麻麻地疼遍了全身,像有千万只蚂蚁在啃噬,她痛得蹲在了地上,脸上早已经被泪水弄得一团糟。

不远处,阿闲一直跟在小师妹的后面,小师妹走一步,他也走一步,小师妹停下来,他也停下来,好几次看到小师妹难过地蹲下来哭,他都差点忍不住上前安慰。

可是一想到母亲对小师妹家做的那些事情,所有的勇气都被打散,最后只能无力地站在原地,陪着她一块忧伤。

小师妹蹲在原地不知道哭了多久,直到哭累了,哭得一点力气都没有了,才缓缓地站起身,腿早已经蹲得麻木,她一步步缓缓地往农庄走。

阿闲一路跟着,直到小师妹安全地进了农庄,回到房间。看到小师妹房间的灯打开,他静静地看了一会儿,才依依不舍地离开。

小师妹打开自己的电脑,鬼使神差地打开了小志制作的那款游戏。

她也不知道,自己为什么要打开小志制作的游戏,只是一种本能的动作,任何和小志有关的东西,她都想去看看,去触碰。

"全民小镇"的界面程序很是简单,鲜艳的颜色让人看上去就想点开,小师妹按照游戏中的提示,一步一步地完成注册。她没有用自己的真名注册,而是用"失心人"三个字,给自己注册了个新的账号,随后输入自己的密码，登录。

刚进入"全民小镇"的游戏界面，小师妹就有一种强烈的熟悉感，这熟悉的蓝天，熟悉的草地，熟悉的农庄，熟悉的私塾，怎么感觉那么像是小镇？

小师妹一路拉着鼠标往里走，越来越觉得，这一切的一切，完全就是个网络版的小镇，里面有很多自己小时候的回忆。

小师妹的眼眶有点湿润，她可以想象，小志把这个游戏一次性卖给别人的时候，心里是多么的难受。

她继续拖动着鼠标，往下看，突然看见一个玩家发出的邀请帖，她点开，进入，发现里面已经聚集了好多人。

她有点不明白，问一个叫小小的玩家，这里到底是做什么的？

谁知道小小竟然笑着一下子就猜出了她是新来的："你今天是第一次玩这个游戏吧？"

"你怎么知道？"小师妹有点好奇。

小小的头像不停跳动："如果不是新来的，怎么会不知道我们这里是哪里？"

"这里是哪里，我一定要知道吗？"小师妹觉得很奇怪，这个游戏里面的怪人还真是多啊，刚进来，就遇到这么奇怪的事情。

小小的头像又跳动了起来："这个帖子的主人叫'失意人'，咦？跟你的名字倒是挺像的，哈哈，不过，他可比你厉害多了，他的等级，是我们所有玩家中最高的。很多玩家都很崇拜他，就喜欢追着他跑咯，就像现实中的追星一样，你是女孩子，应该懂的吧。"

"嗯，我懂。"小师妹曾经也追过星，所以她能够明白那些人的感受。当初，她也是为了自己的偶像，跑到外地好几天，只是为了和自己的偶像能够距离更加近一点。

她记得，当时因为这件事，小志差点没拍死她。

想到往事，小师妹的脸上，有抹淡淡的笑容，还是小时候好啊，小时候不懂什么叫做喜欢，只知道疯玩，所以也不会明白，什么叫做痛。

小小的头像跳动，拉回了小师妹的思绪，她看向小小的对话框："他每天这个时候，都会在这个帖子里发自己一天中发生的事情，所以大家都会在这个时间点，一窝蜂地挤进他的这个帖子中，只是为了更加近距离地和自己的偶像接触一下。"

"他好火啊，难道，他长得很帅吗？"小师妹忍不住发出一声感叹。

"他火可不是因为他长得帅，相反，我们谁都不知道他长什么样子，他之所以这么受大家的欢迎，是因为他的痴情。你不知道，这个'失意人'是个很痴情的男人呢，他从小时候开始就喜欢一个女孩子，本来，他打算在她生日的那天向这个女孩子表白的，结果女孩子的妈妈在他表白前就看出了他的心意，把他叫出去说了好长时间的话，让他放弃那个女孩。为了那个女孩不为难，他就真的答应了，从那之后，他对那个女孩特别冷淡。"

"然后呢？"小师妹隐隐地觉得有什么地方不对劲，她努力地稳住心神，却发现自己在键盘上打字的手，不自觉地战抖了起来。

小小并不知道电脑这边的小师妹的心情，只是好心为她普及关于这位传奇的"失意人"的信息。

"然后听说，那个女孩还找过他好几次，可是他都拒绝了。那个女孩子很伤心，还误会他。每一次，他都会心疼好久，可是又没有办法，所以，他每天晚上十点后，都会一个人站在女孩的楼下，等着女孩熄灯睡觉，然后自己才回家。"

"你说的是真的吗？"小师妹心里一阵疼痛，她似乎已经隐约地明白事情的真相。

"虽然网络里面虚幻的东西太多，但是我感觉他说的是真的，毕竟，他流露出的那份感情，是骗不了人的。"小小肯定地道，那个"失意人"的故事，确实感人，并不像假的。她也好希望，能有这样一个痴情的男人，在默默地爱着她啊，那个女孩子可真幸福。

"小志，这个'失意人'是你吗？"小师妹嘴里喃喃地说着，眼神放空。

突然，小小的头像快速地跳动了起来，小师妹点开小小的对话框，上面出现一行字："你快看，'失意人'发了新帖子了。"

看见小小的提示，小师妹连忙将鼠标往上移动，果然看到"失意人"一分钟前发表了新的帖子。

小师妹拖动鼠标，一行一行地往下看。

失意人：今天，她又来找我了，她发现了我的秘密。她质问我，我却不知道自己该对她说什么，最后，我甚至将她关在了门外。我听见了她的哭声。我知道她心里难过，可是我又何尝好过？我背靠着门板，整个人都没有了力气，一个人在地板上坐了好久，心真的好累。我想给她完美的生活，就像她妈妈对我说的那样，可是，我却把我们的未来，全都用来做了别的事情，我该怎么办？看见她伤心的样子，我真的快坚持不下去了。

小师妹坐在电脑面前，脸上已经挂满了泪水，她现在甚至可以确定，游戏中的"失意人"就是她的小志。

她终于明白，为什么小志会在那次的生日宴会后，就对她转变了态度，原来那天晚上，妈妈找小志谈话，就是为了让他离开她。

自己一次又一次的纠缠，无疑是一次又一次对他的折磨，而自己竟然还不知道，还去责怪他，误会他，当时他的心里，该有多难受啊。

小志从来都没有放弃过对她的感情，这款游戏，就是为了他们的将来而制作的，她可以想象，为了这款游戏，小志熬了多少个日日夜夜，费了多少心血。

只是好可惜，这些时间里，她都没有陪在他的身边，还不断地刺痛着他的心。最后，甚至为了私塾的事情，小志亲手卖掉了他们的梦想。小志当时在银行为私塾还贷款的时候，心里该是怎样的难受啊，可是为了她，为了私塾，他全部都一个人忍了下去，没有告诉她半点。

这就是她的小志，从小开始就守护在她的身边，从来不求任何回报，无怨无悔地为她付出，叫她怎能不爱？

小师妹擦干脸上的眼泪，站起身，电脑都忘了退出，就转身往外跑。她要去找小志，她要告诉他，她不在乎，不管未来怎样，她都要和他在一起。

小师妹一路奔跑着，终于来到了小志的家门口。她站在门口，用力地平复着自己的呼吸，深深地吸了一口气后，才敲响了小志家的门。小志听见敲门声，出来开门，却发现，来的人是小师妹，顿时冷下了一张脸。

"你怎么……"话还没说完，小师妹就踮起脚尖，吻上了他的唇。

小志有些恍惚，以为自己是在做梦，可是嘴唇上传来的感觉真真切切，让他瞬间清醒过来。

他猛地一把推开小师妹，大声呵斥："小师妹，你干什么？"

小师妹的脸上都是泪水，这个样子吓坏了小志，以为刚才自己弄疼了她。小志紧张地想上前查看小师妹的伤势，却被小师妹一把推开。

她对着小志大声地喊着："小志，你不要再骗你自己了，不要再装作不喜欢我了。你心里也是喜欢我的，对不对？"

小师妹的话，让小志的心里一顿，他按捺住自己的情绪，沉声道："难道，我刚才对你说的话，还不够清楚？"

小师妹早就知道小志不会那么轻易地妥协，干脆不理他，径直闯进了小志的房里。

等小志反应过来的时候，小师妹已经站在了他的电脑前，而他刚才，因为着急来开门，忘记了关屏幕，屏幕上的页面，正好是游戏没有退出的界面。

"失意人"三个字，在登录名后面闪闪发光。

小志无奈地闭了闭眼睛，他深吸一口气，想解释，却发现无论他怎么解释，都显得很苍白，终于他放弃解释，只喃喃地喊了一句："小师妹……"

小师妹看着小志的电脑屏幕，心里突突地跳着，她用手指指着小志刚发表的帖子，质问道："这个，你怎么解释？帖子中你心爱的女孩又怎么解释？难道不是我吗？"

如果说刚才，她还有一丝丝的不确定的话，那么，在看到小志屏幕的那一刻，就什么顾虑都没有了。

原来，小志真的是"失意人"。

"那个，只是我写着玩的。"小志无力地辩解。

小师妹冷笑一声，指着电脑一边的相框咄咄逼人："那这个呢？"

相框里面，小师妹穿着粉红色的长裙，巧笑嫣然。

小师妹自己都不知道，这张照片，是小志什么时候偷拍的。如果小志不喜欢她，为什么要偷拍她的照片，放在自己的床头？

"谁让你随意进我房间，翻看我的东西？"小志心里有点慌张，他用力地将相框抢到自己的手里，捂在胸口，动作轻柔，眼中的温柔，再也欺骗不了任何人。

小师妹心里一阵柔软，她看着小志，一脸清明："小志，你不要再骗你自己了，你就是喜欢我的，你难道还要不承认吗？"

"是，我是喜欢你，可是那又怎样？就像你看到的，我们之间不可能。"事到如今，小志也只好承认他对小师妹的感情了，只是，有小师妹妈妈横在他们中间，他们是不可能在一起的。

原本，他是不想让小师妹知道的，他怕她知道得太多，反而受伤越重，可是现在，似乎一切都太晚了。

"小志，你承认你喜欢我了，你承认了。"小师妹听见小志承认喜欢她的事实，心里别提多高兴了。她甚至觉得小志说出来的话，都变成了美妙的音符，让她满心欢喜。

"承认了又怎么样？我们是不能在一起的。"小志将相框重新放在了床头，然后垂下头。

小师妹看见小志这副样子，蹲在小志跟前，用诚恳的语气说："小志，你错了。我们可以在一起，没有人能够阻拦我们，包括我妈妈。"

"小师妹。"小志看着小师妹的眼睛，发现小师妹的眼睛亮晶晶的，似乎里面藏着无数颗小星星般。

"小志，你没有错，妈妈不了解你，你很优秀，你真的很优秀，如果妈妈知道。你是个这么优秀的男人的话，一定会同意我们在一起的。"

小师妹肯定地对着小志说，她不怪妈妈，因为妈妈也是为了她的未来着想，作为一个妈妈，妈妈对小志说的话，无可厚非。

可是，她也坚信，妈妈是因为不了解小志，不清楚小志的才能，才会那样对小志说的。毕竟，谁都不希望，把自己的女儿交给一个没有经济基础，又没有才能的人照顾。

如果妈妈了解小志的才能，她相信，妈妈肯定会同意他们在一起的。

就算不答应，她还是会努力地说服妈妈，对她来说，不管妈妈的态度是怎样的，最后的结果都一样，她一定要和小志在一起，因为她心里明白，只有和小志在一起，她才能得到真正的幸福。

小师妹抓住小志的手，语气诚恳："小志，你不要再拒绝我，把我推开。我们其实可以选择另外一种方式的，我们可以站在一起，共同面对一切。"

"小志……"小师妹的话还没有说完，便被小志一把拽了过去。

小志看着怀中的小师妹表情认真，语气中带着些许强硬。他沉着嗓音说："你不要后悔。"

"我不后悔。"小师妹坚定地说。小志终于承受不住小师妹的爱意。

他感觉到自己的身体里，似乎有一只猛兽在叫嚣，他低下头，顺着自己的心意，对着小师妹狠狠地吻了下去。

这个吻缠绵悠长，两个人都似乎要把这段时间来的隐忍发泄出来般，直到两个人都精疲力尽，甚至虚脱，小志才缓缓地放开了小师妹。

小志看着小师妹，眼睛里面都是深情，他决定再也不要掩饰自己的情绪了。他喜欢小师妹就是喜欢，就算再控制，再压抑，也是改变不了这个事实的，既然这样，他又何必再逃避？

小师妹说得没错，他不能一味地压制自己的感情，他们可以一起面对，一起为了未来而奋斗，而不是两个人互相伤害，独自伤心，那也不是他想要的结果。

小师妹被小志这样深情的注视看得有些不好意思起来,她低下头,脸上潮红一片。

刚才的那个吻,到此刻还是让她面红心跳的。她不知道,原来她的小志,热情起来的时候,可以这么的肆无忌惮。

她低着头,不敢看小志的眼睛,手指不安地绞动着衣脚,声音跟蚊子般:"小志,我们接下来要怎么办?"

小志看着这样害羞的小师妹,心里一片柔软。他情不自禁地伸出手揉揉小师妹的头发,像是下定了某种决心般说:"走,我们去农庄。"

"去农庄?我们去农庄干什么?"小师妹有点错愕地抬起头,对小志的话有点不明白。

"傻丫头,当然是找镇长帮忙,请他说服阿姨,同意我们在一起。"小志轻轻地捏了下小师妹的脸,语气宠溺。

听见小志这么说,小师妹的眼睛里有光芒闪过。她的小志,果然最聪明了,什么都能够想到。她抬起头看着小志,眼神里充满了惊喜:"嗯,你放心,我妈妈一定会同意的。"

小镇路上,小志牵着小师妹的手,慢慢地走着,众人看见他们牵在一起的手,都为他们开心,纷纷打趣:

"哟,小师妹,终于把小志给拐回家啦?好样的。"

"小志,要好好对待人家小师妹哦。"

"小师妹小志,你们看上去很般配哟。"

"小师妹,你要好好对待人家小志啊,小志是个老实孩子。"

听着大家打趣的话,小师妹的脸上一片潮红,头恨不得低到胸口。

小志看见小师妹害羞的样子,心情格外好地咧开了嘴,低下头,将自己的嘴凑到小师妹的耳边,用只有他们两个人能听到的声音说:"听见没有,大家让你好好对待我,不要欺负我呢。"

"小志,我什么时候欺负你了,明明是你欺负我。"小师妹反驳,脑海中又想到了刚才小志强吻她的那个画面,脸上的潮红越发明显了

529

起来。

小志见小师妹这副模样，知道她肯定是想到了刚才的事情，心情越发地舒展开了，忍不住地继续打趣道："哦，我怎么欺负你了？"

"就刚才，刚才……"小师妹有点语结，那种事情，让她怎么说得出口？可是不说，又怎么证明是小志欺负她的？

她纠结得要死，眉头都拧在了一块，手指也不自觉地放到了嘴里咬着。

"刚才怎么样？"小志好久没有看见小师妹这副可爱的样子了，忍不住继续打趣她。

小师妹咬着手指，抬头看见小志的眼里都是戏弄的神情，立马明白过来，一跺脚，恨恨地对着小志说："哎呀，你好讨厌啊，不跟你说了。"

说完，便松开小志的手，快速地往农庄跑去。

"小师妹……"小志看着自己空空的手，不满地皱了下眉头，然后朝着小师妹的方向追了上去。

两人一路嘻嘻哈哈地来到了农庄，正好看见镇长在农庄内浇花。镇长看着两个人一起来到农庄，有点好奇地问道："小志，小师妹，你们俩怎么一起回来了？"

"爷爷……"小师妹有点害羞地想从小志手里抽出自己的手，却发现小志攥得很紧，根本挣脱不开，心里一阵甜蜜，干脆任由小志牵着，也不反抗。

"镇长。"小志满意地看着温顺的小师妹，转头看着镇长，毕恭毕敬跟他打了声招呼。

"你们两个人，这又是唱的哪一出？不闹别扭了？"镇长看着对面两个人紧紧牵在一起的手，心中有几分明了。

作为长辈，能看见两个孩子和好如初，他的心里自然是开心的。前段时间，这两个孩子闹别扭，互相折磨，他看在眼里，痛在心里。

只是，他也知道，孩子们有孩子们的想法，他这个老人家是不能随便插手管的,他怕自己越帮越忙。

现在看他们在一起幸福甜蜜的样子,他心里的这块大石头总算是落下了。

只是,他看着对面的两个人,还是不放心地确认了一下。

"爷爷,我们真的没事了,我们以后一起孝敬您……"小师妹鼓起勇气,对着爷爷说。爷爷从小将她养大,是她最亲的人,她希望她和小志,能够第一个得到爷爷的祝福。

"真的吗?爷爷很开心,小志是个好孩子,把你交给他,我就放心了。我的孙女我了解,调皮任性得很,也就只有小志能够容忍你了。"镇长慈祥地拍着小师妹的手,表示自己的祝福。

"爷爷,谢谢你,我和小志都感谢你。"爷爷能够在这个时候祝福她,她真的很感动,小师妹的眼眶不自觉地泛红。

一旁的小志,心里其实也是感动的,只是作为男人,他比小师妹多了一分隐忍。他稳定好自己的情绪,对着镇长恭敬地道:"镇长,我想请你帮个忙。"

"说吧,只要我老头子办得到的,我一定帮。"镇长松开小师妹的手,表明自己的态度。

"谢谢爷爷。"小师妹高兴地抱着爷爷的手撒娇道。

小志和小师妹在客厅里,对着镇长,说出了这么一段时间以来,自己为什么对小师妹这么冷淡。

"你是说,你这段时间和小师妹闹别扭,就是因为小师妹的妈妈找你谈话,不愿意你和小师妹在一起?"镇长有点不敢置信地站了起来,他想到很多小师妹和小志闹别扭的原因,却始终没有想到这个。

"嗯,是的。"小志点头。

"这个糊涂的孩子。"自己的儿媳妇,差点好心办了坏事。小志是多么优秀的男孩子,要是错过了这个男孩子,她以后后悔去吧。

想想也是,从小师妹那次生日后,小志和小师妹就很少往来了,彼此见面也是冷冷淡淡的,完全没有了以往的亲切。

自己怎么就这么老糊涂，居然没有想到这一点？要是他能早点想到，也能早点帮助这两个孩子。这两个孩子又何至于这么磕磕绊绊，互相折磨，兜了这么大个圈子才在一起。

"镇长，你别怪阿姨，站在母亲的角度，她真的一切都是为了女儿在考虑，阿姨其实并没有错。"小志心里有些不安，他不是来告状的，只是想简单地说明白事情的来龙去脉，好让镇长能够帮帮忙。如果因为这个，让小师妹家里闹矛盾，那他就真的罪过太大了。

再说了，他心里从来就没有怪过小师妹的妈妈，作为母亲来说，她做的事情再正常不过，无非是想让女儿未来过得好一点，不用为柴米油盐酱醋茶而担忧，他从来没有在心里怪过小师妹的妈妈。

"小志，谢谢你。"小师妹感激地看着小志，感激他能够这么体贴，处处都为她着想。妈妈就算做得再不对，那也毕竟是她的妈妈，她从心里也不会怪妈妈的。

"傻丫头，你的母亲就是我的母亲，我以后会和你一起尊敬她，孝顺她的，你跟我说什么谢谢。"小志看着小师妹一脸感激的表情，忍不住揉了揉她的头发，宠溺地说。

"小志，你真好。"小师妹眼眶微红，连忙低头，掩饰自己的表情。今天真是神奇的一天，她收获了太多的惊喜和感动。

"镇长，能不能请你，帮我说服小师妹的妈妈，让她同意我和小师妹在一起？我说的话，她也许听不进去。"小志诚恳地对着镇长说。他也想亲自和小师妹的妈妈谈一下，可是想到上次，小师妹妈妈强硬的态度，他就知道，自己去谈的话，也许是适得其反。

既然这样，何不迂回一下，让镇长先帮忙开个头，然后自己再跟小师妹妈妈好好谈一下呢？

也许缓和一下气氛，能够达到更加好的效果也说不定。

"你们放心，这件事情，包在我的身上。"镇长郑重地点头，这个忙，他一定要帮。这关系到小师妹一生的幸福，马虎不得。

镇长走到一边，跟小师妹的妈妈在电话里说了一会儿。小师妹和小志在旁边紧张地看着,他们不知道电话那头的小师妹妈妈,到底同意不同意他们在一起。

镇长说了一会儿后,脸上的表情稍微缓和。他拿着电话,来到了小志面前,示意他接电话。

小师妹有些紧张,她紧紧地拽着小志的手,不肯让他接电话。她怕妈妈在电话里会说出什么难听的话来。

小志拍了拍小师妹的肩膀,给她一个安慰的表情,随后接过了镇长手中的电话。他深吸一口气,对着电话礼貌地打了声招呼:"阿姨,您好,我是小志。"

他已经做好了被骂的准备,可是电话那头沉默了良久,小师妹妈妈的声音才传了过来,听不出一丝火气:"小志,你为小师妹和私塾做的事情,我都知道了,我非常感谢你。"

"阿姨,这是我应该做的。"小志握紧了电话,为对方能认可他的付出而心存感动。

"小志啊,阿姨以前是不了解你,不知道你是一个这么优秀的好孩子,所以才会阻止你和小师妹交往,你能明白一个母亲对女儿的那种心吗?"

她之前是第一次见小志,根本不了解他,只知道,他是一个孤儿,当她知道小志是一个孤儿的时候,心里就自动认为,他没有能力养活小师妹。她根本不知道,小志是一个这么懂事、上进的好孩子。

如果她早点知道这些,断然不会出声阻止他们在一起。她听父亲说,因为她的阻止,小师妹和小志这段日子以来,过得很不好,甚至可以用差劲来形容。

她的本意本不是如此,她根本不知道,两个孩子之间,用情已经这么深了,她的心里有深深的愧疚。

心里也认定了小志这个女婿,只是,小志还能原谅她吗?她的心里其实也很忐忑。

"阿姨,我懂,我心里从来没有怪过您,相反,我还感激您,是您让我明白,小师妹在我的心里是多么的重要,多么的珍贵。"小志诚恳地说。

这些日子以来,每一次他对小师妹的拒绝,就像亲手在自己的心口捅了一刀,那种痛不欲生的感觉,他至今记忆深刻。

也是那些痛让他明白,小师妹早已经在他的心里扎根,成为了他身体的一部分,如果失去了小师妹,他将会失去自己的心。

所以他拼命地熬夜,设计制作游戏软件,为的就是拥有足够的资本,能和小师妹在一起,只要能和她在一起,吃再多的苦,受再多的累,他都愿意。

"小志啊,我们老了,以后小师妹就拜托你照顾了。"小师妹妈妈心里想着,孩子们都长大了,也到了她该放手的时候了。

父亲不会看错人,他说小志是个好孩子,她就相信小志是个好孩子,只要小师妹幸福,她怎么样都行。

小志听了小师妹妈妈的话,有片刻的错愕,但也只是一会儿便反应过来。

阿姨,这是同意他和小师妹在一起了吗?

小志激动地握紧电话,感激地说:"阿姨,谢谢您。"

"小志,阿姨也谢谢你。"

电话挂断,小志还没来得及说,小师妹便激动地抱了上去,妈妈终于同意他们在一起了。她真的好开心,以后再也没有任何人,能够阻挡他们的爱情了。

小志也激动地抱着小师妹,这么多天来的奋斗和隐忍,终于得到了回报。他的心情前所未有的放松,他相信自己,一定可以凭借着自己的双手,让小师妹未来的生活没有忧愁,永远幸福。

站在一旁的镇长,看着拥抱在一起的两个人,心里也感到十足的欣慰。这两个孩子的感情着实不易,他从心里替这两个孩子高兴。这下,没有人反对他们,所有人都祝福他们,他们的爱情圆满了。他从心里,真心地祝福他们。

小师妹哼着歌，在农庄里劳作着，小志去上班了，她一个人闲着无聊，就在院子里帮忙浇浇水，想到昨天发生的事情，她的心情就跟着飞了起来，嘴角不自觉地上扬。

她觉得自己是这个世界上最幸福的人了，有爱自己的亲人，还有爱自己的小志。

她觉得自己很富裕，像拥有了全世界一样。

想到这里，小师妹更加开心起来，提着水壶，在院子里翩翩起舞。

一时得意忘形，撞到了人，幸好一个强有力的臂弯扶住了她，她才不至于摔倒。

小师妹惊魂未定，她用手拍拍自己的胸口，抬起头，看见一个熟悉的脸庞，她惊讶地道："阿闲？你怎么来了？"

自从上次阿闲来阻止他妈妈签约的事情后，她就再也没有见过阿闲了。

阿闲扶着小师妹站好，拿出含在嘴里的棒棒糖，对着小师妹扯出一抹笑容："小师妹，我想找你聊一聊。"

"进来吧。"小师妹没想到阿闲会突然出现在院子里，她有点尴尬地将阿闲让进了屋。

两个人坐在客厅里的沙发上，不知道该怎么开口，气氛有点尴尬。过了片刻，阿闲终于先开口说道："小师妹，听说你和小志在一起了。"

"嗯，是的。"小师妹点头，心里想到小志，有一股甜蜜流过。

阿闲早在来的路上就已经做好了心理准备，但是当他亲耳听到小师妹承认和小志在一起的时候，他的心里却还是有苦涩蔓延开来。

他有点艰难地扯了扯嘴角，看着小师妹说："小师妹，有些话，我憋在心里很久了，我觉得如果不对你说出来，我这辈子都会后悔。"

"既然一直都放在心里，又何必再说出来呢？"小师妹心里隐约知道阿闲要对她说什么，出声阻止。

阿闲对她的心意，她心里其实很明白，只是，她的心里已经有了小志，根本容不下别的人，就算他说了出来，她也不能给他什么回应，与其这样,还不如不说,有些话,还是埋藏在心里,比较好。

她怕阿闲说出来那些话后,气氛会更加的尴尬。

"不,我要说,要不然,我以后肯定会后悔。"阿闲摇头,他知道小师妹心里的顾虑,但是,这些话,在他心里已经埋藏了很久了,他怕自己再不说出来,会后悔一辈子。

他知道自己就算现在说出来,也是得不到小师妹任何回应的,但是只要她心里知道,他就足够了,他并不奢望小师妹对他有所回应。

"阿闲,我一直把你当朋友。"小师妹叹了口气,表明了自己的立场。

阿闲早知道小师妹会这样说,但是自己的心口还是疼痛得厉害,仿佛被人硬生生剜去了一块肉般。他苦笑一声说:"我知道,小师妹,其实我喜欢你很久了,我根本不奢望你能回应我对你的感情,只希望你能明白,我对你的心,仅此而已。"

"阿闲,你这又是何必呢?"看见阿闲这样,小师妹心里也不好过。

阿闲这样做,只会让自己的心更加地痛。他无疑就是在自己的伤口上撒盐,作为他的朋友,她根本不希望他这样对待自己。

阿闲看着小师妹,视线放空,从小到大的事情一幕幕地涌现在了他的眼前,他喃喃开口:"小师妹,你知道吗,从小到大,我都是想要什么,我妈就给我什么,所以我从来都不知道,得不到是什么滋味,在我字典里,也没有放弃这两个字。"

听着阿闲的话,小师妹不知道用什么话来安慰他,以她对金灿灿那个女人的了解,她确实会这么做。

奇怪的是,阿闲在这样的环境下,居然没有学坏,反而成了个善良的人,这一点倒是让她颇感意外,要知道,有的时候,溺爱真的会毁了一个孩子的一生。

"我对所有东西都是这样,对你也是如此。我以为,只要我坚持不懈地对你展开追求,你总有一天会属于我,抑或者,我可以和小志公平竞争。"

阿闲的脸上都是憧憬，一直以来，他对小师妹都志在必得。如果没有后来发生的那些事情……阿闲的脸色暗了下来，心情也跟着低落。

"可是，我错了，妈妈对你还有小镇，做了那么多不好的事情，虽然我不知道，但是，作为她的儿子，我根本不能逃避责任，也正是因为这些，我失去了和小志争取你的资格。"

想到妈妈对小镇做的那些事情，阿闲的心情糟糕到了极点。自己心里一向善良坚强的妈妈，没想到会有这样不为人知的一面，天知道，当他发现妈妈做这些事情的时候，他的心是多么的难受。

因为妈妈做的这些事情，他感觉到自己同时失去了生命中最重要的两个女人。

他深爱的小师妹和他深爱的妈妈。

"阿闲，我没有怪你。"小师妹安慰着阿闲。

其实，对于金灿灿做的那些事情，她心里是很生气的。她不得不承认，她对金灿灿是不满的，但是这和阿闲没有关系，即使他们是母子关系。

前段日子，她没有去找阿闲，只是因为这段时间发生了太多的事情，她不知道该怎么面对。

阿闲看着小师妹，眼神里充满了感激。他果然没有看错，小师妹真的是个善良大度的女孩子。

"谢谢你小师妹，我知道你是个善良的女孩子。我也知道，你并没有怪我，我也试过，和你像以前那样相处，可是到最后我发现，那也不过只是我的自欺欺人，我根本做不到。"

"阿闲，你没有错，你不需要这么自责的。"

阿闲自嘲地笑笑，继续说道："小师妹，其实，我一开始就失去争取你的资格了，老天真的很公平的。我一开始就对你隐瞒了我是晟世房地产公司接班人的身份，我没有做到向你坦诚，所以我注定失去你。"

"阿闲，身份真的不重要的，我只要知道你叫阿闲就可以了。"

小师妹摇头,她从来没有介意过这些。她相信,每个人的心中都有自己的秘密,每个人隐藏秘密的原因也大不相同,她真的不介意阿闲对她隐瞒身份的事情,她觉得那很正常。

"小师妹,你能答应我一件事情吗?"阿闲看着小师妹,脸上的表情很是认真。

"什么事情?"

"我能不能真诚地再次向你介绍我自己。"

他想用一个全新的自己,毫无保留的自己,来跟小师妹做朋友,坦诚相对,没有任何的秘密。

"嗯。"小师妹明白阿闲的意思,点头答应。阿闲,如果这是你心里一道无法跨过的坎儿,那么作为你的朋友,就让我来帮你渡过吧。

阿闲见小师妹答应了他的请求,心里有点激动,他紧张地理了理自己的衣服和头发,然后郑重地对小师妹伸出了手。

"你好,我叫阿闲,性别男,天生乐观派,最讨厌被说教和受到约束。人生的理想就是自由自在,对喜欢的东西、喜欢的人异常执着,即使被拒绝一万次,依然会相信第一万零一次一定会成功,很高兴认识你,我能和你做朋友吗?"

"你好,我叫小师妹,二十二岁,性别女,性格傲娇但心地善良,会帮助一切弱小。我喜欢摄影,是一名手机摄影师,很高兴能和你做朋友。"

"呵呵……"两个人相视一笑,一切尽在不言中。

"小师妹,谢谢你。"阿闲看着面前的小师妹,脸上的表情异常严肃,这句谢谢,他是出自内心的。

感谢小师妹对他的包容,感谢小师妹对他的理解……

"朋友之间,不需要这么客气的。"小师妹大大咧咧地拍了阿闲的肩膀一下,却还没反应过来呢,便被阿闲一个用力,拽进了怀里。

小师妹有点诧异,刚想挣脱,却听见阿闲在她耳边轻声地说:"小师妹,我祝福你和小志,你一定要幸福。"

"谢谢你阿闲。"小师妹心里坦然,原来阿闲是要祝福她。

阿闲放开小师妹,故作轻松地跟小师妹打趣道:"我们今天说了多少个谢谢了?不觉得太煽情了吗?我都快受不了了,记着,小志如果对你不好,可一定要告诉我,我可随时等着你。"

"不会有那一天的。"院外小志的声音传来。

小志的眼里有着明显的火气。阿闲这个臭小子,居然趁着他不在,对他们家的小师妹搂搂抱抱的,还好他提前下班来找小师妹,要不然还不知道这家伙要揩小师妹多少油。

"小志!"小师妹看见小志,心里乐开了花。她欢呼着跑到小志跟前,挽住了他的胳膊,动作自然。

阿闲看着这两人的动作,嘴里有点发苦。他故作无所谓地对小志说:"虽然不想说,但是还是要祝福你和小师妹,有情人终成眷属。"

"谢谢。"小志点头表示接受阿闲的祝福。

阿闲见自己今天的事情已经完成,转身告别:"小师妹,我先走了。"

"有空再来玩哦。"小师妹客气地和阿闲道别。

"那是肯定的。"阿闲看着一旁小志快要吃人的表情,故意冲着小师妹眨了下眼睛,然后转身离开。

小师妹看着阿闲的背影若有所思,却让一旁的小志心里不是滋味儿。

他沉声道:"你倒是很喜欢阿闲来找你啊。"

"当然啦,他是我朋友嘛。"小师妹没有意识到小志心里的醋意,只是想着刚才阿闲对她说的话,心里想着别的事情。

她没发现,此刻小志的眼里都是满满的醋意,小志握着小师妹的双肩,用力将她的身子扳正,眼睛直视着她:"你还敢说?你记着,你可是我小志的人,以后,你的眼里只能有我一个男人,听见没有?"

小师妹的脑海中似乎有什么一闪而过,现在这个表情,这个动作,小师妹有一种强烈的熟悉感,好像在哪里经历过一般。

她有点愕然地看着小志说道:"小志。"

"干吗?"小志的姿势没有改变,他的眼睛盯着小师妹,异常认真。

小师妹看着他的眼神,一个画面一闪而过,她有点不敢置信地看着眼前的小志,试探性地问道:"小志,上次那个面具男,是不是你?为什么我感觉,这个动作那么熟悉?"

"你在说什么啊,我听不懂。"小志收回动作,站直转身,不敢让小师妹看见他此刻心虚的表情。

上次的面具事件,他到现在还记忆犹新。那次自己也是醋意过了头,才会做出那样的事情来,现在想想,还懊悔不已呢。

"是你对不对,你不要抵赖哦。"小师妹看到小志的表情,心里已经有了七八分的确认,她不死心地追问着。

"没有,什么面具男,我不知道。"小志抵死不承认。

"真的吗?哦……"看到小志认真的表情,小师妹有几分不确定起来,难道上次那件事,真的不是小志,而是别人?如果是别人,那那个人到底是谁呢?

本来她只要翻看游戏中小志的帖子,看他每日的更新,就能知道是不是他了,可惜,自从她发现小志的帖子后,小志就将帖子锁了,除了他自己外,谁都看不到里面的内容。

小师妹有点后悔,后悔自己当时没有将小志写的东西全部看完。小师妹嘟嘴看着小志,一脸委屈的表情,如果那个面具男不是小志,那她亏大了。

正当小师妹这么想的时候,小志突然弯腰,将嘴凑到小师妹的耳边,恶狠狠地低声说:"下次,再让我逮到你和别的男人穿情侣装,你就死定了。"

"情侣装,小志,你还说面具男不是你,明明就是你,要不然你怎么知道我和阿闲穿情侣装的事情。"小师妹重复着小志的话,顿时恍然大悟,心里的那块石头也终于放下。

原来那晚的面具男,真的是小志。那天晚上,他也是因为看到她和阿闲穿的情侣装，而控制不住自己的情绪了吧。

想到这些，小师妹的心情就忍不住地飞扬起来，她追在小志后面喋喋不休，准备控诉小志那晚的罪行："小志，你承认……唔……"所有的喋喋不休，都淹没在小志霸道的吻里。

窗外，樱花正在飘落，而农庄内的小志和小师妹就像和公主和王子般，过着幸福的生活。

金灿灿坐在办公桌前，她的心情异常烦躁，阿闲已经好几天都没有消息了，她不知道他过得怎么样，现在人在哪里，他连个电话都没有给过她。

看来这次，阿闲是真的生气了，不打算理她了。她就这么一个宝贝儿子，从小到大，她把自己能给的，不能给的，都给了他，只为了让儿子阿闲不像她一样，能拥有一个美好的童年。可是，现在，她最疼爱的儿子，竟然要离她远去了，她的心里，真的有说不出的难受。

"咚咚咚"，门外的敲门声，打断了金灿灿的思绪，得到金灿灿的首肯后，助理捧着一叠文件走了进来。

金灿灿收起自己的情绪，冷冷地问着推门进来的助理："什么事情？"

"金总，因为我们收购小镇，公司投入了大量的人力物力，现在公司出现了资金上的问题。董事会正闹着，要将你的总裁职位给撤下来。"助理小心翼翼地对金灿灿说着。

他知道金灿灿因为儿子阿闲的事情，心情不是很好。这个时候，他来和金灿灿说这件事情，无疑是火上浇油，可是作为金灿灿的助理，他别无选择。董事会的那帮人，巴不得金总下台，他作为金总的亲信，自然不能让那些人撤了金灿灿，要不然连带着他，也得卷铺盖走人。他上有老下有小，这个时候还不能失业啊。

"这帮老家伙。"金灿灿听了助理的话，一改往日的冷漠形象，火大地将桌子上的文件全部扫到了地上。

541

这帮老家伙，一点都不念及她这些年为他们赚了多少钱！从她上台的第一天开始，就以各种理由拉她下台，要不是这些年她的辉煌战绩，估计"骨头"也早被他们碾碎吞下肚子了。现在她稍微有点不顺利，他们就来找她麻烦，真是不知所谓。

"金总，我们该怎么办？"助理有点担心地看着金灿灿的模样，心里有点忐忑。

金灿灿深吸一口气，让自己冷静下来："怎么办？哼，兵来将挡水来土掩，我金灿灿还能怕了那帮老家伙不成？他们要让我下台是吧？我就偏不下，看他们能拿我怎么样。"

她和儿子的股份加起来，超过公司股份的百分之五十，那些人想动她，可不是轻而易举的，除非她儿子背叛她，如果阿闲……

金灿灿摇了摇头，脸上露出自信的笑容来。她儿子不会那样子的，绝对不会的。

金灿灿想到这里，转头问一边的助理："有阿闲这两天的消息吗？"

"没有，小少爷像是故意躲着我们的人，我们都不知道小少爷最近在忙些什么。"助理如实地汇报着阿闲的情况。

听了助理的话，金灿灿的脸色变得难看了起来。她看着助理，声音有些许提高："多派几个人给我盯着，如果阿闲出了什么事情，你们一个个都跑不了。"

她怕董事会的那些人不择手段，会趁着他们母子不和的情况，做出什么出格的事情来。

她金灿灿什么都不怕，唯一怕的就是儿子阿闲出现什么意外。她现在做的一切，都是为了儿子的将来。如果阿闲出现了什么意外，那她现在做的一切，都将会成为一场梦。

"是的，金总。"助理毕恭毕敬地对金灿灿说。

"没事了，你先下去吧。"金灿灿有些疲倦地对着助理挥了挥手，助理退了下去。

阿闲在小镇漫无目的地走着，脑子里面总是在回荡着金灿灿说的那些话，心里难过极了。

他没有跟小镇的人们拆穿母亲对小镇人们所做的事情，为的不是纵容，而是希望母亲能够自己反省认错。

可是这么多天过去了，母亲一直都没有向小镇人们道歉的迹象，而他的心也越来越冷。

阿闲走到死胡同见没路可走了，转身准备重新找一条路，却看见助理挡在了他的面前。

阿闲有些不悦，这些人，肯定是母亲派来跟踪他的。

阿闲皱着眉头，厉声道："让开。"

助理并没有要让开的意思，他看着面前的阿闲，对着他恭敬地鞠了一躬，开口说："小少爷，您还是回去吧，夫人很担心你。"

阿闲听到助理说到金灿灿，脸上不耐烦的神情越发浓郁了起来，他对着助理吼道："我叫你让开，你听见没有？"

助理看着暴怒的阿闲，无奈地叹了口气说道："小少爷，夫人出事了。夫人现在，很需要小少爷你的帮助。"

暴怒中的阿闲听着助理说金灿灿出事了，心口一紧，但随即又像是想到了什么。他对着助理冷冷地笑着，嘲讽意味十足："堂堂晟世房地产公司的总裁金总，居然会出事？还需要我这个毛孩子来帮助？我想你是不是搞错了？"

阿闲心里想着，这只不过是金灿灿拿来让他回去的借口吧，用这么烂的借口，就想把他骗回去？她还真把他当孩子一样来哄。

可惜，这次，她想错了，在她没有对小镇人们认错之前，他是绝对不会回去的。

见阿闲这副样子，助理叹了口气，说出了实情："小少爷，金总因为收购小镇计划失败，而导致了晟世房地产公司的资金短缺，现在，董事会的人，正集体逼迫着金总下台呢。"

助理想到现在公司内剑拔弩张的气氛，就一阵后怕。

又是公司，又是商业，又是阴谋，阿闲听了助理的话，心里的气愤就全部涌现了出来。

他开口对着助理，说话很冲："就算是这样，又关我什么事情，就像你们上次说的，我还小，还没有真正地接受晟世房地产公司，我没有权利过问公司的事情。"

助理没有想到阿闲会拿上次私塾签约前的话来堵他，一时有些哑口无言，但是想到现在公司的情况，不得不硬着头皮继续劝说："小少爷，虽然你现在因为年龄原因没有经营权，可是你手中的股权却是实实在在的啊，只要你拿着股权和夫人的股权一合并，立刻就能让那些逼迫夫人下台的股东们，乖乖地闭上嘴。"

"是吗？可是我为什么要帮她？"阿闲冷笑一声，反问道。

"因为你们是血脉相连的亲母子啊。"助理皱眉，他不明白，在这样的关键时刻，小少爷为什么要这么为难自己的母亲。

这样的时刻，他不是应该第一个冲上前去，维护自己的母亲，保护自己的母亲吗？

助理在心里为金灿灿感到不值！

阿闲并不顾助理的表情，只冷冷地笑着说："我的母亲，可不是像她这样的。你回去转告她，只要她做了她该做的事情，我就一定会帮助她，否则，一切免谈。"

只要母亲能够诚恳地和小镇居民道歉，那么他一定会如她所愿，做回那个乖巧听话的阿闲。

他们的关系也会修复得和之前一样，绝对不会有任何隔阂。

如果母亲一直不跟小镇居民道歉的话，那他将选择继续在外面流浪，不会如她所愿，回到她身边。

不是他想威胁她，而是他根本做不到，和那样一个冷血、自私、黑暗的母亲天天生活在同一个屋檐下，那样下去，他一定会窒息的。

"小少爷，你所说的事情，是什么？"助理有点不明白阿闲的话，

544

他着急地追问着。

阿闲推开挡在身前的助理,声音清晰地道:"她自己心里明白。"

是的,阿闲觉得,母亲心里肯定是明白他的想法的,只是她愿意不愿意去做的问题。

他已经等了母亲很久,希望她不要让他失望。

隔天,董事会逼迫金灿灿下台的消息,便在报纸上散播了开来,上面铺天盖地的,都是金灿灿的消息。

先是金灿灿这些年在商业圈里做出的成就,然后是金灿灿就读的学校,最后甚至连身世都被挖了出来。金灿灿就算之前做过了再多的心理准备,此时也被这铺天盖地的新闻搞得头痛欲裂。

小镇的人们看到报纸的时候,也才知道,原来金灿灿是夏奶奶的女儿,阿闲的母亲。

大家虽然对金灿灿没有什么好感,但是,提起夏奶奶,大家可都是知道的。

夏奶奶是小镇的神医,什么样的疑难杂症都能被她治好。虽然年纪大了,但是她眼睛不花,耳朵不聋。小镇的人,不管多晚,只要有人生病,夏奶奶都会背着她的工具箱,来帮他们医治。

这些年来,小镇的人,多多少少都受过夏奶奶的恩惠。再一个,小镇的人,内心里其实都是非常善良的,他们心里都有一个简单的想法,那就是有恩必报。

夏奶奶对他们这么多年的照顾,早就温暖了每一个小镇人的心,大家都自动忽略了金灿灿之前做的所有事情,真心实意地想帮助金灿灿。

也不知道是谁组织的,大家都带着自己的心意,自觉性地来到了夏奶奶的门口,当夏奶奶背着药箱准备出门的时候,便被自家门口的人流给吓了一跳。

小镇的人,莫非是为了灿灿的事情来的?夏奶奶心里猜测着。

其实,今天的报纸,她一早便看到了,灿灿的事情她也了解得差不多了,心里也很是为灿灿着急,看完报纸后,就拿起手机给灿灿打了个电话过去,可是灿灿压根没有接听她的电话,而是直接挂断了。

她知道灿灿是故意不接她的电话的,灿灿的心里,终究还是恨着她的,想到这里的时候,夏奶奶不是不心痛,只是,灿灿毕竟是自己的女儿,就算灿灿不待见她,她也要去看看她,看看她到底怎么样了,如果可以,她希望能做灿灿最坚强的后盾。

只是没想到的是,门口突然堵了这么多的人。夏奶奶有点错愕,她不知道大家都突然聚集到她家门口,到底是为了什么。

难道,是因为灿灿之前逼大家卖小镇地皮,所以大家找上门了?夏奶奶在心里辗转了几下,便当下决定了,灿灿是她的女儿,不管大家是来干什么的,打也好,骂也好,她都会受住,谁让灿灿是她的女儿?这是谁也改变不了的事实。

夏奶奶看着大家,迟疑地开了口:"那个,这么一大早的,大家都聚集到我家门口,是有什么重要的事情吗?"

"夏奶奶,你总算出来了,我们老早就在你家门口了,只是怕吵到你,一直都压着声音。这个,是我的一点心意,请你收下。"

镇长见夏奶奶走了出来,第一个走上前,将自己的心意塞到了夏奶奶的手中。

私塾的事情解决后,他就无事一身轻,没事给院子里花草浇浇水,或者到私塾给孩子们上课。

这次的事件后,他似乎也懂得了人世间的无常,该放手时就放手,冤家宜解不宜结,所以,他从心里对金灿灿没有任何不满的情绪。

当大家商量着要来找夏奶奶帮助金灿灿后,他毫不犹豫地,第一个就站了出来。

"镇长,你这是做什么?好端端的,为什么要给我这么多的钱啊?"看见镇长塞到自己手里的钱,夏奶奶有些错愕。她不明白,镇长为什么突然给她这么多的钱。

看着夏奶奶错愕的样子,小师妹忙解释道:"夏奶奶,我们都知道，金灿灿是你的女儿。既然金灿灿是你的女儿，那么也是我们小镇的一员，小镇的人向来都是团结友爱，互帮互助的，从来不可能见死不救，现在金灿灿出了那么大的事情，我们肯定不能袖手旁观啊。"

虽然，她不喜欢金灿灿，最近几件事情，没有一件和金灿灿是没有关系的。她不敢往深处想，她总觉得，人的本性是美好的，她不想把别人想得太糟糕，她怕自己对这个美好的世界失望。

乐于助人是她的本性，所以，当她知道小镇的人们要帮助金灿灿的时候，义无反顾地加入了进来，成为他们当中的一员。

"小师妹，镇长……"夏奶奶的眼眶有些湿润，她现在的心里是内疚和感激的。她没想到，灿灿做了那么多对不起小镇人的事情，小镇的人们还能不计前嫌地帮助她。

只是，灿灿做的那些事情，还有一大部分小镇的人是不知道的，如果他们知道了事情的全部，还会像这样来帮助灿灿吗？夏奶奶心里内疚地想着，但是她又不想告诉小镇的人们，灿灿做的那些事情，她想让灿灿自己承认自己的错误，走出来。

"夏奶奶，你就收着吧，这是我们大家的一份心意。"小志也劝夏奶奶收下。

"我不能收大家这么多钱，大家的心意我领了，谢谢大家。"夏奶奶心里内疚。她根本不好意思收下大家的钱，她想将钱退回去，好求得良心上的安宁，但是大家根本都热心得过了头，谁都不肯将钱收回来。

"夏奶奶，你就当这是你这么多年，为我们治病的医药费吧。这么些年，你背着药箱走街串巷地为大家看病，从来没收过大家一分钱，现在，你的女儿有了困难，我们怎么能够袖手旁观呢？"陈杰瑞见夏奶奶不肯收下钱，也劝说道。

"对啊，夏奶奶，可怜天下父母心，我特别能明白你的感受。你心里现在一定比谁都着急，担心自己的女儿，是吗？"

哈尼奶奶将心比心，如果是自己的女儿被别人欺负成这样，她一定也担心得要命，大家都是女人，又都是当妈的，她自然明白夏奶奶的感受。

夏奶奶感激地看了一眼哈尼奶奶，她确实被哈尼奶奶说中了心事，她怕灿灿应付不过那些董事，被别人欺负了去。在她的心里，灿灿不管多大，都是她的小孩，她根本放不下心。

"夏奶奶，别犹豫了，收下吧，这是我的……"莎莎也将自己的那一份塞到了夏奶奶的手中。

"还有我的，这是我的。"

"还有我，当年要不是夏奶奶，我们家孩子就没命了，我也要为夏奶奶出一份力。"

"还有我……"

"还有我……"

大家都争先恐后往夏奶奶手中塞钱，夏奶奶想拒绝都拒绝不了，不一会儿工夫，夏奶奶的手中便被大家塞满了钱，纸票厚度都不一样，但是心意的重量却是相同的。

夏奶奶感激地抱着钱，低头朝着大家深深地一鞠躬，诚恳地对大家说："谢谢大家，我替我们家灿灿谢谢大家的一片心意。我一定会向灿灿转达你们的好意的。"

"夏奶奶，你这说的哪儿的话，小镇的人都是一家人啊。"镇长和小师妹扶起夏奶奶，安慰她说。

"对，大家都是一家人，永远都相亲相爱的一家人。"小师妹开心地握着夏奶奶的手，给予她鼓励。

每次小镇的人们团结起来时，她都特别感动和自豪，她为自己能生活这么美丽的地方而感到高兴。

大家陆陆续续地都离开了，最后只剩下小师妹和小志陪着夏奶奶。

因为大家都是临时起意帮助金灿灿的，所以大家都没有商量好，便都将自己的心意拿了出来，导致现在夏奶奶的面前一大堆票额不等的钱，一个人很难处理好。

小志和小师妹留下来,帮助夏奶奶将钱装进袋子,最后小志将钱扛去银行,兑换支票。

小师妹则陪着夏奶奶,安慰她不要为了金灿灿的事情着急。夏奶奶则微笑着,将每个人捐献了多少钱的数额,全部记录了下来,说是以后要报恩。这种举动看在小师妹的眼里,心里对夏奶奶越发敬重了起来。

小志很快便在银行办好了事情,他将支票送给夏奶奶,然后带着小师妹离开了。

在回农庄的路上,小师妹心情愉快地哼着歌,一蹦一跳的,活泼得像只小兔子。看到这样的小师妹,小志也跟着心情好了起来。

小志一把拽住小师妹的胳膊,眼神灼热:"小师妹,你为什么这么开心?"

小师妹被小志看得有些不好意思,她故意转移视线看向别处,嘴里回答着:"因为我又帮助别人了啊,只要一帮助别人,我就很开心啊。"

听见小师妹的回答,小志的眼睛里有光芒闪过。

是啊,他认识的小师妹便是这样的,从小便乐于助人,看到路边有什么可怜的猫啊狗啊的,总是小心翼翼地捡回家养起来,生怕它们因为没有人照顾,死掉。

就连他,不也是因为小师妹乐于助人,给捡了回来吗?

小志想到小时候的事情,一点都没有觉得苦涩,反而嘴角上扬,勾起一抹好看的弧度,看着面前快乐的小师妹,故意对小师妹说:"可是小师妹,你刚刚帮助的那个人是金灿灿,难道不讨厌她吗?"

小师妹听了小志的话,歪着头想了想,然后认真地说道:"讨厌啊,你不知道?当时她逼迫我爷爷卖私塾土地的时候,我有多讨厌她呢。"

"那么讨厌她,你还帮助她?你脑子是不是缺根筋?"小志其实是知道小师妹的个性的,但是自己还是忍不住地要逗弄她。

小师妹听见小志损她，立马头一昂，高傲地反驳道："你才缺根筋呢，我讨厌她和我帮助她有什么联系吗？我可以一边讨厌她，一边帮助她，这不矛盾。"

小师妹觉得自己并没有做什么奇怪的事，不知道小志为什么会问她这么奇怪的问题。

"好吧，算你对了。"小志手一摊，表示自己真的很无奈。小师妹的性格真的太单纯了，他觉得矛盾的事，她居然做起来，一点都没有违和感。

不过，他最爱的小师妹，不就是这样的吗？活泼可爱，乐于助人，便是小师妹的标签。

如果可以，他希望，小师妹能够永远保持这样的性格，直到终老。也许简简单单地过一辈子，才是所有人都最想要的幸福吧。

"我本来就对，呵呵。"小师妹腻歪地挽着小志的胳膊，两人黏黏糊糊地走在小镇的路上。

小志看着这样活泼的小师妹，情不自禁地轻啄了下她的额头。小师妹红着脸躲开了，大家看见这恩爱的情侣，都从心里祝福着他们。

不远处的阿闲，看着恩爱的小志和小师妹，嘴角勉强扯开一个上扬的弧度，嘴里弥漫着一阵苦涩。

本来以为自己已经放手了，再也不会痛了，可是，刚才的一幕，还是深深地刺痛了他的双眼，让他整个人定在原地，动弹不得。

直到小师妹的身影消失不见，阿闲才转身，像是用尽了所有的力气般，拖着沉重的步伐，往回走。

当阿闲来到夏奶奶门口的时候，天色已经晚了。阿闲努力地调整了一下自己僵硬的脸，艰难地扯出一个难看的笑容，然后推开了夏奶奶家的门。

夏奶奶正在焦急地打着金灿灿的电话，她想联系上金灿灿，然后将手中的支票给她，好能帮上金灿灿。可是打了好几个电话了，灿灿就是不接，夏奶奶心里着急得不行。

夏奶奶抬头，看见是阿闲走了进来，连忙走过去，激动地一把抓住阿闲的手说："阿闲，你终于肯回来了，快，把你的手机借给姥姥，让姥姥打个电话。"

"你不是有手机？是不是妈妈不接你电话，所以，你想拿我的手机给她打过去？"阿闲看着夏奶奶，一语道破她想做的事情，夏奶奶有点尴尬地将手僵在原地。

夏奶奶有点讪讪地对着阿闲苦口婆心道："阿闲，你妈妈出事情了，我是她妈妈，我必须要帮助她。你看，这是小镇的居民为灿灿凑的钱。看，我打电话就是要给她送钱，虽然钱不是很多，但是，多多少少能帮助她一点，这都是小镇居民的一点心意啊。"

"送钱？"阿闲看着夏奶奶手中的支票，冷笑了一声继续道，"既然她都不接你的电话了，你又何必关心她？干吗总是这样自讨没趣啊，姥姥？"

阿闲只要一想到，这张支票是小镇居民们你一点，我一点地凑起来的，心里就内疚得要命。

母亲做了那么多伤害他们的事情，而他们却什么都不知道，还为了让母亲渡过难关，集体为她筹钱。

他看着夏奶奶手中的支票，心情复杂到了极点。

"阿闲，你怎么能够这么说呢？你妈妈那么疼你，不管她做了什么，她始终是我的女儿、你的妈妈，这是谁都改变不了的事实。"

夏奶奶听见阿闲对金灿灿如此冷漠，心里有些许不满。她不希望阿闲和灿灿像她和灿灿那样，闹得不可开交。她现在老了，才知道，亲情是这个世界上，最重要的东西，失去什么，都不能失去亲情。

"是吗？所以，就因为这可笑的亲情关系，你就要昧着良心，拿着居民们的钱，去救害他们的坏人？"阿闲的情绪有些激动，想到刚才小师妹和小志在一起亲昵的样子，他的心里就有许多的不舒服。

如果不是母亲做的这些事情，也许他和小师妹，也是可以这样的，阿闲心里如此想着，越是这样想，心里就越发地黑暗了起来。

"阿闲……"夏奶奶为阿闲的话感到不满。

"好了,姥姥,不管你说什么,我都不会帮助她,除非她哪天能够亲口跟小镇的人道歉,否则,我绝对不会原谅她。"阿闲说完,坚决地转身离开,留下一脸错愕的夏奶奶。

"这孩子,这倔强的脾气,和他妈妈简直一模一样。"夏奶奶无奈地摇摇头,转身继续拿起自己的手机,拨打金灿灿的号码。

晟世地产公司总部大厦还是像以往一样,一派气势宏伟的模样。

随着一声刹车的鸣响,金灿灿的黑色轿车,稳稳地停在了大厦的正门口。

眼尖的保安们看见是金灿灿的轿车,立马毕恭毕敬地站成了两排,关于金灿灿上次开除整组保安的事情,保安部已经传遍了,所以此刻,看见金灿灿的轿车,保安一个个都不敢大意,动作规范整齐,生怕自己哪里做得不对,重蹈上次那些保安的覆辙。

司机匆忙地跑到后面,为金灿灿拉开了车门。金灿灿穿着一身黑色的皮草,黑着脸,保安们看见金灿灿的表情,动作更是小心翼翼了。

保安们身姿更加挺拔了起来,当金灿灿经过身边的时候,齐刷刷地喊了声:"金总。"

金灿灿刚想抬脚走,却发现自己的手机又不合时宜地响了起来。金灿灿低头,看向自己的手机屏幕,当看到屏幕上"夏女士"三个大字的时候,脸色更加不好。

她皱着眉头站在大厦门口,门口的保安看见金灿灿的表情,都吓得大气不敢出,以为自己又做错了什么事情。

金灿灿只是停顿了一秒,便果断地将手机放进包里,然后踩着高跟鞋,高傲地从他们面前走过。

金灿灿的心情异常烦躁,她不明白母亲此时打电话给她,是什么意思。

难道是看到了报纸上的报道,打电话来关心她?

金灿灿自嘲地扯了扯自己的嘴角,夏女士也能知道来关心她?金灿灿，这么多年了，还没醒呢？

那个女人，她怎么会那么好心，跑来关心你？你忘记小时候所受的苦了吗？

你忘记那个女人，是怎样狠心地将你丢下，对你不闻不问吗？

你现在到底在期待些什么？你不觉得自己很可笑吗？

金灿灿兀自在心里否认了母亲打电话是来关心她的可能性。

那么她打电话来，只是为了嘲笑她的无能吗？金灿灿心里气得要命，她一直想向母亲展现一个完美的、优秀的自己，可是现在，自己却在这个关键的时刻，出了那么大的负面新闻。

金灿灿的脸色很难看，前台看见这样的金灿灿，大气都不敢出，连忙踩着自己的高跟鞋，小跑着去了电梯口，给金灿灿按了总裁专用电梯。

金灿灿一个人站在电梯内，密闭的空间，让她有一种窒息的感觉，她感到那种熟悉的寂寞感又袭上了心头。手机又不合时宜地响了起来，金灿灿看见手机上的来电显示，显示还是夏女士，顿时心里的情绪就不稳了。

金灿灿这次没有犹豫，果断地按掉电话，然后高高地昂起头，眼睛紧紧地盯着电梯内的红色数字跳动，她只希望尽快到办公室。

金灿灿尽量让自己去忽视手机的振动，手机却像是着了魔般的，没有任何要停下来的意思。

当手机铃声再次响起的时候，金灿灿再也受不了地握紧手机，眼神锐利地盯着手机屏幕，像是用尽了所有的力气般，狠狠地按下了接听键。

"喂。"金灿灿的语气里透露出一股疏离。

"灿灿，你终于肯接妈妈的电话了，妈妈打了好多电话给你，妈妈心里很着急啊。"夏奶奶听见电话那头金灿灿的声音，语气激动地想表明自己打电话来的用意。

"着急？你着急什么？"虽然夏奶奶根本都看不见金灿灿的样子，

553

但是，金灿灿还是习惯性地高高昂起自己的头。

对于金灿灿满是火药味的质问，夏奶奶并没有放在心上，而是想尽快地说明自己的来意："灿灿，妈妈知道你公司出现了问题，所以妈妈……"

"所以你来嘲笑我，巴不得看我早点被那些董事赶下台，是吧？我告诉你，你别高兴得太早！我没有输，就算输，我也不是输给你，我是输给我自己。"

金灿灿一顿抢白，打断了夏奶奶的话。她下意识地不想听夏奶奶说下去，她也不知道为什么。

也许是害怕，她害怕从母亲的嘴里听到对她失望，嘲笑她无能的话来。她是最优秀的，她是最完美的，她要让母亲为当初丢下自己的事情后悔不已，可是现在，想想自己的处境，金灿灿就烦躁不已。

"灿灿，你误会了，我……"夏奶奶看了看自己手中的支票，心里疼痛不已，语气哽咽。

她的心里有深深的内疚，她知道，灿灿现在这样的表现，是典型的没有安全感，而让灿灿这么缺少安全感的罪魁祸首就是她，都是因为她在灿灿小的时候，没有给她足够的温暖，才让灿灿变成了如今的这副模样。

所以，不管现在灿灿如何对待她，对她说什么狠绝的话，她都不会放在心上。因为，灿灿是她的女儿，哪有亲生母亲责怪自己亲生女儿的呢？

其实，她想告诉灿灿，她的心里一直是爱着她的，只是，她要怎么做，才能让灿灿明白呢？

金灿灿听见母亲说话略微停顿，不耐烦地皱眉说道："好了，我不想跟你继续说下去，公司里还有很多事情要忙，我先挂了。还有，不要再给我打电话，我很忙，没空陪你在这儿聊天。"

说完这些，金灿灿狠狠地挂断了电话，"叮咚"一声，电梯门也在此刻打开，金灿灿没有任何犹豫，抬起头，高傲地踏出了电梯。

接下来,她还有一场硬仗要打。

"灿灿……"电话那头传来手机挂断的忙音,夏奶奶手中紧紧地捏着支票,眉头皱成了一团。

金灿灿刚踏出电梯门口,助理便迎了上来。助理的脸色看上去不太好,金灿灿知道,公司肯定又出什么事情了。

金灿灿皱着眉头,开口问道:"公司又出什么事情了?"

"董事们发起了召开董事会,说要商议罢免你的事情,现在他们已经在会议室了。"

助理一口气说完了这句话,心里万分着急。想到今天董事会们突然一起亮相在公司的情形,助理到现在都觉得脚有些软,真的是太可怕了。他已经好久没有看见董事们这么有组织地在公司出现过了。

上次发生这样的情况,还是在他实习的时候。那时,他还是个刚出校门的学生,什么都不懂,只知道整天抱着个文件,跟在部门经理的后面,经理让干什么,他就傻乎乎地干什么,完全没有自己的主见。他以为,自己这辈子都会这样,直到遇到了金总。

那一次,金总用她独到的见解和胆识,说服了那帮老董事,让那帮老古董对她心服口服,放心地将公司的大权交给了她。他永远也忘不了金总当时的表情。

自信,高傲,不可一世,让他深刻地明白巾帼不让须眉这句话的真正含义。

也是从那一刻起,他在心里发誓,一定要努力,跟在金总的身后,哪怕做一个简单的打字员,也愿意。

那天中午,他鼓足了勇气,对金总表明了自己的想法。看着金总冷漠的眼神,他以为自己失败了,可是下午就收到了人事调令,将他调到了金总的总裁办公室做行政秘书。

对于金总的举动,他感恩戴德,所以一直认真地工作,才到了今天总助理的位置。

与助理的着急相反,金灿灿看上去没有半点紧张,她听了助理的

话后,只是冷冷地笑了笑,手下意识地摸了摸自己身上的皮草,然后语气淡然:

"罢免我?没有我这个当事人在,他们凭什么?再怎么说,我现在还是公司的总裁,还轮不到他们来越俎代庖。"

看到金灿灿这副样子,助理的心里有些许着急。虽然,他相信金总的能力很强,也足以能震慑住那帮老董事,可是这次的情况不一样,董事们来势汹汹,一个个看上去都不好惹。

金总唯一的后盾,阿闲小少爷还因为和金总赌气,人不知道在哪里,现在金总是一个人在跟他们一群人拼,他当然会非常担心。

他怕金总掉以轻心,忍不住地提醒了一句:"金总,董事们这次来势汹汹,你要注意一点啊。"

"怕什么?我金灿灿什么时候怕过,跟了我这么多年,难道还不了解我的行事作风吗?"金灿灿说着,快步走到自己的办公室,将自己的外套脱下来交给助理,助理连忙恭敬地将她的外套挂到一旁的衣架上。

"是的,金总。"

"走吧,和我进会议室。"金灿灿拿起手机,转身便往会议室走,那帮董事们,还在等着她呢。一场硬仗,等着她去打。

"是的。"助理依照金灿灿的吩咐,紧紧地跟在金灿灿的身后,给自己做足了要战斗的准备。

金灿灿刚推开会议室的大门,便听到一股挑衅意味很浓的问候声:"哟,这不是金总吗,你老终于到公司啦?我们这些董事可是在会议室里,坐了有一会儿的了,金总真是好大的面子啊。"

金灿灿锐利的眼神朝着声音的方向扫了过去,看清对面的人是谁后,也不恼,只脸上堆起公式化的笑容,嘴里毫不客气地回应道:"张董事,没人请你也没人逼你来啊。如果张董事愿意,天天在家吃喝玩乐,也没人说你半句不是啊。"

一旁的助理忍不住地在心里为金灿灿叫了一声好,不愧是金总,在这样的情况下，还能绝地反击，将对手打了个落花流水。

"你！"张董事显然没有料到，金灿灿在这样的情况下，还能跟他这样嘴硬，心里一团闷气，憋在心里怎么也出不来，脸涨得通红。

一旁的许董事见自己的盟友被金灿灿噎得面红耳赤，顿时站了出来，为张董事帮腔。他老奸巨猾地直接挑中金灿灿的痛点，狠狠地说："金总，这就是你的不对了，如果你做事稳重点，让我们这些董事没有后顾之忧，我们又怎么会跑来这里讨人嫌啊？"

他和金灿灿打交道这么多年，金灿灿一向是孤僻高傲，一副拒人于千里之外的模样。这样的人，最受不了的就是失败了吧？他早就看她那副不可一世的样子不顺眼了。

在他的眼里，女人就应该是老老实实在家相夫教子，而不是在外面抛头露面。商场本来就是男人的天下，她金灿灿一个女人，跑来凑什么热闹？

更可气的是，他们这帮大老爷们，居然被一个女人给牵着鼻子走了这么多年，想想都觉得憋屈。他早就想将她拉下台来了，只是苦于金灿灿这些年的业绩一直很辉煌，他一直没有机会。

这次，可是个千载难逢的机会啊，他一定要将金灿灿给拉下台，自己坐上总裁的位置，过上几天手握大权的瘾。

本来以为金灿灿听了他挑衅意味十足的话，心里会羞愤得要死，会跳起来和他大吵一架，抑或是拿出女人惯有的那套，一哭二闹三上吊，来求得大家的谅解。可谁曾想，金灿灿听了他的话没有半点反应，反而当着诸位董事的面，露出了一个淡淡的笑容。

她看着许董事笑了，说出口的话，却是极具杀伤力的："许董事，听说你家里又添了新成员了。你瞧我，最近太忙了，都没来得及恭喜你，哦，对了，生的是女儿还是儿子啊？"

金灿灿早就知道这帮老董事不会很安分，所以找人长年地盯着他们的一举一动，大到他们在哪里购买了几处房产，小到他们在哪里安置了几个小三，她都调查得一清二楚。

这个许董事，为人不正派，在外面养了几个小三，还变着法儿地让这些小三给他生孩子。可能是坏事做多了吧，这么多女人为他生孩子，迄今为止，他都没有一个儿子，全部生的是女儿。这对于有亿万家产的他来说，无疑是一种最不能言说的痛。

她金灿灿，要的就是能一脚踩到他的痛处，最好是痛到他站不起身。

其他的董事都面面相觑，他们从金灿灿的话里，听出了一些端倪。照这个情况看，金灿灿既然找人调查了许董事，那么也很有可能调查了他们的私事。

董事们谁背地里还没有做过几件龌龊的事情？而且每一件，都是不上台面的，这如果要是被金灿灿给抖搂了出来，那他们以后还怎么在商界立足啊。

想到这里，几个董事脸上的表情，顿时不好看了起来。金灿灿打量着这些人的表情，心里更加高兴了。

一旁的助理都快忍不住为金灿灿拍手欢呼了。金总今天的行事，比起他上次看到的，手段更加强硬了起来。虽然手段激烈了点，但是对付这帮不识好歹的董事们，也确实只能这么做了。

许董事的脸色并不好看，这种不光彩的事情，大家暗地里知道也就算了，可是抬到桌面上来说，就有失面子了。金灿灿这个女人，居然不顾忌这些，直接将他的丑事捧上来，实在是太可恶了。

他轻咳两声，转移话题，故作镇定地对金灿灿说："金总，我们今天是来谈公事的，私事容后再说。"

看许董事故意转移话题，金灿灿也没有再继续纠缠，毕竟，这种事情，点到为止就好，如果将人逼急了，事情也会变得很棘手。她想，刚才她对许董事说的话，那些董事应该也是明白了的，那么他们为了保住自己的秘密，多多少少也不会把她逼得太急，而她，要的便是这个效果。

她从来没有想过，靠这些事情，能够让这些董事改变罢免她的想法，那根本不现实，但是，她可以用这些事情，尽量地给自己争取一些时间。最近发生的事情太多，她希望能有个时间，让自己静一静。

想到这里，金灿灿对着诸位董事做了个邀请的动作，态度温和，举止优雅："既然大家都是来谈公事的，那我们现在就坐下来谈吧。"

诸位董事都忿忿不平地坐了下来，许董事忍不住地直接说明了大家来这里的来意："金总，因为你的决策失误，我们公司现在面临着资金紧张的情况，很多工厂都因为资金短缺问题停止了生产。我想问问金总，这件事情，应该谁来负责？"

许董事的话说完，众人就将目光看向了金灿灿，看她如何应对。一旁的助理也为金灿灿捏了把冷汗，这些董事一看就是来势汹汹，虽然刚开始，金总就让许董事和张董事吃了哑巴亏，但是，那些也不是解决问题的根本之道，真正的大战才刚刚开始。看着金总瘦弱的样子，助理心里不免有些担心。

金灿灿坐在会议桌前，脸上的表情没有因为许董事的话有丝毫的变化。她伸出自己的手，漫不经心地看了一眼，今天早上刚换了乳白色的指甲油，效果还不错。

众人看见她这副样子，都认为她是在故意拖延时间，以此来掩饰自己内心的恐慌，大家也不急，静静地等着金灿灿的反应。

欣赏完自己的指甲后，金灿灿终于不温不火地看着许董事开口："许董事何必绕着弯子说话呢？许董事直接说，让我为这次的事情负责就好了。"

金灿灿说话的口气云淡风轻，好像说的根本不是她自己的事情般，脸上没有丝毫的惊慌。

饶是诸位董事在商场混迹多年，也很难在她的脸上找到任何有价值的蛛丝马迹。大家都不由在心里感叹，他们还是太小看这个女人了，这个女人，比他们想象的要坚强、厉害得多。

许董事见诸位董事因为金灿灿突然直白的对话而搞得不知道怎么接话，心里不免有几分着急。

今天的董事会,是他先起头的,大家也都是看在他的面子上,才和他一起来了。金灿灿肯定调查过,也知道这次的董事会和他脱不了干系,如果这次失败,金灿灿继续稳坐晟世地产公司总裁的位置的话,那么他很有可能会被金灿灿用非常的手段,踢出董事会。

对于金灿灿的行事作风,他还是了解几分的,想到这里,许董事的心里不免揪了起来。他着急地对金灿灿说,"没错,我和张董事还有诸位董事,都是这样的想法,而且,我们想发起董事会罢免程序,罢免金总的总裁职位。希望金总不要记恨我们,我们也是公事公办,一切都是为了公司好。"

金灿灿懒懒地抬头,看了许董事一眼。她的眼神似乎能看穿人心,许董事有些心虚地避开了她的眼神。

金灿灿心里冷笑,一切都是为了公司?

真是好笑,这个老奸巨猾的家伙,心里还不是盘算着将她赶下台,好让他来主持大局,把控董事会?

说得倒是好听,他真以为,她金灿灿是那么好欺负的吗?

金灿灿对着许董事冷冷地笑了:"罢免我?请问我到底做错了什么,你们要联合起来开董事会罢免我?"金灿灿歪着头想了下,继续说道,"难道就仅仅因为我这次的决策失误?"

诸位董事没有说话,有些难以启齿,其实他们也知道,如果不是因为什么重大的错误,总裁罢免是不能轻易地提出来的,毕竟一个公司,内部的稳定很重要。

试问一个公司,天天内战,董事会三天两头地罢免总裁,那这个公司还有资本和别的公司竞争吗?

答案肯定是否定的,要是这样,公司内斗都来不及了,哪还管得了其他事情?到时候,公司会因为这些内在因素,只有渐渐走向衰败。

他们都是在商场混迹多年的人了,没有不明白这个道理的,只是这次,召集董事会的人,是许董事。许董事和他们都是几十年的老交情了,他既然想开董事会,他们这些人也不能不给他几分薄面。

况且，金灿灿虽然业绩很好，在他们眼里，终究是个晚辈，还是个女人。这么多年，金灿灿对他们的态度也不算恭敬，他们早就想给她一个下马威。这次，是个难得的机会。

见诸位董事没有说话，金灿灿继续说："诸位董事也不是第一天在商场打拼了，应该知道，商场投资本来就有赢有输，这是很正常的事情。怎么，难道诸位董事只能赢，却输不起吗？"

诸位董事没有说话，金灿灿说得没有错，商场如战场，有一本万利的时候，肯定也有时运不济的时候，可是，这也不是金灿灿说服他们的理由。

许董事的态度比较强硬，他语气生硬地对金灿灿说道："金总，不管你今天说什么，我们今天都是要罢免你的。你别再多费唇舌，我们今天，是不会改变主意的。"

见大家都撕破脸了，金灿灿也懒得再和他们虚与委蛇，她一改刚才的温和模样，脸上的表情恢复了一贯的高傲。她看着众位董事，冷声道："罢免我，凭什么？你们手中的股票持有权，有我的多吗？等你们手中的股票持有权有我的多了，我们再坐下来谈这个问题吧。"

许董事听见金灿灿的话，不怒反笑："是，我们手中的股权是没有你和阿闲的多，但是，金总，最近你和阿闲，似乎相处得不是很愉快吧，你觉得阿闲会帮你吗？"

别以为只有她金灿灿能够做出暗地里调查他们的事情，他就做不出来，他早就派人盯着金灿灿的一举一动，包括金灿灿的母亲，还有金灿灿的儿子阿闲。

谁不知道，金灿灿最在乎的便是她的儿子阿闲，只是，最近阿闲似乎因为收购的事情，跟金灿灿闹得不是很愉快啊。

听见许董事的话，金灿灿的脸色一瞬间变得有些凝滞，她努力压抑住自己内心的情绪，好让自己不在这些董事面前露出什么端倪来。

她知道，在敌人面前显露出自己的真实情绪，就是在敌人面前，暴露自己的弱点。

小镇情缘（下）

金灿灿放在会议桌下的双手已经紧握成拳，但面上却是一派温和，甚至还带着一抹慈母的样子来，看得在座的董事们，又是一阵云雾。

金灿灿开口，语气冷漠而疏离："许董事难道不知道，打断骨头连着筋这样的说法吗？再怎么样，他都是我的儿子，现在他只是在跟我耍小孩子脾气，过过就好了。小孩子嘛，耍耍脾气是正常的，许董事不会当真吧？"

"不当真不当真，希望真的如金总所言，否则，这总裁的位置，怕是要换人了。"许董事话里的意味明显，狼子野心显而易见。

张董事见许董事剑拔弩张的模样，心里也明白了七八分。他不傻，在商场混迹多年，他自然明白借刀杀人的道理。

今天，他们所有的董事都是一把利剑，而许董事就是那个拿剑的人，目的，就是让金灿灿下台。

这对于他们来说，并没有什么实质性的好处，最后能得到好处的唯有许董事，因为除了金灿灿和阿闲，股权最多的持有者，便是他。他们这些人，不过是碍于许董事的面子，来帮帮忙的。

其实私心里，张董事并不想和金灿灿的关系闹得太僵，毕竟，金灿灿这些年，也确确实实帮助他赚了不少的钱。

该给金灿灿的教训，今天他们也给到了，只是，如果事情真的闹大，让别的公司乘虚而入，到头来，损失最大的，还是他们。

张董事今天，打了金灿灿一个巴掌，现在再给她一个甜枣，相信，金灿灿一定会领他的情，以后对他，也断然不会那么绝情的，所以不管怎么样，他都要给自己留一条后路，许董事和金灿灿，他一个都不得罪。

想到这里，张董事对诸位董事说："诸位董事，这样，我们也不要将金总逼得太紧了，毕竟金总孤儿寡母的也不容易。我们给她一周时间做准备，一周后，我们再召开董事会，如果董事会上，阿闲没有出现，表明自己的立场的话，我们就算他弃权，你们看怎么样？"

"张董事！"许董事心里有些着急，心里将张董事骂了个遍。

这个老奸巨猾的老家伙，居然在这关键的时刻掉链子。金灿灿是多么厉害的人，他本来今天约董事们来开罢免会议，就是为了杀金灿灿一个措手不及的。

现在，这个老家伙这么一说，等于是放虎归山，让金灿灿准备一个星期，那他们这些人还有什么胜算？

张董事倒是老奸巨猾，两边都不得罪。可是他，如果到时候金灿灿稳坐总裁位置的话，他就很有可能被她排挤出局，这个结局，可不是他想要的。

"既然张董事这么说了，那我们大家给张董事一个面子，就照张董事的意思办吧。"众人纷纷附和张董事的话。

他们本来出席这个会议，也是怕得罪许董事，再一个就是给金灿灿一个下马威，现在张董事这个建议特别好，两边都不得罪。

一周后，不管许董事和金灿灿谁最终赢了，对他们来说，都不是一件坏事，他们只是走个过场而已。

"金总觉得张某的这个提议怎么样？"张董事见大家都附和着他的话，显得有几分得意。

许董事见大势已去，表情上透露出来那么一丝绝望，本来触手可及的总裁之位，似乎离他越来越远了。

金灿灿看到站在一旁默不作声的许董事，嘴角忍不住地上扬，优雅地对诸位董事说："那我就在这里多谢各位董事了。"

张董事看到金灿灿的表情，自然知道，金灿灿已经在心里默默地记下了他的示好，高兴地招呼诸位董事："既然没什么事情的话，那我们就先回去了，一周后再见。"

金灿灿对着众人点了点头，温和地对一边的助理说："小李，送董事们出去。"

"是的，金总。"助理点头，对着董事们做了个请的动作，态度谦和，"诸位董事，这边请。"

诸位董事在助理的带领下，陆陆续续地离开了。许董事脸色难看地看了金灿灿一眼，狠狠地留下一句话："金总，你觉得一周的时间，你和你儿子，来得及修复感情吗？"

"我们母子的事情，就不劳许董事操心了。你还是管好你自己家的那些女儿们吧。对了，许董事那么多女儿，都长得差不多，许董事分得出来谁是谁吗？"

金灿灿抬眸，巧笑嫣然，说出来的话让许董事有片刻的晕眩。

"哼！"许董事见多说无益，干脆不再理会金灿灿，转身愤愤地离开了。

助理将诸位董事送走后，便直接来到了金灿灿的办公室，紧张地问金灿灿："金总，你没事吧？"

金灿灿冷笑一声："我还没脆弱到那种地步，我没事。"

助理见金灿灿似乎真的没有什么事情，这才放心地松了一口气，抚了抚自己的额头，担忧地说："刚才真的好险啊，我以为……"

"你以为这次我挺不过来了，是吗？"金灿灿眼神锐利地盯着助理，将助理心中的话，给说了出来。

助理以为金灿灿在责怪他，顿时有点惊慌失措地否认，摇着双手对金灿灿说："不是的，金总，我从来没有怀疑过你的能力，我只是……"

金灿灿见助理一副表忠心的样子，难得地笑了笑，温和地对着助理说："好了，我没有要怪你的意思，其实刚才，连我自己都觉得我要挺不过去了。要不是张董事，恐怕我这次真的要输了。"

想到刚才董事会上惊险的一幕幕，心里到现在还有一阵后怕。

那些董事，居然忽然出现在她的会议室里，她居然一点消息都没有收到。

想想，还是自己松懈了，才会出了这么大的乱子，这次的事件，也正好提醒了她，对于这些董事们的监控，她还需要加强。

助理想到刚才董事会上的事情，眉头皱了起来，一脸若有所思的表情："张董事？金总，张董事一开始不是和许董事是一伙的吗？为

564

什么到了最后，忽然又帮我们了呢？"

想到刚才董事会上，张董事的突然倒戈，助理到现在都不明白，这到底是为了什么？正如金总说的，刚才如果张董事他们一起逼迫金总，那么最后，到底谁赢，还真的说不准。

只是，眼看着就要成功，张董事怎么忽然就倒戈了呢？

金灿灿听了助理的话，冷笑一声："哼，他哪里是在帮我们？他是在给自己找后路呢，我和许董事，他一个都不想得罪，以后不管我和许董事是谁坐上了总裁的位置，对他都没有坏处。"

不过，也正是因为张董事的私心，才让她有了暂时喘口气的机会，否则今天，她还真有可能被许董事逼迫得无法翻身了呢。

"这个张董事，真是太老奸巨猾了。"助理恍然大悟地点点头，嘴里给了张董事最直接的评价。

金灿灿看着助理，继续说："你记住，商场如战场，一秒钟内，情况随时都会发生翻天覆地的变化，任何时候，都不能掉以轻心，是制胜的唯一法宝。"

"我知道了，金总。"助理恭恭敬敬地对着金灿灿点头，今天，金总又给他上了一堂课，受益匪浅。

"如果没什么事情的话，你先下去吧。"金灿灿满意地点点头，让助理下去。

助理走到门口，手握上门把时，忽然又像是想起了什么般，转过头，对着金灿灿问道："金总，阿闲小少爷会来帮助你吗？"

想到和阿闲小少爷上次的见面，他就一阵心慌。他从阿闲小少爷的情绪上，看不出来，他到底会不会在金总关键的时候帮助金总。

如果一周后，阿闲小少爷还是没有出现在董事会上表态的话，那么，金总很有可能就真的要输了。

那对于一向高傲的金总，是多么大的打击啊。

助理心中浮现出一丝不忍。

金灿灿抬头，看着助理，心里有复杂的情绪闪过，片刻后，她像是肯定了般地对着助理点点头说:"他会的,因为,他是我的儿子。"

她的儿子,她最了解。阿闲从小在她身边长大,性格善良,心肠很软,小时候经常拿着她给的钱,去帮助外面的可怜人。

现在,她有困难,作为阿闲的母亲,她相信,阿闲绝对不会放任不管,因为,他们是有血脉亲情的。

金灿灿心里如是想着。

看到金灿灿肯定的表情,助理也不好再说什么,恭敬地对着金灿灿说:"金总,那我先下去了。"

"嗯……"

金灿灿见助理出去了,眼光盯着桌子上的手机看了看,下一秒便伸出手,拿起了手机,熟练地拨了一个号码。

电话很快被接通,阿闲的声音从电话那头传来。

"喂。"语气冷漠而疏离。

"喂,儿子。"听见阿闲的声音,金灿灿的神情明显放松了下来,她本来以为,阿闲在生气,可能不会接她的电话呢。

"你还想对我说什么?"电话那头的阿闲,语气听起来很不好,声音里面透露出烦躁。

金灿灿对于阿闲的态度一点都不在意,就像小时候自己对阿闲的无数次纵容。她认为孩子天性如此,她本来就应该宠着他的。她脸上浮现出一个温柔的笑,对儿子阿闲说:"阿闲,你最近都在哪儿啊,妈妈很想你。"

是的,她就是单纯地想阿闲了,并不是因为想要阿闲手中的股份,也不是为了保住自己的总裁位置,只是一个母亲对儿子的思念。

她真的已经有很多天没有看见儿子了。

阿闲似乎并没有被金灿灿关心的话语所感动,脸上还是刻意的疏离,他抗拒道:"你只要有你的事业就好了,又怎么会想起我?难道你又要对我说,你做的这一切,都是为了我吗?"

阿闲只要想到母亲对小镇做的那些事情,他的心里就撕裂般的不好受，而母亲却每次都对他说，她做的这一切，都是为了他，为了他的将来能有更好的生活。

难道母亲不知道，这对他来说，是多么大的压力吗？当那些事情排山倒海地朝着他压过来的时候，他感觉到自己都快窒息了，根本不能呼吸，就算他用尽了全身力气，也无法挣脱那种感觉。

母亲的话，像一张大网，将他圈禁在里面，逼着他想逃离。

似乎听出了阿闲话里的冲动，金灿灿有些担心地安慰阿闲："阿闲，你别冲动，我觉得，我们应该坐下来好好聊聊。"

除了要和阿闲谈谈股权的事情外，她也真的是好久没有看见阿闲那孩子了。她想要见到他，哪怕只是一眼，也行。

"是吗，可是我觉得没有必要，你的助理应该告诉过你了，等你变成我心中善良正直的妈妈时，我们再坐下来聊，现在，请恕我不奉陪了。"

阿闲的心里对于金灿灿还是排斥的，每当夜深人静，他想到自己的母亲对小镇人们所做的事情，他就有一种浓浓的负罪感。这种感觉挥之不去，在他的心头萦绕着，让他食不知味，睡不安寝。

可偏偏，自己的母亲根本没有意识到自己的错误，到现在，也没有去向小镇的人们承认自己的错误，这让他更加无法忍受，更加别说原谅了。

"阿闲，妈妈……"妈妈需要你的帮助。金灿灿的后半句话，还没有说完，阿闲便挂断了电话。

金灿灿听着电话那头的忙音，手无力地垂了下来，脸上的假面具也碎了。她现在真的很无助，别人眼中强势的她，都是她伪装出来的。

小时候，她将自己伪装成一个刺猬，她以为那样，别人就不会嘲笑她是没人要的野孩子，就不会欺负她，可是她错了，刺猬有的时候也会不小心扎到自己，扎到自己也一样会痛。

长大后，她将自己包裹得严严实实，别人根本不知道她的真实想法，在别人的眼里，她一向是高冷的，不屑一顾的态度，只是，再强势,再高冷,她也只是个女人,她需要关怀和爱,可是,她从小到大,那么渴望的东西,却总是离她那么远。

难道,她金灿灿此生,就注定要一个人孤独终老吗?金灿灿摇头,心里有太多的不甘心。

金灿灿别墅内。

金灿灿躺在沙发上,桌上酒瓶里的酒,还剩下小半瓶,地上横七竖八地倒着几个空酒瓶,整个客厅里弥漫着颓废的气息。

用人们都躲在房间里不敢出来,只透过门缝,偷偷地打量着金灿灿。

小少爷已经很多天没有回来了,而夫人天天借酒消愁,连公司的事情都不管,全部交给了秘书管理,她们这些做用人的大气都不敢出,生怕一个不注意,会引火烧身。

屋子里安静得可怕,连一根针掉在地上都能听得见,阿闲回到家的时候,看见的就是这么一幅景象。

阿闲看见这样的金灿灿,心里一阵心疼,但他也只是忍住上前的冲动,冷淡地看了一眼金灿灿,便头也不回地去了自己的房间,收拾行李。

金灿灿本来看见儿子回来是很高兴的,她努力地坐直自己的身子,想给儿子一个微笑,却因为酒精的作用,最后无力地倒在了沙发上。

阿闲在房间里,简单地收拾了几件衣服后,便拖着行李箱,走到了桌子前。

他放下手中的钥匙,对着金灿灿说:"这是别墅的钥匙,还给你,我走了。"

"儿子,你要去哪里?"看到阿闲这个样子,金灿灿一阵心慌,一种熟悉的恐惧感将她笼罩。

"我要去和姥姥一起住,你这个房子,我住不起。"阿闲赌气道。

"儿子,你不要走,不要离开妈妈,妈妈不能没有你。"金灿灿紧张抓住阿闲的手不放,心里的恐慌在全身蔓延:她从小就是一个人生活，她知道一个人生活有多么的孤独，她害怕，害怕自己再承受一次那种孤独，那比让她死，还要难受。

"我必须走，因为，我已经没有办法和你住在一起了。"阿闲掰开金灿灿的手，态度很坚决。

金灿灿的眼泪不自觉地流了下来，脸上挂着恐慌，她战抖着双肩问着阿闲："为什么，儿子，我们以前不是一直生活在一起吗？怎么突然就不能住在一起了呢？"

阿闲看着金灿灿现在的样子，眼神里是满满的痛苦，他闭上眼睛深吸了一口气，反问道："你觉得一样？以前在我的印象里，我的妈妈是善良的、正直的，可是现在我的印象中，我的妈妈早就已经变了，变到我无法面对，你知道那种感受吗？"

阿闲的心里有万根针刺过，他心中那个善良正直的妈妈消失了，眼前的这个妈妈，他根本就不知道她是谁。

"阿闲。"

金灿灿踉跄地后退了一步，是啊，她又何尝不知道自己已经变了，变得连她自己都不敢去看现在的自己。

这么多年，她每天在商场上摸爬滚打，一天又一天的历练，商场上的尔虞我诈已经被她学以致用。在商场里，她大刀阔斧，发挥得淋漓尽致，早已经忘记了自己当初的初衷。

只是，这一切的一切，都是为了阿闲，为了他们孤儿寡母的不受外来人的欺负啊。阿闲为什么就不能体会到她的用心？

阿闲看着金灿灿这个样子，眼中有一丝失望闪过，他心痛地对着金灿灿说："妈，你知道吗？小镇是我的梦想，却被你亲手给毁了，小师妹是我的梦想，也被你亲手给毁了，和你生活在一起，我不知道我每天都在干什么，我还能干什么，可是和姥姥在一起，我能清楚地知道，自己是谁，自己能做什么，能和什么样的朋友在一起玩，你懂吗？"

提到小师妹，阿闲的心中又是一阵苦涩！

小镇情缘 下

"儿子，妈妈也不想这样，妈妈也不想的……"金灿灿边摇头边往后退，直到退到墙边，无路可退。她无力地靠着墙角滑到了地上，脸上是满满的泪水。

"我知道，所以我没有资格怪你，我只有怪我自己，怪我自己为什么非要出生在这个家里。"阿闲看着金灿灿嘲讽地说道。

人人都羡慕他是富二代，有用不尽的金银珠宝，锦衣玉食，可是，又有谁知道，这是不是他想要的？

他所崇尚的自由，自身价值，在这个家里，他一点都找不到。这么多年来，他感觉到自己的人生过得毫无价值，一点意义都没有。

现在，他要放弃这里的一切，去寻找真正的自己，至于妈妈，他需要时间。也许时间能改变一切，改善他们的关系吧。

"儿子，你不能离开妈妈，妈妈最近生活得很辛苦，你不理妈妈，公司的股东们逼着妈妈下台，妈妈真的，真的感觉走投无路了啊……"金灿灿看着阿闲决绝的样子，心里的恐慌更加深了，她知道自己已经无力回天，却还是死死地拽着阿闲的胳膊，希望他能改变主意留在这个家里。

她尽量将自己最近的遭遇说得凄惨，以此来得到阿闲的同情，说不定阿闲一个心软，就留下来不走了呢。

对于金灿灿最近发生的事情，阿闲其实是知道的，只是，他觉得，凭着母亲的能力，一定有办法自己解决，根本不需要他来伸手。

阿闲看着金灿灿这个样子，叹了口气，他将金灿灿抓着她胳膊的手，一个手指一个手指地掰开，待到完全掰开金灿灿的手，才认真地对着金灿灿一个字一个字清晰地说：如果可以选择，我真希望自己不是你的儿子，从来都不是！"

说完，他便拖着行李箱，走了出去。

"儿子，你回来。儿子……"金灿灿追到门口，看着阿闲离去的身影，绝望到了极点。

为什么，为什么每个人都要放开她的手，为什么每个人都要离开她,她到底做错了什么?

渴望被爱有错吗?

渴望亲情有错吗?

她到底为什么,会沦落到今天这样悲惨的地步?

金灿灿不小心被脚下的酒瓶绊倒,也许是因为摔得太痛,也或许是心太痛,她趴在地上,半天都没有爬起来。一旁的用人被她的样子吓得半死,连忙都跑了过来,想扶金灿灿站起来。

金灿灿却大手一挥,将用人推倒在了地上。她是金灿灿,高高在上的晟世房地产公司的总裁,她何曾需要别人伸出援手过?

金灿灿用力擦了一把自己早已经模糊的脸,嘲讽地站了起来,像是用尽全身的力气般,一步一步地往房间挪去。

回到房间,金灿灿的心一下子变得坚硬,看着镜子里的自己,心灵变得扭曲。

金灿灿心里恨恨地想着:阿闲,母亲,既然你们都不要我,那我便一个人过。我就不信,没有了你们,我金灿灿一个人还生活不了了?

金灿灿努力控制好自己的情绪,她用力地脱掉自己身上的衣服,胡乱抹了把脸。

然后便一个人,默默地坐到了梳妆台前。

金灿灿看着镜子中的自己,眉头紧锁,眉宇间满是忧愁,脸上哪里还有半点高冷、强势的样子?

不行,金灿灿,你快振作起来,你这样萎靡,还怎么应付一周后的董事会?

金灿灿努力地在心里跟自己较劲,想让自己恢复过来,却在这时,听见房门被敲响的声音。

"什么事情?"金灿灿阴沉着脸问道。这个时候,她真的很不喜欢有人来打扰她。

"夫人,有一位夏女士,说要找你,她说,她是你母亲,所以,我就把她放进来了。"管家的声音从外面传来。

其实他可以确定,外面的那个人就是夫人的母亲,因为她和夫人长得是那么相像,如果不是亲母女,那也太巧合了。

金灿灿一听是母亲来找自己,便来到了二楼的楼梯口处,正好看见坐在客厅沙发上,一脸愁容的母亲。

金灿灿的眼神有微微的不悦,她严厉地对着管家说:"多事。"

她调整好自己的状态,边往下走,边用大家都能听得到的声音说道:"管家,你在我这里干了这么多年了,难道不知道,冒充我父母、兄弟姐妹的人比比皆是,目的只是想到我这里揩点油而已,随便给她几个钱打发了就是,干吗将人领到屋子里来?"

金灿灿的这句话,根本不是说给管家听的,而是说给坐在沙发上的夏奶奶听的,她纯粹地是想报复。

"对不起夫人,我下次一定注意。"管家连忙向着金灿灿道歉,心中却冒出了无数个问号。

难道自己真的搞错了吗,可是这个夏女士,看上去和夫人真的好像啊。

"灿灿!"对于金灿灿的刻意否认,夏奶奶并没有太放在心上,来的时候,她已经做好了被拒之门外的准备。

没想到,管家人很好,还让她进来了,而且见到了灿灿,这比什么都重要。

至于灿灿说的那几句否认她的话,她一点都不计较,亲母女总归是亲母女,那是永远都改变不了的事实,血缘是永远抹灭不掉的证据。

金灿灿皱了皱眉,她不喜欢母亲这样云淡风轻的表情,仿佛她的一切,都跟她没有关系似的,不管她如何地激怒她,她都没有任何情绪,别人说,只有不在乎,才会没有情绪波动。

母亲现在的样子,就像是在对她说,她一点都不在乎她这个女儿。

想到这里,金灿灿的语气变得有些冷:"夏女士,请问有什么事情吗?"

"灿灿,你最近过得好吗?"夏奶奶用担忧的眼神看着金灿灿。

这些担忧的表情，看在金灿灿的眼里，全部都变成了虚伪，她不答反问道："你看呢，你觉得我最近会过得很好吗？你是希望我过得好呢，还是不好呢？"

"灿灿，我，我当然是希望你过得好。"夏奶奶的眼神里有心痛划过，她想上前抓住金灿灿的手，却又犹豫着不敢上前，她怕金灿灿讨厌她这种亲密的举动。

金灿灿并不知道夏奶奶心中的想法，只不耐烦地想让夏奶奶说明白来意："好吧，别的废话不多说，你来找我做什么？你说吧，我会洗耳恭听的。"

"灿灿，妈妈知道你最近事业不顺利，董事会的人要逼你下台。"夏奶奶边说，边打量着金灿灿的表情。她怕自己说得太直白，让金灿灿心里不高兴。

果然，金灿灿在听了夏奶奶的话后，脸色变得有些难看。她眼神锐利地盯着自己的母亲，说出口的话带着疏离："所以呢，夏女士，你是来看我笑话的吗？还是，又要来跟我说什么大道理？如果是这样的话，那你就请回吧，我根本不需要。"

"灿灿，你误会妈妈了，妈妈不是那个意思，妈妈只是来给你送这个的。"夏奶奶有点着急，她怕灿灿误会自己的意思，连忙将支票递到了金灿灿的面前。

夏奶奶忍不住地叹了口气。她们母女之间的隔阂太深了，深到让她都不知道自己用什么办法，才能够去化解。

金灿灿看着夏奶奶递来的支票，伸手接过，眼神扫了一下支票上的金额，随后便讽刺地笑着对夏奶奶说："支票？金额不小啊，看来夏女士这么些年，也不是如外界说的那样，都是义诊啊！背地里，一定收了不少黑钱吧。"

金灿灿明明知道自己的母亲并不是这样的人，但是她就是控制不住想刺激她，她觉得只有那样，她的心里才能好受点，才能弥补一点过去自己所受过的痛苦。

573

可是奇怪的是,她讽刺完自己的母亲后,心里并没有一丝的快乐,这种感觉糟糕透了,让金灿灿的心情越发地烦躁了起来。

"不是的,灿灿,我为小镇居民看病,从来没有收过他们的钱,更别说黑钱了。"夏奶奶不想自己在自己女儿心目中的形象太糟糕,连忙向金灿灿解释。

金灿灿拿着支票,在夏奶奶的眼前晃了晃,态度傲慢而无礼,她看着夏奶奶,语气咄咄逼人:"是吗?既然这样,那这些钱,你怎么解释?"

"灿灿,这是小镇的居民,在报纸上看见你的新闻,知道我和你是母女关系,所以,到我家门口,捐献出来的。他们让我拿着这笔钱来帮助你渡过难关。"

夏奶奶说这话的时候,眼睛一直盯着金灿灿的表情。她希望从金灿灿的表情中看出一点点松动,她想用小镇居民善良的举动,打动灿灿的心。

金灿灿在听到夏奶奶说,支票来源是小镇居民的时候,心里其实是很震撼的。

当初为了收购小镇地皮,她真的做了太多出格的事情。她从来没有想过,在她遇到困难的时候,第一个跳出来帮助她的人,居然是小镇的居民。

心里的防线似乎在崩溃,但是,她还是嘲讽地对夏奶奶说:"他们会这么好心,来赞助我这样一个曾经伤害过他们的人?"

夏奶奶从金灿灿的眼神里捕捉到了一丝的松动,虽然很快便一闪而过,但是,还是被夏奶奶看到了:"我和阿闲,都没有说你做的那些事情。他们只知道,你要收购他们的地皮,并不知道,你暗地里做的那些事情,我和阿闲,是希望有一天,你能自己明白过来,去求得他们的原谅。"

她希望,灿灿能够走出过去的阴影,做一个活在阳光里的正直的人。

"所以呢，你是要我感谢你吗？"金灿灿听着夏奶奶的话，不屑地笑出了声，心里很痛苦。

"不是的，灿灿，我只是想告诉你，这个世界还是很美好的。你不要再在自己的圈子里不出来，你走出来看看，外面的世界，真的很美好。"夏奶奶努力地对金灿灿说着自己心中认为的世界。她希望，通过自己的劝说，金灿灿能够理解这个世界的另一面，从而，放下负担，愉快生活。

"够了，夏女士，请你不要再拿你的那套大道理来教育我，我不需要，还有，拿着你的支票离开这里，虽然我金灿灿时运不济，但是还没有到需要你们集体给我捐钱的程度。"

金灿灿打断夏奶奶的话，快速转过身，眼泪已经在眼眶中打转。小镇居民的举动，她不是不感动，只是，她现在根本不可能一下子就走出来。从小到大，她都是活在对母亲的怨恨中，从来没有想过好好地看看这个世界，看看小镇。

她做了那么多伤害小镇居民的事情，她又怎么能够装作什么事情都没有发生过的，接受小镇居民的好意呢？

"灿灿……"夏奶奶并不知金灿灿心里的想法，她看着突然背对着她的金灿灿，一时间竟然不知道说什么话才好，只能无力地在后面叫着她的名字。

两个人默默地站了一会儿，夏奶奶见金灿灿没有要转过身来的样子，无奈地叹了口气，对着金灿灿的背影说："那我不打扰你了，灿灿，记住，有什么事情过不去的，就给妈妈打电话，妈妈的手机随时为你准备着。"

说完，夏奶奶放下手中的支票，便转身离开了。

等到夏奶奶走远，金灿灿转身，看到桌子上的支票时，情绪再也控制不住，她强忍住自己的泪水，她不想让家里的用人们，看见她软弱的一面。

昨天，是她在别人面前的最后一次示弱，以后她都不会再这样。

金灿灿来到了自己的房间,蹲身坐在房间的地板上,看着墙上的时钟嘀嘀嗒嗒地走着,脑海中都是阿闲和母亲对她失望的眼神,眼泪再也控制不住地流了下来。

"如果可以选择,我真希望自己不是你的儿子,从来都不是!"

"灿灿,妈妈求求你,不要再这样了,你这样会伤害好多人的。"

"灿灿,你不能再这样下去了,再这样下去,你会众叛亲离的。"

"哈哈哈哈,哈哈哈哈……"没来由地,金灿灿近乎疯狂地笑了起来,她真的如母亲所说的,众叛亲离了呢。

小时候,父母丢下她一个人的时候,她就发过誓,要努力让自己变得强大,她长大了,要住豪华的大房间,要找一大群用人,她以为那样自己就不会孤独。

所以她拼命地学习,努力地工作,可是现在,这样的生活真的是她所希望要的吗?

小时候的誓言,她如今都实现了,可是,她真的很幸福了吗?

没有了母亲,没有了儿子,她真的可以快乐吗?

她真的恨母亲吗?还是这一切,只是为了自己不择手段完成她商业蓝图的一种假象?

一个又一个疑问,占据了金灿灿的整个脑海。

第九章

　　第二天，金灿灿一大早便起床下了楼，经过昨天晚上的事情，用人们都知道金灿灿今天早上的心情不会好到哪里去，所有连呼吸都小心翼翼的，尽量能躲多远就躲多远，以免撞到金灿灿的枪口上工作不保。

　　看着家里用人小心翼翼的样子，金灿灿心里自嘲：金灿灿，看看你平时都做了些什么，别人才会怕你怕成这样，恨不得离你三丈远。

　　管家恭恭敬敬地上前，殷勤地对金灿灿说："金总，司机已经在外面了，您要吃点什么早餐？"

　　每天早晨喝一杯蜂蜜水是金灿灿的习惯，一旁的用人从进这里工作的第一天就被管家叮嘱过，不管金灿灿早上什么时候起来，他们都要准时地送上蜂蜜水，所以，今天早上一看到金灿灿，就连忙端上了蜂蜜水。

　　"今天不用让司机送我，我不去公司，待会儿我自己一个人出去转转。"金灿灿接过用人递过来的蜂蜜水喝了一口，然后将水杯放下，就朝着自家的车库走去。

　　经过昨天晚上的一系列事情，她认为自己很需要一个人静静，一个人仔细想想，究竟问题出现在哪里。

　　而现在唯一能让她想去的地方，便是小镇。

　　从前，她带着有色的眼光看着小镇，所以总觉得那里有她挥之不去的黑色记忆，只要到了小镇，孤独和恐惧就会包围他。她就会感觉到一种窒息,所以让她对小镇总是爱不起来。

今天,她想试着放下心中的怨恨,打开自己真正的心去看看这个小镇,真正去体会小镇居民的生活,看看和自己记忆中的是不是一样。

"好的。"管家安静地退下。

金灿灿来到车库,挑了一辆不是很显眼的车。她今天要去小镇,不是以晟世房地产公司总裁的身份,而是以小镇居民金灿灿的身份,所以,她不想太招摇。

金灿灿发动车子,一路开到了小镇。她将车子停在小镇停车场,然后独自下了车。

金灿灿下了车,深深地吸了一口气,抬头看向天空,她是有多久没有这么放松过了?

金灿灿发现,小镇似乎今天格外的不同,这里的天很蓝,云很白,一切都是那么的恬静适宜,完全不是她记忆中的样子。

以前的她从来都没有注意到,原来小镇的天空,可以这么的蓝。

金灿灿沿着小镇道路慢慢走着,她放宽心态,像一个小镇居民一样,融入到小镇的生活中去。

也是因为这种平和的心态,她才发现,原来,小镇早已经不是小时候的模样,她记忆中的小镇是孤独,是抛弃,是背井离乡。

可现在她眼中的小镇是宁静,是美好,是安逸和知足……

金灿灿在心里感叹,原来,不管生活在什么样的环境下,一个人的心态很重要。小镇从来都在这里没有变过,变的只是人心。

小镇的人们,脸上总是挂着满足惬意的笑容,原来,他们一直都是这么的幸福。

想想自己之前做的事情,她差点亲手就将这一切的美好给抹灭了,她似乎有点能够明白,为什么母亲和儿子都会对她那么的失望了。

或许,她做事可以不那么的激进。

说到母亲,自己其实对她不是恨,她只是想得到母亲的认可和爱,既然是这样,又何必要互相伤害?其实,她一直都错了。

她渴望母亲的爱，就对着母亲说出来。她现在什么都不说，只是用自己所认为的对的方式，一味地去伤害，去碰撞，到头来，只会让自己也遍体鳞伤。

　　要什么就说出来，她不说，母亲又怎么会知道呢？

　　金灿灿脸上挂着一抹释然的笑，心里的怨气，似乎也跟着消散了不少。

　　金灿灿的心中生出一股强烈的感觉，这种感觉在她心中慢慢发酵，促使她的心情也跟着飞扬了起来。

　　她突然飞快地转身，像个孩子般，往小镇的深巷中跑去。

　　金灿灿来到夏奶奶家门口的时候，已经累到不行了，可是她的心情却还是格外的激动。她感觉到心中有一种情感，似乎时刻都准备着宣泄而出。

　　她抬手，没有一丝犹豫，轻轻地敲着屋子的门，却发现门并没有上锁。她知道母亲有不给屋子上锁的习惯，索性就走了进去。

　　屋子里的一切都没有变，和她小时候离开时的样子几乎一模一样，只是，这里根本没有了她记忆中的阴影，而是透露出一股家的味道。

　　金灿灿暗暗地嘲笑了自己一番：金灿灿，你瞧，原来记忆也是会骗人的。

　　金灿灿环视四周，用目光打量这一切，嘴角因为回忆，微微扬起。

　　小时候，父亲和母亲都很忙，可是不管多忙，母亲再晚回来，都会给她煮一碗面，因为母亲怕她饿到。

　　母亲总是很忙，她每天总是固执地等着她回来，可是到了最后，自己总会不小心地睡着，当她每次醒来的时候，身上都会多出一条毯子或者一件衣服。

　　记忆中，她身上只要有磨坏的衣服，第二天起床，总会发现破掉的衣服，已经被缝补好了。

　　小时候的自己很傻，以为是有田螺姑娘偷偷地在自己睡着的时候帮了自己，心里总是对田螺姑娘充满了感激。

金灿灿的记忆回笼,眼泪不断地往下掉,原来,母亲对她的爱如此的深沉,根本不像她记忆中的那样。为什么自己到现在,才明白过来呢?

金灿灿努力擦拭着自己的眼泪,继续往屋里走,却看见母亲正在努力擦拭着自己的双手。

夏奶奶擦拭双手的神情很专注,根本没有注意到金灿灿的身影。

等到夏奶奶彻底地将双手都擦拭完了,她才满意地将自己的双手伸到了自己的面前,深情地注视着。

她嘴里喃喃地道:"老头子,当年若不是你将这双手给了我,我根本不可能活到现在,还记得你临走之前留给我的话吗?你让我坚强,让我和生命做斗争,让我带着你的爱活下去,用你的眼睛看这世间的美好,用你的心去感受这世界的美好,用你的双手去改造这个世界。"

夏奶奶说到这里,眼眶泛红,她低下头叹息一声,继续说:"其实,我懂你的意思,你是想让我用爱与奉献,带着你留下的爱,来改变这个世界,对吗?"

想到当初金爷爷为了自己所做的事情,夏奶奶的眼泪就忍不住地流了下来。

这么多年了,夏奶奶从来没有这么崩溃过。她总是尽量地让自己忙碌,然后让自己忘记有关金爷爷的一切,她以为她很坚强,她以为只要短暂地忘记,就不会疼痛。

这么多年,她都一直这么自信地生活着,可是直到如今,她看到灿灿对自己的态度和表情后才明白,原来自己不是想象中的那么坚强,她需要亲情,需要自己的女儿灿灿。

"当初,如果不是因为你的这个信念,我也不会活到现在,早就跟着你去了,你知道吗?这么多年来,我一直因为你的这个信念,却忽略了我们的女儿灿灿,而这些忽略,以至于让我和她走到了现在这样的地步。"

提到自己的女儿灿灿,夏奶奶的眉头不自觉地皱了起来,神情痛苦。

想到那天在镇政府门口，灿灿看她的眼神，对她说的那些话，她的心口就一阵剧痛。

她继续自言自语道："那天在镇政府门口，看见灿灿的时候，我是多么的激动啊！可是，当我从她眼中看到了满满的恨意时，我的心里有多害怕，你知道吗？她根本不知道，我从来都没有抛弃过她，我一直把她放在我心的最深处啊。"

灿灿是她的亲生女儿，是她身上掉下来的一块肉，她怎么舍得抛弃？这世界上，怎么会有抛弃自己孩子的母亲？

夏奶奶摇摇头，语气中有点绝望："只是，我的这些念头，还没来得及对灿灿说过，因为她根本不给我机会。她根本不愿意听我说话，在她的眼里，我说的话，做的事，都是虚情假意，惺惺作态。老头子，我该怎么办？"

夏奶奶想到金灿灿对自己的态度，无奈地长叹了一口气，她用双手轻轻抚摸自己脸庞，眼泪不自觉地流了下来："灿灿从小便是个乖巧上进的孩子，成绩总是班里第一，从来不用我们操心。她也没有对我们说过心里的想法，我以为，她一直都明白我对她的爱。可是我错了，我的粗心大意和疏忽，让灿灿的性格完全变了样，甚至，对我有了那么深的恨意，我和她连说几句话，都成了困难。"

夏奶奶承认，自己年轻的时候的确是大意了，疏忽了灿灿的感受，把她一个人放在寄宿学校，她以为那里生活有老师照料着，不至于饿到灿灿，冻到灿灿。没有想到，自己的疏忽，竟然给灿灿带来了这么大的伤害。

既然是她的责任，那她就要负责，夏奶奶收回回忆，神情认真地看着自己的双手，像是下定了决心般说："老头子，你放心，灿灿是我们的女儿，不管怎么样，我都不会放弃她，她变成这样，都是我们的错，既然你不在了，那我就一个人去改变她。我相信，灿灿骨子里还是个善良的孩子，我自己的孩子，我有信心改变她。"

夏奶奶看着自己的双手,脸上充满自信,却在不经意间听见了门外传来的一声又一声的抽泣声。她疑惑地抬头,看向门外,却见自己的女儿灿灿站在门外,脸上挂满了泪水。

金灿灿站在门外,刚才母亲的话,她都听见了,心里对母亲的误会,已经解开,恨意一旦消失,亲情便如潮水般涌了出来。

她看见夏奶奶出来,情感已经完全失控,战抖着嘴唇,只喊了一声:"妈……"之后便再也说不出话来。

"灿灿……"夏奶奶听见金灿灿的那句"妈",不敢相信这是真的,她一直以为,自己这辈子也许都听不到灿灿喊她一声妈,这辈子都不会得到灿灿的原谅。

只是,幸福来得太突然,她突然就愣在原地,不知道怎么办了。她怕这一切都是一场梦,她一动,梦就破碎了。

一句"妈"里包含了金灿灿太多复杂的感情,她尽量控制住自己的情绪,向母亲说出自己这么多年来的委屈。

"妈,其实我不是恨你,我做这么多,只是为了引起你的注意,得到你的肯定,因为我害怕,如果我不做这些,你就注意不到我,忘记我的存在。"

金灿灿抽泣着说:"妈,你知道吗?小时候一个人在学校宿舍,我真的好害怕,我真的好想有你在身边陪着我,可是每次你都不在,连个电话都没有。我就觉得,你肯定是忘记我了,肯定已经忘记了,你还有一个女儿。"

夏奶奶这是第一次听见金灿灿这么直白地表达自己的情感,心里有太多的愧疚,只能化作眼泪,她拼命地摇着头,流着泪说,"灿灿,不是这样的,妈妈从来没有忘记过你。妈妈一直把你放在心的最深处。"

灿灿擦了擦自己的眼泪,继续回忆。

"同学们看我暑假都不回家,还住校,就都笑我,说我是没有父母的野孩子,没人要我。为了让他们不嘲笑我,我拼命学习,拼命拿第一,言语也变得刻薄,言辞激烈,为的就是将自己武装起来,不让别人伤害到我。我以为，只要我浑身长满了刺，别人就伤害不到我，可是我错了，每到深夜，我还是会痛，还是会想你，想得到你的爱。"

金灿灿说着自己小时候经历过的事情，她以为自己只要提起那些往事，肯定会和以前一样，心里会很痛。可是奇怪的是，那种刺骨铭心的痛似乎已经没有，剩下的只是一抹淡然和放下。

困扰多年的心结，居然被解开了，伤口也在渐渐愈合，一切都在往好的方向发展。

一切的一切，都只是因为刚才母亲在屋里的那番自白。

如果说，在来的路上，她还有一丝犹豫的话，那么现在，她就是完全可以肯定，她从来要的都不是仇恨，她比谁都渴望亲情。

"灿灿，都是妈妈的错，妈妈不该不顾你的感受，你能原谅妈妈吗？"夏奶奶心如刀绞，她不知道，原来自己给女儿造成了那么多的伤害。她难以想象，女儿的童年，过得该有多么的无助啊，她很是心疼。

金灿灿擦干眼泪，对着夏奶奶摇了摇头："妈，我不怪你，你和父亲，真的没有错，都是我，太要强了。"

"灿灿，我的乖女儿啊，妈妈再也不会离开你，妈妈一定会用余生好好地爱你，以此来弥补小时候妈妈对你的亏欠。"夏奶奶激动地将金灿灿搂进怀里，母女俩相拥而泣。

一切的误会终于化解，金灿灿心里的大石头也终于放了下来，她擦干眼泪，放开夏奶奶，对着她认真说道："妈，既然我们的误会已经解释开了，那么，也是时候，我要为我做的事情负责了。"

"灿灿。"

金灿灿看着夏奶奶，长舒了一口气，郑重地说："妈，我要放弃收购小镇的计划，还小镇一个安宁的生活。"

"灿灿，你真的要放弃？"夏奶奶的眼中划过一丝惊喜，之前因为要收购小镇，小镇人的生活，或多或少地都受到了一些影响，她也尝试过劝灿灿收手，可是都以失败告终，现在灿灿自己提出来要放弃收购小镇，她自然心里是很高兴的。

"嗯,妈,以前我要收购小镇,只是想向你证明自己,引起你的注意。现在,我已经不需要了,因为我现在才知道,妈妈的心里一直都有我,而且,在我最困难的时候,向我伸出援手的,只有小镇的人们。他们都不知道,我以前做了那么多对不起他们的事情,看到他们的钱,我觉得很内疚。"

金灿灿点头,以前的自己错得太离谱,想法太过偏激,以至于做了那么多的错事,害了别人,也害苦了自己,只要她看到小镇居民为了帮助她而筹集的钱,心里就对小镇的居民充满了内疚。

她决定从现在开始,改正自己的错误,还大家一个最美的小镇。

"灿灿,你果然是妈妈的乖女儿。"夏奶奶欣慰地点头,看向金灿灿的眼神更加慈祥。

夏奶奶的心里有点激动,她没有想到,灿灿会这么快就想通了一切。她还想着,怎么才能劝着灿灿放弃收购小镇的计划呢,没想到,灿灿自己就提了出来。

"妈妈,我还要去向那些我伤害过的人道歉,请求他们的原谅。"金灿灿从来都是个敢作敢当的性格,既然已经决定道歉,那就要彻底,她要跟所有她伤害过的人道歉,请求大家的原谅。

"妈妈陪你一起去。"夏奶奶很赞同自己女儿的想法,她也以有这样的女儿而感到自豪,这个时候,她一定要和女儿一起,给她勇气。

"不,妈妈,我自己一个人去,我不想让妈妈看见我不好的一面。"金灿灿知道母亲的心意,只是,这些事情都是自己做的,妈妈为小镇的人奉献了一辈子。她不想因为她这个女儿,而破坏了妈妈在小镇人心目中的美好形象。

"傻孩子,不管你怎样,都是妈妈的女儿,这是毋庸置疑的,妈妈又怎么会嫌弃你?"夏奶奶慈祥地看着金灿灿,眼里的爱意很是明显,让金灿灿心里一暖。

她有些感动,但还是坚持自己的想法:"我知道,可是我还是希望妈妈能够尊重我的决定。"

夏奶奶看着金灿灿，发现她的眼神很认真，犹豫了一会儿后，她还是决定尊重灿灿的决定，她拍了拍金灿灿的手开口说："既然你坚持，那我支持你。"

"还有，阿闲他……"金灿灿似乎心里有点犹豫，说了半句便停住了，不知道她的阿闲，现在怎么样了，她真的好担心。

"你放心，阿闲在妈妈这里一切都好，妈妈也会劝他的。"灿灿和阿闲闹矛盾的事情，她已经听说了，她也劝过阿闲，但是阿闲毕竟还年轻，有点年轻气盛，一时接受不了也是正常的，现在灿灿变了，相信阿闲很快就会原谅灿灿的。

"嗯。"金灿灿的眼神里都是感激。

等一切办完，她给助理打了个电话，说出自己决定放弃收购小镇的计划，助理在电话那头有点错愕："金总，为什么要放弃收购计划？这个计划，我们已经准备了好久。"

"因为我发现了比金钱更有价值的东西。"金灿灿的心情格外好，让助理有点难以置信。

金总到底心里在想些什么啊？

现在金总的处境很艰难，董事会的人一个星期后就要召开罢免董事会。这个时候，如果金总能够做出一番成绩的话，没有阿闲小少爷的支持，她也能稳坐晟世地产公司的总裁位置。

可是如果，现在放弃收购小镇计划的话，就真的什么都没有了。

"金总。"助理还有点不甘心，他想继续劝说金灿灿，却被金灿灿的话给打断了。

金灿灿的语气又恢复了以往的命令式，对着电话那头的助理直接命令道："好了，照我的话做，我要工作小组，一天内，撤出小镇。"

"知道了，金总。"虽然助理的心里还有怨言，但是对于金灿灿的话，助理不敢怠慢，收到命令后，连忙放下电话，去各部门执行金灿灿交代的事情了。

在金灿灿的安排下，驻扎小镇的工作小组很快就撤出了小镇，金灿灿则自己拎着礼品，挨家挨户去道歉。

金灿灿来到农庄的时候，小师妹和小志正在帮花园里的花草浇水，看见金灿灿，小师妹的脸顿时垮了下来。小志也因为日记本的事情，对金灿灿充满了防备，他不明白，金灿灿公司内部的事情还没有得到解决，她怎么会有闲工夫跑到镇长家里来。

金灿灿拎着礼品就要往屋里走，她要找的人是镇长，并不是小师妹和小志。

"你来干什么？"小师妹扔下水壶，拦住了金灿灿的路，虽然她之前也参与了帮助金灿灿的事情，但是一码归一码。

她帮助金灿灿不代表自己就对她没有戒心，想到之前金灿灿逼迫爷爷卖私塾的事情，小师妹的心里还是很不舒服。

见小师妹这样，金灿灿也不恼，她低头态度温和地对小师妹问："小师妹，你爷爷在家吗？"

"你想干什么？私塾危机我们已经解决了，我们不需要你的钱了，而且，你们公司内，不是还有很多事情吗？你为什么还要来我家？"

小师妹对金灿灿充满了防备，她觉得金灿灿太危险了。她根本不是她的对手，所以，最保险的方法，还是让她赶紧离开比较好。

现在这个时刻，对于金灿灿来说也是很重要的，难道，她想让爷爷卖私塾给她，然后做出一番成绩，好堵住董事会那帮董事的嘴，让她牢牢地坐稳晟世地产公司总裁的位置吗？

想到这里，小师妹看向金灿灿的眼神，更加充满了敌意。

"小师妹，你误会了，我是来找你爷爷赔礼道歉的。"金灿灿连忙笑着对小师妹解释，并拿着自己手里的礼品，在小师妹面前晃了晃。

她不希望小师妹误会自己，很想尽快地融入小镇这个大家庭中去。她的根在这里，她想尽快地成为他们中的一员。

"赔礼道歉？"小师妹有点疑惑，据她所知，金灿灿只是想要收购他们家私塾而已，至于赔礼道歉什么的，又是从何说起呢？

她好像也没有做什么对不起他们家的事情吧？

"是的。"金灿灿的脸色变了变，最后还是点头承认。

看见金灿灿点头，小师妹更加糊涂了，她歪着头想了想，发现自己实在想不出个所以然来，有点郁闷地挠了挠头。

正当小师妹百思不得其解的时候，镇长的声音传了过来："是金总来了？请进吧。"

原来，镇长看小志和小师妹在外面浇花浇了这么久都不回来，心里有点着急，所以准备出来找他们。

却发现了拎着礼品站在门外的金灿灿，金灿灿是夏奶奶的女儿，那么说来，金灿灿也算是小镇的一员了。

"来者都是客。"镇长毕竟是长辈，不会做出小师妹那样年轻气盛的事情来，再说，金灿灿也没有做什么大逆不道的事情，他还不至于将人堵在门外，不让她进来。

两人在沙发上坐定后，小师妹在镇长的吩咐下，去给金灿灿倒了一杯茶，金灿灿看着面前的茶，心里有阵暖流。

金灿灿简单明了地说明了自己今天来农庄的目的，她没有为自己辩解，她认为错了就是错了，一切的解释，都只是借口。

她礼貌地将礼品放在了桌上，然后抬头，看着一脸和蔼表情看着她的镇长，郑重地对着镇长说："镇长，你好，我是来赔罪的。"

金灿灿的表情很诚恳，没有一点虚伪敷衍的样子，着实让镇长感觉有点蒙。

"金总你这话言重了，你有哪里对不起我吗？"镇长有点莫名其妙，他和小师妹一样，完全不知道金灿灿这赔礼道歉是从哪里说起的。

看见镇长和小师妹都一脸茫然的表情，金灿灿心里叹了口气，阿闲和母亲，心里都想着给她一点颜面，他们都没有告诉小镇的人们，自己做的那些事，金灿灿的心里有些许的安慰。

阿闲和母亲，这是在给她机会，让她亲自来找小镇居民赔罪呀，既然是这样，她可不能让儿子和母亲失望。

想到这里，金灿灿开口看着面前的镇长说道："其实，设备的事情,是我为了收购私塾地,而对您设的圈套,希望您不要怪我。"

镇长对金灿灿这突如其来的自我反省弄得有点错愕,他看着金灿灿,竟然一时间说不出话来。

一旁的小师妹听见金灿灿这话,差点急得要冲上去,对着金灿灿破口大骂,却最终被小志拦住了。

小志觉得,这是镇长和金灿灿的事情,应该由他们两人自己解决。

金灿灿看见镇长的反应,深吸了一口气继续说道:"我现在不奢望你能原谅我,但是,我希望能为自己做的事情负责。这是你当初给我们的货款,我还给您,另外,私塾设备的问题,我会出资解决,请不要担心。"

"你这是……"镇长对金灿灿的话还是有点蒙,他不明白金灿灿怎么会突然来找他赔罪,还说出了要资助私塾设备这样的话来。

他也确实没有想到,那些事情的幕后主使是金灿灿,心里多多少少还是有一些惊讶的。

"就算是我为了赎罪吧,对不起,还有谢谢你,之前为了我做的一切。"金灿灿说完这句话,便站起身,对着镇长深深鞠了一躬,转身离开。

金灿灿这一举动,不但向镇长道了歉,还将镇长之前帮助她的事情,都一并道了谢,金灿灿的改变,让所有人都大跌眼镜。

小师妹和镇长都被金灿灿的改变搞得迷糊了起来,愣在原地不知道做什么反应。

只有小志的头脑保持清醒,他追着金灿灿的脚步,来到了小河边,小河地处偏僻,几乎没有什么人。

小志环顾四周,见周围都没人了,便对着金灿灿的背影喊道:"你又想要什么花招?"

"我就知道你会跟来。"金灿灿的脚步顿住,嘴角微勾,低头从包里拿出一个东西,然后转过身看着小志。

"小志,这个东西,放在我身边太久了,我想我也可以物归原主了。"金灿灿说完，将东西递给了小志。

小志半信半疑地接过金灿灿手中的东西，打开一看，竟然是他之前被金灿灿拿走的日记本。

他疑惑地抬头，看着金灿灿。金灿灿对着他友好地笑了笑说："小志，你知道吗，我一直知道阿闲喜欢小师妹。从小到大，只要是阿闲想要的东西，我都会想方设法地帮他得到，我以为那样，他就会快乐。事实证明，真的不是这样的，我发现他不快乐，甚至痛苦，我才意识到，也许自己是真的错了。"

小志点头赞同金灿灿的说法："因为你根本不明白，小师妹根本不是东西，她是个活生生的人，她的感情，不是你所能操控的。"

说到小师妹，小志的眼中充满了温柔。

看着这样的小志，金灿灿点头，继续说道："是的，所以我说，我错了。每个人都有自己的幸福，而我，不该插手别人的幸福。"说完，便独自离开了。

小志站在原地，心里想着金灿灿的话，过了一会儿，脸上涌现出一股了然的笑意，他看着旁边的小河，将日记本扔了进去。

他也要丢掉自己的过去，幸福下去，就让过去的一切，随着这个没落河底的日记本一起不断地下沉吧。

小志亲眼看着笔记本下沉，然后转身离去。他要重新开始他的人生，而他的人生里，注定少不了小师妹。

这已经是第二家了，金灿灿拎着礼物，来到哈尼奶奶的果园。她抬头看向果园的果树，这里的果实刚刚被采摘完，树干上都是光秃秃的，一眼就能看到在果园里忙碌的哈尼奶奶。

金灿灿拎着礼物，也不打扰哈尼奶奶，只是静静地站在院子里等着。

哈尼奶奶忙完回来看见站在院子里的金灿灿，脸上有一些惊讶。金灿灿的事情她知道，她也参与了那次帮助金灿灿的事。

金灿灿之前让她卖掉果园，她自然可以对金灿灿的态度恶劣，可是一想到金灿灿是夏奶奶的女儿，哈尼奶奶便拉不下来脸让金灿灿走。

金灿灿知道哈尼奶奶对自己还是有心结的，她试着向哈尼奶奶主动打招呼："哈尼奶奶，您好。"

哈尼奶奶有些尴尬地看着面前的金灿灿问道："你来这里是？"

"哈尼奶奶，对不起，我之前做的一切都错了。我希望，能得到您的谅解。"金灿灿低头，有些内疚。

当初，她还将哈尼奶奶气得住进了医院，还好哈尼奶奶没有出什么事情，要是哈尼奶奶出了什么事情，她肯定会内疚一辈子。

哈尼奶奶本就是善良的人，这会儿听见金灿灿对着她认错，心情立马好转了起来："没关系，知道错了就好，我不怪你了，只要以后，你不要再那样，就行了。"

"不是的，哈尼奶奶，是我让那些水果收购商不和你合作的，差点害你的水果卖不出去，还害你住了院，我真的太对不起你了。"

金灿灿觉得，哈尼奶奶这么快原谅她，一定是因为她根本不知道自己背地里做的那些事情，要是哈尼奶奶知道那些事情，恐怕忙不迭地赶她走呢，怎么还会这么轻易就原谅她？

金灿灿低着头，不敢看哈尼奶奶的眼睛，她等着哈尼奶奶知道真相后，对她大发雷霆。

金灿灿回想起之前自己做的事情，确实很过分，就算哈尼奶奶打她一顿，也是应该的。毕竟，有错的是她，她既然做了这件事，就一定要负责。

哪知道，哈尼奶奶听见金灿灿的话后，不但没有发火，反而态度越发好了起来，她看着金灿灿说：

"灿灿，我很高兴，你能主动承认你自己的错误。我和你妈妈是老朋友了，不瞒你说，我今天看到你来的时候，我的心情是很复杂的，其实，我老早就知道，那次水果危机，是你在后面一手操纵的，只是我一直没有说出来而已。"

金灿灿有些吃惊地看着哈尼奶奶问："哈尼奶奶，您怎么会知

590

道？"

金灿灿之所以这么吃惊，是因为她知道，阿闲和母亲是绝对不会出卖她的，那么又是谁能告诉哈尼奶奶这些呢？

哈尼奶奶知道金灿灿是误会了，她继续说：

"当然，你妈妈肯定没有告诉我，是我自己猜出来的，所有的事情都是那么的巧合，而最后的受益者便是你，所以，很轻易地，我就猜到了，幕后的指使人是你。"

她虽然年纪大了，但是她并不笨，别人不知道，是因为别人根本没有往那方面想，而她，是果园的负责人，果园出了问题，她肯定是第一个在那儿想办法，想对策，想问题出在哪儿的。

所有的关键点一串联，她自然就知道，这件事情的幕后主使是谁了。

"哈尼奶奶。"金灿灿内疚地低下了头。哈尼奶奶知道这些事情，还在她困难的时候帮助她，这样的胸襟得有多么的广阔啊，金灿灿不由从心里佩服哈尼奶奶的大度，也为自己之前做的事情感到深深的内疚。

哈尼奶奶看着这样的金灿灿，眼神越发地慈祥了起来。金灿灿小的时候，她也是见过一两眼的，也知道小时候灿灿是怎样艰难生活的。

她心里一直认为，金灿灿也是个可怜的孩子，从小便受了太多的委屈，所以她从来都没怪过她。她只是渴望得到她母亲的关注，得到她母亲的爱而已，这一切，都不是她的错。

要是可以，她希望，她们母女能够和好，想到这里，哈尼奶奶拍了拍金灿灿的手说："你妈妈有你妈妈的难处，我不怪她帮你瞒着我，因为我能够体会到做母亲的那种心情。她是希望你自己来向我坦白，说出真相，孩子，她是在帮你摆脱心中的包袱啊。"

听到哈尼奶奶这么说，金灿灿的眼泪忍不住地流了下来，原来，每个人都看得比她深，比她明白。

所有人都看出来母亲对自己的爱，只有自己傻乎乎地看不到，还一再地伤害母亲，自己真是太幼稚了。

金灿灿用手擦了擦眼泪，对着哈尼奶奶说："哈尼奶奶，您放心，我和妈妈已经和好了。我以后一定好好对待她，一定不会再任性地伤害她了，我已经过了任性的年纪。我要的，只是一份普普通通的亲情。"

"这样我就放心了。"哈尼奶奶听见金灿灿说她们母女已经和好的事情，心里的大石头终于放了下来。

"哈尼奶奶，谢谢您能够原谅我，打扰了您这么久，真的很不好意思，我先回去了。"金灿灿的心情很激动，她发现，小镇总是处处给她惊喜。

以前她总是活在怨恨和空虚中，一点实在的感觉都没有，现在，在小镇居民的影响下，她发现自己越来越真实，渐渐开始明白什么是爱，什么是付出……

"回去吧，好好陪陪你母亲，她已经孤独了太久了。"哈尼奶奶看着金灿灿，真诚地说。

"嗯。"金灿灿郑重地点头。

第二天，金灿灿又去了陈杰瑞的饭店，莎莎的宠物店，大家都很善良，都选择了原谅她。

金灿灿这两天都在忙着道歉，她没有让助理陪着自己，因为她觉得决策都是她一个人做的，错在她一个人，别人没有必要和她一起承担。

她一个人拎着礼品，在小镇的大街小巷中穿梭，虽然累，但是心里却觉得很充实，她的心情很愉悦。

小镇的人，比她想象中的还要善良，面对她的道歉，都选择了接受，没有一个人为难她，反而是她自己心里非常后悔，为什么当初自己要那样对待这群善良的人。

带着这样的愧疚和不安，金灿灿回到了家，却发现阿闲的房间灯亮着。

金灿灿有着片刻的错愕，之后便像是发了疯似的冲到楼上，用力推开阿闲的房门,却发现阿闲的床上根本没有人,她的心里一阵失望,难道阿闲没有回来,自己白开心了吗?

金灿灿的脚步瞬间变得有些沉重,她僵硬地转头准备离开,却看见阿闲从浴室里走了出来,看他现在的样子,回来像是有一段时间了。

阿闲确实很早就回来了,今天母亲提着礼物穿梭在大街小巷道歉的时候,其实他也一直在不远处跟着,他怕母亲一个人会有危险,毕竟母亲之前做的事情太出格,小镇居民要是情绪激动,也是正常的。

直到母亲走完了最后一家,回到姥姥家,他才放心地去住的地方,将东西收拾好,赶了回来。

"阿闲,你回来了?"金灿灿看见好多天没有见的儿子,心里一阵激动。她按捺住自己激动的心情,战抖着声音跟阿闲说话。

她以为,自己对小镇的人们做了那样的事情,儿子这辈子都不会理她了呢。

阿闲其实心里也很别扭,但是这两天来,姥姥将妈妈做的事情都告诉了他。他感觉到自己心目中的那个善良、坚强的妈妈又回来了。

他故作轻松地道:"这是我家,我回来很奇怪吗?"

"不奇怪不奇怪,回来就好。回来就好,我去让管家为你煮燕窝粥,你看你,都瘦了。"金灿灿一连重复了好几遍自己的话,高兴地准备下楼让管家给阿闲准备吃的。

"不用了,我已经吃过了,倒是你,都这么大的人了,还不会照顾自己吗?"阿闲不忍金灿灿太劳累,却又不好意思明说,低头,却看见金灿灿脚后跟都磨出了血,顿时语气变得责备。

"啊,我都没有注意到呢。"责备的语气听在金灿灿的耳朵里,却分外的动听,所有的疲惫都一扫而空,就连脚后跟磨出了血,也不觉得有多疼。

"走,我带你去敷药。"阿闲扶着金灿灿的手臂,往客厅走。

"嗯。"金灿灿乖乖跟着。

灯光下,母子俩的背影重叠在一起,空气中充满了温暖。

小镇情缘 下

金灿灿这一晚睡得格外的香甜,就连在睡梦里,她都是在微笑着的。

对于她来说,一直压在心口的两件大事情都解决了,母亲和阿闲都原谅了她,她的生活又重新燃起了希望。就算没有了晟世地产公司总裁的职位那又如何?那对于现在的她来说,根本毫无意义。

金灿灿一大早便起床了,令她意外的是,她吃到了儿子临出门前为她准备的早餐,这对于她来说,无疑是十分意外的。

儿子长这么大了,她从来不知道儿子居然会烹饪,而且,手艺还这么好。她小心翼翼地咀嚼着儿子为她做的早餐,感动的泪水在眼眶中打转,觉得自己吃到了这辈子最美味的食物。

吃完早餐临出门的时候,管家拦住金灿灿的去路,金灿灿心情很好地停下脚步,询问管家还有什么事情。

管家将手中的文件交给金灿灿,说是早上小少爷留下的,然后便转身回屋了。

金灿灿低头看着手中的文件袋,然后慢慢拆开,"股权转让书"五个大字,便映入眼帘。

金灿灿的眼眶开始湿润,她从来没有对儿子说过一句股权转让的事情,儿子竟然背地里默默地做了这样的事情。

股权转让的日子,竟然是在她道歉之前,原来,不管她向不向小镇的人们道歉,儿子都不会对她不管不顾,他早就暗地里做好了这份股权转让书,等着在自己最关键的时候,来帮助她。

金灿灿擦了擦自己的眼泪,抬头眯起眼睛看了看天空,想着儿子和母亲对自己的鼓励,心里充满了斗志。

金灿灿来到公司的时候,时间刚刚好,刚踏出电梯,便被守在电梯门外的助理给拦住了。

"你怎么站在这里?"金灿灿看着助理一副失魂落魄的样子,问道。

"金总,那些董事又来了,我打电话给你,你没接。我怕你不知

594

道,特意在这里等着你,好让你心里有个准备。"助理一大早来到公司的时候,正好被那些董事们围了个正着。

董事们都是位高权重的人,他一个小助理,自然觉得有点招架不住。他好不容易连拉带劝的,将那些人一个个地请进了会议室,便跑到门外给金总打电话。可金总一直不接电话,他没辙,只好到电梯门口守株待兔了,好在,总裁专用电梯,只有这一个。

"来就来吧,兵来将挡水来土掩,心放宽点,没什么是过不去的。"金灿灿听了助理的话,只是笑了笑,无所谓地冲着他摇了摇手。

金灿灿这不笑还好,这一笑完全震住了助理。他不会是急得眼花了吧,他刚才居然看见金总笑了。

助理像见了鬼似的,对着金灿灿叫了声:"哦,金总……"

金灿灿懒得理会助理失魂落魄的样子,直接询问助理的工作进度:"我让你准备的那些资料,都准备好了吗?"

她和那些董事们约的是哪天,她心里比谁都记得清楚,她金灿灿也从来不会打没有把握的仗,一早,她便安排好了一切,就等着那些董事们找上门。

她相信,有母亲和阿闲在背后支撑着她,她一定可以打胜仗。

"嗯,都准备好了。"助理拿出手中的文件夹,对着金灿灿道。

这几天来,他日夜加班,只为了完成金总交代的任务。他知道,这些对于今天的罢免会议,很是关键,所以他从来都不敢怠慢。

金总让他办这么重要的事情,就是信任他,将自己的命运交给他,助理的心里很感动,认为自己这辈子没有跟错人。

金灿灿来到自己的办公室,脱掉自己的黑色西装外套,一刻也没停歇,转身便往会议室走,边走还不忘吩咐身后的助理:"带上资料,和我一起去会议室,我们去会一会那帮老家伙。"

"是的,金总。"助理兴奋地拿着早已准备好的资料,恭敬地跟在金灿灿的身后。

他几乎可以想象到,这场会议,会是多么的振奋人心,而金总,绝对不会输。

金灿灿来到会议室的时候,董事们已经都到齐了。大家看着姗姗来迟的金灿灿,脸色都不怎么好看。

在他们的眼里,金灿灿这是在藐视他们,故意将他们晾在这儿的。

金灿灿自然明白他们心里在想什么,她也懒得解释,就算她解释了,董事们也是不会相信的,她又何必多此一举呢?她看着各位董事,礼貌地打了声招呼:"各位董事,没想到我们这么快又见面了。"

"金总记性不是很好,我们上周不是说,这周继续召开董事会罢免会议吗?"许董事忍了一个星期,早已按捺不住了。

金灿灿来得越晚,董事们的脸色越黑,他的心里就越开心,那说明,他的胜算就越大。

他派人调查过了,阿闲那小子根本就没有来公司,更别说帮助他妈妈金灿灿夺回总裁的位置了。这次,总裁的位置,他是坐定了。

想到这里,许董事心里乐开了花,就连说话的语气,都跟着洋洋得意起来。

"嗯,我还记得,只是,我以为过了这么长时间,大家已经都放弃了呢。"

金灿灿煞有介事地冲着许董事点了点头,对许董事的话并没有表现出太大的情绪,这一冷淡的回应,让许总顿时觉得自己的血气上涨。

"金总开什么玩笑,这么大的事情,你以为我们全部是在儿戏吗?"许董事的话里,挑衅意味十足。

董事们都因为许董事的这句话,对金灿灿变得有看法起来。金灿灿默默地抬起头,眼神锐利地扫过许董事的脸,最后眼神紧紧地停留在他的眼上。

直到对方被她的眼神看得有些不安,她才冷冰冰地开口:"许董事说得对,这关乎公司的生死存亡问题,自然是马虎不得,更当不得儿戏,所以,在座的董事,可否听我金灿灿一言?"

众位董事都面面相觑,不知道金灿灿接下来要说什么,干脆都不说话,静观其变。

金灿灿见各位董事都不说话,于是对着助理打了个手势,命令道:"给各位董事发放下去。"

"是的。"助理会意,将手中的文件,一份一份发放了下去。

诸位董事不知道金灿灿葫芦里卖的什么药,都纷纷低头翻阅手中的资料,却发现,这些资料都是晟世地产公司这几年里的财务报表。

"金总,我们现在是来商量总裁罢免问题的,你给我们一大堆报表干什么?"

许董事看着这份资料,眼前有点乱,他是小学毕业的,自然看不懂这些表格和抛物线。他更加不懂,金灿灿这个时候拿出这么一大堆乱七八糟的东西来,能起到什么作用。

"许董事,你仔细看看,这可都是我们公司近来几年的赢利状况和财务报表,你不要告诉我,你看不懂。"

金灿灿的话带着强烈的讽刺意味,时时刻刻地在提醒着许董事,他是个小学生,这么高难度系数的财务报表,他又怎么能看得懂呢。

"你!"许董事被金灿灿的话堵得发不出声来。

金灿灿说得没错,他确实看不懂这一大堆东西。在家里,这些东西,他都是交给自己的秘书看的,可是他毕竟也在商场混荡了这么多年,金灿灿话里的讽刺意味,他还是听得很清楚的。

一时间,他的心里恨不得将金灿灿碎尸万段。这个女人实在是太可恶了,竟然嘲笑他学历低。

旁边的董事们都是名牌大学的毕业生,甚至留学生,对于许董事这样的暴发户向来是看不上的,只是为了维持表面上的平静,和他称兄道弟,其实背地里,谁都没有把他当回事。

金灿灿竟然当着这么多人的面嘲笑许董事学历低,这让在座的董事们,都在心里暗暗地好笑着。

金灿灿不再理会许董事,而是恢复了一贯的公式化口吻,对在座的董事们说:"各位董事想必也看见了,报表上显示得清清楚楚,我金灿灿在位这么多年,每一年,我们公司都是赢利的,从来没有出现过亏损的情况。"

"那又怎么样,这次的小镇收购计划不还是失败了?我们公司的资金还不是因为你的决策失误,而面临着紧张?"

许董事实在气不过金灿灿刚才嘲笑自己的事情,故意打断了金灿灿的话,说出了这一大段攻击性比较强的话来。

面对许董事的挑衅,金灿灿不怒反笑,她合上文件夹,面对着诸位董事冷静地说:"是,我承认,是我这次的决策错误,导致了公司的资金短缺问题,但是,哪个公司的投资是稳打稳赚的?哪个公司又敢保证,他们的投资没有出现过一次错误?"

金灿灿的话在情在理,诸位董事根本无力反驳。金灿灿确实没有说错,投资有风险,是商业圈里的常态,没有哪个公司,是每一次投资都能稳赚不赔的。

他们拿这个来逼迫金灿灿下台,确实是太过分了。

诸位董事的想法,并不代表所有人的想法。许董事一看诸位董事都有点犹豫的样子,心里顿时着急起来,他对着金灿灿继续挑衅道:"金总,你不觉得,现在再来说这些,有些太晚了吗?事实上来说,你确实让公司损失了很多钱。那些钱,可都是我和诸位董事的血汗钱啊。"

许董事说得声泪俱下,好像晟世地产公司真的就倒闭了,他真的就血本无归了一样。

诸位董事对于许董事这种耍无赖的表现,投去了鄙夷的目光。

金灿灿见许董事这样不依不饶,便拿出了自己文件夹中的文件,在诸位董事面前高高举起。

她自信地对着诸位董事说:"诸位董事可以看看,这是阿闲给我的股权转让书。阿闲的股权和我的股权合并后,我就是晟世地产公司最大的股东。公司有规定,股份最多的股东,执掌公司经营权。其实,我今天大可以不必理会大家的意见,我的股权现在是最多的,拥有绝对的经营权，但是我金灿灿做事情向来不是这样的风格，我喜欢以德服人。"

金灿灿手中的这份股权转让书，有着绝对的杀伤力。在场的诸位董事看到那份股权转让书后，顿时觉得大局已定，他们今天来，只是个笑话。

金灿灿继续指引大家翻开后面的资料："大家翻开报表后面看看，那里有几份投资报告。那是我这几天，为了弥补我的决策失误，所拉来的投资，我相信，有了这笔投资，我们的公司绝对不会因为资金短缺，而引发不良的后果。经营得好的话，我们的公司，还会更上一个台阶，比现在更加地辉煌。"

"所以，我金灿灿希望，大家能够再给我金灿灿一个机会，让我能够继续为咱们公司发光发热，创造更多的利润。"金灿灿的这一番话，让在座的诸位董事心中更多了一份敬佩。

这个女人，真的不简单，面对他们这么多人的打压，她居然还能想到这么多的投资。这份魄力和领导力，是与生俱来的，而他们还搞不清楚状况，在别人的怂恿下，来逼迫她下台，真是好笑啊！诸位董事在心里为自己的愚蠢行为深深地后悔着。

一旁的许董事早已有点蒙了，他明明找人调查得很清楚，阿闲根本没有回去，金灿灿手中这份股权转让书，又是从哪里来的呢？

他刚才看过了，那份股权转让书不是假的，也就是说，那份股权转让书的签名，确实是阿闲的，到底是哪里出了问题呢。

难道说，是他派去调查的人出了问题，也许，他派去的人，早被金灿灿给收买，而金灿灿还利用那个人，给他来了个反间计？

许董事惊讶地抬头，正好看见金灿灿一副志得意满的表情，心里顿时凉了半截。这个女人太厉害了，他用尽了所有力气，最后却还是在这个女人面前，败下阵来。

"金总言重了，都是我们这群糟老头子没有搞清楚状况，这样一大笔投资，又是金总拉来的，我们怎么敢轻易插手，万一弄砸了这笔投资怎么办？再说了，公司多年以来都是金总在管理，我们这些人对公司内部的事情又不是很了解，又何必来蹚这趟浑水呢，是不是？"

张董事本来就是个墙头草，这会儿见大势已定，他连忙将风吹向了金灿灿那边，好话都让他一个人说尽了，金灿灿对这样的人，有一丝鄙夷。

虽然心里厌恶，但是表面还是一副客套的模样："张董事这话说得严重了，我金某为公司也只是略尽绵力而已。"

"金总不要谦虚了，公司还得你来管理。我们老了，还是过过年底分红的太平日子比较合适啊。"张董事说的话里藏着寓意，他是在向金灿灿表明自己无心揽权的心理，让金灿灿将来不要将矛头指向她。

"是啊是啊，张董事说得对啊。"金灿灿点头，算是默认了张董事的话。

张董事这样老奸巨猾的人，其实比许董事这样的人要更加可怕，许董事想要干什么也就做了，可张董事不同，他总是静静地观察战场内的情况，等到局势明了的时候才跳出来。这样的人往往最安全，也最危险，他可以成为你事业中的助力，也可能成为你事业中的阻力。

如果哪一天，利益失衡了，那么这种人最有可能跑出来咬你一口。

金灿灿脸上带着笑容，顺着张董事的话往下说："哦？不知道许董事是不是也这么想的。"

"我……"

"许董事自然和我们是一样的想法，是不是啊，许董事？"张董事打断了许董事的话，说完后拼命地朝着许董事眨着眼睛。

许董事无奈地叹了口气，违心地说："是的，我和张董事他们，是一样的想法。"

见带头的许董事已经同意，金灿灿站起身双手一合："那就再好不过了，既然大家都没有别的意见，那这罢免大会……"

"什么罢免大会，金总这是在打我们这几个老家的脸呢！那事儿，我们就当从来没有过。金总，你放心在公司处理事情，我们几个老头子呢，就放心地在家里等分红，你说呢？"

张董事夸张地阻止了金灿灿接下来的话，说话的语气殷勤十足。

金灿灿满意地朝着诸位董事点了点头，眼神中带着点点警告的意味："既然是这样，那就是最好了。毕竟，大家都是一家人嘛，可不要为了一点蝇头小利而伤了和气啊。"

诸位董事听出金灿灿话里的警告意味。这是在警告他们，不能为了蝇头小利大动干戈了，如果下次再这样，估计，他们在董事会里的位置就不保了。

"这是自然，这是自然，呵呵，金总要是没什么事情的话，那我们就先回去，不打扰金总的工作了。"张董事圆滑地连连点头，然后带着诸位董事往外走。

"好，那就不送了。"金灿灿这次干脆连让助理送送都没有，直接让董事们自己回去了。

不是她冷血，而是这帮董事，绝对不会因为你送没送他下楼，而对你网开一面的。这些人的眼里都只有钱，而她只不过是他们赚钱的机器而已，如果你帮不他们赚不到钱，那么你就算朝着他们跪下来，他们也不会同情你半分。

这是个靠实力说话的世界。

"金总客气，我们自己认识路，呵呵，我们先走了，再会再会。"诸位董事都纷纷向金灿灿告别，然后转身一一离去。

待所有的董事都离开了，助理兴高采烈地跑到金灿灿的办公室，连门都忘了敲，他兴奋地说："金总，恭喜你，终于度过这次的危机。你没看到，刚才那些董事尴尬的表情，尤其是那个许董事，脸上的表情真的太搞笑了，看得我真解气。"

金灿灿看着眼前的助理兴奋的样子，似乎自己也有些被传染了，但是她还是摆出一副淡定的样子，对着助理说："有什么好高兴的，要不是我给他们这个缝隙，他们也不会有这个机会，说到底，还是我自己大意了。"

每次危机过后,她都要总结这次危机的起因,这是对自己的一次错误总结,也是为日后遇到各种各样的危机的一种预演。

助理对金灿灿崇拜得不行,他就是崇拜金总身上那种临危不乱,胜而不骄的气质。

他什么时候要是能像金总一样,那他也就能独当一面了。

不过,那个许董事,似乎对金总有一股天然的敌意,留着他在董事会,迟早是颗定时炸弹。

按照金总以往的作风,这样的人,是肯定要被排挤出董事会的,所以,助理低头询问着金灿灿接下来应该怎么做。

"金总,那个许董事,我们……"

金灿灿做了一个停止的动作,打断了助理的话:"暂时不要,事情刚刚过去,我不想再闹出什么风波。我希望他自己能够明白,知难而退。"

要是放在以前,她金灿灿肯定会斩草除根,用尽一切手段,将许董事驱逐出董事会。

可是现在,她却并不想那么做,是小镇的人们教会了她一项新的品德,那便是宽容,她不想用咄咄逼人来给自己树立太多的敌人,以后,她想用宽容,来感化这些人。

她也相信,这个世界终究是美好的,她的用意,那些人一定能够理解。

助理看着这样的金灿灿,有一丝的错愕,良久才反应过来,默默地说了一句:"希望许董事能够明白金总的一片苦心。"

回到家后的许董事,就做好了随时收到自己被踢出董事会的消息的准备,可是一周过去了,他也没有收到任何消息,他都有点不敢相信,一向做事果断,不留情面的金灿灿,竟然对他网开一面,没有追究他这次对她所做的事情。

心里对金灿灿的认知也开始改观。

经过这一次的风波,金灿灿又坐稳了晟世地产公司的总裁之位,但是大家却发现,金总似乎和以前不一样了。

以前的金总总是冷冰冰,一副拒人于千里之外的样子,让人望而生畏,不敢靠近。

现在的金总,虽然对待下属还是很严肃,但是再也不会板着脸,而是变得亲和,如果运气好的话,还偶尔能看见她温暖的笑容。

金总还会定期地为员工们送上贴心的礼物,例如:美味的加班餐等。

这对于晟世地产公司的员工来说,无疑于一种福利,大家干起活来,都更加地卖力了。

小镇又恢复了往日的平静,莎莎的宠物店生意也好到爆,只是她的身边最近冒出了一位异性朋友,总是跟着莎莎忙前忙后。

"莎莎,你为什么就是不相信我呢?你知道吗,你这样,我真的很难过的。"小西终于忍无可忍地爆发了出来。

他是个背包客,喜欢背着大大的旅行包,带着自己的七彩画板,在全世界留下自己的脚印,用自己的画笔,画出这个世界的美。他认为,这是他这辈子的梦想。

可是,当他一个月前来到小镇后,这一切就都改变了。

那天,他初次来到这个小镇,很快便被这里的风土人情所吸引,他拿出自己的画板,小心翼翼地摆好,准备将繁忙的小镇街道给画下来。

却被突然闯入他视野中的女孩给迷住了眼。

视野中的女孩,穿着一身性感的包臀裙,耳朵上戴着夸张的花形耳环,领子也很低……就是这样开放的打扮,他愣是从她的眼神中看出了纯真的东西。

尤其是在她小心翼翼地为一只京巴狗疗伤的时候,那种温柔的眼神,更是瞬间让他的心脏停止了跳动。

那个女孩,便是莎莎。

从那一刻起,他就在心里对自己说,就是她了。小西,你要找的那个人，就是她。

不知不觉中，他跟着她一路走着，竟然来到了她所开的宠物店。那个时候，他才知道，原来莎莎从事的是这样一个充满了爱的职业，心中对她的喜欢，更加地停不下来了。

他找各种理由和借口，要给莎莎打工，莎莎却以小店利润微薄请不起员工的理由，将他拒之门外。

那又怎样，他不要钱，凭着自己的死缠烂打，还是成功地进了宠物店的大门。

只是，这么多天过去了，莎莎就像一块石头一样，一点反应都没有，无论他怎么献殷勤，表达爱意，她就是不给他任何回应，他的心里非常焦急，却从未想过放弃。

今天，他鼓足了勇气，对莎莎表达爱，莎莎却说她根本不相信他，这让他的心里着实受伤不小。

莎莎看着面前的小西，有点无奈地摇摇头，她叹了口气，对他说："小西，我不是只不信你一个人，我是不相信这个世界上所有的人。我对你，和别的所有人，都是一视同仁的。这样听着，你的心里是不是好受多了呢？"

"莎莎，为什么啊，你为什么不相信世界上的人，你自己也是这个世界上的人啊，你看这个小镇，多美？这里的人们多善良？你为什么就是不能相信他们呢？"

小西有点着急，他感觉莎莎心里一定藏着别人不知道的事情，是这些事情，迫使着莎莎变成了今天这副样子。

"没有为什么，不相信就是不相信。汪汪，来，我们回家了。"莎莎不想和小西解释什么，只是招呼汪汪跟自己回家。

"莎莎，你相信我，我真的会一辈子对你好的。"小西不死心，对着莎莎的背影喊着。

莎莎头都没有回，只对着身后的小西摇了摇手："走的时候记得把门给我关好，明天见。"

小西看着莎莎的背影，一脸的失望。

"汪汪汪……"莎莎旁边的汪汪不满地对着莎莎叫了起来。莎莎看着有点不满的汪汪，笑着说：

"汪汪，你怪我没有接受小西的好意吗？"

"汪汪……"汪汪继续对着莎莎叫着，以表达自己的意见。

莎莎看着汪汪的样子，忍不住蹲下身子摸了摸汪汪的头，然后一脸柔和地说道："我知道他很好，可是，从小受了那样的苦，我早已经对人类失去了信任，连最简单的信任都没有，我还怎么能够去爱呢？"

曾经，她也非常相信人，可是他们又是怎么对待她的呢？就连自己的亲生父母都能因为自己不是个男孩子而抛弃她，她还能指望什么？

养父母对她的收养从来都不是出自真心，而是有着别的龌龊的心思，最后见希望落空，还是照样将她遗弃，要不是汪汪的母亲，给她吃给她喝，恐怕她早就死了。

莎莎想到自己的过去，自嘲地笑了笑，一个人，被一只狗养大，很讽刺是不是？

可是事实就是如此，所以她才对人失望，转而喜欢动物，人的任何习性和改变，都是有原因的。

天底下，没有无缘无故的讨厌，也没有无缘无故的喜欢，她便是如此。

"汪汪汪……"汪汪还想表示自己的意见，被莎莎给制止了。

莎莎摸了摸躁动不已的汪汪，对它说："好了，别闹了，我们回家睡觉了，好吗？"

说完，便带着汪汪回去了。

次日，莎莎带着汪汪出门，准备去宠物店，却发现蹲坐在她家门口的小西，她有点惊讶地看着冻得发抖的小西，表情里面充满了疑惑。

难道这家伙，昨天一夜没有回去，就蹲坐在她家的门口？

莎莎快步地走上前，对着小西说："你是什么时候蹲在我家门口的？"

"昨晚，你拒绝我之后。"小西抬头，看着莎莎的眼神充满了委屈，他就是想不通，自己都对莎莎这么表白，说明自己的真心了，为什么还是得不到她的信任。

"小西，你是傻了吗？这里晚上多冷啊，你会感冒的。"莎莎责备着小西，放下怀中的汪汪，将蹲在地上的小西扶了起来。

莎莎心里有一股暖流，这种感觉，只有小时候自己被汪汪的妈妈第一次喂食时才有过，从那之后，就再也没有过了。

小西从地上直起身，他看着莎莎的眼睛，眼神专注而认真："我不是傻了，我是疯了。"

小西觉得自己真的是疯了，从遇见莎莎的那一刻开始，他的世界便开始改变，直至颠覆。

自己是个内心极其脆弱的人，却在遇见莎莎后，发挥出了前所未有的潜能。他被莎莎拒绝了一次又一次，可自己，却从来都没有想过放弃，反而越挫越勇。

所以，他觉得自己一定是疯了。

莎莎看着这样的小西，心里有一丝不忍，还有一种异样的情愫在发酵，但是她故意用冷硬的语气对小西说：

"小西，你别这样，我对你说过，我根本不相信这个世界上的任何人的。"

"那你就信我一个，不行吗？"小西接上莎莎的话，不依不饶。

"我……"莎莎一时语塞，说不出任何的话来，她也很想自己能够相信小西。

可是，自己内心的抗拒感，让她不得不将小西推开。她知道，这不是小西的错，是她自己的问题，她曾经也试着努力去改变这样的自己，可是她发现，她根本就做不到。

她还是对人有着莫名的敌意，每天晚上还是抱着汪汪才能有安全感。

连她自己都不知道，这样的日子，她还要过多久。她知道，这一切都是命运，她像只困兽，根本无力挣开命运的枷锁。

小西真诚地看着莎莎，希望莎莎能够有一丁点的转变，即使莎莎暂时不会爱上他，最起码，可以对他有种初步的信任。

可是，他从莎莎的眼睛里没有捕捉到信任的眼神，而是一种慌乱，排斥和不知所措。

小西突然又开始有一种心疼，这是曾经受过多大的伤害，才会让一个女孩子，变成了今天这样的模样？

小西在心里暗暗地发誓，他一定要尽自己最大的努力，给这个女孩安全感和信任感。他要让这个女孩子相信，在这个世界上，人还是很善良的。

小西和莎莎就这样两两对望，都奢望对方能够给自己一点回应。

直到一道有力的男声，打断了对峙的两个人：“莎莎姐。”

莎莎看着迎面走来的小志，热情地打着招呼：“小志，是去上班吗？”

"是的。"小志冲着一边的小西点了点头。他和小西不是很熟悉，只知道小西是小镇上最近来的背包客，为了追莎莎姐，什么招数都用上了，可是好像莎莎姐并没有多大的反应。

这会儿，小志看见小西站在莎莎姐的门口，心里便明了。小西估计又是在用新招式，对莎莎姐穷追不舍了。

小志对着两人暧昧地笑了笑，让莎莎有点不自在起来，她连忙对着小志说：“那你去吧，路上小心哦。”

"嗯，好的，莎莎姐。"小志并不是个好管闲事的人，见莎莎姐一副催他走的模样，他没有多做思考，转身便离开了。

小西看着小志的背影，若有所思，他刚才看见莎莎对着这个叫小志的人，笑得很开心。

他是个画家，自然看出莎莎的这个笑容是很真诚的，心里的醋意便肆意了起来。

莎莎不是说对人类都没有信任度吗,为什么对小志却那么真诚地笑?难道,这只是莎莎用来将他挡在门外的借口吗?

"他是谁啊?"小西赌气地问道。

"我的邻家弟弟,小志。"莎莎并没有发现小西的异常,只如实地回答着。

"你好像很关心他。"小西试探性地问着。他细细地打量莎莎的表情,想从她的表情中看出一些端倪来。

"是啊,小志人很不错,能给人一种安全感。"莎莎自顾自地说着,她确实对小志有一种天然的信任力,可能,这和小志和自己死去的弟弟,长得有点相似的缘故吧。

莎莎的这句话,足以点燃小西心中的火焰,他看着莎莎的眼睛,一字一句地说:"莎莎,你刚刚还说,你不相信人类的。"

"我没说我相信他啊。"莎莎连忙否认。她说的是事实,她虽然对小志有一种天然的信任力,但是也只是一丁点,根本起不了什么作用,总体来说,她还是不信任他的。

"可你明明对他的态度和对我不一样。"小西不依不饶。他心里的醋意已经开始发酵,心脏像有无数根密密麻麻的小针刺过,让他剧烈地疼痛起来。

一想到莎莎的心上人有可能是刚才的那个小志,他的世界就变得一片昏暗。

"你想太多了。"莎莎对天翻了个白眼。她只是随便说说而已,这个家伙,也不需要表现得这么激动吧,好像她干了什么十恶不赦的大坏事一样。

"莎莎,我对你这么真诚地坦白了我自己的一切,你为什么就是对我信任不起来?"小西的情绪有些激动,他一把拉住莎莎的胳膊,对着莎莎说出的话,近乎嘶吼。

看着这样的小西,莎莎并没有表现出多大的情绪,而是甩开小西的手，冷漠地说："得了，说着说着，这话题又回来了。不和你说了，宠物店还有很多事情等着我处理。"

说完便蹲下身子抱起一旁的汪汪，往宠物店的方向走去。

小西看着走远的莎莎，胡乱地抹了把脸，也跟了上去，不管怎么样，他小西是不会放弃莎莎的。他一定要守着她，总有一天，她会被自己融化。

只是，以莎莎的经历，想要赢得美人心，他注定要走一段艰难的路。

日子一天天地过着，小西和莎莎一个穷追不舍，一个冷若冰山，就在一天天的僵持中度过。

这天，天气格外的晴朗，小西和莎莎都在宠物店里忙碌着，等忙完的时候，已经接近中午了，莎莎在里屋收拾东西，小西在外屋打扫卫生。

两个人自从那天的事情后，还在保持着冷战，谁也不主动和对方说话，气氛十分尴尬。

一声清脆的女声，打断了屋内沉重的气氛。

"小西？"小师妹抱着一只小狗，站在宠物店的门口。她看见小西，似乎有点吃惊。

据她所知，小西是个背包客，背包客不是应该全世界各地，不停歇地旅游写生摄影吗？

她以为，小西上次在小镇写生完就离开了呢，没想到，自己还能在莎莎姐的宠物店看见小西。

"小师妹？"小西看见小师妹，眼前一亮。这个小镇，还真是小啊，在店里不出门都能遇见熟人。

"你怎么会在这里啊？"小西高兴地将小师妹让进屋，心情很是激动。

小西转身看了一眼屋里假装忙碌的莎莎，然后对着小师妹摆摆手，无所谓地道："这个说来话长，以后再说，你来宠物店是要干什么的？"

莎莎从小师妹进屋的那一刻开始，就已经下意识地竖起耳朵，听着小西和小师妹的互动。她也知道自己这样偷听别人的对话，真的很不礼貌，可是，她就是控制不住自己，她也不知道，自己究竟是怎么了。

只听见小师妹说："这个，我刚才在路上捡到一只小狗，它很可怜啊，我就准备收养它。"

"小师妹，你太善良了。"小西由衷地赞美着小师妹。他已经不是第一次看见小师妹救助流浪狗了。

记得他们第一次遇见的时候，小师妹的手里也是抱着一只流浪狗，流浪狗身上很脏，可是小师妹一点都没有嫌弃的意思，和那只流浪狗亲密地说着话。

当时，他就觉得，这样的小师妹实在美得惊心动魄，忍不住地就给她画了一幅画，并且送给了她。

他和小师妹也是由此认识，并且成为朋友的。

听了小西的赞美，小师妹不好意思地摆摆手，说起自己今天来的正题，指着怀中的流浪狗问道："没有啦，小西，你会给小狗洗澡剪毛吗，我想给它整理整理。"

刚进屋的时候，小师妹就没看到莎莎姐。她以为莎莎姐不在，故而对店里唯一的店员小西询问着。

"当然了，交给我吧。"小西愉快地接过小师妹手中的流浪狗，将它抱进了浴盆里。

流浪狗在浴盆里有点害怕，小师妹就一直站在旁边鼓励它，和它说着话。小西看着这样的小师妹，脸上的笑容止也止不住。这样的小师妹，真的太可爱了，让人忍不住地想捏一捏她的小脸蛋。

小西的手脚很麻利，很快便帮流浪狗洗好了澡，然后又拿出剪刀，为流浪狗修剪了长毛。很快，一只崭新的小狗狗便出现在小师妹的面前。

"哇，你好漂亮啊。"小师妹看着面前焕然一新的小狗，由衷地赞美着。

"那当然，也不看是谁的手艺，我可是个艺术家。"小西看见小师妹的笑容，也开心得忘乎所以起来。

　　两人的谈话也从刚才的客套到了现在的随意和打趣，不知不觉，时间就过去了。小师妹抱着流浪狗起身告辞，她还要去小志的单位找小志，和他一起下班呢。

　　想到小志，小师妹的眼里有一丝羞涩，恰巧被莎莎看在眼里，心里有一丝酸意。她想调整自己的情绪，却发现徒劳无功。

　　怀中的汪汪似乎看出了莎莎的想法，它不耐烦地在莎莎的怀中骚动了起来："汪汪汪……"

　　"好啦汪汪，你别闹了，那是小师妹。"莎莎连忙安抚怀中的汪汪，让它不要激动。

　　"汪汪汪……"汪汪似乎不想停止自己，而是对着莎莎不满地喊叫着，像是在责备。

　　"有什么好担心的，小师妹和小志那么好，难道小师妹还会抛弃小志，和小西在一起吗？"莎莎对汪汪说着，似乎是在安慰汪汪，但更像是在给自己安心。

　　想到刚才小西和小师妹谈笑风生的样子，她的心里就有一股不舒服的情绪，这种感觉太陌生，她一点都不喜欢。

　　"汪汪汪……"

　　"我可不后悔，你别乱说。"莎莎盯着汪汪，制止它在继续乱说，扰乱了她的心神。

　　莎莎抱着汪汪在里屋坐立不安，终于，她忍不住，从位置上站了起来。她放下手中的汪汪，走出里屋，来到小西跟前。

　　小西正在忙碌，看见莎莎突然站在自己跟前，一副欲言又止的样子，心里有一丝疑惑。

　　他停止手中的动作，也不说话，只是直起身子，等着莎莎开口。

　　莎莎看着这样的小西，对于自己说的话，有点难于启齿，可是心里的火苗在到处乱蹿，似乎就要冲口而出，她终于还是忍不住，开了

小镇情缘（下）

口:"小西,你和小师妹,是什么时候认识的啊？"

问完这句话后,莎莎就恨不得将自己的舌头给咬掉。她为什么要问小西这样的问题啊,小西和小师妹什么时候认识的,关她什么事情,她干吗这么多事。

"哦,是我刚来小镇的时候。我那时候正在写生,看见小师妹抱着一只流浪狗,可能她是怕狗狗害怕吧,一直不停地说话安慰它。我觉得那个画面很和谐,就将她画下来了。"

小西还沉浸在刚才和小师妹相聚的喜悦中,根本没有注意到莎莎的反常。莎莎这么问,他便像是找到了话题般,将自己和小师妹的相遇全部都说了出来。

说者无心,听者有意。小西和小师妹的整个相遇过程中,莎莎只听到了一个重点,那就是小西给小师妹画过画。

想到这里,莎莎的心里就不平衡了起来,臭小西,还说喜欢她,要得到她的信任,结果呢,结果却跑去给小师妹画画。她和他认识那么久了,他也从来没有为她画过一张画,还敢说喜欢她,真是口里不一。

"哦,你给小师妹画过画啊。"莎莎开口,连她自己都没有意识到自己的语气有多么的酸。

小西有点后知后觉,根本没有注意到莎莎的表情已经不对劲了,还一个劲儿地在那儿点头:"是啊,像小师妹那么天真、善良的女孩子,不多啦。"

"看你的样子,你很喜欢小师妹啊。"莎莎的语气,已经酸得不得了了。

其实,她也不想这样的,可是就是控制不住,只要想到小西对着小师妹笑得一脸灿烂,她就恨不得一拳打得他满脸桃花开。

"对啊,像小师妹那么善良的女孩子,肯定谁都会喜欢的。"小西点头,表示赞同。

"哦,这样啊。她那样的女孩子,确实比我这样的看上去要好很多。"果然,莎莎在听了小西赞美小师妹的话后,脸上的笑容再也维持不住，土崩瓦解了。

她早该知道的不是吗？什么爱情，什么亲情，都是骗人的！亏她还在想着要不要设法让自己改变，去学着信任，到头来，口口声声说着要爱她保护她的小西，还不是喜欢上了别的女孩子？

莎莎在心里跟自己较劲，小时候的那种心疼的感觉，又浮现了出来，她不悦地皱着眉头，尽量压制着自己的情绪。

慢半拍的小西终于发现了莎莎的不对劲，回想起刚才和莎莎的对话，小西的心里有一丝悸动。他抬起头看着莎莎，眼神里充满了喜悦，难道莎莎，开始对他有感觉了？

刚才莎莎的话，是在吃醋吗？

"莎莎，你是不是误会了什么？"小西小心翼翼地问着莎莎，生怕自己的猜测是错误的。

"没有啊，我能误会什么？"莎莎故意表现得很无所谓，其实心里早已翻江倒海了起来。

她觉得自己一定是被小西传染了疯病，所以才会在这里胡思乱想？她不是早就做好了单身一辈子的准备吗，为什么会在这里，莫名其妙地吃什么飞醋？

小西开心地一把抓住莎莎的双手，激动地说："莎莎，我好开心，好开心你会为了我这样子生气。"

莎莎有点不好意思起来，她甩开小西的手，转身嘴硬道："你在胡说什么，我什么时候为了你生气了？"

"你跟我来。"见自己的手被莎莎甩开，小西一点都没有感到气馁，反而重新抓起莎莎的胳膊，往宠物店外走去。

小西抓着莎莎的手，一路都不肯放开，只拼命往前跑着。莎莎感觉到小西的手很用力，力道却恰到好处地不会弄痛她。

莎莎的脸有点红，她大声地对拉着她手的小西说："小西，你干什么，你放开我。"

小西并没有因为莎莎的话而放开她的手，而是拉着她的手跑得更加快了。

莎莎有点着急,她追问着:"小西,你究竟要带我去哪里。"

"你跟我走就知道了。"小西开心地转过头给了莎莎一个安定的笑容,然后拉着莎莎快速地跑过小镇的大街小巷。

很快,他们便来到了一处农家院。莎莎知道,这里是小西住的地方,小西曾经带她来过一次。

只是,这里也没有什么特别的地方啊,莎莎不免有些失望。

"这里不是你住的地方吗?你带我来这里干吗呀?"

小西拉着莎莎的手给了她一个神秘的眼神,然后当着她的面,打开了屋子的门:"莎莎,你看。"

莎莎只有在小西刚住进来的时候,来过这里一次,可是那一次她来的时候,这里并没有什么特别的地方。

和这次的感觉简直天差地别,莎莎有些惊讶地看着墙壁上的画作,说不出话来。

墙上大大小小地挂着几十幅画,画像里都是她,不管是她笑着的,哭着的,无奈着的,皱着眉头的,什么样的神态都有。

莎莎一幅一幅地看着,连她自己都不知道,原来,自己也可以有这么多丰富多彩的表情。

这些画作,毫无疑问,都出自小西的手。

莎莎的眼眶有些泛红,她指着墙上的画像,询问一旁的小西:"这是……"眼泪已经不可抑制地掉落了下来。

小西温柔地为莎莎抹去脸上的泪水。他带莎莎来看这些作品,本意可不是让莎莎哭,只是想让莎莎明白,在他的心里,只有她,才是独一无二的,别人,都只能是他生命中的过客;只有她,才是他生命中的永恒。

"莎莎,从我认识你的第一天开始,我的画里就没有了别人,我所画的每一笔,都是你,我也不想让自己这样,可是我控制不住我自己。只要一提起笔,满脑子都是你,你的笑,你的哭,你的愁眉不展,

614

你的温柔以对,每一个神情,都牵动着我的心。所以莎莎,我的心里真的只有你,请你相信我,好吗?"

小西的语气特别诚恳,眼神特别认真,他忐忑地看着莎莎,想得到莎莎的认可。

一旁的莎莎,早已经被小西的举动感动得泣不成声:"小西,我没有你说的那么好,你……"

说到后面,莎莎的话便再也说不出来了。

她从小便是无依无靠的人,亲生父母的抛弃,养父母的虐待,都让她对人性,对这个世界充满了失望。

她根本不奢望自己这一生还能遇见一个真心实意对她好,呵护她,爱护她的好男人。

可是,就在她毫不经意间,那个人就那么毫无征兆地出现了。

于是,她惊慌失措,她惶恐不安,她拼命抗拒,可是到头来,她发现,命运就是命运,无论她怎么抗拒,都不得不从。

她发现自己的心根本没有自己想象中的那么硬,原来她也一直在期待,期待能有一份美好的爱情,和一个至亲的人。

可是,小西会和之前的养父母一样吗?真的能一辈子对她好,不离开她吗?

莎莎的心里有太多的不确定和不能预见,她对自己的未来没有信心。她不敢贸然上前,可又不忍放弃。

她到底该怎么办?

看到为难的莎莎,小西并没有打算逼迫她,只是安慰着她说:"莎莎,你不要妄自菲薄。在我心里,你永远是最好的啊。"

莎莎现在要说心里不感动,那肯定是骗人的。从小到大,除了从汪汪妈妈的身上,她从来没有感受过真正的温暖。小西就像是一道强而有力的阳光,打在了她的心上,温暖着她的全身。

莎莎想到今天早上小西和小师妹的互动,脸色又暗了下来,毕竟小师妹,真的是个很善良很阳光的女孩子,没有人会不喜欢她。

莎莎低下头刻意地掩饰住自己脸上的神情，患得患失地说："那小师妹……"

"小师妹是像妹妹一样的女孩子啊，而你不同啊，你是我这一生都在寻找的伴侣。"知道莎莎还在介意小师妹的事情，小西没等莎莎说完，便说出了自己内心的话。

小师妹虽然阳光活泼，让人一看就喜欢，但是，在他的心里，对小师妹从来都只是妹妹一样的喜欢，从来没有过别的想法。

对莎莎却不同，从他看见她的第一眼开始，他的心里就确定，今生自己要找的人便是她了。莎莎的眼里总是藏着一股莫名的忧伤，看向谁的眼神都充满了疏离和戒备。

他在心里暗暗发过誓，一定要守护这样一个女孩子，读懂她的悲伤，了解她的过去，然后为她守护住幸福。

"小西，可是我……"莎莎心里很感动，但是她又有点患得患失。她怕这一切都是做梦，她的人生真的再也经受不住再一次的打击了。

"我知道你不相信我，不怕啊，我们有的是时间，一天不行一个月，一个月不行我们就一年。我相信，总有一天，你会相信我的。"小西看着还在犹豫的莎莎，给她吃了颗定心丸。他相信，人心都是肉长的，莎莎总有一天会走出自己的阴影，信任他。

"小西，我的人生经历，你是不会明白的。我现在不想说，因为那是我心里最大的痛，一提起就会痛不欲生。以后，等时机成熟，我会告诉你，你愿意等吗？"

莎莎看向小西的眼睛里，带着探寻，带着小心翼翼，她怕小西会拒绝她，毕竟，没有谁有义务一直为了另一方默默地去等待。

她不能接受，不能敞开心扉，是她自己的问题，她没有资格拖累小西，将小西这样阳光的男人硬生生拖进她黑暗的人生中。

可是，她又舍不得放手，经过这么长时间来的相处，她发现，她似乎已经把小西默默放在了心里，虽然她一直极力想否认这一点，可是最终却骗不了自己的心。

"嗯!"小西听了莎莎的话,没有丝毫的犹豫,点头答应下来。

对于小西来说,他不怕等待,他只怕,她的心里没有他。只是他不知道,就是因为自己的这个承诺,他之后的感情之路异常的艰辛,但是他却感到异常的幸福。

莎莎的宠物店也改了名字,叫"背包客与狗",以此来见证这段崎岖而美好的爱情。

这天,天气晴朗,金灿灿亲自开着车,来到小镇,后排座位上,阿闲已经睡熟。

金灿灿在小镇的停车场将车子停稳,便轻轻地叫着熟睡的阿闲:"阿闲,阿闲,快醒醒,姥姥家到了。"

"这么快啊,我都没注意,居然睡着了。"阿闲冲着金灿灿甜甜地一笑,连忙下了车。

"你啊……"金灿灿宠溺地点了点阿闲的脑袋,然后便拉着阿闲,往母亲家走去。

"灿灿,回来啦。"邻里街坊的看见金灿灿都热情地打着招呼,显然将金灿灿当成了从小在小镇长大的孩子般。

"嗯。"金灿灿都一一回应。她很喜欢这种被众人关心的感觉,每一次别人的问候,她都觉得格外的温暖,她庆幸自己,能够及时回头,享受到这份温暖。

"快回去吧,你妈妈在家做了好多好吃的,就等着你们回来呢。"

"嗯,我知道了。"听见别人说起自己的母亲,金灿灿的脸上划过一丝幸福。

现在只要一想到她和母亲的感情,她就觉得自己很幸福。

毫无疑问,金灿灿坐在饭桌上的时候,看见桌上的菜,都是她和阿闲最喜欢吃的,心里顿时感动万分。

饭后,金灿灿就提出了自己一直放在心里的话。

"妈,我想接你去城里的别墅住,那里环境好,还有用人照顾你,那样我比较放心。"

"是啊，姥姥，我也可以陪你。我可以少出去玩一点，天天在家陪你。"阿闲也举手赞同，他真的非常喜欢自己的姥姥。

"你个小鬼，你能忍住不往外跑，姥姥可不信。"夏奶奶慈爱地点了点阿闲的头。

阿闲不好意思地歪了歪头，他确实是有点坐不住。

"还有你啊，灿灿，你有时间陪我吗？"

"妈，阿闲不能陪你，我可以啊。我可以让助理把文件都拿到家里来，我可以在家里批阅文件的。"金灿灿想了个折中的方法。

"灿灿，阿闲，你们不知道，人越老越怕孤独。你们让我一个人去城里和你们一起住，我知道，你们是好意，可是，我却不愿意去，每天面对着一堆没有表情的用人，我会闷坏的。"

夏奶奶的脸上出现一种憧憬："你们看小镇，多好的地方啊，空气好，居民一个个都很善良，哪里都透露出一种清新的味道。我每天带着我的药箱，出去看看病人，真的挺好的。最起码，我不会认为自己是个没用的老太太。"

"可是姥姥……"阿闲还想劝说，毕竟姥姥年纪大了，她一个人住在这里，他真的很不放心。

金灿灿打断阿闲的话，看着母亲的眼睛说："妈，我尊重你的决定，我和阿闲会每周都来看你的，不过，到时候，你可要多烧点我们喜欢吃的菜哦，吃了那么多山珍海味，还是觉得妈妈烧的菜最好吃了。"

金灿灿并不想勉强自己的母亲，她看得出来，母亲是真的喜欢这里，想在这里终老。作为她唯一的女儿，她应该学会尊重母亲的决定，虽然这里的居住环境不如她的别墅，但是她却明白，只有内在才是最重要的，外在条件，都是肤浅的东西，不能治愈心灵。

"好好好，你们想吃什么，我都烧。"夏奶奶很高兴自己的女儿能够那么了解她，高兴之情溢于言表。

金灿灿已经在心里想好，以后的每周她都会带着阿闲来小镇看望母亲，陪母亲好好聊聊，说说家长里短，谈谈自己的工作，说说外面有趣的世界。

这天，哈尼坐在果园里唉声叹气，连网站的小说都忘记了更新。果园自从上次经过高人指点后，水果品种很多，结出的水果又大又甜，已经经过国家批准，远销欧美，可是她却怎么都高兴不起来。

陈杰瑞已经好多天都没有找过她去品尝他发明的新品种了，她都是从别人那儿，听到他的最新消息。

听说他的餐饮店又新开张了几家，而且每家店的生意都是那么的红火。开张那天，好多美女都去捧场，只是，都被小小文和阿闲赶跑了。

哈尼换了个姿势，用手撑着下巴苦苦思考着，她要用个什么借口，去见见陈杰瑞？哈尼抓耳挠腮的，头皮都快被她抓破了。

"哈尼，哈尼？"哈尼奶奶用手在哈尼面前使劲儿地摇着，以此来换回哈尼的注意。

这孩子最近不知道怎么了，总是喜欢一个人默默地发呆，就连她最喜欢写的小说，都被她扔到了一边，不知道整天在那儿胡思乱想什么。

这丫头，当初放弃和父母在大城市生活的机会，在老家和她相伴着，她可不能让她出了什么事情。

哈尼奶奶担忧地问着哈尼："哈尼啊，你有什么事情，就对奶奶说，别总是一个人闷在心里，奶奶听听，看看能不能帮帮你。"

"奶奶，我觉得我完了，我好像喜欢上了一个我自己不该喜欢的人。"哈尼有点夸张地捂着自己的脸，和奶奶说起这些，真的好害羞啊。

"啊？哈尼，你有喜欢的人了？是谁啊？"哈尼奶奶有点错愕，在她眼里，哈尼还是个小孩子呢，怎么忽然就有了心上人，这种思想上的跨越，让她一下子无法接受。

"没有啦，奶奶，你不是要出去送水果吗？我帮你去送吧。"哈尼不想和奶奶再继续说下去，故意打断刚才的话题。

让她和小师妹说出自己的心事，她觉得很自然，可是跟自己的奶奶说出自己的小心思，她还是觉得好害羞啊。

"也好，我这把老骨头，也有点累了。今天的水果是送去陈氏餐饮的，你送完水果，让陈老板签个字就可以了，这是送货单子。"哈尼奶奶从身上掏出送货单子，递给了哈尼。

陈氏餐饮的水果，为了保持新鲜，每天都会从他们家现摘，这是多年来的一个规律了，所以陈氏餐饮是他们家的老客户。

哈尼听见奶奶的话，惊讶地张大了嘴巴，大声叫道："啊？陈氏餐饮？"

"臭丫头，这么大声叫着干吗，吓奶奶一跳。怎么了，你怎么那么大的反应？"哈尼奶奶被哈尼的叫声吓了一跳，连忙用手拍拍自己的胸口，真的差点被这个丫头吓出心脏病来。

"没什么没什么，我去送我去送。"哈尼心虚地伸伸舌头，然后像个复读机似的，重复了好几遍自己的话，看得哈尼奶奶莫名其妙的，不知道哈尼又在发什么神经。

哈尼将水果装好后，就用小车推着，往陈杰瑞的火锅店走。当哈尼来到陈杰瑞火锅店的时候，陈杰瑞也刚好开着车来到火锅店。

陈杰瑞一个帅气的回方向盘的动作，将车子稳稳地停在火锅店门口的停车位上。

这让一向花痴，对陈杰瑞没有什么抵抗力的哈尼，又是一阵痴迷，直到陈杰瑞下车，看见站在路边傻傻的她。

陈杰瑞看着哈尼面前的水果车，知道她是来送水果的，于是客气地上前跟哈尼打着招呼："哈尼，来送水果啊！"

哈尼正一脸痴迷地看着陈杰瑞，完全没有听到陈杰瑞在说什么。

陈杰瑞真的好优秀啊，做的东西好吃，人长得又帅，就连停车的动作，都帅得那么惨绝人寰！她真的招架不住了啊。

陈杰瑞并不知道哈尼正在垂涎他的男色，见哈尼没有回他的话，又看她一脸灵魂出窍的样子，试探性地伸出手，在哈尼面前晃了两下，试图让哈尼回神。

"哈尼，哈尼……"

"啊？"哈尼听见陈杰瑞的声音，立马回过神来。看见面前放大的陈杰瑞的脸，吓得往后退了一步，差点摔倒，还好陈杰瑞眼明手快，伸手将她搂到了怀里。

"你是来给我送水果的吗？"陈杰瑞的声音细腻又温柔，瞬间让哈尼有一种如沐春风的感觉。

"啊，对啊，对啊，我奶奶让我来给你送水果。"哈尼因为陈杰瑞搂着她的动作，脸色潮红。

心里却在暗自狂喜着，她这算是和陈杰瑞有了第一次的亲密接触吗？这种感觉，真的是太好了！这是她在多少个日日夜夜中期盼的场景啊。

"那你跟我进来吧。"陈杰瑞并不知道哈尼的心思。他见哈尼站稳了，就放开搂在她腰间的手，然后率先往店里走。

哈尼对腰间离去的手，有点怅然若失，但还是乖巧地对着陈杰瑞点头："好呀好呀。"

哈尼蹲下身子，想将水果车推到火锅店的后厨，却被陈杰瑞阻止了："放在这儿别推了，那么重，我让厨房里的工人来推。"

"嗯，好。"哈尼感觉到自己都快幸福得飞起来了。

陈杰瑞先是对她爱的抱抱，然后又是体贴，每一个都让她深深地陷了下去，不能自拔。

她快步跟在陈杰瑞的身后走着，乖巧得像个农家小媳妇。

陈杰瑞走到火锅店的前台，对着里面的店员嘱咐道："去后厨叫个人来，把门口的水果推进厨房。"

"好的，老板。"店员恭敬地点头。

陈杰瑞领着哈尼，来到了自己的办公室，他脱掉外套挂到了一边的晾衣架上，然后对着哈尼伸出手。

"给我。"

"什么啊？"哈尼看见陈杰瑞脱掉外套的姿势，心中又是一阵悸动，脑子已经呈现短路状态，连奶奶交代的话，都忘记得一干二净了。

她看着陈杰瑞对自己伸出的手，脸上一阵茫然。

陈杰瑞无奈地笑了笑，对着哈尼用玩笑的语气说："单子啊，你不是来送水果的吗？不用签单吗？难道因为我长得太帅了，你要免费送给我？"

陈杰瑞只是对着哈尼开了个玩笑，哈尼却像是被人抓住了小尾巴似的，脸色潮红，她连忙低头，假装找单子，以此来掩饰自己的紧张。

一张单子，整整在包里倒腾了将近五分钟才找到，陈杰瑞也不催，只是在一边默默地看着她，发现哈尼这样的女孩子，实在是可爱得很，他以前怎么都没有发现？

她一脸歉意地将单子递给陈杰瑞："单子在这里在这里。"

陈杰瑞默默地接过哈尼手中的单子，然后在单子上签下了自己的大名，麻利地将单子递到了哈尼的面前，微笑着说："喏，签好了。"

"哦！"哈尼接过单子，也不走，只一脸呆呆地看着陈杰瑞。

陈杰瑞看着面前的哈尼，发现哈尼正一脸呆呆地看着他，眼神中带着一种说不清道不明的情绪。

陈杰瑞轻咳两声，被哈尼看得有些不自在起来。他尴尬地对着哈尼开口："哦……还有什么事情吗？"

"没有啊。"哈尼摇摇头。

"那你……"陈杰瑞其实想说，那你没什么事情了，为什么还要站在对面，一动不动地看着他？

哈尼明白陈杰瑞的意思，其实她自己也知道，自己这么傻乎乎地站着，直勾勾地盯着人家陈杰瑞看，实在是有点不好，可是，这么多天都没有见到陈杰瑞了，她真的好想他，她想要多看一会儿陈杰瑞。

"哦哦，我想……"其实，哈尼是想说，我想你了，可是却发现自己怎么也说不出口。

"你想？你想什么？"陈杰瑞盯着哈尼，追问着。

看着陈杰瑞紧紧盯着自己的眼睛，哈尼心里一阵缺氧，心里的话，脱口而出。"我想吃你做的点心了。"

陈杰瑞一听哈尼的话,立马高兴地从座位上站起来说:"哦,对对对,最近忙得要命,都没时间做点心。你来得也凑巧,昨天晚上,我抽空,做了一款新的提拉米苏,你要不要试试?"

"好呀好呀。"哈尼愉快地点头。陈杰瑞做的点心可是最棒的,每次自己都能成为他的新品品尝师,第一个吃到最美味最好吃的食物。

"你等着,我去给你拿。"陈杰瑞起身,高兴地跑去自己的小厨房了。

哈尼在他的心中,就是个长不大的小女生,每次自己做了什么好吃的,总会想起她,而且哈尼品尝食物的满足样子,能够充分地满足他内心作为一个厨师的成就感。

不一会儿,陈杰瑞就端着提拉米苏,来到了哈尼的跟前:"来,你尝尝看,给我提点意见。"

"嗯。"哈尼乖巧地点头,然后拿起一旁的勺子,挖了一块提拉米苏到自己的嘴里。

软软甜甜的感觉,在嘴里很快融化开来,哈尼满足地眯起了眼睛。真的太好吃了,她好久都没有尝到陈杰瑞做的食物了,心里好满足啊。

"怎么样?味道怎么样?"看见哈尼的样子,陈杰瑞紧张地问着。他对自己做的食物,有严格的要求,都是经过几十次的失败,才研制出最成功的那一款。

"很好吃,就是有点太甜了。"哈尼说出自己对这款食物的评价。

陈杰瑞听见哈尼的评价,有点疑惑地皱眉:"太甜了?"

在哈尼诧异的目光中,拿过哈尼刚才吃的勺子,也挖了一块放到了自己的嘴里:"我尝尝,嗯,好像是有点太甜了。"

这一个举动,让一旁的哈尼,脸色潮红了起来。陈杰瑞,居然吃的是她刚吃过的勺子,这算不算亲密接触?

"陈杰瑞,你……"哈尼指着陈杰瑞手中的勺子,后半句的话,却怎么也不好意思说出口。

"我什么?"陈杰瑞一脸茫然。他从来都是将哈尼当做自己的晚辈来看的,自然不会往别的地方想,所以他和哈尼用一个勺子,他丝毫没有觉得有什么不对的地方。

"没什么,没什么……"哈尼连忙摆手,然后快步起身,对着陈杰瑞说,"果园还有事情,奶奶还等着我回去呢,我先走了啊。"说完,也不等陈杰瑞回话,便飞快地离开了。

"这孩子……"陈杰瑞看着风风火火的哈尼,微笑着摇了摇头。

哈尼飞快地跑到了路上,渐渐让自己的心情平复下来,想到刚才的那一幕,心里有一种奇怪的感觉,她想找个人诉说,给自己分析分析。

她肯定是不能跟奶奶说这些的,那样奶奶会被自己给吓倒。那么,她和谁说呢?

哈尼歪着脑袋想了想,突然她眼前一亮,然后便快步地往农庄跑去。

"小师妹小师妹……"

"哈尼,你怎么来了?"小师妹从房间的窗台上伸出脑袋看,看着院子里的哈尼说,"你等下,我去给你开门。"

小师妹连忙穿了自己的拖鞋,跑到楼下给哈尼开门,将哈尼让进了屋。

小师妹给哈尼拿了瓶饮料,瞧着哈尼一脸愁眉不展的样子,好奇地问道:"哈尼,你是有什么心事吗?"

哈尼拧开饮料瓶口,喝了一口给自己顺了顺气,然后开口说道:"小师妹,其实我今天来找你,是有事情想问问你。"

"什么事情?"小师妹歪着头,坐好了做一个忠实的倾听者。

哈尼和小师妹自小便是玩得来的姐妹,所以,有什么话,她也不会瞒着小师妹,她看着小师妹将自己心中的疑问都说了出来。

"我最近,好像喜欢上了一个人,可是,我又总觉得哪里不对劲,怪怪的,你能不能帮我分析分析?"

哈尼总感觉自己对陈杰瑞的喜欢,有点不实在的感觉,可是,无论她怎么去想,都想不出来,到底问题出现在哪里。没办法,只好来找小师妹给她分析分析了。

哪知道,小师妹听见哈尼的话,像是见了鬼般,她大声喊道:"什么?你喜欢上了一个人?谁啊?"

"就是,哎呀,你不是知道吗?我上次都告诉过你的啊。"哈尼看见小师妹的表情,有点不好意思起来,她坐在沙发上扭扭捏捏的,就是不愿意自己说出来。

小师妹看着哈尼这副小女儿样,心里有个问号不断扩大,最后忍不住冲口而出:"你说的不会是陈杰瑞吧?"

哈尼不说话,只用一双可怜兮兮的眼睛看着小师妹,算是默认了小师妹的猜测。

"哈尼,你不会吧,你说的真的是陈杰瑞啊,这怎么可能?"小师妹看见哈尼默认了,不可思议地尖叫起来。

哈尼见小师妹吃惊的样子,连忙站起来捂住小师妹的嘴巴:"小师妹,你小声一点啦,你嫌知道的人太少是不是?再说了,我喜欢陈杰瑞,你不是早就知道吗?这有什么不可能的?"

小师妹摆摆手,表示自己不会再乱叫了,哈尼才放开捂住她嘴的手。小师妹用力地喘了几口气,然后瘫坐在了沙发上,对哈尼说:"哈尼,你先别说话,让我脑袋先维持下正常运转,消化一下,你刚才告诉我的那些话。"

哈尼无语,坐在沙发上,默默地看着小师妹夸张的表情,无奈地叹了口气。

小师妹坐在沙发上休息够了,转身对一边的哈尼说:"哈尼,你确定,你喜欢的是陈杰瑞这个人,而不是你以陈杰瑞为原型,幻想出的一个人?"

"小师妹,你在说什么?"哈尼不明白小师妹说的话,她觉得太深奥了。她的小说里,都没有写过那么深奥的话。

"哈尼,你知道什么叫爱吗?"小师妹坐正了身子,认真地问着哈尼。

　　哈尼坐在沙发上，歪着脑袋认真地想了想小师妹的话，然后说出了自己所认为的爱情："不就是想见到对方，想吃他做的食物吗？"

　　听见哈尼的回答，小师妹忍不住对天翻了个白眼："哈尼，你说的这种，只是单纯的喜欢，不是爱。爱情，并不是你说的那么简单的。"

　　她真的不明白，哈尼的那些爱情小说都是怎么写出来的，而且，每本书的点击率还都挺高，真是奇了怪了。

　　"那是怎样的？"哈尼一脸好奇的样子看着小师妹。

　　"喜欢是单纯的一种人与人之间的好感，一个人，可以喜欢一个人，也可以喜欢好多人，那都是正常的，但是爱，却只能是一个，爱情是付出，是给予，是馈赠，将自己的感情全部投入到一个人的身上。你在心里问问自己，你对陈杰瑞，是这样的感情吗？"

　　小师妹的话，让哈尼的心里有着深深的震撼，心里也默默地将自己对陈杰瑞的感情，和小师妹的话对比，然后得出一个结论："我对陈杰瑞的感情，好像更偏向于你说的第一种。"

　　小师妹一拍手，还好哈尼陷得不是很深，否则，她还真不知道该怎么说她，小师妹继续说，"那就对啦，爱情是一辈子的事情。你想想，你和陈杰瑞的差距，你才二十三，他已经快四十了，你们相差十几岁。当你老了，他可能已经都不在了，那你们说好的相濡以沫，白首偕老，都将是一句空话。等你老了，你愿意一个人寂寞地生活吗？"

　　"不能。"这一次，哈尼倒是想也没想地就脱口而出。

　　哈尼知道自己是个极度怕孤独的女孩，她所认知的爱情里，一直都是相濡以沫、白首偕老的。她所写的爱情故事里，男女主角最后都是幸福快乐地生活在一起，直至终老。

　　她不喜欢有缺憾的爱情，虽然编辑很多次都劝她，说有缺陷的爱情会更能打动读者的心，但是她就是做不到，她总私心地觉得，只有互相陪伴到老，那才能算是这个世界上最幸福的事情。

　　她不想像奶奶那样，一个人寂寞孤独地活在这个世上，每当想念另一半的时候,只能在冰冷的墓碑前,说说自己的心里话。

小师妹对着哈尼摊摊手:"你看,你可以理智地回答我,不能,那说明,你还没有到为了他付出一切的地步,你对他,只是喜欢,不是爱。也许,你把他想成了你小说中的某个男主角,但是哈尼,你要区分开,那只是你的幻想,和现实是不一样的。"

"小师妹,我一下子有点接受不了这么多的信息,你让我好好想想。"哈尼的心里有点烦躁,很多事情都乱成了一团麻,她需要时间,好好地消化接收。

"行,那你好好想想,只要你想通了就行。"小师妹觉得,哈尼是个聪明的女孩子,她一定会自己想通的。

晚上,哈尼睡在床上,想起白天的一幕幕还有小师妹对自己说的话,心情复杂极了。

她一直觉得,自己对陈杰瑞的那种感情就是她所认识的那种爱,可是就像小师妹说的那样,她小说里的男女主角,为了对方都付出了多少,又承受了多少,而她和陈杰瑞呢,却什么都没有。

甚至陈杰瑞都不知道,她对他的感情。

也许小师妹说得对,自己对陈杰瑞的感情,只是一种普通的喜欢,比普通朋友多出一点点的感情,顶多算是个知己,根本算不上爱,而自己,却在自己编织的幻想里,不能自拔。

现在,是她该从梦里醒来的时候,她不能让自己继续在这个不切实际的梦里沉沦下去。

事情一旦想通,哈尼的心情反而轻松了起来,预想中的疼痛感一点都没有。哈尼觉得自己似乎一下子长大了,最起码,在感情的世界里,小师妹给她上了生动的一课,让她受益良多。

这天,哈尼很早便被外面的推车声给吵醒,她迷迷糊糊地下了床,便看见奶奶正在费力地推着车子,想将车子从坑里推出来,无奈她年纪大了,有点力不从心。

哈尼奶奶看见哈尼,高兴地喊着哈尼:"哈尼,快去帮奶奶将车子推出来,奶奶要将水果推去给陈杰瑞。"

"奶奶,我帮你吧,我去给你送水果。"哈尼自告奋勇,奶奶年纪大了,她有点于心不忍。

她心里也觉得,是时候和那段虚幻的感情告个别了。

"好的,记得把单子签回来。"哈尼奶奶微笑着将兜里的单子拿了出来,递给了哈尼。

"嗯,好的。"哈尼接过单子,乖巧地点头。

哈尼快速地洗漱了一下,然后便推着水果,准备出门,走到门口的时候,却被哈尼奶奶给拦住了。

"对了,哈尼,你上次跟奶奶说,你有喜欢的人了,是谁啊?"哈尼奶奶其实一直想问哈尼,但是又怕哈尼害羞,一直忍着没问,今天,她真的是忍不住了。

她怕哈尼年纪太小,涉世未深,被爱情迷花了眼,如果哈尼真的有了喜欢的人,她可要给哈尼好好把把关。

听见哈尼奶奶这么说,哈尼有点不自在起来,她故意傻傻地回道:"什么喜欢的人啊,奶奶你听错了吧?我是说,我小说中的女主角,有喜欢的人了。"

哈尼心里想着,既然自己已经做出了决定,就没有必要再将这件事情说出来,徒增奶奶的烦恼。她也一定会干净利索地处理好自己的事情的。

"真的是这样吗?"哈尼奶奶有点半信半疑。

"那当然了,我什么时候骗过你。"哈尼一脸正经地跟奶奶打着包票。

哈尼从小便是个乖巧的孩子,哈尼奶奶自然相信她。她见哈尼一副天真烂漫的样子,心里想着,这样的小女生,懂什么叫爱情?大概真的是她听错了吧。

"那倒也是,那你快去快回,奶奶等你回来吃饭。"哈尼奶奶决定不再追问,只是嘱咐着哈尼。

"嗯，好。"哈尼推着水果车愉快地出门了。

哈尼推着水果车，刚来到火锅店门口，便再一次凑巧地看见了陈杰瑞，她开心地冲着陈杰瑞摇晃着手。

陈杰瑞从车里出来，看着面前的哈尼，愉快地跟她打着招呼："哈尼，又来给我送水果啊？"

"对啊，大叔。"哈尼迎着阳光看着陈杰瑞。发现陈杰瑞还是一如既往的帅气，可是，此刻她的心情，却是发生了翻天覆地的变化。

陈杰瑞让后厨将水果推进了厨房，然后将单子签完，递给哈尼，一切都做完后，他热情地招呼着哈尼说："进来吧，我昨天又做了几款新的点心，你来帮我尝尝。"

哈尼一向是他食物的优先品尝者，每一次，她都能说出独特的见解，这对于他来说，是很宝贵的，只有不断地改进，才能做出更加完美的食物。

可是哈尼却站在原地没有动，她抱歉地对着陈杰瑞说："不行啊，我今天要赶回去和奶奶吃午饭呢，下次吧，大叔。"

"那好吧，奶奶最重要。"陈杰瑞对于哈尼的拒绝有点诧异。这可是哈尼第一次拒绝他的邀请呢，不过，他也没有理由拦着人家孩子回家陪奶奶啊。

"大叔，再见。"哈尼举起手，脸上带着灿烂的笑容。

"嗯，再见。"

这次是真的再见了，哈尼在心里默默地跟自己的这段感情做了个告别。

奇怪的是，她的心里居然没有一丝的不舍和难过。她更加地确定，陈杰瑞在她的心里，真的没有自己所认为的那么重要。

一切，都只是自己的一个幻想，一场不切实际的梦幻而已。

"又少了一个威胁。"小小文趴在窗台上，看着渐渐远去的哈尼，若有所思。

阿闲的脑袋从小小文身子的一边伸了出来，好奇地往小小文看的方向看去，却发现那里什么都没有，他好奇地问："小小文，你在说什么啊？"

"没什么，你不要总是跟着我。"小小文转头看见是阿闲，顿时觉得浑身没劲儿。这个阿闲，真是阴魂不散，天天都缠着他，一有机会就逮住他问东问西，他真的快崩溃了。

小小文决定不再理会阿闲，转身往门外走。阿闲连忙追了上去："我说小小文，我都跟了你这么久了，你就是块石头，也该焐热了吧，你怎么还是不愿意跟我做朋友啊？"

"因为，你的这里，是永远都补不回来的。"小小文毫不客气地指了指阿闲的脑袋，希望他能够知难而退。

"这里，这里要补什么？"阿闲歪着脑袋想了想，自己究竟还缺什么，抬头却发现，小小文早已经走远，连忙追了上去，"小小文……"

阿闲还是喜欢跟在小小文后面，希望能成为小小文的好朋友，但是小小文却因为阿闲的智商，一直忽视他。

陆爷爷的农场，更是丰收了，镇上的仓库，都快被他研究出来的新麦种给撑爆了。小志正在想办法，看能不能再多建立几个仓库。

小志和小师妹嘛，他们每天都腻歪在一起，在电脑上玩"全民小镇"，情到浓时就么么哒两下，大家喜闻乐见，都希望他们能够尽快办喜事。小志却一直努力地完善着游戏，为的只是吸引更多的客户，赚更多的钱，给小师妹一个美好的未来。

小镇上的每个人都很好，就在这样快乐的日子中，大家迎来了新一年的小镇舞会。

小师妹本来是要和小志一起参加舞会的，可是小志说临时有事，让小师妹先去，等事情忙完，他再去找小师妹。小师妹没有办法，只好一个人先去舞会。

镇长在舞会上做了致辞后，便让大家开始跳舞。

小师妹等了半天，小志也没有出现，心里有点郁闷，亏她今天打扮得那么好看，他要是今天不来，她不是白打扮了吗？

小师妹一个人喝着闷酒,阿闲却从一边冒了出来,他还是老样子,嘴里永远含着一根棒棒糖。诡异的是,他嘴里叼着棒棒糖的样子和他身上穿的西装,一点都没有违和感。

"小师妹,你怎么一个人?小志呢?"

"阿闲?好久不见,小志有事,让我一个人先来。"小师妹看见阿闲也有点惊讶,她已经将近一年,没有见到阿闲了。

听哈尼说,阿闲经常来小镇的,可是她却一次也没有碰见过,也不知道是不是他故意躲着她。

阿闲皱了皱眉,将手中的酒杯放在桌子上,对着小师妹说:"这小子,也太不知道珍惜了。看来,你今年舞会的第一场舞,只能跟我跳啦,哈哈,真是太荣幸了。"

"阿闲,喂喂喂……"小师妹还没有反应过来呢,就被阿闲拉入了舞池。

小师妹心里想着,完了,小志看见她和阿闲跳舞的话,肯定会打死她的。小志最介意她和阿闲以往的那些事情了,别看小志平时一副很稳重的样子,可是一吃到醋,就完全失去了冷静。

小师妹正稀里糊涂地和阿闲跳着舞呢,却发现自己突然一个旋转,被带到了另外一个熟悉的怀抱里。

她诧异地抬头,却看见一张戴着面具的脸,小师妹惊呼出声:"面具男?"

对方也不说话,只静静地带着小师妹转圈,跳舞。他俩的舞蹈精湛,每一个姿势,都带动着大家的情绪,人群开始欢呼。而站在一旁的阿闲,脸上挂着无奈的笑容。小志这家伙,真是一点缝隙都不给他插啊,他最讨厌被人扔到一边的感觉了,明明他是主角的,好吗?

这不是去年舞会上,那个神秘的面具男吗?大家一眼就认出了这对光彩夺目的舞蹈者,只因去年那场舞会带给他们的震撼实在太难遗忘,已经深深地刻在了他们的脑海里。

小师妹的心情有点澎湃,她一直觉得面具男是小志。只是小志一直没有正面承认过,今天,她一定要揭开他的面具。

一舞完毕,面具男像上一次的舞会一样,拉着小师妹的手往外跑,中途更是嫌小师妹跑得慢,打横抱起了小师妹。

这一幕,似曾相识,小师妹的心开始剧烈地跳动起来。她隐隐约约觉得面具后的这张脸,便是她所期待的那个人。

这么想着,小师妹便趁着面具男不注意,快速地伸手拉开了他的面具,一张熟悉的脸出现在她的面前。

当看清面具后面真正的面孔后,小师妹嘴角含笑,开心地道:"小志,我就知道是你。"

小师妹终于放下心来,还好,面具男真的是小志,要是别人的话,她心里还真的有点难以接受,毕竟去年的舞会上,她被强吻了,不是吗?

想到去年和小志那个让人脸红心跳的吻,小师妹的脸上就不可抑制地潮红了起来。

"难道你还指望不是我,和别的男人玩么么哒?"小志的话里带着浓浓的玩味,连"么么哒"这样喜感的词语,都被他说了出来。

小师妹也不反抗,任由小志抱着。小志抱着小师妹,飞快地往前跑着。

刚才,他是故意让小师妹摘掉他脸上的面具的。他知道,小师妹的心中肯定对去年舞会上被面具男强吻的事情耿耿于怀。他不想小师妹和他之间有任何的秘密和隔阂,所以,他故意重演了去年舞会的一切,为的只是让小师妹安心。

小志只觉得,手中的感觉是那么实在,小师妹在他的怀中,温顺得像只绵羊。

记得上次,他也是这样抱着她撇开众人,来到了会场外。只是,上次的自己怒火攻心,冲动得要命,甚至差点伤害了她,之后的每一次,只要想到那天晚上自己对小师妹做的事情,心里就后悔不已。

"哦……我们要去哪儿?"小志看小师妹的眼神太过火热,小师妹有点不好意思起来，她故意开口转移话题。

小志抱着小师妹看不出任何情绪，只从嘴里默默地吐出两个字："结婚。"

"结婚？"小师妹吓得差点没从小志手上摔下来，她不可置信地看着小志，表情有点蒙。

"怎么，不愿意？"看着小师妹的表情，小志有点不满，眉头也跟着皱了起来。

"我还小……"小师妹的声音很小，其实她是想说，他还没有向她求婚呢。

这也太突然了，她真的还没有准备好。

小志抱着小师妹的双手开始收紧，脸上的表情有些许不悦："你这是在说你不愿意吗？"

"当然没有！"小师妹见小志这个表情，连忙使劲儿摇头，表明自己对他们这段感情，至死不渝的忠心。

"嗯。"小志满意地看着小师妹的表情，抱紧了她，继续往前走。

"小志，我怎么感觉总有什么地方不对劲？"她怎么感觉，自己是在被人恐吓着结婚，一点心理准备都没有的样子。还有，她梦寐以求的求婚呢？

求婚不是每个女孩子梦寐以求的么？这和她心中想象的场景相差也太远了吧。

"没有什么不对劲啊，我觉得挺好的。"小志并没有觉得有什么地方不对劲。

"好吧。"小师妹无奈地垂下肩，这就是嫁给程序员的悲哀啊，她早该醒悟的，不是吗？

她还能指望小志能给她多么浪漫的求婚啊。

就在小师妹在心里默默吐槽小志不够浪漫，没有浪漫细胞的时候，小志却突然把她放下并在她面前单膝跪地。

"小师妹，我不会说什么浪漫的话，也不会做出什么让你特别感动的事情，但是，请你相信我，从现在开始，把你的手交给我，我会带着你一起玩转'全民小镇'，带你领略不一样的游戏风情。在这个游戏里，你会体会到我对你满满的爱。"

小志轻咳两声，说出了自己认为最肉麻的话。这是他想了好多天，才想到的求婚语啊。

这话听在小师妹耳朵里，怎么都觉得别扭，但是她还是莫名其妙地被小志的求婚给搞得感动不已。

她拿余光偷偷扫了一眼小志，然后小声唤道："小志。"

"嗯？"

"你的求婚方式，真的好特别啊。"小师妹心里狂吼，你能给我来点像样点的求婚吗？

"你是在赞赏我吗？"小志不以为意，深深地在心里为自己的机智点了个赞。他就知道，他这种不一样的求婚方式，一定会让小师妹感动的。

"你就当是吧。"小师妹艰难地扯了下嘴唇，突然像是想到了什么，猛地抬头对小志说道，"小志，你在游戏里还没有娶我。"

小志思考了一下，好像真是那么回事，他认真地对着小师妹说道："那先回家上游戏里结婚，然后再去教堂？"

"好啊！"小师妹开心地附和。

"走……"

两人的身影渐渐远去，小师妹完全忘记了小志蹩脚的求婚词，高高兴兴地拉着小志的手回家结婚，空气中弥漫着浓浓的幸福味道。